# Winfried Scharlau

## Wer ist Alexander Grothendieck?

## Teil 3: Spiritualität

*Zu diesem Buch:*

Alexander Grothendieck ist einer der bedeutendsten Mathematiker des 20. Jahrhunderts; er hat insbesondere die Algebraische Geometrie revolutioniert. Sein Leben ist von einzigartiger Dramatik. Nach einer glanzvollen wissenschaftlichen Karriere gab er im Jahr 1970, im Alter von 42 Jahren seine Professur am renommierten *Institut des Hautes Études Scientifiques* in Paris auf und zog sich aus dem Wissenschaftsbetrieb und bald auch aus der mathematischen Forschung zurück. Er wandte sich einige Jahre der Friedensbewegung und der aufkommenden ökologischen Bewegung zu. Dann bestimmten zunehmend philosophische, religiöse und esoterische Gedanken sein Leben. Zunächst spielte dabei der Buddhismus eine wichtige Rolle, später näherte er sich mehr christlichen Vorstellungen an. Er schrieb einen vieldiskutierten Rückblick und Rechenschaftsbericht über seine Zeit als Mathematiker mit dem Titel *Récoltes et Semailles* (Ernten und Säen) und verfasste weitere unbekannt gebliebene philosophische Meditationen. Nach schweren psychischen Krisen verschwand er unerwartet im Jahr 1991 aus der Öffentlichkeit. Dieses Buch behandelt die Jahre 1970 bis 1991 aus Grothendiecks Leben.

Der Autor ist emeritierter Mathematiker an der Universität Münster. Er beschäftigt sich seit vielen Jahren mit der Biographie Grothendiecks. Neben mehreren Fachbüchern und zahlreichen wissenschaftlichen Arbeiten hat er zwei Romane und den ersten Band dieser Biographie veröffentlicht.

Winfried Scharlau

# Wer ist Alexander Grothendieck?

## Anarchie, Mathematik, Spiritualität, Einsamkeit

### Eine Biographie

## Teil 3: Spiritualität

Herstellung und Verlag: Books on Demand GmbH, Norderstedt, Deutschland

ISBN 978-3-8391-4939-3

*Panormitis*

© Winfried Scharlau, Ignatiusstraße 35, D-48329 Havixbeck, Germany, 2010
e-mail: winfried.scharlau@web.de

Bibliografische Information der Deutschen Bibliothek
Die Deutsche Bibliothek verzeichnet diese Publikation in der Deutschen Nationalbibliografie; detaillierte bibliografische Daten sind im Internet über http://dnb.ddb.de abrufbar

Wie es mir im Leben ergangen ist, würde viele Bücher beanspruchen, die noch nicht geschrieben sind.

Alexander Grothendieck in einem Brief an einen Schulkameraden vom 29.9.2006

# Vorwort

Dieser dritte Band der Biographie von Alexander Grothendieck umfasst die Jahre 1970 bis 1991, die Jahre von der „großen Wende" in seinem Leben bis zu seinem Verschwinden aus der Öffentlichkeit. Ich lege diesen Band mit einigem Zweifel und nach längerem Zögern der Öffentlichkeit vor. Zum einen standen mir für dieses Buch viele relevante Dokumente nicht zur Verfügung, und viele Zeitzeugen konnten oder wollten nur unvollständig Auskunft geben, so dass in meinem Bericht große Lücken bleiben und sich gewiss auch manche Fehler eingeschlichen haben. Zum anderen hat Grothendieck selbst meine biographische Arbeit als „unerwünscht" bezeichnet; er hat mich allerdings nicht aufgefordert, sie zu beenden. Weiterhin ist bekannt, dass er seit Ende 2009 mehrere Briefe geschrieben hat, in denen er die Veröffentlichung oder Wiederveröffentlichung seiner wissenschaftlichen Arbeiten, seiner „Meditationen" und seiner Briefe untersagt.

Nach langem Überlegen und aus wohlerwogenen Gründen bin ich jedoch zu der Überzeugung gekommen, dass man diesen subjektiv verständlichen Wunsch nicht beachten sollte. Diese Ansicht könnte man sicher konzilianter formulieren, aber in diesem Fall von so außergewöhnlicher Bedeutung scheint es mir angebracht, klar Stellung zu nehmen. Wie schon im Vorwort des ersten Bandes gesagt, ist Grothendiecks Leben so ungewöhnlich und so einmalig, dass es nicht nur ihm selbst gehört.

Mehr noch als beim ersten Band bin ich vielen Menschen für ihre Mithilfe bei meinem Projekt sehr dankbar. Im Nachwort werde ich mehr dazu sagen.

Zum Schluss sei mir die Bemerkung erlaubt, dass die Arbeit an dieser Biographie ein Abenteuer ist, das immer wieder überraschende Wendungen bietet und zu vielfältigen Gedanken anregt.


Winfried Scharlau                                    Juli 2010

# 1. Die große Wende

In das Jahr 1970 fiel das Ereignis, das Alexander Grothendieck später viele Male als die „große Wende" in seinem Leben bezeichnet hat. Es änderte sich alles: Er begann seinen Rückzug aus der mathematischen Forschung und aus der Gemeinschaft der Mathematiker, er gab seine Forschungsprofessur auf, sein Familienleben geriet in eine Krise, und die Beziehungen zu Kollegen, Freunden und Schülern lösten sich auf. Er setzte sich neue Ziele, ganz andere, als er bisher in seinem Leben verfolgt hatte, Ziele, die ihn immer mehr der menschlichen Gesellschaft entfremdeten. Und während er selbst überzeugt war, auf dem eingeschlagenen Weg zu größerer Reife, innerer Freiheit, Unabhängigkeit und wahrer Spiritualität zu gelangen, erschien es seiner Umwelt, als wenn er alles wegwürfe, was ihn zu einem der großen Magier der Mathematik gemacht hatte: seine unvergleichliche Kreativität, seine beinahe einmalige Fähigkeit, der Vielfalt der Phänomene auf den Grund zu gehen und ihre grundlegenden Prinzipien aufzudecken.

Sollte man einen Tag angeben, an dem die große Wende (*le grand tournant*) stattfand, so würde die Wahl vermutlich auf den 25. Mai 1970 fallen. An diesem Tag teilte er den Mitgliedern des *Comité Scientifique* des *Institut des Hautes Études Scientifiques* (*IHÉS*) seinen Rücktritt spätestens zum 1. Oktober 1970 mit. Am 9. Juni folgte ein entsprechender Brief an den Direktor des *IHÉS*, Léon Motchane:

---

Massy le 9.6.1970

Monsieur le Directeur,

Suite à ma lettre au Comité Scientifique, je vous confirme par la présente mon départ de l'IHES à partir du 1. Octobre 1970.

Veuillez agréer, Monsieur le Directeur, l'expression de ma considération distinguée

*A Grothendieck*

---

Grothendieck war gerade erst 42 Jahre alt. Er war elf Jahre und acht Monate am *IHÉS* tätig gewesen, eine unglaublich kurze Zeit, wenn man bedenkt, was er in diesen Jahren geleistet hat. Und auch wenn ihm selbst im Frühjahr 1970 die Tragweite seiner Entscheidung nicht klar gewesen ist: Es war der Beginn eines Abschieds aus der Welt der Wissenschaft für immer, und nicht nur das, es war der Beginn seines Abschieds von allem.

Bevor man diskutiert, *warum* es zu dieser großen Wende kam, ist es angebracht, ganz pauschal zu sagen, *wohin* diese große Wende Grothendieck führte. Dies ist natürlich der Gegenstand des gesamten vorliegenden dritten Teiles seiner Biographie, und an dieser Stelle sollen nur die wichtigsten Etappen seiner „beruflichen" Tätigkeit ab 1970 genannt werden. Zwar stand von 1970 an – von kürzeren Perioden abgesehen – die Mathematik nicht mehr im Mittelpunkt von Grothendiecks Leben, aber natürlich musste er auch in den folgenden Jahren seinen Lebensunterhalt verdienen, und tatsächlich hat er bis zu seiner Pensionierung im Jahr 1988 verschiedene Stellen als Universitätslehrer und Wissenschaftler innegehabt. Der besseren Übersicht halber führen wir sie hier auf.

Nach dem Weggang vom *IHÉS* übernahm er zunächst für zwei Jahre eine Gastprofessur am *Collège de France*, die sein engster mathematischer Gesprächspartner Jean-Pierre Serre vermittelt hatte. (Serre selbst war von 1956 bis 1994 an dieser Institution tätig.) Grothendieck hielt Vorlesungen, die jeweils von langen politischen Diskussionen begleitet wurden. Er erhielt danach für ein Jahr (1972/73) eine Zeitstelle an der Universität in Orsay*⁾ und hielt eine Kursvorlesung. Während dieser drei Jahre war er zusätzlich viel auf Reisen, vor allem in Nordamerika.

Im Anschluss erhielt Grothendieck eine persönliche Professur (*professeur à titre personnel*), eine Stellung, die er an einer beliebigen französischen Universität ausüben konnte. Er wählte ab Herbst 1973 Montpellier, hielt dort mehrere Jahre lang Kursvorlesungen und hatte auch eine Reihe von Schülern und Doktoranden. Richtig zufrieden war er aber auf Dauer mit dieser Tätigkeit und dem Umgang mit weniger begabten und enthusiastischen Studenten nicht, und schon ab Ende der siebziger Jahre bewarb er sich um eine Forschungsstelle bei der Institution, an der er seine Berufstätigkeit begonnen hatte,

---

*⁾ Für Leser, die die Universitäten im Umkreis von Paris nicht kennen, soll erwähnt werden, dass Orsay in unmittelbarer Nachbarschaft von Bures-sur-Yvette, dem Sitz des *IHÉS*, liegt.

nämlich am *CNRS* (*Centre National de la Recherche Scientifique*). Diese Bewerbung(en) wurde(n) zunächst abgelehnt, da unklar war, ob er sich überhaupt mit mathematischer Forschung beschäftigen wollte. Im Jahr 1984 bewarb er sich erneut mit einem Forschungsprogramm, das eine gewisse Berühmtheit erlangt hat, dem *Esquisse d'un programme*. Tatsächlich wurde er während seiner letzten Berufsjahre ab Oktober 1984 vom *CNRS* bezahlt, behielt aber formal seine Professur in Montpellier. Spätestens seit dieser Zeit hielt er keine Vorlesungen mehr und besuchte nur noch ganz selten die Universität. 1988 wurde er im Alter von sechzig Jahren pensioniert.

Was wurde nun zum Mittelpunkt seines Lebens, nachdem er die Mathematik weitgehend aufgegeben hatte? Etwas mehr als zwei Jahre widmete er sich mit derselben Energie, demselben Enthusiasmus und derselben schier unerschöpflich erscheinenden Arbeitskraft der durch die Studentenrevolution von 1968 ausgelösten Friedensbewegung und der beginnenden ökologischen Bewegung. Drei kaum von einander zu trennende Aufgabenfelder standen im Zentrum seiner Aktivität: der Kampf gegen Militarismus und Aufrüstung, insbesondere gegen nukleare Rüstung und den Krieg in Vietnam, der Einsatz für das, was wir heute Umweltschutz nennen, für die Bewahrung der ökologischen Grundlagen der Gesellschaft, gegen technologische Großprojekte, insbesondere die Nutzung der Kernenergie, und schließlich die Forderung nach einer neuen Gesellschaftsordnung und selbstbestimmten Lebensformen, so wie sie den Protagonisten der Studentenrevolution und den amerikanischen Hippies vorschwebten. Um diese Ziele zu erreichen und Mitstreiter zu gewinnen, gründete er eine Gruppe „*Survivre*" (später „*Survivre et Vivre*"), der er von Mitte 1970 bis etwa Mitte 1972 fast seine ganze Arbeitskraft (und seine finanziellen Mittel!) widmete.

Nach dieser kurzen Übersicht kommen wir zur „großen Wende" selbst zurück.

Es kann kein Zweifel bestehen, dass eine Vielzahl von Gründen für die „große Wende" verantwortlich waren. Sie ergänzen sich und sie widersprechen sich, manche erscheinen offensichtlich, andere liegen in der Tiefe von Grothendiecks Existenz und seiner Vergangenheit verborgen und können kaum ans Licht gebracht werden. Ein Rätsel bleibt. Man hat nicht den Eindruck, dass man diesen radikalen Akt wirklich „versteht" oder „verstehen kann". Grothendiecks Kollegen, Schüler und Freunde haben sich alle die Frage gestellt, was die Ursachen und Anlässe für diesen Schritt gewesen sind. Niemand vermag eine definitive Antwort zu geben.

Genauso sicher ist aber auch, dass jeder Versuch seiner Lebensbeschreibung sich dieser Frage stellen muss. Es war eines der entscheidenden Ereignisse in seinem Leben, und selbst seine Tätigkeit als Forscher und Mathematiker wird man im Licht dieser späteren radikalen Abkehr von der Mathematik sehen müssen. Wir werden also als Erstes versuchen, die Ursachen für die „große Wende" zu finden, auch wenn vieles offen bleibt. Der Verfasser möchte betonen, dass der folgende Versuch einer Erklärung seine persönliche Ansicht wiedergibt. Wir beginnen mit dem Nächstliegenden:

Es ist vielfach gesagt worden, dass der entscheidende Grund für Grothendiecks Bruch mit dem *IHÉS* die Tatsache gewesen sei, dass ein Teil des Etats (etwa 5%) des *IHÉS* vom französischen Verteidigungsministerium gestellt wurde. Tatsächlich ist dies der einzige Grund, den Grothendieck in seinem Rücktrittsbrief vom 25. Mai nannte. Er führte dort aus, dass der *Conseil d'Administration de l'IHÉS* für das Jahr 1970 wieder einer Zuwendung des *Ministre des Armées* zugestimmt hätte und dass die Position des Instituts in dieser Sache Anlass zu internem Streit und außerhalb seiner eigenen Kontrolle und auch der des *Comité Scientifique* sei. Er ziehe die Konsequenz aus dieser Situation und verlasse das Institut spätestens zum 1. Oktober, und er werde auch später keinerlei wissenschaftliche Beziehungen zum Institut aufrechterhalten, solange dieser Zustand andauere.

Grothendieck selbst hat in späteren Jahren diese Begründung vielfach bestätigt, z. B. in seiner Bekenntnisschrift *Récoltes et Semailles*.[*] Insofern ist sie gewissermaßen die authentische „offizielle" Erklärung, von der zunächst auszugehen ist.

Nach Ansicht des Verfassers ist diese Erklärung jedoch in keiner Weise ausreichend und auch nicht besonders plausibel. Es ist zweifellos richtig, dass die Finanzierung durch das Verteidigungsministerium für Grothendieck nicht zu akzeptieren war. Dies war mit seinen pazifistischen, anarchistischen und radikal-linken politischen Überzeugungen nicht zu vereinbaren. Doch Grothendieck hat ja nicht nur seine Stelle am *IHÉS* aufgegeben, sondern sich zunehmend von der Mathematik und später auch von der mathematischen *community* und der menschlichen Gesellschaft überhaupt abgewandt. Wäre es nur um den Etat des *IHÉS* gegangen, so hätte er auf der ganzen Welt Wirkungsstätten finden können, die mit seinen politischen und ethischen Überzeugungen im Einklang gewesen wären. Er wäre an vielen Orten willkommen gewesen; er hätte seine

---

[*] Diese Schrift, von der oft die Rede sein wird, wird zitiert als *ReS*.

Forschungen fortsetzen können, und viele seiner Schüler wären ihm gefolgt.

Aber auch die Situation am *IHÉS* schloss eine Lösung des Problems nicht aus. Es hatte in der Leitung und unter den ständigen Mitgliedern des *IHÉS* schon zahlreiche Diskussionen zum Thema der Finanzierung gegeben, wobei die fest angestellten Professoren Grothendieck weitgehend unterstützten. Bei gutem Willen wäre das Problem sicher zu lösen gewesen. Dieser gute Wille war jedoch auf beiden Seiten nicht vorhanden, weder bei dem Gründer und allmächtigen Direktor des Instituts, Motchane, noch bei Grothendieck. Beide wollten – wie später näher ausgeführt wird – die Trennung.

An dieser Stelle kommt man zwangsläufig auf das persönliche Verhältnis zwischen Grothendieck und Motchane zu sprechen, das von Anfang an schwierig und belastet war. Der eigentliche Grund dafür lag ganz sicher wesentlich in der Tatsache, dass es zu den Grundzügen von Grothendiecks Charakter gehörte, keinerlei Autorität anzuerkennen. Es war dies das Erbe seiner Eltern, vor allem seiner Mutter, aber auch der Jahre, die er bei den Heydorns, in den Lagern und in Le Chambon-sur-Lignon verbracht hatte.

Schon bald nach Grothendiecks Berufung an das Institut kam es zu ersten Spannungen, und Motchane hatte Anlass, Grothendieck auf die Grundlagen einer vertrauensvollen Zusammenarbeit hinzuweisen. Am 12.6.1959, Grothendieck war noch nicht ein halbes Jahr am *IHÉS* tätig, schrieb er:

Monsieur, ich bin sehr erstaunt gewesen, ihren Brief zu erhalten, der in Inhalt und Form nicht annehmbar war. [...] Ich bin davon überzeugt, dass es im Interesse unseres Institutes, das keine persönliche Angelegenheit ist, sondern allen gehört, die dort in irgendeiner Form zusammenarbeiten, wichtig ist, die Ursprünge für alle möglichen Missverständnisse auszuräumen. Das erlaubt, ein Klima von Vertrauen, gegenseitiger Unterstützung und Sympathie herzustellen, ohne das unmöglich eine dauerhafte Sache geschaffen werden kann.

Auch später kam es immer wieder zu Differenzen, wobei Grothendieck in der Regel mit etwas penetranter Rechthaberei auf seinem Standpunkt beharrte.[*] Ungefähr ab dem Winter 1969/70 war das Verhältnis zwischen beiden aus den verschiedensten Gründen vollständig zerrüttet, so zerrüttet jedenfalls, dass einvernehmliches Handeln nicht mehr möglich war. Die Ereignisse und die Gründe, die zum Bruch Grothendiecks mit dem *IHÉS* und vor allem mit Motchane führten, sind von David Aubin in seiner Dissertation ein-

---

[*] Der Briefwechsel Grothendieck/Motchane wird im Archiv des IHÉS aufbewahrt. Ich danke dem Institut für die Erlaubnis zur Einsichtnahme.

gehend untersucht und analysiert worden. Für die Einzelheiten dieses Konfliktes verweisen wir auf diese Untersuchung.[**] Zwar ist Grothendieck nicht die Hauptperson dieser Dissertation, sondern René Thom, und es geht nicht um Algebraische Geometrie, sondern um Chaos- und Katastrophen-Theorie, aber dennoch nimmt der Konflikt zwischen Motchane und Grothendieck breiten Raum ein. Eine sehr informative Darstellung der kritischen Jahre 1968-1972 wurde auch von Allyn Jackson gegeben.[*]

Wie gesagt, wollen wir an dieser Stelle nicht auf die Einzelheiten des Konfliktes zwischen Grothendieck und Motchane eingehen. Es soll jedoch kurz über die entscheidende Sitzung des wissenschaftlichen Komitees des *IHÉS* am 6. April 1970 berichtet werden, auf der es zum „Knall" gekommen ist:

Grothendieck hatte seit einiger Zeit begonnen, sich für Biologie zu interessieren, wobei seine Kollegen ihre Zweifel daran hatten, wie intensiv und dauerhaft dieses Interesse sein würde. In dieser Sitzung setzte er sich jedenfalls nachdrücklich für eine Einladung an den rumänischen Molekularbiologen Mircea Dumitrescu, einen persönlichen Freund, ein. Trotz einiger Bedenken stimmten schließlich bis auf Peierls alle Mitglieder des Komitees, auch Motchane selbst, dem Vorschlag zu. Motchane machte jedoch zur Bedingung, dass die Finanzierung in „rigoroser Übereinstimmung mit den Statuten des Instituts" geschehen müsse. Formal war diese Position wohl kaum angreifbar; allerdings dürfte sie es im Zweifelsfall Motchane ermöglicht haben, den Vorschlag Grothendiecks letzten Endes doch zu torpedieren. Grothendieck schlug daraufhin vor, den Namen Dumitrescu unter der Rubrik „andere Einladungen" aufzuführen, damit er nicht die Aufmerksamkeit der Kontrolleure im Finanzministerium erregte. Motchane antwortete: „Sie schlagen mir vor zu schummeln [*tricher*]." Daraufhin kam es zu einem heftigen Wortwechsel, der trotz eines Vermittlungsversuchs von Ruelle in folgendem Ausruf Grothendiecks kulminierte: „Ich habe Sie schon immer für einen abgefeimten Lügner gehalten [*fieffé menteur*]!" Motchane erklärte: „Das ist nicht akzeptabel. Meine Herren, Sie sind Zeugen", und zu

[**] David Aubin: *A Cultural History of Catastrophes and Chaos: Around the Institute des Hautes Études Scientifiques*, France 1958 – 1980, Ph.D. thesis (Princeton University)

[*] Allyn Jackson: *Comme Appelé du Néant – As If Summoned from the Void : The Life of Alexandre Grothendieck*, Notices of the AMS, 51 (2004). Aus diesem biographischen Artikel wird noch mehrfach zitiert werden.

Grothendieck gewandt: „Wenn Sie einen gravierenden Zusammenstoß suchen, dann haben Sie ihn."

Liest man heute (2009) im Abstand von fast vierzig Jahren das knappe Wortprotokoll dieser Sitzung, kann man sich des Eindrucks nicht erwehren, dass auch Grothendieck im Grunde die Einigung nicht wollte. Hätte er ein echtes und unbedingtes Interesse an der Einladung von Dumitrescu gehabt, wäre es ihm nur um die Sache gegangen, dann hätte er auf die vorgeschlagenen Verfahrensweisen eingehen können. Man gewinnt den Eindruck, dass er unbewusst die „große Wende" schon vollzogen hatte und dass er im Grunde vom *IHÉS* wegstrebte.

Damit erscheint auch der (gravierende) Konflikt um den Etat in einem ganz anderen Licht. Motchane und einige der hauptamtlich am Institut tätigen Professoren wussten, dass eine Finanzierung durch die französischen Streitkräfte, wie gering auch immer, für Grothendieck nicht zu akzeptieren war. Und dies gab Motchane endlich die Möglichkeit, den – aus seiner Sicht – paranoiden Querulanten Grothendieck loszuwerden. Im Frühjahr 1970 war es so weit gekommen, dass Motchane gar nicht mehr daran dachte, einen Kompromiss zu suchen, sondern diese Angelegenheit nutzte, um Grothendiecks Rücktritt zu provozieren. Vielleicht blieb ihm auch kaum eine andere Wahl, denn wenn Grothendieck geblieben wäre, hätten möglicherweise die permanenten Mitglieder Thom und Michel das *IHÉS* verlassen. David Ruelle, der die ganze Angelegenheit als Beteiligter und Augenzeuge miterlebt hat, geht sogar so weit zu vermuten, dass Motchane, selbst wenn er gar nicht mehr Geld vom Verteidigungsministerium erhalten hätte, dies gegenüber Grothendieck sehr wohl vorgegeben hätte, nur um ihn zum Rücktritt zu veranlassen.

Vielleicht nimmt dies dem ganzen so viel diskutierten Konflikt etwas von seiner Schärfe: Grothendieck empfand das *IHÉS* als einen „goldenen Käfig", dem er entfliehen wollte. Seine Interessen wandten sich anderen Dingen zu, die Revolution von 1968 (oder „Revolte" – je nach Standpunkt und Einschätzung) hatte ihn zutiefst erschüttert. Motchane seinerseits empfand immer stärker, wie problematisch die Zusammenarbeit mit Grothendieck wurde und wie dieser sich allmählich zu einem Fremdkörper im Institut entwickelte. Beide wollten die Trennung, beide hatten keine wirklich „vernünftigen" Gründe dafür, und so konnte nur ein gehöriger Krach den Konflikt beenden.

Im Übrigen hat Grothendieck in einem weiteren Brief vom 9.6.1970 an Motchane seine Wortwahl zwar bedauert, aber sich nicht wirklich entschuldigt, sondern nur gemeint, da er ohnehin das *IHÉS* verlassen werde, solle man die Sache als abgeschlossen betrachten.

Es wurde schon betont, dass Grothendieck nicht nur seine Stelle am *IHÉS* aufgab, sondern sich im Verlauf der nächsten Jahre von der Mathematik überhaupt abwandte.

Fast fünfzehn Jahre später blickte Grothendieck in *Récoltes et Semailles* auf seine Zeit als Mathematiker zurück. In vieler Hinsicht ist dieser Text eine Abrechnung mit seinen früheren Kollegen und Schülern, mit den Institutionen, mit denen er zu tun gehabt hat, mit der Mathematik und der mathematischen Forschung überhaupt. (*ReS* wird ausführlich in Kapitel 23 besprochen werden.) Man hätte erwarten können, dass Grothendieck hier seine Beweggründe nennt und erläutert, doch er sagt nichts dazu.

In einem brieflichen Kommentar zu *Récoltes et Semailles* kommt Serre, sein wichtigster Gesprächspartner während seines gesamten mathematischen Lebens, mit der ihm eigenen Präzision genau auf diesen entscheidenden Punkt zu sprechen. Serre betont, dass Grothendieck niemals das Bedürfnis gehabt habe, das zu tun, was alle Welt von ihm erwartet hätte, nämlich auf den 1600 Seiten dieser Schrift eine wirklich schlüssige Erklärung zu geben (siehe Briefwechsel S. 249):[*]

Aber Du stellst dir nicht die offensichtlichste Frage, diejenige, von der jeder Leser erwartet, dass Du sie beantwortest: Warum hast Du Dein Werk aufgegeben?

Und einige Zeilen später versucht Serre selbst eine Antwort zu geben:

Ich habe den Eindruck, dass Du trotz Deiner wohlbekannten Energie einfach müde warst von der enormen Arbeit, die Du unternommen hattest.

Serre hat später diese Ansicht brieflich und gesprächsweise bestätigt:

Ich weiß nichts Definitives. Wie ich in meiner „Correspondence" sage, vermute ich, dass er einfach müde wurde. Aber das ist nur eine Vermutung, und ich bin sicher, er würde das verneinen. Seine mentale Energie war außergewöhnlich.

---

[*] P. Colmez, J.-P. Serre (Hrsg.): *Correspondance Grothendieck-Serre*, Paris 2001

Wenn man bedenkt, dass Grothendieck zwanzig Jahre lang – wie ein Kollege es formuliert hat – zwölf und oft mehr Stunden am Tag, sieben Tage die Woche und zwölf Monate im Jahr Mathematik gemacht hat, dann fällt es leicht, dieser Ansicht zuzustimmen. Aber die Frage bleibt unbeantwortet: Viele Wissenschaftler (oder Künstler) geben ein begonnenes Projekt auf, weil die Schaffenskraft und der schöpferische Wille erlahmen. Doch sie bleiben geachtete Mitglieder der *community*.

Serre spricht einfach von „Müdigkeit", vielleicht „Erschöpfung". Andere äußern sich ähnlich, sehen die Ursachen aber tiefer und geben als Grund auch „Enttäuschung" an. Igor Schafarewitsch meinte – nach einer mündlichen Mitteilung von Helmut Koch –, es sei ein verhängnisvoller Entschluss Grothendiecks gewesen, die Arbeit an den *Eléments de Géométrie Algébriques* zu beginnen. Er hätte seine Kreativität besser den „großen Problemen" und nicht dem lückenlosen Aufbau einer gigantischen Theorie zuwenden sollen. In ähnlicher Weise äußerte sich der Physiker David Ruelle, Grothendiecks Kollege am *IHÉS*. Grothendieck habe nach einer übermenschlichen Anstrengung einsehen müssen, dass er das begonnene Werk niemals werde vollenden können. Es war, als hätte er sich in den Kopf gesetzt, eine Kathedrale mit eigenen Händen zu bauen. Als die Mauern zwei Meter hoch waren, habe er aufgeben müssen.

Es scheint dem Verfasser, dass alle drei, Serre, Schafarewitsch und Ruelle, wichtige, aber letzten Endes nicht entscheidende Punkte treffen. Sie mögen (teilweise!) erklären, warum Grothendieck die Mathematik aufgegeben hat, aber nicht, warum er sein ganzes Leben verändert hat, warum er sich aus der menschlichen Gemeinschaft zurückzog. Dies ist zweifellos ein sehr viel tiefgreifenderes, ein emotionaleres und aus den Tiefen der Persönlichkeit entspringendes Ereignis als die Aufgabe des Berufes oder der Rückzug aus der wissenschaftlichen Forschung. Wieder liegt der Gedanke nahe, dass es umgekehrt gewesen sein könnte: Weil Grothendieck – aus welchen Gründen auch immer – nicht mehr in der Gesellschaft, in der er von 1950 bis 1970 lebte, bleiben konnte oder wollte, deshalb musste er auch die Mathematik aufgeben.

Einen weniger vordergründigen Versuch, Grothendiecks Entscheidung zu erklären, unternimmt sein alter Freund und Kollege Pierre Cartier.[*] Auch er verkennt nicht die Bedeutung der Finanzie-

---

[*] P. Cartier: *A mad day's work: From Grothendieck to Connes and Kontsevich – The evolution of concepts of space and symmetry*, Bull. Am. Math. Soc. 38, 389-408, 2001

rung des *IHÉS*, auch er sieht die Krise in Grothendiecks mathematischer Arbeit, aber er sieht auch, dass der Bruch in Grothendiecks Leben viel tiefere Ursachen hat:

Ich möchte versuchen, die Ursachen für dieses abrupte Ende einer so erstaunlich fruchtbaren Karriere im Alter von 42 Jahren zu analysieren. Als Grund wurde angegeben, dass er entdeckt hatte, dass das Verteidigungsministerium das Institut finanziell unterstützt hatte [...] Um die Heftigkeit seiner Reaktion zu verstehen, muss man seine Vergangenheit und die politische Situation dieser Zeit berücksichtigen. Er ist der Sohn eines militanten Anarchisten, der sein ganzes Leben der Revolution gewidmet hatte. Es war ein Vater, von dem er nur wenig direkt wusste: Er kannte ihn hauptsächlich aus den vergötternden Erzählungen seiner Mutter. Seine ganze Kindheit lebte er als Ausgestoßener, und viele Jahre war er ein Flüchtling [*displaced person*] [...] Er fühlte sich immer unwohl, wenn er die „besseren" Örtlichkeiten besuchte, und war viel ungezwungener unter den Armen und Zukurzgekommenen. Die Solidarität mit den Ausgestoßenen hatte in ihm ein starkes Mitgefühl erzeugt. Er lebte nach seinen Überzeugungen, und sein Haus stand für Gestrandete immer weit offen. Schließlich kam es so weit, dass er *Bures* als einen goldenen Käfig ansah, der ihn vom wirklichen Leben fernhielt. Zu diesen Gründen kamen noch psychische Krisen, Zweifel am Wert seiner wissenschaftlichen Aktivitäten. Schon 1957, während eines Bourbaki-Kongresses, vertraute er mir seine Zweifel an und sagte mir, dass er über andere Aktivitäten als Mathematik nachdächte.[*] Man sollte vielleicht auch das wohlbekannte Nobelpreis-Syndrom in Betracht ziehen. Nach dem Moskauer Kongress, auf dem er die Fields-Medaille erhielt, arbeitete er an dem letzten (entscheidenden) Schritt zum Beweis der Weil-Vermutungen, und er begann vielleicht zu ahnen, dass es Deligne erfordern würde, um das Programm, das er für sich selbst aufgestellt hatte, im Jahr 1974 zu vollenden, und vielleicht ging ihm auch der fatale Gedanke durch den Kopf, dass im Alter von 40 Jahren die mathematische Kreativität nachlässt, dass er seinen Zenit überschritten hatte und dass er sich nur noch mit abnehmender Effizienz selbst wiederholen konnte.
Auch der Zeitgeist hatte einen starken Einfluss. Das Desaster des Vietnamkrieges von 1963 bis 1974 hatte viele Gewissen wachgerüttelt.

Insgesamt scheint die Analyse Cartiers weitgehend zutreffend zu sein, und es bleibt nur, einige Punkte zu ergänzen und genauer auszuführen. Wenn oben gesagt wurde, dass der Streit um den Etat kein wirklich entscheidender Punkt gewesen sein kann, so soll damit nicht behauptet werden, dass politische oder, genauer, gesellschaftspolitische Gründe bei allen diesen Entscheidungen keine Rolle gespielt haben. Ganz im Gegenteil, sie waren, wie Cartier sehr zu-

---

[*] In einer kurzen sehr kryptischen Notiz über die spirituellen Stationen seines Lebens erwähnt Grothendieck für 1957 „Berufung und Untreue". Das könnte sich so anhören, als ob er eine anderweitige „Berufung" gespürt habe, dieser jedoch nicht gefolgt sei.

treffend ausführt, für Grothendieck von großer Bedeutung. Um das genauer zu erläutern, soll im übernächsten Kapitel noch einmal an einige seiner politischen Aktivitäten erinnert werden.

Diese Aktionen müssen vor dem Hintergrund seines eigenen Lebens und des seiner Eltern gesehen werden. Cartier hat sicher völlig recht, wenn er betont, dass ihm immer das Vorbild seiner Eltern vor Augen gestanden haben muss. Sein Vater hat sein ganzes Leben lang für die Freiheit, für die Selbstbestimmung und gegen die Mächtigen dieser Welt gekämpft. Grothendiecks Sympathie galt den Armen, den Verfolgten, den Unterdrückten, denen im Schatten, und er hatte schon immer linke, liberale, auch anarchistische politische Überzeugungen. Diese Überzeugungen mündeten jedoch viele Jahre lang noch nicht in politische Aktionen. Selbstverständlich stand er in den fünfziger und Anfang der sechziger Jahre in Opposition zum französischen Krieg in Algerien, aber er beteiligte sich nicht an öffentlichen Aktionen wie viele seiner engsten Kollegen, etwa Schwartz, Chevalley, Samuel, Godement oder Cartier. Er nahm jedoch diese Sache so ernst, dass er um 1961/62 erwog, in die Vereinigten Staaten zu emigrieren. Entsprechende Briefe schrieb er an verschiedene Kollegen (z. B. Hirzebruch in Bonn) und auch an den Institutsdirektor Motchane. Warum sich diese Pläne zerschlugen, geht aus der bekannten Korrespondenz nicht hervor. Möglicherweise spielte die Krankheit seiner Frau, die an Tuberkulose litt und auch psychische Probleme hatte, dabei eine Rolle.

Wir verschieben die weitere Schilderung Grothendiecks „politischer" Aktionen Ende der sechziger Jahre auf das übernächste Kapitel. Stattdessen wollen wir noch einmal auf sein beginnendes Interesse an der Biologie zurückkommen, das ja der Auslöser für das endgültige Zerwürfnis mit Motchane gewesen war. Möglicherweise wurde er zur Beschäftigung mit der Biologie durch Mircea Dumitrescu angeregt, den er auf seiner zweiten(?) Rumänienreise kennengelernt und später im Hause ihres gemeinsamen Freundes Valentin Poenaru wieder getroffen hatte. Dumitrescu war ursprünglich Arzt gewesen und hatte sich dann der Molekularbiologie zugewandt. Er war kurz zuvor aus Rumänien geflüchtet und suchte eine Stelle. Im Winter 1969/1970 hielt er eine Vortragsreihe am *IHÉS* und behandelte Themen aus der Genetik wie DNA und den genetischen Code. Diese Vorträge wurden u. a. von Grothendieck, Poenaru und Egbert Brieskorn besucht. Grothendieck fehlten damals zunächst noch die elementarsten Grundkenntnisse; so hatte er zum Beispiel nach Aussage von Poenaru nicht die geringste Ahnung von Chemie. Er hatte also zunächst einige Lücken in seiner eigenen Bildung zu schließen. In diesem Zusammenhang veranlasste er, dass einige grundlegende biologische Lehrbücher für die Bibliothek des *IHÉS* angeschafft wurden. Dauerhaft war aber seine Beschäftigung mit der Biologie allem Anschein nach nicht.

Brieskorn erinnert sich, dass Grothendieck damals der Ansicht war, der genetische Code solle es möglich machen, Phylogenese und Entwicklung der Arten vollständig deterministisch zu verstehen und vorherzusagen. René Thom widersprach dem entschieden, und im Übrigen sprachen sich Thom und Grothendieck wechselseitig ab, überhaupt Mathematiker zu sein.

In der erwähnten Sitzung vom April 1970 ging es dann offenbar um eine Verlängerung der Einladung an Dumitrescu. Dieser ist danach in Frankreich geblieben; eine eigentliche wissenschaftliche Karriere gelang ihm nicht mehr. Poenaru berichtet, dass er im Laufe seines Lebens erhebliche Schulden bei allen möglichen Freunden anhäufte, die er gelegentlich dadurch ablöste, dass er bei anderen Freunden neue machte. Eine lose, aber freundschaftliche Verbindung zu Grothendieck blieb bis zu seinem Tode im Jahr 1988 erhalten. Angeblich hat Grothendieck Dumitrescu kurz vor dessen Tod im Jahr 1988 besucht, um ihm für das bevorstehende Ende spirituellen Beistand zu leisten.

So wie die „große Wende" bisher geschildert wurde, war sie eine zutiefst ernste Frage von Moral, Verantwortung, Prinzipienfestigkeit, wissenschaftlicher Kreativität, eine Angelegenheit, in der kaum ein gewichtiges Wort zu schwer ist. Um ein ausgewogenes Bild zu erhalten, muss jedoch ergänzt werden, dass mit der „großen Wende" sich auch Grothendiecks tägliches Leben änderte. Fortan lebte er nicht mehr in der bürgerlichen Welt, in der er sich immer fremd gefühlt hatte, in der er nur ein Gast gewesen war: Übernachtete er bei Freunden, so lehnte er es ab, in einem Bett zu schlafen, sondern wickelte sich in seinen Schlafsack, den er auf dem Steinfußboden ausbreitete; auch zu Hause schlief er nicht in einem Bett, sondern auf einer ausgehängten Tür – er sagte, das erinnere ihn an seine Jugendzeit im Internierungslager; an einem Tag in der Woche fastete er aus Gesundheitsgründen, oft noch einen zweiten aus Solidarität z. B. mit den Minenarbeitern in Chile; auch ansonsten lebte er von einer höchst reduzierten Diät; die Frauen von Freunden und Bekannten nervte er bei gemeinsamen Mahlzeiten mit Vorträgen über die Chemikalien, mit denen das Essen vermutlich kontaminiert sei; durch den Schnee des kanadischen Winters stapfte er barfuß in Sandalen.

Als nach einem schweren Unfall mit dem Moped eine Operation notwendig wurde, lehnte er eine Betäubung ab und begnügte sich mit Akupunktur; öfter brach sein atavistischer „jüdischer Geiz" (seine eigenen Worte) durch, aber er verteilte in großzügigster Weise Geldgeschenke nach rechts und nach links; Geld bedeutete ihm nichts, seine persönlichen Ansprüche reduzierte er auf fast null; in seinem Haus stellte er den Strom ab, es gab kein fließendes Wasser, dafür stand es jedem offen; seine Autos müssen abenteuerliche Fahrzeuge gewesen sein, eines war ein ausgedienter Leichenwagen, in einem anderen fehlten Stücke der Bodenplatte, so dass man aufpassen musste, nicht mit den Füßen auf die Straße zu kommen. Er fiel neunmal durch die Führerscheinprüfung und fuhr jahrelang Auto, ohne im Besitz eines Führerscheins zu sein.

Eine der Legenden über ihn sei im Wortlaut wiedergegeben:[*]

*Legend has it (everything is legend) that, out at the farm, he would save his shit in buckets, then go around – ever the good ecologist – to the local farmers trying to sell it. What would be your reaction to being offered the shit of a Fields medallist at bargain prices?*

Grothendieck lebte in einer anderen Welt – im Niemandsland jenseits der Grenze. Und er musste in einem langen und schmerzlichen Prozess feststellen, dass er dort ganz allein lebte.

---

[*] zitiert nach : Roy Lisker : *Visiting Alexandre Grothendieck,*
www.fermentmagazine.org.
Einige Zeilen später in diesem Text findet sich übrigens eine Anweisung von Lisker an potentielle Biographen, wie sie bei ihrer Arbeit verfahren könnten: *My feeling is that you have got three choices: (1) You can ask him for permission to write about him. After he refuses, which is certain, you can write it anyway. (2) You can interview him, then write the article without his permission: or (3) You can just invent everything from beginning to end, without even bothering to go see him. – The results will be equally incredible.*

Léon Motchane, Büste im Park des *IHÉS*  Jean-Pierre Serre, etwa 1975

René Thom, etwa 1975  Jean Dieudonné

# 2. Drei Leidenschaften

Bevor wir mit der Biographie fortfahren, sollen dem Leser Orientierungspunkte gegeben werden, die Grothendieck selbst gesetzt hat. Er hat oft geschrieben, dass drei große Leidenschaften (*passions*) sein Leben bestimmt haben, nämlich die Mathematik, *la quête de la femme*, oder, wie er auch schreibt, die Suche nach einer Gefährtin, und die Meditation. Genau genommen gilt das jedoch nur für die dritte Phase seines Lebens, die in diesem Buch behandelt wird, die Jahre von 1970 bis 1991. Vorher hatte er noch nicht die Meditation entdeckt, und nach seinem Rückzug in selbstgewählte Einsamkeit spielten weder die erste noch die zweite dieser drei Passionen eine bedeutende Rolle in seinem Leben.

Die Darstellung dieser drei Passionen – vielleicht könnte man auch sagen „Antriebskräfte" – stellt den Biographen vor eine schwierige und ungewöhnliche Aufgabe, und dies umso mehr, als Grothendieck alle drei als Manifestationen desselben schöpferischen Impulses ansieht. Was Mathematik und Sexualität, *„pulsion du sexe"*, betrifft, schreibt er sogar ausdrücklich:

Ich habe die Präsenz dieser beiden Passionen in mir nicht als einen Konflikt erlebt, nicht zu Anfang und auch nicht später. Ich muss dunkel die profunde Identität der beiden gespürt haben, die mir erst viel später klar wurde, als die dritte in mein Leben eintrat.

Zweifellos werden die meisten Leser die postulierte nahe Beziehung zwischen Sexualität und Mathematik als überraschend, sogar als unverständlich und möglicherweise auch als bizarr ansehen. Tatsächlich hat Grothendieck in *ReS* ungefähr zehnmal geschrieben: *„Faire les maths est comme faire l'amour."* Um das wenigstens etwas zu erklären, soll sogleich ein weiteres fundamentales Prinzip von Grothendiecks Sicht des Menschen genannt werden. Er unterscheidet drei Ebenen menschlicher Kreativität und Erkenntnis, die körperlich-sexuelle, die intellektuell-künstlerische und die spirituelle. Er betont, dass die ersten beiden wesensverwandt sind und dass es die Bestimmung des Menschen ist, zu wahrer Spiritualität zu finden. *La quête de la femme*, Mathematik und Meditation sind in dieser Sicht Ausdruck menschlicher Kreativität und schöpferischer Tätigkeit auf diesen drei Ebenen.

Damit soll nur angedeutet werden, was Grothendieck weitläufig in seinen Meditationen *Récoltes et Semailles* [Ernten und Säen] und

*La Clef des Songes* [Traumbuch – wörtlich „Der Schlüssel der Träume"] ausführt, insbesondere zum Beispiel im Abschnitt *„Mes Passions"* von *ReS*. Diese Abschnitte gehören zu den wichtigsten und beziehungsreichsten in seinen philosophischen Reflexionen, und ihr Inhalt erschließt sich nur bei genauer Kenntnis vielfältiger Hintergründe. Ein näheres Eingehen auf diese Texte kann deshalb nicht am Anfang seiner Biographie stehen, auch wenn wir gleich noch ein wenig daraus zitieren werden. Es soll zunächst nur darum gehen, auf Grothendiecks eigene Sicht seines Lebens hinzuweisen.

Was die Sexualität betrifft (*„pulsion du sexe"* [„Sexualtrieb"]), so sind sich alle Menschen, die Grothendieck gekannt haben, darin einig, dass er viele Frauenbeziehungen hatte und dass er dabei wenig Rücksichtsnahme – etwa in Bezug auf seine eigene Ehefrau – oder Diskretion – etwa in Bezug auf die Partner seiner Bekanntschaften – zeigte. Zugleich wird übereinstimmend gesagt, dass in seiner Sexualität und seinen erotischen Beziehungen etwas zutiefst Gestörtes sichtbar wurde: Etwas „stimmte" nicht. Viele kreative Persönlichkeiten, insbesondere auch Künstler, haben ein intensives Sexualleben; die Beispiele sind so zahlreich und allgemein bekannt, dass man keine zu nennen braucht. Mathematiker oder Naturwissenschaftler neigen eher dazu, ein konventionelles bürgerliches Leben zu führen, so dass jemand wie Grothendieck aus dem Rahmen fällt und seine Lebensweise vielfach auf ausgesprochene oder unausgesprochene Ablehnung stößt.

In seinen Meditationen schreibt Grothendieck zwar, dass *la quête de la famme* eine der großen Antriebskräfte seines Lebens gewesen sei, aber viel mehr sagt er nicht: Er nennt keine Namen, schildert keine Erlebnisse, schreibt weder von Liebe noch von Enttäuschungen, nicht von Begegnungen und auch nicht von Trennungen. Auch in seinen Briefen schreibt er dazu fast nichts, allenfalls einmal einen Satz wie: „Dann kam eine merkwürdige Zeit flammender Liebe." Man hat den Eindruck, dass er diesen Bereich seines Lebens als seine Privatsphäre ansah, und so mitteilsam er ansonsten war, so verschwiegen war er in dieser Beziehung. Seine Biographie wird das berücksichtigen.

Wir zitieren zum Abschluss dieser Einleitung aus dem Abschnitt *„Mes Passions"* von *ReS*, aus dem etwas „Nicht-stimmiges", vielleicht sogar Beunruhigendes durchklingt:

Drei große Passionen haben mein Leben als Erwachsener bestimmt, neben anderen Kräften von anderer Natur. Ich habe schließlich in diesen Passionen drei Manifestationen derselben fundamentalen Antriebskraft [*pulsion*] erkannt; drei Wege, die die Suche nach Erkenntnis in mir gefunden hat – in der unendlichen Vielfalt der Wege, die unsere unendliche Welt uns anbietet.

Die erste, die sich in meinem Leben manifestiert hat, war die Passion für die Mathematik, im Alter von siebzehn Jahren, als ich das Lyzeum beendet hatte [...] Ich habe die Mathematik schon „gekannt", lange bevor ich die erste Frau kannte (abgesehen von der, die man seit der Geburt kennt), und noch heute in meinem reifen Alter hat sie [die Passion für die Mathematik] sich nicht verbraucht. [...]

Die zweite Passion in meinem Leben war die Suche nach der Frau. Diese Passion zeigte sich in mir oft in der Form der Suche nach einer Gefährtin. Ich konnte das eine von dem anderen nicht unterscheiden bis zu der Zeit, da sie aufhörte, da ich wusste, dass das, was ich suchte, nirgends zu finden war, oder auch: dass ich es in mir selbst trug. Meine Leidenschaft für die Frau konnte sich in Wahrheit erst nach dem Tod meiner Mutter entfalten (fünf Jahre nach meiner ersten amourösen Liaison, aus der ein Sohn geboren wurde). Es war erst danach, im Alter von 29 Jahren, dass ich eine Familie gegründet habe, der drei Kinder entsprungen sind. Die Verbindung [attachement] zu meinen Kindern ist ursprünglich ein unlösbarer Teil der Verbindung zu meiner Mutter gewesen, ein Teil jener von der Frau ausgehenden Kraft, die mich zu ihr hingezogen hat.

Als Grothendieck diese Zeilen niederschrieb, war sein Denken schon sehr von religiösen, mystischen und esoterischen Vorstellungen bestimmt. Wenn er das Wort *passion* gebraucht, dann klingt dabei wie ein Echo, aber unüberhörbar, die religiöse Bedeutung dieses Wortes als „Leidensgeschichte" mit. Vermutlich dachte er sogar an die „Passion Christi". Tatsächlich ist Grothendiecks Leben eine Leidensgeschichte. Keine der drei Passionen hat ihn glücklich gemacht. Er betont immer wieder in seinen Meditationen und Briefen, dass seine Leidenschaft für die Mathematik niemals aufhörte, aber er sagte auch, dass sie eine „Reise durch die Wüste" war und dass er nach der „großen Wende" sich mit Mathematik nur beschäftigte, „wenn seine Lebenskurve durch ein Tief ging". Er hat sich aus Erkenntnis- und Wissensdrang mit Mathematik beschäftigt, auch aus einem starken Verantwortungsbewusstsein heraus, aber er sagt kaum einmal, dass die Beschäftigung mit der Mathematik ihm Freude bereitet hätte.

Ähnlich ist es mit *la quête de la femme* oder *pulsion du sexe*. Die Beziehungen zu den drei Müttern seiner Kinder endeten in emotionalen Katastrophen. Flüchtigere Verhältnisse beendete er allem Anschein nach oft von einem Tag auf den anderen. Andererseits gab es auch stabilere Verhältnisse, wohl weil sie sich aus einer erotischen Beziehung in eine „Freundschaft" entwickelten. Es gab zum Beispiel eine (verheiratete) Vietnamesin T. in seinem Leben, die er schon in Paris kennengelernt hatte, die später mehrere Besucher bei ihm angetroffen hatten und von der er noch 1985 sagte, dass sie regelmäßig mit ihm korrespondiere und telefoniere. (Es gab mehrere ostasiatische Frauen in Grothendiecks Bekanntschaft, die sehr diskrete Zurückhaltung übten, so dass die Besucher im Allgemeinen sich später nicht mehr sicher waren, wen sie eigentlich bei Grothendieck angetroffen hatten.)

Trotzdem bleibt es bei der Feststellung, dass auch diese Passion Grothendieck kein Glück gebracht hat. Der einfache Satz „Ich war glücklich mit ihr" wäre Grothendieck niemals über die Lippen gekommen. Und schließlich vermitteln seine Meditationen, von denen ja tausende Seiten vorliegen, eher den Eindruck einer selbstquälerischen Suche als die Gedanken eines Mannes, der mit sich selbst im Reinen ist.

# 3. Ein Rückblick: Grothendieck in Algerien, Vietnam und Rumänien

Gegen Ende des ersten Kapitels wurden Grothendiecks politische Überzeugungen kurz erwähnt, die sich bis Mitte der sechziger Jahre allerdings nicht in konkreten Aktionen äußerten. Öffentlich sichtbar wurden sie erstmals im Sommer 1966, als er sich weigerte, nach Moskau zu reisen, um auf dem Internationalen Mathematiker-Kongress (ICM) die ihm verliehene Fields-Medaille in Empfang zu nehmen. Er protestierte damit gegen die Verfolgung und Einkerkerung der beiden russischen Schriftsteller Yuli Daniel und Andrei Sinyavsky.[*] Diese Aktion, die vielleicht mehr „moralisch" als „politisch" motiviert war, erregte beträchtliches Aufsehen. Sie wurde ihm einige Jahre später von den orthodoxen Kommunisten und Sozialisten, die in der Studentenbewegung eine große Rolle spielten, sehr übel genommen.

Als politische Aktion erscheint Grothendiecks Fernbleiben wenig überzeugend. Der amerikanische Mathematiker Stephen Smale aus Berkeley erhielt auf dem Kongress ebenfalls die Fields-Medaille. Sein Verhalten war sehr viel konsequenter und öffentlichkeitswirksamer: Er beteiligte sich in Moskau an öffentlichen Aktionen und Demonstrationen, sehr zum Missfallen der dortigen Obrigkeit.

Da er nicht selbst nach Moskau reiste, hatte Grothendieck Motchane gebeten, die Medaille und den zugehörigen Scheck in Empfang zu nehmen. Nach dessen Rückkehr lehnte er jede noch so kleine Ehrung ab, sogar eine Einladung zu einem privaten *dîner* bei Motchane, sondern ließ sich Medaille und Scheck von der Institutssekretärin aushändigen. In einer Zeitungsnotiz aus dieser Zeit wird berichtet, dass der französische Mathematiker Grothendieck die Fields-Medaille – den „Nobelpreis" der Mathematik – erhalten habe. Das Preisgeld habe er der Bewegung *„Mouvement du milliard pour le Vietnam"* zugunsten des Roten Kreuzes von Nordvietnam gespendet, und die Medaille solle auf der nächsten öffentlichen Versteigerung, die von dieser Bewegung organisiert wurde, verkauft werden. (Grothendieck scheint keinerlei Aufhebens von dieser „Verwendung" der Fields-Medaille gemacht zu haben. Dem Verfasser ist sie nur durch diese Zeitungsmeldung, die im Archiv des *IHÉS* aufbe-

---

[*] Sinyavsky emigrierte Anfang der siebziger Jahre nach Frankreich und wurde Professor an der Sorbonne. Daniel blieb nach seiner Freilassung in der Sowjetunion.

wahrt wird, bekannt geworden; alle befragten Personen wussten nichts davon.)

In der zweiten Hälfte der sechziger Jahre unternahm Grothendieck Vortragsreisen nach Algerien, Vietnam und zweimal nach Rumänien. Dies waren Orte, an denen er für seine eigene Forschung kaum profitieren konnte. Seine Bekannten aus dieser Zeit meinen, dass er die Reisen aus einem gewissen Pflichtgefühl heraus unternahm. Er wollte in diesen Ländern mit ihren schlechten Arbeitsbedingungen die Mathematik und die Mathematiker unterstützen. („Pflichtbewusstsein" war auch eine starke Antriebskraft bei der Abfassung von *EGA* und *SGA*. **))

Die Reise in die algerische Hauptstadt Algier fand im November und Dezember 1965 statt. Wie es zu diesem Besuch kam, schildert Max Karoubi in einem Brief an den Verfasser:*)

Zu dieser Zeit (1965) war der Algerien-Krieg vorbei, und viele französische Intellektuelle wollten den algerischen Universitäten helfen. Zum Beispiel hatte Roger Godement in den vorangegangenen Jahren mehrere Reisen nach Algier unternommen, um eine vernünftige mathematische Bibliothek aufzubauen. Er überzeugte viele Mathematiker wie Serre und Grothendieck, für einen einmonatigen Kurs nach Algier zu kommen. Er überzeugte auch viele junge Mathematiker (wie mich), ihren „Militärdienst" in Algier abzuleisten: Dieser reduzierte sich dann auf eine klassische mathematische Vorlesung an der *Faculté des Sciences*.

In diesem Zusammenhang kam Grothendieck im November 1965 und gab auf Wunsch der Mathematiker in Algier einen Kurs über Kategorien-Theorie: *Introduction au langage fonctoriel*.

Die Vorträge wurden ausgearbeitet, und in der Einleitung dieser Ausarbeitung heißt es:

Dieses Heft enthält eine sorgfältige Ausarbeitung eines Kurses, den Herr A. Grothendieck freundlicherweise im Monat November 1965 in Algier gehalten hat. Er hat das Ziel, den Anfänger mit der funktoriellen Sprache vertraut zu machen, einer Sprache, die später in mehreren Seminaren gebraucht wurde: Homologische Algebra in abelschen Kategorien und Grundlagen der K-Theorie [...]

---

**) Für die Nicht-Mathematiker unter den Lesern sollte gesagt werden, dass *EGA* (*Éléments de Géométrie Algébrique*) und *SGA* (*Séminaire de Géométrie Algébrique*) fundamentale Texte zu Grothendiecks Neubegründung der Algebraischen Geometrie sind.
*) Karoubi schreibt auch, wie uneigennützig und großzügig Grothendieck ihn bei seiner eigenen Arbeit unterstützt hat (*I think the motivation of* Grothendieck *was simply generosity.*), doch das gehört in ein anderes Buch.

Nach seinem Nicht-Auftritt auf dem Moskauer Kongress war Grothendiecks Reise nach Hanoi und Nordvietnam, mitten im Vietnamkrieg, zweifellos eine „politische" Aktion. Sie kam auf seine eigene Initiative hin zustande und fand in den letzten drei Novemberwochen 1967 statt. (Die erste Novemberwoche verbrachte er, auf eine Möglichkeit zur Weiterreise wartend, im Hotel Khemara in Pnom Penh, Kambodscha.)

Über diese Reise berichtete er am 20.12.1967 in Paris unter dem Titel *„La Vie Mathématique en République Démocratique du Vietnam. – (Exposé fait le 20 décembre 1967, sur invitation du Département de Mathématiques de la Faculté des Sciences de Paris)."* Es existiert eine ausführliche 22-seitige schriftliche Fassung dieses Vortrages. Er liegt auch in (autorisierter) deutscher Übersetzung vor und wurde von der Fachschaft Mathematik der Bonner Universität im April 1968, am Vorabend der „Studentenrevolution", verbreitet.[*] Grothendieck berichtet von wissenschaftlichen und persönlichen Kontakten, er schildert sein Vortragsprogramm, die Kriegszerstörungen, Bombenangriffe, materiellen Schwierigkeiten, Lebensverhältnisse und das Vertrauen des vietnamesischen Volkes in die eigene Zukunft. Er übt vorsichtige Kritik an der Indoktrination in dialektischem Materialismus und der ausufernden Reglementierung des öffentlichen Lebens, aber aus jedem Satz seines Berichtes spricht eine tiefe Sympathie für die Bemühungen des vietnamesischen Volkes, unter schwierigsten Bedingungen eine neue Gesellschaft aufzubauen und Volksbildung und Wissenschaft zu fördern.

Sein Vortragsprogramm wurde in Absprache mit den vietnamesischen Kollegen aufgestellt. Zu den Vorträgen kam auch der Minister für Höhere und Technische Bildung Ta Quang Buu, selber Mathematiker. Das Programm umfasste folgende Veranstaltungen an der Universität Hanoi, die gelegentlich durch Luftangriffe unterbrochen wurden:

13.11.67:  Die Ausbildung mathematischer Forscher und allgemeine Bedingungen für wissenschaftliche Forschung
14.11.67:  Der Begriff des Schemas
15.11.67:  Funktionalanalysis
16.11.67:  Homologische Algebra
17.11.67:  Homologische Algebra. Garbentheorie
20.11.67:  (Algebraische) Topologie

---

[*] Die an der Publikation beteiligten Personen können sich nicht mehr erinnern, wie der Kontakt zu Grothendieck zustande gekommen war.

Danach wurde die Veranstaltung in der evakuierten Universität in etwa 100 Kilometern Entfernung auf dem Land fortgesetzt. Hier gab es ein zweitägiges Seminar über „Topologische Tensorprodukte und nukleare Räume" und ein siebentägiges Seminar über Homologische Algebra. Die Vorträge dauerten an sich jeweils zwei Stunden. Da sie jedoch Satz für Satz übersetzt wurden, verdoppelte sich diese Zeit. Insgesamt waren also Grothendieck selbst und die Zuhörer intensiv beschäftigt. Die Vorträge wurden von bis zu fünfzig Hörern besucht. Es scheint allerdings, dass es zu nachhaltigen und länger andauernden Kontakten zu vietnamesischen Mathematikern nur in einem Fall gekommen ist. Dabei handelt es sich um die junge Mathematikerin Hoang Xuan Sinh. In dem oben erwähnten Bericht schreibt Grothendieck über sie:

Madame Hoang Xuan Sinh, auch vom pädagogischen Institut Hanoi, hat alle Vorträge mitgeschrieben. Sie ist eine der wenigen Mathematiker (und sogar, was noch seltener vorkommt, Mathematikerinnen), die in Frankreich ausgebildet worden sind (sie hat ihr Staatsexamen 1959 dort gemacht). Diese Notizen werden später zusammengefasst und dann auf französisch vervielfältigt.

Sinh ist auf mehreren Fotografien zu sehen, die von Grothendiecks Vietnamreise erhalten geblieben sind. Sie ist in den siebziger Jahren wieder in Frankreich gewesen und promovierte bei Grothendieck. In *Récoltes et Semailles* (S. 150) erwähnt Grothendieck sie mit folgenden Worten:

[...] Mme. Sinh, die ich im Dezember 1967 in Hanoi getroffen habe anlässlich eines einmonatigen Kurses, den ich an der evakuierten Universität von Hanoi gehalten habe. Ich habe ihr im folgenden Jahr ein Thema für eine Dissertation vorgeschlagen. In Zeiten des Krieges hat sie unter besonders schwierigen Umständen gearbeitet; ihr Kontakt zu mir beschränkte sich auf gelegentliche Korrespondenz. Sie konnte 1974/75 nach Frankreich kommen (aus Anlass des Internationalen Mathematiker-Kongresses in Vancouver) und wurde dann mit ihrer Dissertation promoviert (vor einem Prüfungsausschuss unter dem Vorsitz von Cartan und den weiteren Mitgliedern Schwartz, Deny, Zisman und mir).

Während ihres Jahres in Frankreich hat Sinh sich mindestens einige Zeit in Montpellier aufgehalten. Sie promovierte mit einer Dissertation *gr-catégories* an der Universität Paris VII. Sie gehörte sicher zu den Frauen, die in Grothendiecks Leben eine gewisse Rolle gespielt haben. Am 9.12.1974 schickte sie Grothendieck ein (sehr schönes) kleines Foto von ihr selbst, mit einer handschriftlichen Widmung auf der Rückseite (siehe Kap. 14). Später war sie politisch aktiv und hat eine führende Rolle beim Aufbau der Mathematik in Vietnam gespielt. Zurzeit (2008) ist sie Präsidentin der von ihr im Jahre 1988 gegründeten ersten privaten Universität Vietnams, der Thang-Long-Universität in Hanoi. Weitere Einzelheiten ließen sich bisher nicht ermitteln. Dem Verfasser gelang es nur auf indirekte Weise, Kontakt zu Sinh zu bekommen, und sie ließ mitteilen, dass sie Grothendieck das Versprechen gegeben habe, niemandem etwas über sein Leben und ihre Begegnungen mit ihm mitzuteilen.

In Vietnam 1967, rechts vor Grothendieck Hoang Xuan Sinh

Grothendiecks spontane Reise nach Vietnam war eine für ihn wohl typische „individualistische" Einzelaktion. Schon seit langem setzten sich nämlich französische Intellektuelle für die Befreiung Indochinas ein, darunter sehr viele Prominente wie z. B. Jean-Paul Sartre. Auch viele Mathematiker engagierten sich in dieser Sache, an vorderster Front Grothendiecks Doktorvater Laurent Schwartz. In seiner Autobiographie berichtet dieser in Kapitel 10 ausführlich über den Kampf für ein unabhängiges Vietnam und über seine Liebe zu diesem Land und seinen Bewohnern.[*] Er verhandelte mit vielen prominenten Politikern, unter anderem mit dem vietnamesischen Premier Phan Van Dong und mit Ho Chi Minh selbst. Es erscheint nicht einmal sicher, wie viel Grothendieck von diesen Aktionen und Initiativen überhaupt gewusst hat.

Im Hinblick auf die „große Wende" lässt sich jedenfalls feststellen, dass zu dieser Zeit noch nicht die Rede davon war, dass die Beschäftigung mit der Mathematik für die Gesellschaft gefährlich sein könnte, nicht einmal davon, dass es wichtigere Dinge als Mathematik geben könnte. Ganz im Gegenteil: Nur ein von seiner Sache zutiefst überzeugter Wissenschaftler wird im vietnamesischen Dschungel unter der Bedrohung durch amerikanische Bombenangriffe über die Weil-Vermutungen vortragen. Mancher wird die Frage stellen, ob solche Vorträge nicht an den wirklichen Bedürfnissen des Volkes zu jener Zeit vorbeigingen. Für Grothendieck wurde auf dieser Reise jedoch auch sichtbar, dass es noch eine Welt außerhalb der Mathematik gibt. Zusammenfassend berichtete er:

> Der vielleicht stärkste der vielen Eindrücke, die ich aus meinem Aufenthalt in der DVR [Demokratische Republik Vietnam] mitgebracht habe, ist der des ruhigen Vertrauens auf die Zukunft, das ich bei allen, mit denen ich sprechen konnte, bemerkt habe. Dieses Vertrauen ist offensichtlich nicht nur eine Fassade, die man Ausländern oder sich gegenseitig vorhält, sondern ein tiefes und sehr reales Gefühl, das seinen Ursprung in dem dreißigjährigen Kampf des vietnamesischen Volkes für seine Unabhängigkeit und für den Aufbau einer neuen Gesellschaft hat. Es wird nicht durch die Tatsache berührt – ganz im Gegenteil –, dass die Städte und die industriellen Anlagen des Landes zum größten Teil während der Ausdehnung des Krieges durch die Amerikaner zerstört worden sind. Diese Erfahrung hat ihnen gezeigt, dass man auch unter solchen Umständen ein vernünftiges und sozial nützliches Leben führen kann [...]

Die erste Rumänienreise Grothendiecks kam auf Einladung des Präsidenten der Akademie der Wissenschaften von Rumänien, Miron Nicolescu, datiert vom 17.3.1968, zustande. Dieser war selbst ein bekannter Mathematiker, der in Frankreich studiert und bei Montel promoviert hatte. Es ist also durchaus möglich, dass diese Einladung seine eigene Idee war. Vermutlich war aber auch Grothendiecks persönlicher Freund Ionel Bucur an der Einladung beteiligt.[*] Bekannt-

---

[*] L. Schwartz: *Un mathématicien aux prises avec le siècle*, Paris 1997 ; englische Übersetzung : *A mathematician grappling with his century*, Basel 2001.

[*] Ionel Bucur (1930–1976) machte die Ideen Grothendiecks in Rumänien bekannt. Er war der „Mentor" einer jüngeren Generation von Mathematikern, die sich für moderne Algebraische Geometrie interessierten. Etwa das Jahr 1967/68 verbrach-

lich wurde die Mathematik in Rumänien in der Zeit der stalinistischen Ceausescu-Diktatur besonders gefördert. Grothendieck verfasste am 12.4.1969 einen kurzen Bericht über seine Reise, die in der letzten Märzwoche 1969 stattfand. Er hielt in Bukarest zwei Vorträge zum Thema *„Méthodes transcendentes et méthodes arithmétiques en algèbre et en géométrie"*. Danach nahm er mit einigen jungen rumänischen Mathematikern an einem Ausflug nach Braşov (Kronstadt) teil. In dem Bericht lobte er das wissenschaftliche Niveau in Rumänien und schlug als Resumé regelmäßige Kontakte vor. Er erwähnte insbesondere, dass er Gheorghe Lusztig und Dan Burghelea getroffen hatte, die ihm außerordentlich begabt erschienen.

Tatsächlich hatte er Lusztig schon kurz zuvor im Dezember 1968 am *IHÉS* kennengelernt. Lusztig kam von Atiyah in Oxford und hielt sich einige Tage in Bures auf. Dabei hatte er Gelegenheit, ausführlich mit Grothendieck zu sprechen. Er wurde auch zum Essen in Grothendiecks Haus eingeladen und traf dort außer Mireille, Grothendiecks Ehefrau, auch einen Flüchtling, dem Grothendieck Unterkunft gegeben hatte. Zurück in Rumänien, erhielt er im März 1969 in Timisoara, wo er lebte, plötzlich einen Anruf mit der Nachricht von Grothendiecks Reise. Er fuhr nach Bukarest und kam rechtzeitig zu Grothendiecks Vortrag an. Grothendieck trug in kurzen Hosen vor, was die Offiziellen von der Rumänischen Akademie einigermaßen verschreckt haben muss. – Lusztig selbst verließ kurze Zeit später Rumänien für immer.

Auch Dan Burghelea war um diese Zeit schon im westlichen Ausland gewesen, er hatte Grothendieck 1967 in Bures getroffen und war jetzt auf dem Sprung, Rumänien für immer zu verlassen. Was er schreibt,[*] ist bezeichnend für das Ansehen, das Grothendieck sich in der jüngeren Generation erworben hatte. Wir zitieren aus dieser Mitteilung nicht nur im Hinblick auf die Rumänienreise, sondern auch als Beleg für Grothendiecks Ansehen in der mathematischen *community*:

*In Romania he was already regarded a mathematician of mythical proportions. He was regarded as the most influential mathematician of our times [...] Although my mathematics was not very close to his, Grothendieck was my hero; at that time (1965 –1975) I regarded him as the most remarkable mathematician of our time [...] His personality, a combination of warmth, aggressiveness, high standards, his generosity towards beginners and reputation for toughness with the establishment made him a hero [...] When he came*

---

te er am IHÉS. In dieser Zeit freundete er sich mit Grothendieck und dessen Familie an. Er war später an der Redaktion von *SGA 5* beteiligt. Grothendieck findet in *ReS* einige herzliche Worte für seinen Freund.

[*] E-Mail vom Februar 2009.

*to Romania I was very proud that he knew about my work with Kuiper. I tried to be around him as much as possible.*

Burghelea gibt auch einen sicher zutreffenden Kommentar zu den "berühmten" nackten Füßen in Sandalen:**)

*[...] To me this was associated to his scientific spirit. To use only what is strictly necessary, but still makes you comfortable, ignoring the constraints convention might impose, and why not, having the courage of behaving differently.*

Die zweite Rumänienreise im Juni 1970 fiel genau in die Zeit, da Grothendieck begann, sich von der Mathematik ab- und der Ökologie zuzuwenden. Über sie wird deshalb in Kapitel 5 berichtet.

Wenn in diesem Kapitel von „politischen" Aktionen Grothendiecks die Rede war, so muss dazu noch einmal betont werden, dass diese sicher nicht im Mittelpunkt seines Interesses standen. Wie so vieles in seinem Leben erscheinen auch diese politischen Aktionen widersprüchlich. Spätestens seit dem französischen Vietnamkrieg und dem Algerien-Krieg engagierten sich viele französische Intellektuelle, darunter auch zahlreiche Mathematiker, in der „linken" Opposition. Maßgeblich daran beteiligt war Grothendiecks Doktorvater Laurent Schwartz, der nicht nur in Bezug auf Vietnam aktiv war, sondern auch einer der Initiatoren der Russel-Tribunale in Stockholm und Roskilde war. Er erwähnt in seiner Autobiographie als Mitstreiter viele prominente französische (und andere) Mathematiker, unter anderem Kahane, Malgrange, Cartier, Martineau und Smale, aber der Name Grothendieck fällt nur ganz nebenbei. Grothendieck hatte in diesen Jahren kein Interesse an gemeinsamen organisierten Aktionen; er beteiligte sich nicht daran, vielleicht waren sie ihm sogar gleichgültig. Alle, die seine politischen Aktionen verfolgt haben, bezeugen seinen guten Willen, seine ernsthaften und ehrlichen Absichten, attestieren ihm aber zugleich eine unglaubliche Naivität und auch Unwissenheit.

---

**) Barfuß zu laufen, scheint von jeher ein Bedürfnis Grothendiecks gewesen zu sein. Es existiert ein Gruppenfoto der Kinder aus dem Heim *Le Guespy* in Chambon, auf dem Grothendieck barfuß (ohne Sandalen) zu sehen ist. Der sonstigen Kleidung nach zu urteilen (dicke Pullover und Jacken), kann es keinesfalls Sommer gewesen sein.

# 4. Die Revolution von 1968

Im Mai 1968 brach in Paris die „Studentenrevolution" aus, die bald die ganze westliche Welt erfasste. Es kam zu Streiks und Demonstrationen, die manchmal an Aufruhr grenzten, eine vollständige Umgestaltung der universitären Lehrpläne wurde gefordert, Abschaffung von Prüfungen, selbstbestimmtes Lernen, Drittelparität, im Extremfall wurde die Zerstörung der Rechenzentren und von Instituten verlangt, die im Verdacht militärischer Forschung standen. Es war eine „Kulturrevolution", die die westliche Welt veränderte und dennoch aus heutiger Sicht etwas seltsam Unwirkliches hat.

Die Revolution von 1968 umfasste (mathematisch gesprochen) ein nahezu kontinuierliches Spektrum theoretischer und praktischer Ansätze, Ziele und daraus resultierender Bewegungen. Dieses Spektrum reichte von Intellektuellen, die Zigaretten rauchend in chaotischen Seminaren und Caféhäusern Marx, Sartre und Marcuse diskutierten, über radikale und oft gewaltbereite Studentengruppen, die die heute legendären Kommunen gründeten und den Boden für die Hausbesetzer-Szene, aber auch für Gruppen wie die „Rote Armee Fraktion" bereiteten, bis zu Aussteiger- und Hippie-Gruppen, die fest an das bevorstehende Ende unserer technischen Zivilisation glaubten, den vollständigen Zusammenbruch der Gesellschaft vorhersagten und irgendwo auf dem Lande Keimzellen einer neuen Gesellschaft gründeten, die diesen Zusammenbruch überleben würden. Grothendieck war kein theoretisierender Intellektueller, und obwohl eine Abgrenzung schwierig ist, tendiert der Verfasser zu der Ansicht, dass er mehr durch die Hippie-Bewegung als durch die französische „Mai-Revolution" mit ihrer Dominanz von Soziologie und Politikwissenschaft beeinflusst wurde.

Cees Nooteboom fasst die Stimmung des Mai 1968 in Paris wie folgt zusammen:[*]

Der erste Eindruck war, als ob sich plötzlich ein riesiger Deckel hob, als ob plötzlich bisher zurückgehaltene Gedanken und Träume in das Reich des Wirklichen und Möglichen übertragen wurden. Indem sie ihre Umgebung verändern, verändern sich die Leute auch selbst. Leute, die es niemals gewagt haben, etwas zu sagen, bekamen plötzlich das Gefühl, dass ihre Gedanken das Wichtigste auf der Welt seien - und redeten auch so. Die Schüchternen wurden mitteilsam. Die Hoffnungslosen und Vereinsamten entdeckten plötzlich, dass gemeinsame Macht in ihren Händen lag. Die traditionell Apathischen erfuhren plötzlich, wie

---

[*] zitiert nach Wikipedia: http://de.wikipedia.org/wiki/Mai_68

stark sie an der Sache beteiligt waren. Eine ungeheure Woge von Gemeinschaft und Zusammenhalt ergriff diejenigen, die sich selbst zuvor nur als vereinzelte und machtlose Marionetten angesehen hatten, die von Institutionen beherrscht wurden, die sie weder kontrollieren noch verstehen konnten. Die Leute machten sich jetzt ganz einfach daran, ohne jede Spur von Befangenheit miteinander zu reden. Dieser Zustand der Euphorie dauerte die ganzen vierzehn Tage an, in denen ich dort weilte. Eine Inschrift, die auf eine Mauer gemalt worden war, bringt das wohl am besten zum Ausdruck: „Schon zehn Tage Glück".

Es ist nicht genau bekannt, wie Grothendieck bei Beginn der Mai-Unruhen reagiert hat, die zu einem Generalstreik führten, der ganz Frankreich lahmlegte. Poenaru erinnert sich, dass Grothendieck zu den Studentenversammlungen in Orsay ging und zunächst schockiert war über die Welle von Aggression, Hass und Verachtung, die ihm dort als führendem Vertreter des „Establishments" entgegenschlug. Er sah die wissenschaftliche Forschung gefährdet und versuchte vergeblich in Diskussionen seinen Standpunkt zu vertreten und deutlich zu machen. Poenaru berichtet weiter – wobei er sich auf Mitteilungen von Grothendiecks Frau Mireille stützt –, dass Grothendieck danach wie gelähmt zu Hause einige Wochen über das nachdachte, was er in den Studentenversammlungen erlebt und gehört hatte. Er kam zu dem Ergebnis, dass die Studenten – mindestens „im Prinzip" – recht hatten. Plötzlich änderte sich etwas in seinem persönlichen Leben, zum Beispiel ging er ins Kino, was er weder vorher noch später in seinem Leben getan hat.

Bemerkenswerterweise erwähnt Grothendieck in *Récoltes et Semailles* die Revolution von 1968 fast überhaupt nicht.[*] Es lässt sich bisher nicht durch Dokumente wirklich belegen, dass die Studentenrevolution zu der Wende in Grothendiecks Leben führte. Doch es kann kaum ein Zweifel daran bestehen, dass er von Anfang an von der Ernsthaftigkeit der Revolution der jungen Leute überzeugt war, dass er zu sehen glaubte, dass die westliche Zivilisation, der Kapitalismus, auf eine tiefe Krise zusteuerte. Es kamen ihm Zweifel, ob seine Beschäftigung nur mit der Wissenschaft der richtige Weg sei, es kamen ihm Zweifel, ob diese Tätigkeit überhaupt zu verantworten sei. So erging es damals vielen Leuten an den Universitäten und vielen Intellektuellen, zumal in Frankreich; es war einfach der „Zeitgeist" (der stärker ist als alles andere). Aber Grothendieck hat darauf mit der ihm eigenen Heftigkeit, Konsequenz, Rücksichtslosigkeit gegenüber anderen und sich selbst und vielleicht auch mit einer gehörigen Portion Sendungsbewusstsein und Verbohrtheit reagiert.

---

[*] Später sah er aber auch in ihr das Wirken Gottes in der Welt, und zwar als Hinweis auf ein Neues Zeitalter.

# 5. Nach dem Rücktritt vom *IHÉS*, 1970

In diesem Kapitel berichten wir über die Monate Juni bis September 1970, die Zeit, in der sich die „große Wende" wirklich vollzog. Drei wichtige Ereignisse fallen in diese Zeit: die zweite Reise nach Rumänien, die Reise nach Montreal mit der Gründung der Gruppe *Survivre* und der Internationale Mathematiker-Kongress in Nizza.

Kurz nach seinem Rücktritt unternahm Grothendieck die schon länger geplante zweite Reise nach Rumänien. Sie kam wieder auf Einladung von Bucur zustande, fand von Ende Mai bis Ende Juni statt und führte ihn nach Bukarest und auf Ausflügen mit Kollegen in die nähere Umgebung. Über diese Reise berichtete Cornel Constantinescu dem Verfasser u. a. folgendes:

Beim zweiten Besuch hielt Grothendieck einen Vortrag über die vier Weilschen Vermutungen im Mathematischen Institut der Rumänischen Akademie. Der Vortrag war eine wahre Perle, praktisch alle Anwesenden haben den Vortrag vollständig verstanden. Eine Merkwürdigkeit: Beim Vortrag trug Grothendieck kurze Hosen, was ich vorher bei einem Vortrag nie gesehen hatte.
    Zu dieser Zeit hatte Grothendieck die Mathematik und die Biologie aufgegeben, er konzentrierte sich auf „Survivre".[*] Während seines Aufenthalts in Bukarest habe ich ihm mein Zimmer im Mathematischen Institut zur Verfügung gestellt [...] Er [...] schrieb sein Manifest über die Gefahr, dass die Menschheit durch die Anwendung der Atom- und Wasserstoffbomben verschwinden könnte. Ich kam zur Mittagszeit, um mit ihm irgendwo zu essen. Er gab mir das fertiggestellte Manifest zu lesen und fragte mich dann nach meiner Meinung. „Ich werde es dir später sagen", war meine Antwort [...] Als wir das Gebäude verlassen hatten, sagte ich ihm, dass ich seine Frage nicht beantwortet habe, da ich nicht weiß, ob nicht Wanzen in den Wänden meines Zimmers installiert sind. Dann machte ich zwei Einwände [...] Im Restaurant bestellte Grothendieck nur gekochten Reis, sonst nichts. Der Kellner wirkte etwas verwirrt, brachte uns aber bald den bestellten Reis. [...]

Constantinescu schreibt weiterhin, dass Grothendieck ablehnend auf die Idee der Ernennung zum auswärtigen Mitglied der Rumänischen Akademie reagierte. Sie diskutierten auf der Straße, wo sie nicht abgehört werden konnten, die politische Situation und die Gefahr eines Atomkrieges. Außerdem wurde ein zweitägiger Ausflug in die Berge bei Ciucaş organisiert. Schließlich gab es noch das Pro-

---

[*] Hier trügt Constantinescu die Erinnerung; Grothendieck hatte gerade angefangen, sich für Biologie zu interessieren, und *Survivre* wurde erst einige Monate später gegründet.

jekt eines öffentlichen Vortrages, wohl ebenfalls über die Gefahr eines Atomkrieges:

Wir nahmen es als selbstverständlich an, dass dieser Vortrag im selben Saal stattfinden wird, in dem er auch seinen mathematischen Vortrag gehalten hat. Als Nicolescu [Direktor des mathematischen Institutes und zugleich Präsident der Rumänischen Akademie] aber erfuhr, dass Grothendieck plane, eine großangelegte Werbung für diesen Vortrag zu machen, bekam er Bedenken, Grothendieck könnte bei dieser Gelegenheit etwas sagen, was die rumänische Obrigkeit stören könnte (was böse Folgen für das mathematische Institut gehabt hätte), und stellte den Saal nicht mehr zur Verfügung. Einen anderen Saal in Bukarest zu finden, war praktisch unmöglich. So wurde aus dem Vortrag nichts, und Grothendieck war deswegen über Nicolescu verärgert.

Schon kurz nach seinem offiziellen Rücktrittsbrief und unmittelbar nach der zweiten Rumänienreise, am 26.6.1970, hielt Grothendieck vor Hunderten von Hörern an der Universität in Orsay einen Vortrag, in dem er alles ansprach, was ihm wichtig geworden war: die Verbreitung von Atomwaffen, das Wettrüsten, die Gefährdung der Menschheit durch den technologischen Fortschritt. Bei diesem Vortrag ging er das erste Mal so weit, auch mathematische Forschung als gefährlich zu bezeichnen, weil sie ein Teil dieses technologischen „Fortschritts" ist. Es scheint, dass nach seinem Bericht über die Vietnamreise dies erst der zweite Vortrag war, in dem er vor einem größeren Publikum über ein nicht-mathematisches Thema vortrug.

Von dem Vortrag existiert eine erheblich erweiterte 63-seitige schriftliche Fassung mit dem Titel *„Responsabilité du Savant dans le Monde d'Aujourd'hui – Le Savant et l'Appareil Militaire"* [„Die Verantwortung des Wissenschaftlers in der heutigen Welt: Der Wissenschaftler und der Militär-Apparat"]. Es ist bemerkenswert, dass in diesem ersten Beitrag aus der *Survivre*-Zeit schon fast alle wesentlichen Themen dieser Periode angesprochen werden. Grothendieck hatte von Anfang an ein vollständiges ideologisches Konzept. Am 8.7.1970 hielt er fast den gleichen Vortrag in Montreal, und später hat er bei zahlreichen Gelegenheiten ähnliche Vorträge mit ähnlichen Titeln gehalten. Zum Schluss des Vortragstextes findet sich folgender Aufruf und folgende Anmerkung:

Es liegt an Ihnen, der Bewegung

SCIENTISTS FIGHT FOR OUR SURVIVAL (SffOS)

ihre Kraft und ihr Gesicht zu geben. Für jede Beitrittserklärung wie auch für jede Kritik oder für Vorschläge kontaktieren Sie A. Grothendieck, [...] und geben Sie Ihren vollständigen Namen, Adresse und Beruf an.

Wiederabdruck und Verbreitung des vorliegenden Exposés, ganz oder in Auszügen, sei es in der Originalsprache oder in Übersetzung, sind vom Autor ausdrücklich autorisiert und dringend empfohlen.

Die ersten Reaktionen waren bezeichnend und vielleicht ein doppelter Schock für Grothendieck: Viele seiner Kollegen reagierten ablehnend bis gleichgültig und sahen in dem Ganzen eine Art Happening, wie sie damals gang und gäbe waren; viele der revolutionären Studenten zeigten dagegen immer noch Verachtung und Feindseligkeit; für sie war auch Grothendieck nur ein Teil des Establishments.

Nach der Rückkehr von seiner Rumänienreise verbrachte Grothendieck nur wenige Wochen in Paris und reiste dann zur Sommerschule nach Montreal. Das wesentliche Ereignis dort war die spontane Gründung der Gruppe *Survivre;* darüber wird im nächsten Kapitel ausführlich berichtet. Auch wenn die Mathematik nicht sein eigentliches Anliegen in Montreal war, so hielt er doch eine mathematische Vortragsreihe. Ein nicht ganz vollständiges Skript der Vorlesungen von Grothendieck wurde 1974 von der Universität Montreal publiziert. Es hat den Titel *Groupes de Barsotti-Tate et Cristaux de Dieudonné* und umfasst 150 Seiten einschließlich eines Briefes von Grothendieck an Barsotti. Der Text wurde von Monique Hakim und Jean-Pierre Delale redigiert und von John Labute herausgegeben. Spencer Bloch, der damals an seiner Dissertation arbeitete, erinnert sich, dass Grothendieck offensichtlich mehr an *Survivre* als an Mathematik interessiert war. Von dessen mathematischen Vorträgen war er etwas enttäuscht.

Ende Juli 1970 war Grothendieck wieder in Paris und bereitete sich auf seine Weise auf den Internationalen Mathematiker-Kongress in Nizza vor. Diese Vorbereitung bestand vor allem in der Redaktion und dem Druck des Vortrages von Orsay, den er in etwa tausend Exemplaren auf dem Kongress verteilen wollte. Er wandte sich sogar am 29.7. mit der Bitte um logistische und finanzielle Unterstützung an Motchane. Dieser antwortete noch am gleichen Tag, dass es im August kein Personal dafür gäbe und eine finanzielle Beteiligung nicht möglich sei.

Im Zusammenhang damit kam es auch zu einem Briefwechsel zwischen Grothendieck und der Chefsekretärin des *IHÉS*, Annie Rolland. (Eine geheimgehaltene Romanze zwischen Motchane und Rolland war gewissermaßen die emotionale Basis des *IHÉS* gewesen.) Rolland und Grothendieck hatten ein freundschaftliches, beinahe herzliches Verhältnis gehabt. Das Archiv des *IHÉS* enthält zahlreiche Briefe, die zwischen ihnen gewechselt wurden; sie unterzeichneten diese Briefe mit Annie beziehungsweise Schurik. Rolland war auch bei privaten Angelegenheiten behilflich gewesen, z. B. bei Wohnungssuche, Krankheiten von Mireille oder Einstellung von Hauspersonal. Es scheint, dass diese Korrespondenz mit folgendem Brief Grothendiecks beendet wurde:

*Chère Mademoiselle Rolland,*
ich habe Ihre Mitteilungen vom 19. und 22. August erhalten und bedaure sehr, dass Sie dabei bleiben, eine deformierte Version der Fakten zu geben (wen glauben Sie zu täuschen? Ich denke weder sich selbst noch mich) und dass Sie darin nicht auf die eigentliche Sache antworten. Das ist bedauerlich. Bis heute hätte ich niemals Ihre Redlichkeit und Ihren guten Glauben in Zweifel gestellt.
*Veuillez agréer, chère Mademoiselle, l'expression de ma considération parfaite*
A. Grothendieck

Am 1. September 1970, einem Dienstag, vormittags um 9 Uhr 30, erklärte Monsieur Olivier Guichard, *Ministre de l'Éducation Nationale*, den Internationalen Mathematiker-Kongress in Nizza für eröffnet. Dieser Kongress ist eines der wichtigsten Ereignisse in der Welt der Mathematik; er findet alle vier Jahre statt. Hauptorganisator in Nizza war Jean Dieudonné, Grothendiecks Lehrer aus der Zeit in Nancy und späterer Kollege am *IHÉS* und Koautor von *ÉGA*. Insgesamt fanden sich fast 3000 Teilnehmer aus aller Welt in Nizza ein. Auf diesem Kongress wurde die große Wende in Grothendiecks Leben zum ersten Mal der mathematischen Öffentlichkeit bekannt. Er war, vor allem für die auswärtigen Besucher, eine – vielleicht *die* – spektakuläre Erscheinung auf dem Kongress.

Nach der Eröffnung wurde das Wort an Henri Cartan übergeben, der per Akklamation Jean Leray zum Präsidenten und Paul Montel zum Ehrenpräsidenten wählen ließ. Dann kam er sogleich zum Hauptpunkt der feierlichen Eröffnungsveranstaltung. Cartan skizzierte kurz die Geschichte der Fields-Medaille, nannte die Mitglieder des Preiskomitees und dann die Namen der Preisträger in alphabetischer Reihenfolge:

> Alan Baker
> Heisuke Hironaka
> Sergei Novikov
> John G. Thompson.

Guichard überreichte die Medaillen, und dann wurden die Laudationes für die Preisträger vorgetragen. Für Hironaka fiel diese Aufgabe Grothendieck zu, der somit in offizieller Funktion am Kongress teilnahm.

Während der Laudatio für Baker war Grothendieck im dicht gefüllten Auditorium herumgegangen, um seine Broschüren zu verteilen. Dann kam er selbst an die Reihe. Er legte seinen Packen nieder, stieg aufs Podium und gab einen brillanten Bericht über Hironakas Werk. Er sprach englisch, obwohl die französischen Vortragenden ausdrücklich gebeten worden waren, die französische Sprache zu gebrauchen. Er formulierte zunächst das Hauptresultat über die Auflösung von Singularitäten algebraischer Varietäten in Charakteristik 0, und zwar in der Sprache der Varietäten und nicht der Schemata. Dann erwähnte er einige wichtige Anwendungen, die von Hironaka selbst, von Deligne, M. Artin, Griffiths, Grothendieck und anderen gegeben wurden. Über den Beweis sagte er naturgemäß wenig, hob aber hervor, dass der Beweis einer der härtesten und monumentalsten sei, den man in der Mathematik kenne, und zehn Jahre konzentrierte Arbeit erforderte. Er erwähnte, dass der Beweis neue geometrische Ideen einführte, deren zukünftige Bedeutung noch nicht abzuschätzen sei. Bei dieser Gelegenheit konnte er sich (jedenfalls in der gedruckten Version der Laudatio) eine Bemerkung nicht verkneifen: „Dies ist um so richtiger, als die Entwicklung der algebraischen Geometrie, und der ganze Rest auch, zu einem Ende kommen wird, wenn unsere Art in den nächsten Jahrzehnten verschwindet – eine Möglichkeit die heute mehr und mehr wahrscheinlich erscheint." – Während der nächsten beiden Laudationes fuhr er dann wieder fort, seine Druckschriften an die Zuhörer zu verteilen.

Weiterhin hielt Grothendieck in der Sektion „Algebraische Geometrie" einen eingeladenen Vortrag über das Thema, das ihn in diesen Jahren mathematisch am meisten beschäftigte: *Groupes de Barsotti-Tate et cristaux*. Er erwähnte, dass er eine ausführlichere Darstellung dieses Themas in der Vorlesung in Montreal gegeben hätte, und verwies auf die Dissertation von William Messing.

Grothendiecks Hauptanliegen auf dieser Tagung war die Werbung für *Survivre*. Er erwartete und erhoffte sich massive Rekrutierung. Tatsächlich gewann er, wie er im Bulletin von *Survivre* enttäuscht mitteilte, genau vier neue Mitglieder und 1300 Francs an Spenden. Trotzdem erregte er mit seinen Aktionen erhebliche Aufmerksamkeit; schließlich war er einer der berühmtesten Mathematiker überhaupt, und eigentlich war ihm auch das allgemeine politische Klima günstig. So kam es am 4.9.1970 zu einer öffentlichen Diskussion über die Ziele von *Survivre*, zu der etwa 300 Teilnehmer erschienen. Mit seinem Sohn Serge stellte er einen Informationsstand auf und verteilte Hunderte von Broschüren von *Survivre*. Das führte zu einer hitzigen Diskussion mit Dieudonné, der gegenüber den Behörden für den reibungslosen Ablauf der Tagung verantwortlich war. (Es waren die Jahre der Studentenrevolte, und die Behörden waren – zu Recht oder zu Unrecht – immer auf das Schlimmste gefasst.) Daraufhin trug Grothendieck seinen Informationsstand aus dem Hörsaalgebäude hinaus auf die Straße. Das machte die Sache nur noch schlimmer, denn die Veranstalter hatten zugesagt, dass es zu keinen öffentlichen politischen Demonstrationen kommen würde. Der Polizeichef von Nizza erschien, und Grothendieck wurde gebeten, seinen Stand von der Straße zu entfernen. Es wären nur ein paar Schritte gewesen, doch er weigerte sich. Cartier, der das alles miterlebte, berichtet: „Er wollte ins Gefängnis, er wollte einfach ins Gefängnis!" Schließlich trug Cartier selbst mit einigen Kollegen den Informationstisch ein paar Schritte beiseite. Jackson zitiert Cartier zu diesen – und anderen – Ereignissen mit folgenden Worten: „In seinem Herzen war er immer ein Anarchist. Bezüglich vieler Punkte war meine eigene Position nicht weit entfernt von seiner. Aber er war so naiv, dass es vollständig unmöglich war, mit ihm irgendetwas Politisches zu unternehmen".

Spricht man heute Teilnehmer auf diesen Kongress an, so wird oft sein Zusammenstoß mit Lew Pontrjagin erwähnt. Dieser war einer der prominentesten Teilnehmer aus der Sowjetunion. Er hielt einen Vortrag über *Les jeux différentiels linéaires* und erwähnte als Anwendung die Verfolgung eines Flugzeuges durch ein anderes. Grothendieck war bei diesem Vortrag zunächst gar nicht anwesend, wurde jedoch von Hörern informiert, denen dieses Thema oder diese Anwendung nicht gefiel. Daraufhin betrat er nach dem Vortrag das Podium und verlangte von Redner und Auditorium eine Stellungnahme, ob es nicht vorzuziehen sei, auf Forschungen zu verzichten, die militärische Anwendungen haben, wie groß auch ihr theoretisches Interesse sei. Pontrjagin redete sich etwas heraus und erhielt vom Publikum dafür demonstrativen Beifall. Dieudonné oder Cartan (oder beide) intervenierten, Grothendieck versuchte, die aufgeworfenen Fragen in einem persönlichen Gespräch mit Pontrjagin zu diskutieren. Diesem war das sichtlich unangenehm, und er sagte schließlich, dass alle Mathematik zu militärischen Zwecken gebraucht werden könnte und dass es deshalb nicht möglich sei, sich um die Anwendungen der Forschungen zu kümmern.

Jacob Murre, der all diese Ereignisse miterlebt hatte, hatte auch an der Diskussionsveranstaltung über *Survivre* teilgenommen. Er teilte danach in einem persönlichen Gespräch seine – nur zu berechtigten – Bedenken mit, nämlich dass die meisten Teilnehmer und Interessierte an dieser Veranstaltung keine wirklichen „Idealisten" waren, sondern hauptsächlich von Grothendiecks Ruhm als Mathematiker angezogen wurden.

Mit einer Kleinigkeit, einer sehr typischen, soll dieser Bericht über den ICM 1970 beschlossen werden: Grothendieck hatte sich natürlich nicht in einem Hotel, sondern ganz bescheiden in einem Studentenwohnheim einquartiert.

# 6. *Survivre et Vivre*, 1970 - 1972

## 6.1. Die Wende im Frühjahr 1970

In diesem Kapitel kommen wir zu dem Thema, das Grothendieck in den Jahren 1970 bis 1973 hauptsächlich beschäftigt hat, zu seinem Engagement in der beginnenden Umweltbewegung, für neue Lebensformen und eine „kulturelle Revolution". Wir sind über diesen Lebensabschnitt verhältnismäßig gut unterrichtet, jedenfalls viel besser als über fast alle anderen seines Lebens. Dies liegt daran, dass das Bulletin der Bewegung *Survivre* über viele Einzelheiten seiner Aktivitäten berichtet. Es ist eine wesentliche Quelle für die folgende Darstellung. *)

Es wurde schon gesagt, dass Grothendiecks Abkehr von der Mathematik nicht nur einen „negativen" Grund hatte – Erschöpfung, Enttäuschung, was auch immer – sondern auch einen „positiven": Er hatte ein Betätigungsfeld gefunden, das ihm wichtiger erschien als die Mathematik und dem er sich in den folgenden zwei bis drei Jahren mit derselben Energie und Arbeitskraft widmete wie zuvor der Mathematik. Dieses Betätigungsfeld war der Umweltschutz in weitestem Sinne, die aufkommende ökologische Bewegung (in der das Wort „Ökologie" eine umfassendere Bedeutung erhielt als die Bezeichnung einer biologischen Spezialdisziplin), der Kampf gegen die Atomenergie, der Kampf gegen Militarismus und Aufrüstung, der Einsatz für eine neue Gesellschaftsordnung. Er folgte den Idealen der neuen Studentengeneration, er nahm teil an der „Kulturrevolution" vom Mai 1968. Die neuen Ziele und Werte beeindruckten Grothendieck so sehr, dass er sich zum überzeugten Gefolgsmann entwickelte. Er gab die Mathematik zu diesem Zeitpunkt noch nicht bewusst auf; es war keine Rede davon, dass er die Beschäftigung mit ihr als eine „Reise durch die Wüste" ansah, wie er später so oft gesagt hat. Allerdings sah er die Mathematik auch als einen wesentlichen Teil der technischen Zivilisation an, die für den von ihm vorhergesagten Zusammenbruch, wenn nicht sogar die Ausrottung der menschlichen Gesellschaft, verantwortlich sein würde. So bleibt ein Widerspruch in Grothendiecks Verhalten. Wie

---

*) Die Bewegung *Survivre* ist Gegenstand einer umfangreichen Studie: Céline Pessis: *Les années 1968 et la science, Survivre ... et Vivre, des mathématiciens critiques à l'origine de l'écologisme*; Master-Arbeit an der ÉHÉSS [*École des Hautes Études en Sciences Sociales*], Paris 2008/2009. Dieser Text von über 200 Seiten enthält detaillierte Informationen zu den in diesem Kapitel behandelten Themen.

noch geschildert werden wird, hielt er an Dutzenden von Universitäten Vorträge über Themen wie die Weil-Vermutungen oder kristalline Cohomologie, um in einem gleich anschließenden Vortrag auszuführen, dass Naturwissenschaftler und Techniker, auch Mathematiker, vor allen anderen für die Gefährdung der menschlichen Zivilisation verantwortlich seien. Aber wie dem auch sei, er hatte jedenfalls etwas gefunden, das ihm – wenigstens für mehrere Jahre – wichtiger war als die Mathematik.

Sieht man die vorhandenen Dokumente genauer durch, so stellt man fest, dass Grothendiecks Hinwendung zur Umweltbewegung und zu ökologischen Problemen anscheinend sehr plötzlich geschah. Er hatte immer die politische Situation mit Interesse verfolgt, aber von umweltpolitischen Fragen war niemals die Rede. Bis in das Frühjahr 1970 liegen keine schriftlichen Dokumente vor, in denen Grothendieck sich zu Fragen des Umweltschutzes äußert. Vielleicht ist es ein Zufall, dass gerade auf dem Höhepunkt der Krise am *IHÉS* diese Hinwendung geschah, aber wahrscheinlicher erscheint es, dass dieser Konflikt dazu beitrug, ihm „die Augen zu öffnen".

Während seiner zweiten Rumänienreise im Juni 1970 plante er, wie schon erwähnt, auch einen öffentlichen nicht-mathematischen Vortrag zu halten, und zwar über die Gefahren eines Atomkrieges. Dieser Vortrag konnte in dem polizeistaatlichen Rumänien jener Zeit nicht stattfinden. Im Zusammenhang mit diesem Plan schrieb er dann jedoch eine erste Version des „ökologischen Manifestes" der Gruppe *Survivre* nieder, über das er wenig später in Orsay vortrug.

Wir wissen nicht, was die entscheidenden äußeren Anstöße für diesen Umschwung zur Umweltbewegung waren. Man fragt sich, welche Menschen ihn vielleicht angeregt haben, welche Zeitungsartikel oder Bücher er gelesen hat, welche Vorträge er hörte, an welchen Diskussionen er sich beteiligte. Das alles wird sich heute kaum noch aufklären lassen. Grothendieck selbst hat sich in seinen späteren Bekenntnisschriften kaum dazu geäußert.

Es gibt einen kleinen Hinweis auf solch einen Anstoß: Poenaru glaubt, dass Grothendieck in Gesprächen mit Dumitrescu zum ersten Mal die ganze Komplexität biologischer Vorgänge bewusst wurde. Seine Weltsicht als Mathematiker war viel beschränkter, enger und zugleich strukturierter gewesen. Doch vielleicht ist die trivialste Erklärung die zutreffendste. Es war so, wie es Cartier ausdrückte: Es war der Zeitgeist.

## 6.2. Die Gründung der Gruppe *Survivre*

Im Juli 1970 reiste Grothendieck nach Montreal, um an einer Sommerschule über Algebraische Geometrie und Kommutative Algebra teilzunehmen. Er war zu dieser Tagung eingeladen worden, um Vorträge über kristalline Cohomologie zu halten. Er erklärte sich unter drei Bedingungen bereit zu kommen: Er wollte außer einem mathematischen Vortrag einen von gleicher Dauer über seine ökologischen Ziele halten, und dieser sollte in der gleichen Weise wie die anderen angekündigt und auch genauso publiziert werden. Die Tagungsleitung akzeptierte das, und so fanden die Teilnehmer in den Unterlagen, die ihnen wie üblich zu Beginn der Tagung ausgehändigt wurden, auch im Wesentlichen den Text des früheren Vortrages von Orsay. (Allerdings werden Grothendiecks Vortrag und sonstige Aktivitäten in dem offiziellen Tagungsbericht des *Département de Mathématiques* nicht erwähnt.) Am 4.7. hielt er einen Vortrag über sein Programm, der auf große Resonanz stieß.

Ganz offensichtlich beeindruckte seine charismatische Persönlichkeit eine ganze Gruppe – vor allem jüngerer Mathematiker – so sehr, dass es spontan zur Gründung der Gruppe *Survivre* kam. Gordon Edwards, damals ein Doktorand bei Grothendiecks Jugendfreund Paulo Ribenboim, schreibt unter anderem: [*]

*I was profoundly moved by his passionate commitment to truth and honesty and his dramatic efforts to awaken scientists to the unthinkable consequences of continuing to drift towards inevitable catastrophe without sounding the alarm for our fellow humans and fighting against the forces of global destruction with all our intelligence and all our spirit. He perceived that we are sleepwalking towards armageddon, oblivious of our responsibility to save this miraculous planet teeming with life from the ravages of the untrammelled powers of destruction made available through the progress of science and technology.*

*I was particularly struck by his bold assertion that the most dangerous people on the planet for the last century or so have been the scientists, not the generals or the ruthless political leaders who launch wars. The reason for this is that the scientist calmly puts into the hands of these powerful people whatever they require in order to exert greater and greater impacts on the planet and on living things. The almost complete lack of a sense of ethical concern coupled with effective action, amounted in his view to an almost total abdication of responsibility to the human race. He implied that this was unconscionable, and I found myself agreeing with him.*

---

[*] E-Mail vom 17.3.2004 an den Verfasser.

Die Geburtsstunde der Gruppe *Survivre* (das *Vivre* wurde erst später hinzugefügt) ist der 20. Juli 1970;\*) der Gründungsort ist Montreal:

## *S U R V I V R E*
### *mouvement international pour la survie de l'espèce humaine*

Die Ziele dieser Bewegung werden in ihrem ersten Bulletin vom August 1970 folgendermaßen zusammengefasst:

Kampf für das Überleben der menschlichen Rasse und des Lebens überhaupt, das gefährdet ist durch das ökologische Ungleichgewicht, das von der gegenwärtigen industriellen Gesellschaft verursacht wird (Verschmutzung und Zerstörung der Umwelt und der natürlichen Ressourcen), und durch militärische Konflikte und die Gefahr von militärischen Konflikten.

Am 24.7. gab es eine erste Vollversammlung der Aktivisten, die sich zusammengefunden hatten, und es wurde beschlossen, ein monatliches Bulletin herauszugeben. Dafür wurde ein Redaktionskomitee eingesetzt, zunächst bestehend aus Edwards und Grothendieck. Außerdem wurde ein vorläufiger Verwaltungsrat mit den Mitgliedern Matilde Escuder, Grothendieck, Paul Koosis, William Messing, Edouard Wagneur gewählt. Matilde Escuder, deren Beruf als Volksschullehrerin (*institutrice*) angegeben wird, war die Frau von Felix Carrasquer, beide waren gute Freunde der Familie Grothendieck (wir kommen in Kapitel 27 ausführlich auf beide zu sprechen). Bill Messing war Doktorand von Grothendieck, Koosis und Wagneur Mathematiker in Los Angeles beziehungsweise Montreal. Das erste Bulletin enthält eine Mitgliederliste von 25 Personen (einschließlich der schon genannten), von denen 18 Mathematiker waren. Es ist zu vermuten, dass fast alle von Grothendieck „angeworben" wurden. Auch sein Sohn Serge, damals 17 Jahre alt, war dabei, ebenso seine Schwiegermutter Julienne Dufour.

Es gelang Grothendieck bald, weitere prominente Mathematiker zur Mitarbeit zu gewinnen, vor allem solche, die seit jeher in linken Bewegungen tätig waren. Schon bei der nächsten Ausgabe des Bulletin fungierte Claude Chevalley (1909–1984) als *directeur de publication* und Mitglied des Redaktionskomitees. Etwa ein Jahr später wurde Pierre Samuel Mitglied des französischen Redaktionskomitees, aus dem zwischenzeitlich Edwards ausgeschieden war, der

---

\*) Bemerkenswerterweise wurde die französischen Sektion *Les Amis de la Terre* der 1969 gegründeten Bewegung *Friends of the Earth* in derselben Woche gegründet.

jedoch weiterhin für die Ausgabe in englischer Sprache verantwortlich war. Zu gleicher Zeit erfolgte die Umbenennung in *Survivre et
Vivre*. Später wurde kein Impressum mehr abgedruckt, so dass die
Gremien der Bewegung dem Bulletin nicht mehr zu entnehmen
sind.

Will man eine Bilanz vorwegnehmen, so könnte es scheinen,
dass Grothendiecks Wirken in dieser Bewegung ohne ein bleibendes
Ergebnis geblieben ist, nutzlos und erfolglos war, in einer Niederlage und persönlichen Enttäuschung endete – ganz im Gegensatz zu
seiner Arbeit auf dem Gebiet der Mathematik. So hat er es jedenfalls
selbst empfunden. Aber vielleicht ist diese Sicht zu vordergründig:
Vermutlich hat die Gruppe doch ihren, wenn auch kleinen Beitrag
zur Etablierung der heute in Europa politisch und gesellschaftlich
fest verankerten „grünen" Bewegung geleistet. Und es ist sicher,
dass Grothendieck in seiner *Survivre*-Zeit einige junge Menschen zutiefst beeindruckt und ihr ganzes Leben verändert hat. Der promi-
nenteste unter ihnen ist wohl Gordon Edwards, bis heute (2009) der
führende Kopf der Anti-Atomkraft-Bewegung in Kanada. Doch es
gibt auch in den Dörfern Südfrankreichs manchen Biobauern, der in
seiner Jugend zu Grothendiecks Jüngern und Gefolgsleuten gehörte,
für die er so etwas wie ein Messias war.

Grothendieck in Montreal, Juli 1970

## 6.3. Das Bulletin von *Survivre*

Nach der Gründung von *Survivre* widmete Grothendieck fast seine ganze Arbeitskraft diesem Unternehmen. Er schrieb, auf diese Zeit zurückblickend, in der Meditation *La Clef des Songes* (s. Kapitel 24):

> Zwei oder drei Jahre lang (zwischen 1970 und 1972) war ich einer der Hauptakteure in der Gruppe „Survivre et Vivre" (der ich mich mit einem Elan gewidmet habe, der dem vergleichbar war, den ich früher bei meiner Beschäftigung mit der Mathematik aufgebracht hatte). Als Leiter und hauptsächlicher Redakteur des monatlichen Bulletins mit dem gleichen Namen nahm ich soweit wie möglich Anteil an dem, was ringsherum geschah, in Paris und in der Provinz, auch außerhalb von Frankreich und vor allem in den Vereinigten Staaten, wo die „Gegenkultur" in vollem Gang war. Ich habe sicher jeden Tag sechs bis acht Stunden mit Korrespondenz für unsere Aktion zugebracht, und der Rest der Zeit war Gesprächen gewidmet, vor allem Zusammenkünften und Besprechungen unserer Gruppe. Es gab auch nach außen gerichtete Aktivitäten: öffentliche Diskussionen über die verschiedensten Themen (alle im Zusammenhang und in Verbindung mit der Großen Krise der Zivilisation) in den Festsälen der Bürgermeisterämter in der Umgebung der Großstädte oder den abgelegensten Dörfern, in Forschungsinstituten, Universitäten, Schulen, in den hochgestochensten und heruntergekommenen Buden, eingeschlossen eine kleine öffentliche Vorstadtschule mit ihren artigen und etwas verwunderten Kindern [...] Meine Titel und (bei den großen Gelegenheiten) meine Reputation als Starwissenschaftler dienten mit einer Sicherheit als Sesam-öffne-dich, die immer wieder erstaunlich war.

Er schrieb auch, dass er niemals sonst in seinem Leben mit so viel Menschen zu tun gehabt hätte. Wie aus diesem Rückblick hervorgeht, konzentrierte sich Grothendiecks Arbeit für *Survivre* auf zwei Felder: zum einen Redaktionsarbeit, zum anderen zahlreiche Vortragsreisen, um die Ziele der Gruppe einem größeren Kreis vorzustellen und um Überzeugungsarbeit für die Bewegung zu leisten.

Wir besprechen jetzt zunächst das Bulletin.

In den Jahren 1970–1975 erschienen 19 Ausgaben des Bulletins der Bewegung mit insgesamt etwa 700 Seiten. Es wurden Auflagen von bis um die 10.000 Exemplare erreicht. Es besteht kein Zweifel, dass die Hauptlast der Redaktion in den Anfangsjahren bei Grothendieck lag, der sicher auch zahlreiche der unsignierten Artikel verfasste und weitere unter dem Pseudonym Diogène schrieb. Nach eigener Aussage hat er die erste Ausgabe des Bulletins komplett selbst geschrieben, möglicherweise sogar beide Ausgaben, die englische und die französische. Schon vor seiner Übersiedlung nach Villecun im Jahr 1973 hat er sich kaum noch (wenn überhaupt) engagiert. Dies führte dann sofort dazu, dass das Bulletin nur noch unregelmäßig erschien; in den Jahren 1973-1975 gab es nur noch fünf Ausgaben. Von der englischen Ausgabe sind (dem Verfasser) 13 Nummern bekannt, die letzte vom Juni 1974.

Im übrigen hat Grothendieck nicht nur einen Großteil der Arbeit gemacht, sondern ohne jeden Zweifel das Unternehmen auch weitgehend finanziert. In dem Bulletin wird mitgeteilt, dass er die gesamten Einkünfte seiner Vorlesungs- und Vortragsreise 1971 in Höhe von 5.000 Dollar der Bewegung zukommen ließ, davon 1.000 Dollar der nordamerikanischen Sektion.

Wir können im Rahmen dieser Biographie nicht auf Einzelheiten der Beiträge zum Bulletin eingehen (wir verweisen dafür auf die früher erwähnte Arbeit von Passis), möchten jedoch wenigstens die Titel der von Grothendieck verfassten oder mitverfassten, überwiegend programmatischen Beiträge angeben. Die Stoßrichtung und allgemeine Tendenz dieser Beiträge werden aus den Titeln hinreichend deutlich. Der Vollständigkeit halber nehmen wir in die Liste auch einige Artikel auf, die Grothendieck aus anderen Anlässen geschrieben hat, die aber auch in das Umfeld von *Survivre* gehören.

1) *Les savants et l'appareil militaire;* in den Tagungsunterlagen zur Sommerschule Montreal, Juli 1970

2) mit G. Edwards: *Les savants et l'appareil militaire ;* gekürzte und umformulierte Version von 1) ; Bulletin 1, Aug. 1970

3) *Compte rendue d'un congrès scientifique ;* (Bericht über den ICM in Nizza) ; Bulletin 2/3, Sept./Okt. 1970

4) Redaktionskomitee unter Beteiligung von AG: *Pourquoi encore un autre mouvement?;* Bulletin 2/3, Sept./Okt. 1970

5) mit M. Escuder: *Monographes de Survivre;* Bulletin 4, Nov. 1970

6) *Comment je suis devenu militant ;* Bulletin 6

7) *Engagement et Survivre ;* Bulletin 7, Febr.-Mai 1971

8) unter dem Pseudonym Diogène: *Écologie et Révolution;* Bulletin 7

9) *Fête de la nature au village de Lesvenant ;* Bulletin 8, Juni/Juli 1971

10) Redaktionskomitee von Survivre (de facto Grothendieck) : *La nouvelle église universelle ;* Bulletin 9, Aug.-Sept. 1971

11) *Remous au Collège de France ;* Bulletin 9, Aug./Sept. 1971

12) mit D. Guedj: *Allons-nous continuer la recherche scientifique?;* Bulletin 10, ca. Ende 1971

13) Redaktionskomitee unter Beteiligung von AG: *Vers un mouvement de subversion culturelle;* Bulletin 12, Juni 1972

14) Redaktionskomitee unter Beteiligung von AG: *Pourquoi nous sommes opposés à l'énergie nucléaire;* Bulletin 14, Okt.-Nov. 1972

15) *Les Pépins de noyaux;* Bulletin 15, Fortsetzung 16, Winter 1972/73

Von diesen Beiträgen soll besonders Nr. 12 hervorgehoben werden, denn er stellt eine Art ideologisches Manifest der Gruppe dar. Papiere mit ähnlichem oder fast gleichem Inhalt hat Grothendieck öfter bei seinen Vorträgen verteilt. Der Text existiert auch in einer von Grothendieck selbst verfassten deutschen Übersetzung mit dem Titel „Thesen zu dem Thema: Sollen wir mit der wissenschaftlichen Forschung fortfahren?", die anlässlich eines Vortrages in Berlin im Dezember 1971 entstanden war. Es folgen Auszüge aus diesem Text:*)

Seit ihrem Beginn im 16. Jahrhundert haben sich die exakten Wissenschaften unabhängig von den wirklichen Bedürfnissen und Begehren der gesamten Menschheit entwickelt. Diese Entwicklung war hingegen stark bedingt durch ökonomische und ideologische Voraussetzungen und Ziele, die sie ihrerseits weitgehend und in der gleichen lebensfremden Richtung beeinflusste. Dieser Einfluss besteht nicht nur in den Auswirkungen der technischen Fortschritte, die die Wissenschaft ermöglicht, sondern auch in der Rechtfertigung, die die wissenschaftlichen Denkweisen in zunehmenden Maße für die vorherrschenden Lebensbedingungen und deren ideologische Voraussetzungen bietet. Besonders hervorzuheben sind in dieser Hinsicht die *Überspezialisierung* unserer Tätigkeiten (sowohl geistigen als auch körperlichen) und die entsprechende *Stratification* der Gesellschaft gemäß sogenannt „objektiven" Kriterien der relativen Einordnung unserer jeweiligen Spezialitäten.

Die Entwicklung der Wissenschaft wurde wie von einem Schatten von der Entwicklung einer entsprechenden Ideologie begleitet, dem *Scientismus,* der heute die vorherrschende gemeinsame Ideologie aller Länder der Welt ist (mit Einschränkungen für China nur). Sie lässt sich auch als die der industriellen Zivilisation kennzeichnen. Sie beruht auf der Irrlehre, dass die und nur die Erkenntnisse festen Grund und wahren („objektiven") Wert haben, die auf der korrekten Anwendung der Methoden der exakten, deduktiv-experimentellen Wissenschaften beruhen, und dass diese Methoden und entsprechenden Erkenntnisse den einzigen Schlüssel zur Lösung aller menschlichen Probleme darstellen. Nur der Spezialist sei in der Lage, innerhalb seiner Spezialität sinnvolle und guttreffende Aussagen zu machen – dieser Mythos des Scientismus fundiert also der kollektive Macht und die Privilegien der Technokratie; der Scientismus ist demnach auch die Ideologie im Dienste der Technokratie, die ihrerseits ein williges Instrument in den Händen der obersten Schicht der politischen, industriellen, finanziellen und militärischen Führerklasse ist [im französischen Text: *patrons*].

Die heutige Wissenschaft, also die Klasse der Wissenschaftler als höhere Schicht in der technokratischen Klasse, ist gegenwärtig eine der stärksten negativen Kräfte in der Entwicklung unserer Gesellschaft. Dies äußert sich in den folgenden Auswirkungen:

1) Die Wissenschaft (ungeachtet der Motivation des individuellen Forschers) überantwortet in die Hände einer Minderheit von Führern *verheerende Kräfte,* die immer und immer wieder missbraucht werden müssen und die heute das Überleben der Menschheit auf mannigfaltige Art fragwürdig machen.

2) Der *Konservatismus der wissenschaftlichen Kaste* und die angeblich „wissenschaftlich begründeten" Fehlanschauungen des Scientismus rechtfertigen die

---

*) In einem Begleitbrief vom 1.11.71 an Jürgen Lorenz entschuldigt Grothendieck sich für sein ungeschicktes Deutsch. Grothendieck verwendet zur Hervorhebung Unterstreichungen; diese Stellen werden hier kursiv geschrieben.

vorherrschenden gesellschaftlichen inner- und internationalen Bedingungen und den „Fortschritt" genannten selbstzerstörenden Drang unserer industriellen Zivilisation nach unbeschränktem Wachstum der Produktion, des Konsums, der vorherrschenden Wissenschaft und der entsprechenden Techniken, um ihrer selbst willen, ungeachtet der menschlichen Bedürfnisse und Wünsche, ungeachtet der Forderungen der Menschlichkeit und der Gerechtigkeit.

3) Die *Methodik* der Wissenschaften, wie sie gegenwärtig geübt werden, bedingt alienierende Beziehungen (Kompetition, Hierarchie, Nepotismus) zwischen Forschern und Wissenschaftlern und einen starken Drang zum Elitismus und zum Esoterizismus. Diese Tendenzen spiegeln sich ihrerseits in den entsprechenden Tendenzen der Gesellschaft im Großen wider.

4) In der überwiegenden Mehrheit der Fälle ist wissenschaftliche Forschung weder durch allgemeine menschliche Bedürfnisse noch durch schöpferischen Drang des Forschers bestimmt, sondern durch *sozialen Zwang*, da die Leistung Bedingung zur sozialen Promotion und oft zur Erkämpfung des baren Lebensunterhalts wird. Forschung, wie Studium oder Geld, wird Selbstzweck als künstliches Mittel zur sozialen Selektion und Waffe im Kampf um sozialen Status oder um eine minimale Existenzbasis. Dies spiegelt sich wiederum in entsprechendem Tatbestand in der Gesellschaft: Mit sehr wenigen Ausnahmen ist unser aller professionelle Tätigkeit eine alienierende, kastrierende. Sie ist demnach vollkommen geeignet, uns willenlos und kritiklos in eine global unkohärente Zivilisation zu fügen, die blind ihrer eigenen Zerstörung entgegenrast.

Die heutige industrielle Zivilisation wird in den kommenden Jahrzehnten zerfallen, zugunsten neuer *postindustrieller Zivilisationen*, die auf völlig verschiedenen menschlichen Beziehungen und völlig verschiedenen, den menschlichen Zielen stets unterworfenen Technologien beruhen werden. Die Keime einer solchen Neuen Kultur sind schon heute ersichtlich, können schon heute weiterentwickelt werden. Mächtige Katalysatoren dieser Entwicklung könnten aufeinander folgende Wellen *kultureller Revolutionen* werden, in den verschiedensten Ländern des Ostens und Westens, wie jeweilig die chinesische und die französische von Mai 1968, verursacht durch das steigende Bewusstwerden immer breiterer Menschenmassen der Alienation jedes einzelnen und der globalen Inkohärenz der herrschenden Kultur.

In diesem Prozess wird die Entwicklung einer Neuen Wissenschaft eine wichtige Rolle spielen, die sich von der heute geübten in grundlegender Weise unterscheiden wird:

1) In der *Wahl der Ziele*, die den Bedürfnissen und Wünschen aller Menschen stets untergeordnet sein werden. Schwerpunkt der Forschung werden demnach Landwirtschaft, Vieh- und Fischzucht, dezentralisierte Energieproduktion für kleine Kommunitäten, Heilkunde, Entwicklung „leichter" Technologien unter Benutzung weniger oder keiner Metalle und anderer nicht erneuerbarer Materialien – dies alles unter Bewahrung von streng ökologischen Gesichtspunkten.

2) In der *Methode*, die keine künstliche Trennung der rein intellektuellen Fakultäten von anderen mächtigen Mitteln zur Erkenntnis einhalten wird, insbesondere von der Intuition, der Sensibilität, dem Schönheitssinn, dem Sinn für die Einheit der Natur und mit der Natur. Verschwinden des Misstyps des „Spezialisten"; die Forschung jedes einzelnen ist eng verbunden mit seinem täglichen Leben und der direkten Erfüllung der Bedürfnisse seiner Familie, seiner Kommune

oder seines Volkes. Vereinigung geistiger und körperlicher Arbeit im steten Kontakt mit dem natürlichen Milieu.

3) In den *menschlichen Beziehungen*, die die wissenschaftliche Arbeit veranlasst: Verschwinden der hierarchischen Beziehungen zwischen Spezialisten (insbesondere Spezialisten intellektueller und manueller Berufe); jeder Mensch (ob vorwiegend Bauer, Gärtner, Hirt, Arzt, Techniker usw.) ist potentiell in seiner Hauptbeschäftigung Wissenschaftler und Forscher. Verschwinden des wissenschaftlichen Zentralismus, der Schwerpunkt der Forschung wird verlegt vom Laboratorium auf die Felder, Teiche, Werkstätten, Baustellen, Krankenbetten usw., mit entsprechender Entfaltung der schöpferischen Kräfte des gesamten Volkes.

Vielversprechende Ansätze zu einer solchen Neuen Wissenschaft entwickeln sich zurzeit in *China* und (in bescheidenerem Maßstabe) in Amerika unter dem Einfluss einer Gruppe von Wissenschaftlern, den *Neuen Alchimisten*, die es sich zum Ziel gesetzt haben, mithilfe von Tausenden von Bauern, Gärtnern und Bastlern die technischen Voraussetzungen einer postindustrialen Zivilisation heute schon zu entwickeln und in weite Anwendung zu bringen.

*Die Wissenschaft als Spiel.*
Das erste und eiligste Ziel der Neuen Wissenschaft ist es, uns zu erlauben, unseren wichtigsten materiellen Bedürfnissen (Nahrung, Kleidung, Behausung) zu genügen, ohne deren Sklaven zu werden durch eine erschöpfende und freudlose Arbeit. Es wird ihr dies nur in dem Maße gelingen, in dem ein großer Teil der Bevölkerung sich aktiv an ihrer Entwicklung beteiligt und in ihrer täglichen Praxis zum Forscher wird. Auf diese Weise wird die Arbeit ihre Urbestimmung als Mittel zur Befriedigung unserer materiellen Bedürfnisse zurückfinden und kann sich zugleich in eine wahrhafte „Praxis" umwandeln, in eine vollständige schöpferische Tätigkeit, immer näher dem schöpferischen *Spiel*, das sein eigenes Ziel darstellt. Je besser es uns gelingen wird, unsere materiellen Bedürfnisse zu meistern, wird das Spiel in allen unseren Tätigkeiten überhandnehmen und dies insbesondere in der Entwicklung der Neuen Wissenschaft. Hat die Forschung erst ihr Hauptziel voll erfüllt als Mittel zur Beherrschung unserer materiellen Bedürfnisse, ist sie zudem ihrer Rolle der sozialen Selektion und als Waffe in der sozialen Kompetition entledigt und sind schließlich alle und jeder in der Lage, einen beträchtlichen Teil ihrer schöpferischen Energie selbstgewählten Tätigkeiten zuzuwenden, so kann nunmehr die Vertiefung des *Wissens um seiner selbst willen* auf gesundem Grunde wieder aufgenommen werden, ohne dass wir noch befürchten brauchten, dass dieser echte und tiefe Drang in uns abermals pervertiert und von seinem wahren Sinn abgelenkt wird. Möglicherweise wird in dieser späteren Etappe die Neue Wissenschaft in einem neuen Geiste verschiedene der Hauptthemen der heutigen Wissenschaft wieder aufnehmen, die wohl inzwischen zumeist (wenn nicht alle) im Laufe aufeinander folgender kultureller Revolutionen mehr oder weniger in selbstverdiente Vergessenheit geraten sein werden.

Es ist wohl nicht die Aufgabe des Biographen, dieses Manifest, zu dem sich viel sagen ließe, zu kommentieren oder gar zu bewerten. Mancher wird heute, im Rückblick nach fast vierzig Jahren, diese

Thesen naiv (und vielleicht auch trivial) finden; zu Beginn des 21. Jahrhunderts scheint die Zeit über sie hinweg gegangen zu sein. Doch es ist sehr wohl denkbar, dass sie eines Tages wieder mehr in den Mittelpunkt des gesellschaftlichen Diskurses rücken werden. Was Grothendiecks Biographie betrifft, ist aber festzustellen, dass er der heutigen „industriellen Zivilisation", die er in diesem Text beschreibt, konsequent und kompromisslos den Rücken gekehrt hat. In die von ihm vorhergesagte und erträumte „postindustrielle Gesellschaft" konnte er sich nicht integrieren – aus dem einfachen Grund, weil sie sich nicht entwickelt hat.

Ein Punkt dieses Manifestes soll noch besonders erwähnt werden: Auf das Thema „Wissenschaft als Spiel" ist Grothendieck später (etwa in seinen Meditationen) mehrfach zurückgekommen.

Als Beispiel dafür, wie überzogen die eigenen Erwartungen an *Survivre* von Anfang an waren, kann Artikel (5) der obigen Liste dienen. (Man muss bedenken, dass die Gruppe niemals über fünfzig oder sechzig Mitglieder hinauskam, davon sicher nicht alle wirklich aktiv.) Grothendieck schwebte die Herausgabe einer Reihe von wissenschaftlichen Monographien vor, die Themen von *Survivre* behandeln und die „wahren" Bedürfnisse der Gesellschaft berücksichtigen sollten. In 5) heißt es dazu:

Hier einige [!] Themen, die in wenigstens einer [!] Monographie von *Survivre* behandelt werden müssen:
1. Das ökologische Gleichgewicht, 2. Verschmutzung (*pollution*) des Wassers, 3. Verschmutzung der Ozeane, 4. Luftverschmutzung, 5. Verschmutzung der Erde, 6. Industrielle Ernährung und degenerative Krankheiten, 7. Atomare Verseuchung (*pollution*), 8. Mentale und nervöse Umweltbelastung (akustisch, visuell, [...]) 9. Überbevölkerung und Geburtenkontrolle, 10. Der Arbeiter, das erste Opfer der Umweltbelastung, 11. Wer verschmutzt?, 12. Die Waffen, 13. Nuklearwaffen, 14. Chemische und bakteriologische Waffen, 15. Wer stellt die Waffen her?, 16. Der militärisch-industriell-akademische Komplex, 17. Wehrdienstverweigerung aus Gewissensgründen, 18. Familie und traditionelle Schule, 19. Aktive Methoden in der Grundschulausbildung, 20. Aktive Methoden in der Sekundärschulausbildung und Berufsorientierung, 21. Aktive Methoden in der Universitätsausbildung, 22. Soziale Revolution: Warum und wie?

Man muss schon konstatieren, dass dieses Programm etwas Utopisch-Megalomanes an sich hat. Dazu passt, dass Grothendieck gesprächsweise die Überzeugung geäußert hat, die Monographien über biologische Themen könne er erforderlichenfalls selbst schreiben: Mathematik sei viel schwieriger als Biologie, und wenn er mathematische Bücher schreiben könne, dann auch biologische.*)

Andererseits und ganz im Gegensatz zu diesem riesigen Programm wurde Grothendieck schon sehr bald klar, dass es schwierig sein würde, überzeugte Anhänger in größerer Zahl zu gewinnen. Mit dem für ihn typischen moralischen Rigorismus schrieb er in dem Artikel (6) der früheren Liste:

> Trotzdem bleibe ich davon überzeugt, dass es vorzuziehen ist, eine Bewegung mit nur einem einzigen Anhänger zu haben, der aber ernsthaft interessiert ist und mit allen seinen Kräften für die festgesetzten Ziele arbeitet, als zehntausend, die die Sache nicht ernst nehmen und nichts tun. [...]
> In dieser Hinsicht muss einer der Aspekte von *Survivre* der sein, dass wir uns nicht darauf beschränken dürfen, Slogans zu wiederholen, sondern dass wir ständig zugleich mit unseren Aktionen unsere Kenntnisse vertiefen müssen.

In Ergänzung der obigen Liste von Grothendiecks Beiträgen zum Bulletin geben wir jetzt noch die Titel einer Reihe weiterer typischer Beiträge an, die allerdings etwas wahllos herausgegriffen sind. Insgesamt weisen sie *Survivre* als typischen Teil der damals florierenden „Gegenkultur" aus.

Molly Titcomb: *Révolution pacifique aux États Unis*; Bull. 2/3
Daniel Sibony: *Aux sources de la pollution*; Bull. 4
J. Pignero: *L'Association pour la Protection contre les Rayonnements Ionisants*; Bull. 5
J.F. Gofman: *Pollution radioactive et Atomic Energy Commission*; Bull. 5
René Cruse: *De quoi parle-t-on en disant Non-Violence?*; Bull. 6
*Travail du Leader Non-Violent Cesar Chavez*; Bull. 6
Daniel Parker: *L'Industrie nucléaire mise en question*; Bull. 6
Diogène: *Écologie et Révolution*; Bull. 7
P. Samuel: *La gaspillage*; Bull. 7
Claude Chevalley: *Violence et non-violence*; Bull. 7
Daniel Sibony: *Échec aux Experts!*; Bull. 9
Mireille Tabare: *Pour des nouvelles cultures*; Bull. 10
Daniel Caniou : *Agrobiologie : une nouvelle science?*; Bull. 11
F. Ellenberger: *Les formations et les problèmes géologiques du plateau de Saclay* ; Bull. 15

Viele Artikel beschäftigen sich mit internen Fragen der Gruppe. Außerdem gibt es Leserbriefe, teils recht interessante Buchbesprechungen, Hinweise auf aktuelle Ereignisse und dergleichen und ab Nummer 10 Comics und Cartoons. Öfter sind kleine Scherze eingestreut: Als Preis der Nummer 14 sind angegeben: 2 Francs, 50 Cent in Kanada, für Kommunarden 1 Ziegenkäse. In den späteren Ausga-

---

*) Interview mit Paul Koosis

ben werden durchweg alle Mitarbeiter, Korrespondenten usw. als Mitglieder der *Academie française* oder der *Comédie française* bezeichnet. Die Sitzungen des Redaktionskomitees und sonstige organisatorische Treffen fanden offenbar in Grothendiecks Haus in Massy statt. Als Postanschrift des Sekretariats ist dieselbe Adresse angegeben.

Wie schon gesagt, würde es den Rahmen dieser Biographie sprengen, auf weitere Einzelheiten des Bulletins der Bewegung *Survivre et Vivre* einzugehen. Es soll auch nicht der Frage nachgegangen werden, ob und wieweit *Survivre* einer weiteren Öffentlichkeit bekannt wurde. (Die Zeitung *Le Monde* berichtete gelegentlich in kurzen Notizen.)

Vielleicht ist es angebracht, diesen Abschnitt mit einem Bonmot aus der Nr. 8 zu beenden, von dem der Verfasser jedoch nicht weiß, ob es vielleicht aus einem anderen Text übernommen wurde:

„Die Philosophie des unbegrenzten Wachstums ist die Philosophie der Krebszelle."

## 6.4. Die englische Ausgabe des Bulletins

Da *Survivre* in Nordamerika gegründet wurde und von Anfang an dort Anhänger und Mitarbeiter hatte, wurde beschlossen, auch eine Ausgabe des Bulletins in englischer Sprache zu publizieren. Die Nummern 1 der Ausgaben in beiden Sprachen vom August 1970 sind inhaltlich nahezu identisch. Danach entwickelte sich die *North American Edition* zunächst nur stockend. Gordon Edwards, der für sie verantwortlich war, schrieb am 31.1.1971 an Paul Koosis:

*The English edition is not in very good shape. However issue 2/3 should be out soon and No. 4 is starting to get put together. One of the great physical problems is that nobody here connected with the movement is fluent and articulate in both French and English. [...] Do you really think the journal in its present form (French edition) is playing a useful role? Do you think it has too much of a tendency to address itself to those who are already more or less convinced? Do you think it is too long to be likely to be read by most people? Do you think it sounds perhaps a little too narcissistic at times? I would like your comments [...]*

Es ging jedoch trotz dieser Bedenken weiter, sicher auch deswegen, weil Grothendieck ab Anfang 1971 in Kingston war und die Sache weitertreiben konnte. Die beiden Ausgaben entwickelten sich unterschiedlich. Das ist nicht überraschend, da in der englischen Ausgabe spezifisch nordamerikanische Themen behandelt wurden, zum Beispiel der Uranabbau in Kanada und die damit verbundenen Probleme für die betroffenen Indianerstämme. (Damals sagte man noch nicht „*first people*".) Vielfach wurde auch über ähnlich orientierte Gruppen und Aktionen in Nordamerika berichtet.

Für die englische Ausgabe war Gordon Edwards zuständig, der den größten Teil der anfallenden Arbeiten erledigte. Für Übersetzungen aus dem Französischen war er jedoch auf Unterstützung durch andere Mitarbeiter angewiesen. Zeitweise gehörte auch ein gewisser Charles (Chuck) Edwards, ein junger Chemie-Ingenieur, zum Redaktionskomitee.

Ab 1973, als Grothendieck sich zurückzog, ging es auch mit der *North American Edition* nicht mehr richtig weiter. Die vorletzte Ausgabe erschien im März 1973, die letzte im Juni 1974. Sie endete mit einem wenig hoffnungsvollen Aufruf:

*Survival has always supported itself through subscriptions and donations. All work on the paper has been entirely voluntary; no one has ever been paid. Nevertheless, the costs of printing, mailing, and office supplies have to be met. As of now, Survival is broke. If you would like to see it continue, please […] renew your subscription […] recommend the paper to your friends […] send us a donation […]*

## 6.5. Grothendiecks Vortragsreisen

Wir kommen jetzt zum zweiten Tätigkeitsfeld von Grothendieck, den Vortragsreisen. Man muss bewundern, mit welcher Energie er Kontakte knüpfte, Vorträge hielt, Diskussionen in Gang setzte und versuchte, Mitstreiter zu gewinnen. Wenig überraschend, hat es sich als unmöglich herausgestellt, eine Übersicht über alle von Grothendieck gehaltenen Vorträge zu gewinnen. Als exemplarisch können vielleicht zwei Veranstaltungen im Dezember 1971 in Berlin und in Bielefeld gelten:

Grothendieck war in diesen Jahren noch, wie er selbst sagte, ein „Starwissenschaftler" und wurde als solcher regelmäßig zu Vorträgen eingeladen. Er nahm derartige Einladungen meistens an unter der Bedingung, dass er außer seinem mathematischen Vortrag auch einen über seine ökologischen Ziele halten konnte. Tatsächlich erscheint es wahrscheinlich, dass er meistens eher wegen dieses zweiten Teiles, der einen gewissen „Sensationswert" hatte, eingeladen wurde. Im Dezember 1971 hielt er (mindestens) drei Vorträge in Deutschland, einen in seiner Geburtsstadt Berlin, einen zweiten am 16.12. auf Einladung von Andreas Dress, der der Gruppe *Survivre et Vivre* beigetreten war, an der „Reformuniversität" Bielefeld und einen dritten in Frankfurt. Die Einladung nach Berlin war auf Initiative von Jürgen Lorenz erfolgt. Dieser war damals in der marxistisch geprägten Studentenbewegung aktiv und organisierte eine Veranstaltungsreihe „Mathematik und Gesellschaft". Grothendieck trug über den Satz von Riemann-Roch vor, und anschließend hielt er seinen Standardvortrag: „Können wir die wissenschaftliche Forschung noch verantworten?" Er wollte unbedingt auch Vorträge an Berliner Schulen halten, was dann auch organisiert wurde. Er besuchte drei oder vier Schulen. Die Schüler hatten aber zu viel „Ehrfurcht" vor dem berühmten Mathematiker, so dass ein richtiges Gespräch nicht zustande kam. Nebenbei erwähnte Grothendieck, dass er seine Kindheit in Berlin verbracht habe; jetzt fand er die Stadt aber etwas langweilig.

In Bielefeld trug Grothendieck zunächst zwei Stunden lang wiederum über den Satz von Riemann-Roch vor, dann folgte eine stundenlange Diskussion über Themen der beginnenden Ökologie-Bewegung, die schließlich noch in kleinerem Kreis fortgesetzt wurde und einen mehr persönlichen Charakter annahm. Im Vortragsbuch des Mathematischen Instituts findet sich unter dem Titel „Hexenküche 1971" [sic] folgender oft zitierte handschriftliche Eintrag:

Riemann-Roch'scher Satz: der letzte Schrei: das Diagramm [siehe Abb.] ist kommutatif! Um dieser Aussage über f : X → Y einen approximativen *Sinn* zu geben, musste ich nahezu zwei Stunden lang die Geduld der Zuhörer missbrauchen. Schwarz auf weiss (in Springer's Lecture Notes) nimmt's wohl an die 400, 500 Seiten. Ein packendes Beispiel dafür, wie unser Wissens- und Entdeckungsdrang sich immer mehr in einem lebensentrückten logischen Delirium auslebt, während das Leben selbst auf tausendfache Art zum Teufel geht – und mit endgültiger Vernichtung bedroht ist. Höchste Zeit, unseren Kurs zu ändern!

Alexander Grothendieck

Zu diesem Eintrag ist vielleicht ein kleiner Kommentar angebracht: Der Satz von Riemann-Roch, um den es geht, ist nicht irgendein Satz. Er ist eines der wichtigsten Ergebnisse der Mathematik in der zweiten Hälfte des 20. Jahrhunderts; er ist das Theorem, das, mehr als alles andere, Grothendieck berühmt gemacht hat und ist vielleicht seine bedeutendste mathematische Einzelleistung geblieben. Wenn er also sein Kind in dieser Weise verstößt und von einem „logischen Delirium" redet, dann muss etwas ganz Entscheidendes in seinem Leben geschehen sein.

Sowohl in Berlin als auch in Bielefeld kam es nach den Vorträgen zu hitzigen Diskussionen, an die sich viele Teilnehmer noch heute erinnern, auch wenn sie sehr unterschiedliche Darstellungen der Ereignisse geben. Jemand meinte, der technische Fortschritt hätte doch auch seine guten Seiten, z. B. könne man mit der Eisenbahn bequem nach Florenz reisen, um die dortigen Kunstschätze zu bewundern, worauf Grothendieck entgegnete, nichts könne ihm gleichgültiger sein, ihm sei regelmäßige sexuelle Aktivität wichtiger (er gebrauchte ein durchaus vulgäres Wort). Die Ehefrau des Mathematikers Krickeberg fragte, wie er es denn verantworten könne, mit dem Flugzeug nach Amerika zu reisen, was ebenfalls zu wilden Diskussionen hin und her führte. Usw. usf.

Zu dem Vortrag in Frankfurt war Grothendieck von Reinhardt Kiehl eingeladen worden, bei dem er auch zwei- oder dreimal übernachtete. Kiehl kann sich nicht mehr an den Inhalt der Vorträge erinnern; der „ökologische" Vortrag hatte sicher die übliche Thematik. Von anderen Zuhörern wurde dem Verfasser berichtet, dass ein Mathematiker-Kollege mit der Bemerkung „Diese Predigt höre ich mir nicht mehr an!" den Hörsaal verließ und Grothendieck in der Diskussion Friedrich Stummel, der offenbar anderer Meinung war, mit dem Ausruf anging: „Herr Stummel, Sie sind verstümmelt!" Nach dem Vortrag kam es noch zu einem Treffen im kleineren Kreis in Kiehls Wohnung. Bei dieser Gelegenheit brach ein Bett unter dem

Gewicht der darauf sitzenden zusammen und wurde sinnigerweise mit Stapeln von *ÉGA* und *SGA* abgestützt, was Grothendieck damit kommentierte, dann seien diese Werke ja wenigstens zu etwas gut.

In jener (längst vergangenen) Zeit pflegten viele Mathematiker ein recht unbürgerliches Erscheinungsbild; es war noch immer die Zeit der Studentenrevolution und auch des beginnenden RAF-Terrorismus. Und so hatte Grothendiecks Besuch ein etwas groteskes Nachspiel. Kurz nach seiner Abreise am frühen Morgen erschien ein Kriminalbeamter bei Kiehl, der erklärte, man habe einen Hinweis erhalten, dass sich in seiner Wohnung Mitglieder oder Sympathisanten der Baader-Meinhof-Gruppe aufhielten. Kiehl konnte dann allerdings klarstellen, dass es sich nur um einen weltberühmten Mathematiker handelte, und der Beamte verabschiedete sich höflich.

Über Grothendiecks Vorträge in Frankreich sind wir erst mit Beginn des Jahres 1972 genauer unterrichtet. Seit dieser Zeit erschienen in unregelmäßigen Abständen Ergänzungen zu dem Bulletin, die vor allem interne Angelegenheiten der Gruppe betrafen. Dort, im *Bulletin de Liaison*, sind z. B. folgende Aktivitäten verzeichnet:

16.1. – 23.1.72 Reise von Grothendieck durch die Bretagne, um verschiedene Ortsgruppen zu gründen; Kontakte zu einer Kommune in Le Mans.

27.1.72 Vortrag von Grothendieck mit anschließender Diskussion am CERN in Genf zum Thema „Können wir mit der wissenschaftlichen Forschung fortfahren?"

28.1.72 Ähnliche Veranstaltung an der Universität in Orsay.

10.2.72 Vortrag von Grothendieck mit Diskussion über das gleiche Thema im Internationalen Zentrum der Quäker in Paris.

28.2. – 4.3.1972 Vortragsreise von Grothendieck nach Clermont-Ferrand, Limoges, Bordeaux.

Kurze Zeit später ist eine Reise nach Marseille, Nizza und Nîmes geplant; ob sie tatsächlich durchgeführt wurde, ist nicht dokumentiert.

Im März und April 1972 besuchte Grothendieck, meistens mit ein oder zwei Mitstreitern, Schulen, u. a. in Meudon, Clichy, Tours, Toulon, Marseille, Montpellier, Lodève. An zahlreichen Orten existierten kleinere Gruppen mit ähnlichen Zielen wie *Survivre*; es wurden Kontakte geknüpft und Zusammenarbeit vereinbart.

Vermutlich ist dies nur ein Ausschnitt aus Grothendiecks Programm, der mehr oder weniger zufällig zustande gekommen ist. Insgesamt kann kein Zweifel daran bestehen, dass er, wie er selbst betont, praktisch seine ganze Arbeitskraft der von ihm gegründeten Bewegung zur Verfügung stellte. Es kann nicht verwundern, dass seine Mitstreiter nicht mit demselben Enthusiasmus und derselben, unerschöpflich erscheinenden Energie zu Werke gingen. Und so wurde dann wiederum, wie mehrmals in seinem Leben, der Keim für eine tiefe Enttäuschung gelegt.

## 6.5. Das Ende von *Survivre*

Es steht fest, dass im Lauf des Jahres 1972 Grothendiecks Engagement für *Survivre* weitgehend erlosch. Dafür scheint es keine einzelne entscheidende Ursache gegeben zu haben, vielmehr gab eine Kombination von Gründen den Ausschlag. Der Verfasser hat mehrere Mitstreiter aus dieser Zeit befragt, und niemand konnte einen wirklich entscheidenden Anlass für diese neuerliche Wende in Grothendiecks Leben nennen.

Zunächst gab es mehr äußerliche Gründe: Von Anfang Mai bis Mitte Juli war er in den USA (vgl. Kapitel 8), sodass seine Tätigkeit in Frankreich, insbesondere auch seine Arbeit in der Redaktion, unterbrochen wurde. Auf dieser Reise lernte er Justine Skalba kennen, die mit ihm nach Frankreich zurückkehrte und mit der er etwa zwei Jahre lang zusammenlebte. Dann wurde die Kommune in Châtenay-Malabry gegründet (vgl. Kapitel 9), die ihn intensiv beschäftigte. Dass dieses Experiment im Chaos endete, trug sicher ebenfalls nicht zu Grothendiecks weiterem Einsatz für *Survivre* bei.

Es gab auch ideologische Differenzen bezüglich des weiteren Kurses von *Survivre*. Parallel zu Grothendiecks Rückzug radikalisierte die Bewegung sich zunehmend und verlor dabei prominente und aktive Mitglieder. Laurent Samuel, der sich als Journalistikstudent der Gruppe angeschlossen hatte, schrieb dazu an den Verfasser:

Inzwischen verfolgten Guedj und seine Freunde eine sehr radikale Linie, die von den "Situationisten" beeinflusst wurde. Sie meinten, dass jede konkrete ökologische Aktion ein „Kompromiss mit dem System" war. Mir wurde von einigen (nicht von Guedj, der war zu klug) „Verrat an der Sache" vorgeworfen, weil ich als junger Journalist anfing mit Zeitschriften wie *Le Sauvage* oder *La Gueule Ouverte* zu arbeiten, wo die Mitarbeiter bezahlt wurden (welcher Skandal!). So verließen mein Vater, ich selbst und einige andere die Gruppe und schlossen sich anderen an wie *Les Amis de la Terre*.

Diese Sicht der Situation wird von Jacques Sauloy bestätigt, der damals als Mathematikstudent zur Gruppe der „Radikalen" gehörte. Vielleicht spielte Grothendieck auch auf diese ideologischen Differenzen an, als er sechzehn Jahre später zurückblickend in *La Clef des Songes* schrieb:

Obwohl ich mich mit aller Kraft einsetzte, berührten meine Überlegungen [*réflexions*] nur die Peripherie meines Seins. Ganz bestimmt, weil ich das unbestimmt gespürt habe, zog ich mich im Verlauf des Jahres 1972 zunehmend von den antimilitaristischen, ökologischen und „subversiv-kulturellen" Aktivitäten zurück, denn ich spürte, dass wir an dem Punkt waren, in routiniertem Engagement stecken zu bleiben, anstatt uns in eine breitere Bewegung einzugliedern [...]

Allerdings ist nicht sicher, zu welcher Seite Grothendieck tendiert hätte, zu den „Situationisten" oder zu den „Pragmatikern" (oder weder noch). Man muss diese Bemerkungen auch mit etwas Skepsis lesen. In *La Clef des Songes* sieht Grothendieck auf sein Leben als eine "spirituelle Reise", als eine Reise zum „lieben Gott" [*Le Bon Dieu*], und von diesem Gesichtspunkt aus werden alle Ereignisse geschildert, betrachtet und bewertet.

Schließlich erwähnt Laurent Samuel noch ein anderes Interesse Grothendiecks in dieser Zeit. Er habe oft von einem „Guru" namens Abd-Ru-Shin gesprochen. Ob dies wirklich etwas mit seinem Rückzug von *Survivre* zu tun hat, ist ungewiss, aber Samuel hatte jedenfalls den Eindruck, dass Abd-Ru-Shin, über den Samuel selbst absolut nichts wusste, jedenfalls kurzfristig zu einem wichtigen Bezugspunkt in Grothendiecks Leben geworden war.

Wer ist Abd-Ru-Shin? Der Leser kann sich im Internet leicht unterrichten: Es ist ein Pseudonym von Oskar Ernst Bernhardt (1875–1941), den Begründer der sogenannten „Gralsbewegung", der eine Zeit lang eine größere Gefolgschaft um sich geschart hatte. Es handelt sich dabei um keine religiöse Sekte, sondern um eine spirituelle Bewegung, die keiner Religion wirklich verpflichtet ist, sondern dazu aufruft, eigenverantwortlich zu handeln und zu einem spirituellen und ethischen Leben zu finden. Dies sind Gedanken, denen Grothendieck in seinen späteren Meditationen sehr nahe kommt. Allerdings scheint sein Interesse vorübergehend gewesen zu sein. Weder in *Récoltes et Semailles* noch in *La Clef des Songes* wird Abd-Ru-Shin jemals erwähnt. Seine deutschen Freunde G. J. und E. I. erinnern sich allerdings daran, dass viel später gelegentlich von ihm die Rede war und sie einmal sogar eine „Kolonie" der Gralsbewegung in der Provence kurz besuchten oder das jedenfalls beabsichtigten.

Über das weitere Schicksal der Bewegung *Survivre* ist nicht mehr viel zu berichten. Vermutlich ist es typisch für viele ähnliche Gruppierungen in diesen Jahren. Wie schon gesagt, radikalisierte sie sich parallel zu Grothendiecks Rückzug zunehmend und verlor dabei prominente und aktive Mitglieder. Spätestens 1975 ist sie dann endgültig zusammengebrochen (vielleicht eher still eingeschlafen).

## 6.6. Die Mitarbeiter von *Survivre et Vivre*

An verschiedenen Stellen in *Récoltes et Semailles* nennt Grothendieck einige Menschen, denen er sich im Zuge seiner Arbeit für *Survivre* besonders verbunden fühlte und denen er besonders dankbar ist. Es sind Claude Chevalley, Pierre Samuel, Denis Guedj, Daniel Sibony, Gordon Edwards, Jean Delord und Fred Snell. Er macht dazu folgende Bemerkung:

Unter diesen Freunden sind fünf Mathematiker, zwei Ärzte, und alle sind Wissenschaftler – das scheint mir zu zeigen, dass in diesen Jahren das Milieu, dem ich am nächsten war, immer noch das wissenschaftliche war, und vor allem das der Mathematiker.

Zweifellos hat Grothendieck aber noch zu weiteren Mitarbeitern von *Survivre* engen Kontakt gehabt, z. B. zu Paul Koosis, Felix Carrasquer und dessen Frau Matilde Escuder, Laurent Samuel, dem Sohn von Pierre Samuel, Robert Jaulin oder William Messing.

Von den genannten Personen ist Claude Chevalley (1909-1984) derjenige, dem Grothendieck am längsten verbunden war. Er hatte ihn schon in seinem ersten Jahr in Paris und bald danach bei Bourbaki-Zusammenkünften kennengelernt. Chevalley hatte in Paris und einige Jahre in Deutschland bei Artin und Hasse studiert. Die Zeit des Zweiten Weltkrieges und die Nachkriegsjahre verbrachte er in den USA, erst in Princeton, dann an der Columbia-Universität in New York. Er nahm auch die amerikanische Staatsbürgerschaft an. 1957 kehrte er nach Paris an die Universität Paris VII zurück. Seine wichtigsten Arbeiten beschäftigen sich mit Lie-Gruppen, der Klassifikation halbeinfacher algebraischer Gruppen und „Chevalley-Gruppen". In den fünfziger Jahren leitete er eine Reihe von Seminaren, z. T. zusammen mit Henri Cartan. In einem dieser Seminare tauchte zum ersten Mal die Idee des Schemas auf. (Grothendieck soll in diesem Seminar gefragt haben: „Was ist ein Schema?") Chevalley war immer ein „Linker" und Oppositioneller gewesen, der verschiedenen Avantgarde-Gruppen angehört hatte.  Die sechs Bände seiner *Collected Works* umfassen auch nicht-mathematische (vor allem politische) Publikationen. Grothendieck erwähnt Chevalley mehrfach in *ReS* und spricht in sehr warmherziger Weise von ihm. Man kann an mehr als einer Stelle den Eindruck gewinnen, dass der zwanzig Jahre Ältere so etwas wie eine Vaterfigur wurde. Im Zusammenhang mit *Survivre* sind folgende Zeilen (*ReS*, S. 25) von Interesse, in denen auch anklingt, warum *Survivre* schon bald scheitern sollte:

Es scheint mir, dass Anfang der siebziger Jahre, als wir uns regelmäßig angelegentlich der Publikation des Bulletins „Survivre et Vivre" trafen, Chevalley – ohne zu insistieren – versuchte, mir eine Botschaft zu übermitteln, die zu begreifen ich zu blöd oder zu eingekapselt in meinem Engagement war. Ich habe undeutlich erkannt, dass er mich eine Sache über die Freiheit gelehrt hat – über die innere Freiheit. Damals hatte ich die Tendenz, nach großen moralischen Prinzipien zu funktionieren, und ich hatte in den ersten Nummern von *Survivre* begonnen, genau in dieses Horn zu blasen. Er hatte eine besondere Aversion gegen moralisierenden Diskurs. Ich denke, dies war die Eigenschaft von ihm, die mich während der Anfänge von *Survivre* am meisten aus der Fassung gebracht hat. Für ihn war ein solcher Diskurs nichts als der Versuch eines Zwanges [...]

Ebenfalls ein alter Bekannter war Pierre Samuel (1921-2009), der wie Chevalley einen Teil der Kriegs- und Nachkriegsjahre in den USA verbracht hatte. Samuel sagt, dass er Grothendieck zuerst bei Bourbaki-Tagungen, vermutlich 1950, getroffen habe. Wie viele französische Intellektuelle war auch Samuel ein „Linker", der sich in politischen Fragen energisch zu Wort meldete. Der Gruppe *Survivre* schloss er sich etwa ein Jahr nach ihrer Gründung an; er übernahm auch einige Funktionen in der Leitung, so als Schatzmeister und Herausgeber der Nr. 15 des Bulletins. Grothendieck schreibt in *ReS*, dass Samuel in einer Gruppe, die sich immer mehr radikalisierte, mit Eleganz die Rolle des „schrecklichen Reformers" gespielt hätte. Aber dann geriet er doch mit der Politik von *Survivre* in Konflikt: Schon im Bulletin 16 teilte er mit:

Ich verlasse *Survivre et Vivre*. Wesentliche Divergenzen in Bezug auf Überzeugungen und Stil zwischen der Gruppe *S et V* und mir lassen es mir geraten erscheinen, dass ich mich zurückziehe. Ab sofort bin ich nicht mehr verantwortlich für Schriften und Aktionen von *S et V* [...] Viel Glück den „Überlebenden". Und in aller Freundschaft. Pierre Samuel.

Der Abschied von *Survivre* bedeutete für Samuel jedoch nicht den Abschied von „grüner" politischer Arbeit, eher im Gegenteil. Er schloss sich der französischen Sektion *Les Amis de la Terre* an, der 1969 gegründeten Bewegung *Friends of the Earth*. Diese bezeichnet sich selbst als eines der größten „Graswurzel"-Netzwerke auf dem Gebiet der Friedens- und Umweltschutzbewegung mit Sektionen in über siebzig Ländern. Samuel war viele Jahre Präsident der französischen Sektion. Er schrieb auch mehrere Bücher über Ökologie und globale Erwärmung.

Samuels Sohn, Laurent Samuel, stieß als Student zur Gruppe *Survivre*. Er wurde später Journalist und engagiert sich bis heute (2009) publizistisch für ökologische Themen. Er verließ etwa zur gleichen Zeit wie sein Vater die Gruppe und auch aus denselben Gründen, wegen der Dominanz der „Situationisten".

Von den Personen auf Grothendiecks Liste ist vor allem Denis Guedj (1940-2010) über den Kreis der Mathematiker hinaus bekannt geworden. Er hatte Mathematik studiert und war bis zu seinem Tod Professor für Mathematik in Paris. Der Schwerpunkt seiner Tätigkeit war nicht die mathematische Forschung, sondern ging in eine pädagogisch-didaktische Richtung. Sein Hauptanliegen war es, durch geeignete Veranstaltungen die Mathematik auch Außenstehenden und Laien nahezubringen. Er ist durch zahlreiche Romane bekannt geworden, in denen die Mathematik oder die Mathematikgeschichte eine besondere Rolle spielt. Diese Romane verfolgen dasselbe Anliegen: das Interesse an der Mathematik zu wecken. In Deutschland ist wohl „Das Theorem des Papageis" am bekanntesten geworden, ein dicker Wälzer, in dem die ganze Mathematikgeschichte abgehandelt wird, der allerdings etwas konstruiert und literarisch nicht besonders geglückt erscheint. Guedj hatte nach Grothendiecks Ansicht großen Einfluss auf den Kurs der Gruppe und führte auch nach dessen Rückzug die Bewegung noch etwa zwei Jahre weiter. Die anscheinend letzte Ausgabe des Bulletins stammt aus dem Jahr 1975 und wurde von ihm herausgegeben.

Daniel Sibony hat eine interessante Biographie. Er wurde 1942 als Sohn einer jüdischen Familie in Marokko geboren, kam aber im Alter von 13 Jahren nach Paris, wo er später Mathematik studierte und Professor wurde. Während seiner Professorentätigkeit promovierte er auch in Philosophie. Seit 1974 ist er überdies als Psychoanalytiker tätig. Er ist Autor zahlreicher Bücher, die sich mit den verschiedensten kulturwissenschaftlichen und psychoanalytischen Themen beschäftigen. Er sagte dem Verfasser, dass er niemals von den Zielen der Gruppe wirklich überzeugt war. Sein Interesse an der Gruppe war eher ein persönliches Interesse an Grothendieck, den er als eine gefährdete und in gewisser Weise schutzbedürftige Persönlichkeit erlebte. Dies ist zweifellos eine sehr ungewöhnliche Bemerkung; der Verfasser kann sich nicht erinnern, dass irgendjemand sich in ähnlicher Weise über Grothendieck geäußert hätte. Viel später war Sibony von einem Verlag um seine Meinung zu *Récoltes et Semailles* gebeten worden. Er fand den Text in hohem Maße repetitiv, paranoid und „langweilig". Auch das Letztere ist ein ungewöhnliches Urteil. In gewissem Sinne passt jedoch zu Sibonys Bemerkungen, was Grothendieck in *ReS* über ihn schrieb: Er habe Abstand zu der Gruppe gehalten und aus dem Augenwinkel ihr Treiben halb geringschätzig, halb belustigt verfolgt.

Fred Snell (1922 (?)-2003) wird von Grothendieck oben als Arzt bezeichnet. Er hatte zwar Medizin studiert, war aber seit 1959 Professor für Biophysik an der Universität von Buffalo. Er hatte der *Atomic Bomb Casualty Commission* angehört, die die Folgen der Atombombenabwürfe auf die Bevölkerung von Hiroshima und Nagasaki untersuchte. In einem Nachruf heißt es, dass seine Forschungsinteressen auch Klimamodelle, alternative und erneuerbare Energien und Umweltprobleme einschlossen. Er war ein prominenter Antikriegs-Aktivist und gehörte an der Universität Buffalo der etwas amorphen „linken Szene" an. Er äußerte sich in vielen Publikationen zu sozialen und politischen Fragen. Grothendieck hatte ihn in den ersten Märztagen 1971 auf seiner kurzen Reise von Kingston nach Buffalo kennengelernt. Er schrieb an Koosis, dass Snell sich einer Gruppe innerhalb der *American Biophysical Society* angeschlossen hatte, die sich ebenfalls *Survival* nannte und eine ähnliche Rolle spielte wie die *Mathematicians Action Group* innerhalb der *American Mathematical Society (AMS)*. Auf seinen Nordamerikareisen 1972 und 1973 verbrachte Grothendieck nach eigener Aussage mehrere Monate im Wochenendhaus von Fred Snell. (Dabei kann es sich aber eigentlich nur um einige Wochen gehandelt haben.)

Jean Delord (1920-2002) stammte aus Frankreich, wurde während der Nazi-Besetzung verhaftet, konnte fliehen, schloss sich der *Résistance* an und verhalf mit gefälschten Papieren vielen Menschen zur Flucht nach Spanien. Er ging dann in die USA, promovierte an der *University of Kansas* in Physik und arbeitete während der überwiegenden Zeit seiner beruflichen Tätigkeit als Professor für Physik am Reed College in Oregon. Auf welche Weise er mit Grothendieck in Kontakt kam, ist dem Verfasser nicht bekannt.

Als Robert Jaulin (1928–1996, also gleichaltrig mit Grothendieck) zu der Gruppe *Survivre* stieß, war er bereits ein anerkannter Wissenschaftler. Seit 1970 war er an der Universität Paris VII Professor für Ethnologie, Anthropologie und Religionswissenschaften in einem von ihm begründeten interdisziplinären Institut. Bekannt geworden war er durch seine ethnologischen Feldforschungen im Tschad und in Südamerika. Im Jahr 1970 erschien eines seiner Hauptwerke *La Paix Blanche*, in dem er den Ethnozid an dem Volk der Bari im Grenzgebiet von Venezuela und Kolumbien darstellt. Die Beziehung zu Grothendieck muss sich noch lange nach *Survivre* erhalten haben. 1979/80 lebte Grothendieck etwa ein Jahr lang in Jaulins Ferienhaus in der Provence, und er erwähnt ihn auch in der Einleitung zu *ReS* und an einigen anderen Stellen. Jaulin vergleicht Grothendiecks Darstellung (in *ReS*) der Welt der Mathematik und der Mathematiker mit einem ethnologischen Bericht.

Die ersten sieben Ausgaben von Survivre enthalten noch keine Zeichnungen, Karikaturen, Comics und Cartoons. Mit der Nr. 8, erschienen Juni/Juli 1971, änderte sich das äußere Erscheinungsbild erheblich durch die regelmäßige Mitarbeit des damals zwanzigjährigen Didier Savard. Es scheint, dass dieser seine später erfolgreiche Karriere als *Scénariste-Dessinateur* bei *Survivre* begann. Jedenfalls nennt er in einem kurzen Lebenslauf selbst *Survivre* als erstes Periodikum, in dem er publiziert hat. Die später erschienenen Comics von Savard – er erfand insbesondere die Figur des Detektivs Dick Hérisson – wurden auch ins Deutsche (und weitere Sprachen) übersetzt. Als Autor des Bulletins von *Survivre* hat er sich nur selten zu Wort gemeldet. Nach Meinung des Verfassers stellen die pointierten und bissigen Cartoons von Savard eine wesentliche Bereicherung des Bulletins dar und ergänzen optisch den manchmal etwas akademisch-trockenen, oft theoretisierenden Diskurs. Auch hat Savard Grothendiecks Aktionismus durchaus auf die Schippe genommen: Im Bulletin Nr. 11 findet sich ein Bericht über eine Veranstaltung in Orsay zu Grothendiecks Standard-Thema: *Allons nous continuer la recherche scientifiques?* Die zugehörige Karikatur zeigt Grothendieck – immer an Glatze und kurzen Hosen erkennbar – vor einem fast leeren Hörsaal mit zwei schlafenden und einem weiteren Anwesenden, der sich gerade zu Wort meldet. Im Hintergrund prangt ein großes Spruchband: *Grand Debat: „Allons-nous continuer les Débats de Survivre?"*

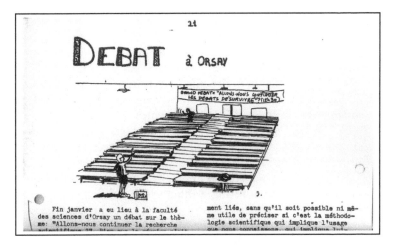

Grothendieck selbst hat die Beiträge Savards durchaus geschätzt und anerkannt. Er schrieb: „Die saftigen [*juteux*] Zeichnungen von Didier Savard haben ganz sicher viel zu dem relativen Erfolg unseres Käseblattes [*canard*] beigetragen." (*ReS*, S.758)

Ein Schüler von Jaulin war Thierry Sallatin, dessen Name auch im Bulletin von *Survivre* erscheint. Über sein Leben, das sich an Dramatik und Abenteuerlichkeit durchaus mit dem von Sascha Schapiro messen kann, wird in Band 4 kurz berichtet werden. Eine Schülerin von Jaulin war auch Yvonne Verdier, die Frau von Grothendiecks Schüler und Mitarbeiter Jean-Louis Verdier. Sie beteiligte sich u. a. an einer „Propagandareise" für *Survivre* durch die Provinz.

Am nachhaltigsten hat die Mitarbeit bei *Survivre* wohl das Leben von Gordon Edwards (geb. 1940) beeinflusst (wenn man von einigen Biobauern im Süden Frankreichs absieht, die niemals in das Licht der Öffentlichkeit getreten sind). Er sagt selber, dass die Begegnung mit Grothendieck seinem Leben eine völlig neue Richtung gegeben habe. Während seiner Arbeit für *Survivre* promovierte Edwards 1972 an der Queen's University in Kingston bei Ribenboim. Er reichte seine Dissertation mit dem Titel *„Primitive and group-like elements in symmetric algebras"* im Februar 1972 ein, hat sie also in weniger als einem Jahr geschrieben. In den *Acknowledgements* schrieb er: "*Thanks are due to Alexandre Grothendieck not only for suggesting a topic, but also for opening my eyes to the social responsibilities that we all have.*" Das Dissertationsthema hing eng zusammen mit Grothendiecks Vorlesung in Kingston, indem es von einer Frage über infinitesimale Gruppen-Schemata der Höhe 1 in Charakteristik $p$ ausging. Man wird Edwards zu Grothendiecks „inoffiziellen" Doktoranden zählen können, auch wenn Grothendieck kein Gutachten geschrieben hat.

Nachdem *Survivre* sich aufgelöst hatte, war Edwards einer der Mitbegründer der *Canadian Coalition for Nuclear Resposibility*, einer Organisation, die noch heute (2009) aktiv ist und deren Präsident er ist. Im Rahmen dieser Tätigkeit ist er durch zahlreiche Zeitungsbeiträge, Fernseh- und Rundfunkinterviews bekannt geworden. Er wird als Experte und Gutachter zu Fragen wie radioaktiver Strahlung, Nuklearabfällen, Uranabbau, nuklearer Proliferation usw. konsultiert. Er strebte keine Forschungskarriere an, sondern wirkte die meiste Zeit seines Lebens als Professor für Mathematik (insbesondere Analysis) am Vanier College in Montreal.

Überblickt man diese Liste von Personen und nimmt man noch einige weitere hinzu, etwa F. Carrasquer und M. Escuder, über die später mehr berichtet wird, so kann man feststellen, dass sich in *Survivre* eine Gruppe vielseitig interessierter Menschen ganz unterschiedlicher Lebensentwürfe zusammengefunden hatte. Man möchte meinen, dass Grothendieck hier aufgeschlossene Gesprächspartner hätte finden können. Es hört sich ein wenig platt und trivial an, aber man muss den Eindruck gewinnen, dass er nach der „großen Wende" auf der Suche nach seiner eigentlichen Bestimmung, dem „Sinn" seines Lebens, war. Hätte er nicht in der Arbeit für *Survivre et Vivre*, für eine große und ehrenwerte Aufgabe und umgeben von sympathisierenden Mitstreitern, ein Ziel seiner Suche finden können?

## 6.7. Das Überleben der Menschheit

Im Oktober 1970 schrieb Grothendieck einen Brief an einen deutschen Bekannten, in dem einige wesentliche Gesichtspunkte seines Engagements in pointierter und sehr persönlicher Form zum Ausdruck kamen. Es war dies ein Zeitpunkt, zu dem der Schwung der ersten Begeisterung noch ungebrochen vorhanden war, aber auch die ersten Widerstände und Schwierigkeiten sich abzeichneten.

Die Gründe, die Du angibst, um der Bewegung keinen Erfolg vorauszusagen, sind mir alle bekannt. Zudem rechne ich nicht mit einem Schneeballerfolg, wie Du sagst, sondern bin auf zähe und geduldige Arbeit gefasst; [...] Eine solche Arbeit kann *keinesfalls* umsonst sein, - sogar dann nicht, meines Erachtens, wenn die Menschheit in zwanzig oder dreißig Jahren verschwinden sollte. Ich glaube nämlich nicht, dass die Aussicht auf Erfolg eine notwendige Voraussetzung richtigen Handelns ist. Ich muss gestehen, dass ich bis jetzt den Eindruck gewonnen habe, dass die Aussicht aufs Überleben der Menschheit eine sehr geringe ist. [...] Sicher ist jedenfalls, dass die Chancen des Überlebens auf denen beruhen, die das Problem des Überlebens in seiner vollen Dimension und Dringlichkeit verstanden haben, und es sich zur Aufgabe setzen, unverdrossen fürs Überleben zu kämpfen. Im Hinblick darauf sind mir natürlich die Gründe, die Du angibst dafür, dass Du Dich dieser Aufgabe nicht anschließen willst, völlig futil. Wie fast alle, mit denen ich bisher über diese Frage sprach, überhörst Du die Frage des Überlebens völlig, als wäre sie nur eine rhetorische Floskel, die ich weiß nicht welche anderen Beweggründe und Ziele verzieren sollte. Hingegen ist die Frage die: Entweder erkennst Du die dringenden Gefahren, die unser Überleben problematisch machen, an, und dann erkennst Du auch, dass die Untersuchung von Klein-Singularitäten, das Erhöhen des mathematischen und technologischen Niveaus Kubas, das Erlernen der spanischen Sprache, von völlig belanglosem Interesse sind gegenüber der Aufgabe, für unser aller Überleben zu kämpfen. Oder Du erkennst die Existenz dieser Gefahren nicht an. Dann aber stellt sich die Frage Deines Eintrittes in die *Survivre* oder einer ähnlich orientierten Gruppe kaum, [...]

Die Skepsis gegenüber der orthodoxen politischen Linken, die in diesem Brief zum Ausdruck kommt, ist in einem weiteren vom Dezember 1970 noch ausgeprägter:

Allerdings habe ich nicht den Eindruck, dass marginale Hilfe an der Industrialisierung eines weit entfernten unterentwickelten Landes wie Kuba vom mir vor allem wichtigen Standpunkt des Überlebenswertes aus sehr positiv sei. Ich bin mir noch nicht klar darüber, ob es nicht vielleicht eher negativ ist. Jedenfalls hättest Du sicherlich mehr Chancen für positiven Impakt, wenn Du dort, wo Du lebst und wirkst, gegen vernunftswidrige und selbstzerstörerische technologische Überentwicklung kämpfst. [...] Deine weitausholenden Überlegungen mit dem Ergebnis [Grothendieck schreibt versehentlich(?) „Exitus"], dass wir ja doch nichts machen können, weil wir ja viel zu doof sind - lassen die sich nicht ebenso gut auf Deine kubanischen Bemühungen ausdehnen? Allerdings ist es leichter, ein Land zu industrialisieren, als es zu entindustrialisieren – ebenso wie es leichter ist, jemanden zu ermurksen, als ihn wieder zum Leben zu erwecken.

Weil es in diesen Briefen anklingt, ist hier vielleicht der Ort, darauf hinzuweisen, dass es trotz aller abrupten Wendungen in Grothendiecks Leben nach 1970 einen Fixpunkt in seinem eschatologischen Weltbild gab, nämlich den Glauben an eine bevorstehende Apokalypse, an das Ende unserer Zivilisation, an ein Jüngstes Gericht. Zunächst hielt er die Atomwaffen für die größte Gefahr, die zur Ausrottung der Menschheit führen würden, aber später nannte er auch das Problem der Übervölkerung, das dann als Teil einer allgemeinen großen ökologischen Krise gesehen wurde. Als er sich noch später religiösen Spekulationen zuwandte, kam er – wie noch geschildert werden wird – zu der Ansicht, dass Gottes Jüngstes Gericht bevorstünde, nicht die Selbstzerstörung der Menschheit also, sondern ein vernichtender Akt Gottes (des „Lieben Gottes"), der dann ein „Goldenes Zeitalter" einleitet. So verschieden diese Erwartungen sein mögen, am Horizont sah Grothendieck immer die Apokalypse.

# 7. Professor am *Collège de France* und in Orsay, 1970-1973

Nachdem Grothendieck seine Stelle am *IHÉS* aufgegeben hatte, stellte sich die Frage, an welcher Institution er zukünftig arbeiten würde. Vermutlich kümmerte er sich zunächst gar nicht aktiv darum, denn es war selbstverständlich, dass ein Wissenschaftler seines Ranges überall willkommen gewesen wäre, auch wenn die Radikalität seines Eintretens für *Survivre* und seine Kritik am Wissenschaftsbetrieb und wissenschaftlichen Establishment zweifellos viele Kollegen vor den Kopf gestoßen hatte. Jedenfalls wurde offenbar binnen kurzer Frist auf Betreiben von Serre eine Gastprofessur am *Collège de France* für Grothendieck geschaffen, die erste dieser Art am *Collège*. Diese Stelle hatte er vom Herbst 1970 an insgesamt zwei Jahre inne.

Das *Collège de France* ist eine Institution besonderer Art, eher einer Akademie als einer Universität vergleichbar. Es werden nur Wissenschaftler ersten Ranges berufen, denen größtmögliche Freiheit bei nur geringen Lehrverpflichtungen gewährt wird. Von den Mathematikern werden in jedem der beiden Semester wenigstens 18 Stunden Vorlesung erwartet. Es gibt keinen Lehrplan, und die Professoren können die Themen ihrer Vorlesungen frei wählen. Dementsprechend gibt es auch keinerlei Zulassungsbeschränkungen für die Hörer: Jeder Interessent kann kommen. Dieses System gewährleistet, dass führende Wissenschaftler, wie etwa Serre, Gelegenheit haben, jedes Jahr über aktuelle Entwicklungen und neueste Forschungsergebnisse – oft ihre eigenen – vorzutragen.

Eine Stelle am *Collège de France* war in mancher Hinsicht ideal für Grothendieck, da sie ihm genügend Zeit ließ für seine nicht-mathematischen Aktivitäten. Es ist dem Verfasser nicht bekannt, welches Thema er in seiner Vorlesung im Wintersemester 1970/71 behandelte. Im Sommersemester 1971 gab er einen Kurs über Barsotti-Tate-Gruppen, an dem unter anderem Illusie teilnahm. Er hielt außerdem ein Seminar ab, in dem Illusie einige Vorträge über den Cotangential-Komplex hielt.

Für die an Algebraischer Geometrie interessierten Leser sei an dieser Stelle eingeschoben, dass in den Jahren 1969–1972 Grothendiecks Hauptinteresse den gerade und auch schon früher erwähnten Barsotti-Tate-Gruppen und den zugehörigen Dieudonné-Kristallen galt. Diese Theorie betrifft insbesondere infinitesimale Deformationen abelscher Gruppen-Schemata und der zugehörigen p-divisiblen Gruppen. Schon im Dezember 1969 hatte Grothendieck in langen Briefen an Illusie die Grundlagen dieser Theorie einschließlich ihrer Deformationstheorie skizziert. Der Kurs am *Collège de France* enthielt vollständige Beweise, die z. T. auf der ebenfalls von Grothendieck angeregten Theorie der Hindernisse gegen infinitesimale Deformationen beruhen, die in Illusies Dissertation behandelt wird. Nach Auskunft von Illusie ist diese gesamte Theorie bis heute sehr lebendig geblieben und gerade im letzten Jahrzehnt wieder aktuell geworden.[*]

Außer Illusie promovierte in dieser Zeit auch Messing mit einer Dissertation zu diesem Fragenkreis bei Grothendieck. Dessen Arbeit beruhte auf Grothendiecks Vorlesung in Montreal, die laut Messing eine Strategie zum Beweis einer Vermutung (oder eines unveröffentlichten Satzes) von Serre und Tate enthielt. Messing arbeitete diese Strategie zum ersten publizierten Beweis dieses Satzes aus. Er arbeitete dabei im Wesentlichen allein und hielt später in Princeton ein Seminar zu diesem Thema ab, das von Nicholas Katz besucht wurde. Er benutzte in seinem Beweis entscheidend eines der Hauptresultate der Dissertation von Illusie.

Messing hat im Jahr 1971 in Princeton promoviert; der Titel seiner Dissertation ist *„The crystals associated to Barsotti-Tate groups: With applications to abelian schemes".* Als Gutachter fungierten Grothendieck und Nicholas Katz. Über die Betreuung durch Grothendieck schrieb er an den Verfasser: *„Concerning Grothendieck as a thesis advisor, for me he was terrific."* Grothendieck selbst erwähnt in *Récoltes et Semailles* in einer Aufzählung seiner Schüler und Doktoranden Bill Messing nicht.

Im Mai 1971 promovierte auch Luc Illusie bei Grothendieck. Er hatte schon mehrere Jahre bei der Redaktion des *Séminaire de Géométrie Algébrique* mitgearbeitet. Der Titel seiner Dissertation war *"Complexe cotangent; application à la théorie des déformations".* Über Grothendieck schrieb er : *"Certainly he was the most fantastic advisor one could dream of."*

Nach diesem Einschub kehren wir jetzt zu Grothendiecks Vorlesungen am *Collège de France* zurück. Für ihn war es selbstverständlich, auch dort über die Themen vorzutragen, die ihn bewegten. So kam es im Sommersemester 1971 zu heftigen Auseinandersetzungen mit der Leitung des *Collège.* Am 27.6.1971 fand eine große öffentliche Diskussion über seine Vorlesung im Winter und die Verlängerung

---

[*] Grothendieck geht auf diesen Fragenkomplex in einem Brief an David Mumford vom 5.1.1970 ein. Die Korrespondenz Grothendieck/Mumford soll demnächst veröffentlicht werden.

seines Vertrages am *Collège de France* statt. Zweifellos hatte Grothendieck diese Diskussion selbst provoziert.

Im Bulletin 9 von *Survivre* findet sich unter dem Titel *„Remous* [Wirbel] *au Collège de France"* ein ausführlicher, von Grothendieck selbst verfasster Bericht über diese Diskussion. Demnach hatte er vorgeschlagen, eine Vorlesung mit dem Titel *„Théorie de Dieudonné des Groupes de Barsotti-Tate"* zu halten, die am 3. November beginnen sollte. Die ersten Stunden sollten jedoch unter Beteiligung aller interessierten Hörer folgendem Thema gewidmet sein: *„Science et Technologie dans la Crise Évolutioniste Actuelle: Allons-nous Continuer la Recherche Scientifique?"* Er führte dann weiter aus:

Es muss präzisiert werden, dass das *Collège de France* allen Hörern offensteht, unabhängig von Nationalität, Geschlecht, Religion, Alter, Examen, Haarschnitt oder anderen Unterscheidungsmerkmalen. Es gibt keinerlei Zulassungsformalitäten, [...]. Jede interessierte Person ist eingeladen, sich an den Diskussionen zu beteiligen, gleich ob sie mathematisch sind oder nicht. [...]

Traditionsgemäß wählt jeder Professor ganz frei den Gegenstand seiner Vorlesung im kommenden Jahr. Im Prinzip muss seine Wahl von der Versammlung der Professoren bestätigt werden. Das ist jedoch eine Routineangelegenheit; es gibt immer eine einstimmige en-bloc-Zustimmung. Meines Wissens ist es noch niemals vorgekommen, dass ein Vorschlag in Frage gestellt oder gar abgelehnt wurde. Diese Routine wurde nun am 27. Juni gestört, und zwar aus Anlass meiner eigenen Vorlesung. Ich sollte präzisieren, dass ich kein planmäßiger Professor am *Collège de France* bin, sondern dass ich für zwei Jahre auf den neugeschaffenen *chaire de professeur associé* berufen wurde, der erste dieser Art am *Collège de France*, speziell für Gastprofessoren geschaffen.

Grothendieck schildert dann in Einzelheiten die Diskussion und die Reaktion seiner Kollegen.

J.P. Serre, ein Mathematiker, der den Vorschlag meiner Nominierung auf diese Gastprofessur gemacht und ihre Verlängerung um ein zweites Jahr beantragt hatte, war sichtlich genervt und unangenehm berührt gegenüber seinen Kollegen, da er sich teilweise verantwortlich fühlte für die Komplikationen, die meine Anwesenheit am *Collège de France* verursachte; als Entschuldigung führte er aus, dass zu der Zeit, da er diese Anträge gestellt hatte, nichts erlaubte, meine zukünftige Entwicklung vorherzusehen (die er erklärtermaßen bedauerte).

Nach ausführlicher Diskussion kam es zur Abstimmung; das Thema *„crise évolutioniste"* wurde mit großer Mehrheit abgelehnt, das Thema *„Groupes de Barsotti-Tate"* mit einer beachtlichen Zahl von Gegenstimmen und Enthaltungen akzeptiert. Tatsächlich hat Grothendieck diese Vorlesung gehalten und auch – trotz allem – eine Reihe von Veranstaltungen für *Survivre* durchgeführt. Offenbar war die Vorlesung nicht allzu gut besucht, denn Ch. L., die als Mathematikstudentin das Jahr 1971/72 in Paris verbrachte und gelegentlich an den *Survivre*-Diskussionen teilnahm, notierte sich, dass Grothendiecks Vorlesung am 26.1.72 vor nur drei Hörern stattfand.

Wie schon erwähnt, verbrachte Grothendieck das Jahr 1972/73 an der Universität Orsay. In diesem Zusammenhang gibt es eine gravierende Unklarheit: In einem Lebenslauf schrieb er, dass er ab Oktober 1971 eine Stelle in Orsay hatte. Möglicherweise überlappten sich also seine Tätigkeiten am *Collège* und in Orsay.

Er hielt einen Kurs *„Préparation á l'agrégration"*. Bei der *agrégation de mathématiques* handelt es sich um eine Besonderheit des französischen Ausbildungssystems, die es in dieser Weise in anderen Ländern nicht gibt. Es ist ein frankreichweiter Wettbewerb, bei dem die allerbesten Absolventen die Zulassung zu einer Elite-Schule, insbesondere der *École Normale Superieure (ENS)*, erhalten und die nächstbesten (damals etwa 150) gut dotierte Stellen an den staatlichen Gymnasien.

Grothendiecks Kurs diente also der Vorbereitung auf diesen Wettbewerb. Er war so organisiert, dass es in jeder der dreistündigen Sitzungen zunächst einen Vortrag eines Studenten zu einem meistens elementaren Thema gab, der anschließend von Grothendieck kommentiert und ergänzt wurde. Nach Auskunft von Daniel Pecker kamen etwa 15 bis 30 Studierende, und Grothendieck gefiel es sehr, „gewöhnliche" Studenten zu unterrichten und nicht eine ausgewählte Elite. Er erschien sein Fahrrad schiebend, überpünktlich, in merkwürdige arabische Hosen gekleidet, immer in Begleitung einer jungen Dame (immer derselben[*]), und seine Beiträge und Kommentare waren glasklar. Er bereitete sich nicht vor, sondern improvisierte, gebrauchte weder Bücher noch Bleistift oder Kreide. Er erläuterte die Motivation hinter mathematischen Begriffen, und zur Verwunderung der Hörer gab es keine einzige Rechnung und keinen „Trick".

Pecker selbst sprach in diesem Kurs über Grundbegriffe der Gruppentheorie, und in seinen Kommentaren erläuterte Grothendieck die Beschreibung einer Gruppe durch Erzeugende und Relationen. Als Pecker diese Beschreibung nicht sofort verstand und nachfragte (sehr ungewöhnlich im französischen Vorlesungsbetrieb) reagierte Grothendieck erst etwas überrascht, dann aber sehr geduldig und freundlich.

Er machte nur sehr selten Kommentare zur Geschichte der Mathematik und fast nie über andere Mathematiker, aber er versuchte das innere „philosophische" Ziel der Mathematik zu vermitteln. Er erwähnte oft mit einem gewissen Stolz, dass er niemals eine der Elite-Institutionen besucht hatte und nicht zu der den französischen Wissensbetrieb dominierenden Gruppe der *normaliens* gehörte. Bemerkenswert ist schließlich, dass Grothendieck mit keinem Wort seine ökologischen Aktivitäten erwähnte; er konzentrierte sich ganz darauf, seine Hörer bestmöglich zu unterrichten.

Nach der Pensionierung von Szolem Mandelbrojt (1899–1983) wurde eine Professur am *Collège de France* frei. In einem Schreiben vom 20.1.1973 an die Professoren des Collège bewarb sich Grothendieck um diese Stelle. Genauer gesagt, kündigte er eine Bewerbung an:

Ich habe erfahren, dass ein Lehrstuhl für Mathematik am Collège geschaffen werden wird und dass in der nächsten Versammlung der Professoren die genaue Bestimmung des Lehrstuhles festgelegt werden soll. Die bisher gemachten Vorschläge betreffen die Errichtung eines Lehrstuhles entweder für Gruppentheorie oder für Angewandte Mathematik. Mit diesem Brief erlaube ich mir, Sie davon zu informieren, dass ich damit rechne, mich auf den nächsten Lehrstuhl für Mathematik zu bewerben, und dies unabhängig von der speziellen Ausschreibung. Ich gebe keineswegs vor, dass ich als Spezialist in der Gruppentheorie oder in der Angewandten Mathematik durchgehen könnte. Aber in Wirklichkeit bin ich nicht ein „Spezialist" in irgendeinem Gebiet der Mathematik, was mich aber nicht daran gehindert hat, verschiedene Beiträge zu einer ordentlichen Anzahl mathematischer Themen, die als wichtig erachtet werden, zu machen und andere

---

[*] Es kann sich nur um Justine Skalba gehandelt haben (vgl. die folgenden Kapitel).

in verschiedener Weise zu beeinflussen (darunter auch solche, die die Gruppentheorie und die Angewandte Mathematik berühren!).

Zusammen mit diesem Schreiben, von dem er Kopien auch an seine „Konkurrenten" Tits und Lions schickte, legte Grothendieck einen „Forschungsplan" vor, aus dem hervorging, dass er sich jedenfalls nicht vordringlich mit Mathematik beschäftigen wollte, sondern sich den viel dringenderen Fragen einer stabilen und humanen menschlichen Gesellschaft zuwenden wollte. Seine Bewerbung wurde also abgelehnt. Tatsächlich wurden 1973 zwei Stellen für die Mathematik geschaffen. Der Lehrstuhl für Gruppentheorie ging an Jacques Tits (geb. 1930), der für *Analyse mathématique des systèmes et de leur contrôle* an Jacques-Louis Lions (1928–2001).

Es ist im Nachhinein nicht klar, welches eigentlich Grothendiecks Beweggründe bei dieser „Bewerbung" waren. Anfang 1973 hatte sich, wie in den folgenden Kapiteln noch geschildert wird, sein Ausstieg aus der bürgerlichen Gesellschaft schon fast vollständig vollzogen. Er hatte seine Familie verlassen, lebte zusammen mit seiner Lebensgefährtin in der chaotischen Kommune von Châtenay-Malabry, sein Engagement für *Survivre* war schon weitgehend beendet, und wenige Zeit später trat er seine zweite Reise nach Buffalo an, um danach nie mehr nach Paris zurückzukehren. Außerdem waren beide Stellen de facto wohl schon vergeben. Bezeichnend erscheint, dass Grothendieck seine Bewerbung zur Information an die späteren Stelleninhaber schickte und nicht auch an weitere Konkurrenten wie Pierre Cartier. Wollte er zum letzten Mal „Flagge zeigen", darauf aufmerksam machen, dass er noch da war, dass es ihn noch gab?

Zu der in diesem Kapitel geschilderten Zeit muss noch ein Nachtrag gemacht werden: Im Juni oder Juli 1971 nahm Grothendieck die französische Staatsbürgerschaft an; er wurde „naturalisiert". Eigentlich muss man annehmen, dass dieses Ereignis für ihn mehr war als eine praktisch-bürokratische Angelegenheit. Früher hatte er es konsequent abgelehnt, die französische Staatsbürgerschaft zu erwerben, z. T. sicher auch aus ideologischen Gründen und als Reverenz an seinen Vater. Was jetzt seinen Sinneswandel bewirkte, ist nicht ganz klar. Vermutlich spielte die Tatsache eine Rolle, dass er nicht mehr zum Militärdienst eingezogen werden konnte, und mit einem regulären Pass entfielen bei Reisen alle möglichen bürokratischen Schwierigkeiten.

# 8. Der Provokateur

In den Jahren 1970 bis 1973 nahm Grothendieck seine Aufgaben als Mathematiker durchaus ernst, sowohl als Betreuer seiner Doktoranden als auch in seinen Lehrveranstaltungen. Er hielt zwar die Frage des Überlebens der menschlichen Gesellschaft für wichtiger, aber er hatte noch nicht mit der mathematischen *community* gebrochen. Im Grunde stieß er bei seinen politischen Aktionen bei seinen Kollegen oft auf große Sympathie. Jedoch gab es auch Aktionen, bei denen sein Verhalten gegenüber seinen Kollegen als provokativ, aggressiv, manchmal geradezu beleidigend erscheinen musste. So erhält man ein sehr gemischtes Bild – im positiven und im negativen Sinn – von Grothendiecks „Provokationen" in diesen Jahren.

In den ersten drei Augustwochen 1971 fand in Cambridge, England, unter dem Namen *NATO Advanced Study Institute* eine Sommerschule und internationale Tagung über Mathematische Logik statt. Im Vorfeld dieser Sommerschule hatte sich eine nicht kleine Gruppe von Wissenschaftlern gefunden, die Unterstützung durch die NATO prinzipiell ablehnten. Da die Veranstalter der Konferenz in Cambridge nicht bereit waren, sich von den militärischen und politischen Zielen der NATO zu distanzieren, organisierten die Kritiker eine „Gegenkonferenz". Diese sollte zunächst in Aarhus, Dänemark, stattfinden, möglicherweise hauptsächlich deshalb, weil einer der Hauptinitiatoren, Yoshindo Suzuki, dort arbeitete. Wegen organisatorischer Schwierigkeiten fand die Gegenveranstaltung unter dem Namen *Bertrand Russell Memorial Logic Conference* schließlich Anfang August 1971 in Uldum, Dänemark, statt. Im Aufruf der Veranstalter heißt es:

Es ist eine Tatsache, dass die NATO ein Militärpakt ist, der das Massaker an Zehntausenden von Menschen in Indochina ideologisch und die faschistische Diktatur in Griechenland materiell unterstützt und der die Expansion imperialistischer Bestrebungen in der ganzen Welt fördert. Wir denken, dass es sich moralisch nicht rechtfertigen lässt, wenn die wissenschaftliche Gemeinschaft sich weiterhin prostituiert und dieser Organisation einen Anschein von Respektabilität und Kultur gibt, als Gegenleistung für finanzielle Mittel, die anders schwer zu erhalten sind [...]

Grothendieck wurde zu der Konferenz eingeladen, einmal wegen der Bedeutung seiner Topos-Theorie in der Logik und dann natürlich wegen seiner allgemein bekannten politischen Aktivitäten. Das

Bulletin von *Survivre* berichtete zweimal über diese Gegenveranstaltung und rief zur Teilnahme auf.

Im Zusammenhang mit dieser Tagung wurde Grothendieck auch zur *Nordic Summer University* in Jyväskyla, Finnland, eingeladen. Das war eine gemeinsame Veranstaltung verschiedener skandinavischer Universitäten mit einem Schwerpunkt in Human- und Sozialwissenschaften. Zusammen mit den Logikern George Wilmers, Max Dickmann und G. Jakobsen (damals die Ehefrau von Dickmann) nahm er an beiden Tagungen teil, wenn auch jeweils nur kurz. In Jyväskyla, wo Grothendieck zuerst war, berichtete er über seine Vietnamreise. Insgesamt war er mit dem Ergebnis unzufrieden. Im Bulletin 9 von *Survivre* schrieb er:

> Leider wurden unsere Erwartungen bezüglich fruchtbarer öffentlicher Diskussionen über nicht-technische Themen enttäuscht, und das intellektuelle Niveau und mehr oder weniger die Aufgeschlossenheit vieler unserer Kollegen von der Soziologie schien uns enttäuschend: Viel engstirniger politischer Dogmatismus und viel „Scientismus"!

In Uldum hielt Grothendieck zwei oder drei Vorträge über Topos-Theorie, er gab eine Einführung zur Diskussion über Scientismus (5.8.1971), und er informierte über seine Reise nach Vietnam (6.8.). Wilmers berichtete dem Verfasser, dass es in Uldum zu lebhaften Diskussionen kam. Während man sich einig war in der Ablehnung der Korruption der Wissenschaftler durch den militärisch-industriellen Komplex, wurde ansonsten Grothendiecks Position mehrheitlich als zu radikal empfunden. Der Tagungsbericht[*] enthält Grothendiecks Text über den Scientismus „*The New Universal Church*", der dem Bulletin von *Survivre* Nr. 9 entnommen wurde.

Im übrigen hat Wilmers' E-Mail einen resignierenden Unterton: Wie notwendig waren damals diese Aktionen, wie wenig Erfolg hatte man damit, und um noch wie viel dringender wären sie heute [2009]! Was den inzwischen den Universitätsbetrieb dominierenden Drittmittel-Wahn betrifft, der den Wissenschaftlern die Kooperation mit meist nur am wirtschaftlichen Erfolg orientierten Unternehmen aufzwingt, kann man sich dieser Ansicht nur anschließen.

---

[*] Ein ausführlicher Bericht über die Uldum-Konferenz und ihre Vorgeschichte ist enthalten in A. Slomson, „Uldum 1971: the Bertrand Russell Memorial Logic Conference and the controversy surrounding it", in *Proc. Bertrand Russell Memorial Conference, Denmark 1971*, Hrsg. J. Bell, J. Cole, G. Priest, A. Slomson, 1973. Ein Großteil dieser Beiträge erschien auch 1974 in dem von Robert Jaulin herausgegebenen Band „Pourquoi la Mathématique?" in der Sammlung *Inédit*, Serie 7.

Dickmann fasst seinen persönlichen Eindruck von Grothendieck auf dieser Reise wie folgt zusammen (E-Mail und mündliche Mitteilung an den Verfasser):

*An extremely honest and principled man. On social and political issues he took a "man-of-the-street" kind of attitude, sharply contrasting with many a mandarin's arrogance. He never used arguments of authority; discussions with him, even in disagreement, took place on pleasant terms of equality. I still remember my former wife's observation: "This man's attitude contrasts with what you may expect from one of the world's leading mathematicians".*

*We also remember him saying that he began to know the "real world" only after he began to care about "human" questions; he remarked that, during his period at the IHÉS he "only knew hotel and lecture rooms" during his trips.*

*He also appeared to me to be a very naive person. His naivety was wide ranging. Here are a couple of examples: He genuinely searched for gentle and well-intentioned solutions to problems -- that, to be honest, were not in the 'Zeitgeist'--, such as energy saving; however, his ideas on this question seemed to ignore the massive character of the problem. (We explicitly discussed this question; at the time he seemed to be more aware than us on the urgency of this problem.) ...*

Im Sommer 1972 fand vom 17.7. bis 3.8. in Antwerpen eine internationale Sommerschule über *„Modular Functions of One Variable"* statt mit Deligne, Kuyk, Poitou und Serre als Organisationskomitee. Diese Tagung war wie die Logik-Konferenz in Cambridge ein *NATO Advanced Study Institute*. Zu allem Überfluss kam weitere finanzielle Unterstützung von Inbegriffen kapitalistischer Wirtschaftsordnung wie Coca-Cola oder Rank Xerox. Grothendieck war aufs Äußerste empört. Nach eigener Aussage wandte er sich schon frühzeitig an die Organisatoren und vorgesehenen Redner und forderte sie auf, ihre Teilnahme zu überdenken. Die englische Version vom 6.7.1971 seines Rundschreibens ist:

*To the organizers and anticipated participants of the NATO-sponsored 1972 Summer School on Modular Functions*

*Dear Colleagues,*
*Soon after I heard about the projected Summer School, I got a copy of Godement's letter to the organizers, of which copies were sent also to all anticipated participants. I wholeheartedly agree with the stand Godement takes, and it is pointless therefore to repeat here in my personal style the points he forcefully made in his own. Instead, I now wish to tell you about my decision to attend this Summer School on my own funds, should it take place and be financed by NATO as contemplated. Not, of course, in order to participate in discussions on technicalities on modular functions, but in order to voice in personal and public discussions, and through any civilized means I or others can devise, my disapproval of what I consider as a corruption of science. I hope that some other colleagues sharing our feelings and our concerns will join me; however my decision is not dependent on this. The aim would be to help you personally, and possibly some other colleagues as well, to come to realize that there is something fundamentally wrong in the*

*way most mathematicians (and any other kind of scientist as well) are taking it easy with their social responsibilities, being convinced that whatever pushes Science (or themselves) still a bit further, is Supreme Good in itself and does not need further justification. As there are things infinitely more important and precious on earth than sophisticated knowledge of properties of modular functions – such as the respect for life, and indeed the continuation of life itself – I do hope that my or our presence will have a disrupting effect as far as concentration on mathematical technicalities is concerned – yet a clarifying and constructive one on those more essential matters. As other likewise dissenting scientists, I do of course value such a thing as academic freedom, but not as an absolute, not at the expense of more essential rights of people who may not be academics (such as the right to __live__, or some forms of freedom that we academics are taking for granted for our own personal selves), which are being suppressed increasingly throughout the world, notably by military organizations such as Nato. Therefore we do believe that "Academic Freedom" does not include the "right" to give support to military and hence destructive institutions such as Nato, and we hope that an increasing number of people, including yourself, will come to realize this and become instrumental in spreading this knowledge, through various actions such as the one I am contemplating in connection with the Summer School. By the time such scientific meetings as the one you are expected to attend will have to be protected by the police against outraged protesters, hopefully including non-scientists as well, the lesson will be learned by many among us. At least the sides will be clear by then to everyone, which would be an important step indeed.*

*I would like to add still some more personal comments. Why, among the hundreds of meetings financed by Nato, did I decide to take action just on this particular one? This is because, through the persons of some of the organizers, and also partly through the subject, it very much feels to me like something happening "in my own house" – and certainly we should start sweeping our own house first! Thus, I have been working in nearly constant contact with J.P. Serre for about twenty years, including many years of collaboration within the Bourbaki group; many of my best recollections of past work are tied up some way or other with our common "master" Bourbaki or with Serre, and at various times I had occasion to acknowledge the influence of one or the other on my work. Deligne has been my student for several years (coming quickly to surpass his master in mathematical insight and technical power), and I used to be particularly enthusiastic about his seemingly unlimited potentialities; he eventually became my colleague at IHES – which made me quite exultant indeed, unfortunately only for a short time, as I left soon after over an issue quite similar to the one causing this letter. This brings me to my own share of responsibility in this sad situation: That even some young people, and very "bright" ones, will not waste a minute's thought on such "pointless" questions as their social responsibilities and the social implications of their overall behaviour as scientists. After all we, the elders, never wasted so much as an hour discussing such matters with them, and thus even those among us who did not consider such questions futile would necessarily propagate the feeling that they indeed are. However, if we are not spiritually dead we should still be able to learn, not merely more mathematics, and come to change our teaching in such a way that it will no longer propagate such deadly errors.*

*Any comments to these reflections would be welcome. Whatever strong my convictions and my ways of expressing them, they do not imply any hostility towards any particular person. I am just convinced that the kind of attitude that makes it possible to scientists to attend, say, a Nato Summer School, is suicidal in the large, hence condemned to disappear within the next generation or two – whether or not there are any other generations afterwards.*

*Yours for life, peace and freedom*

A. *Grothendieck*

Wie in diesem Brief angekündigt, erschien Grothendieck uneingeladen bei der Eröffnungsveranstaltung und ergriff ungebeten das Wort, woraufhin Serre den Vortragssaal verließ. Er versuchte, der Zuhörerschaft seine Sicht der Dinge zu erläutern, doch nach dem Bericht mehrerer Augenzeugen unterschied sich sein Auftreten deutlich von dem eher besonnenen Ton seines Rundschreibens. Es diente gewiss nicht der von ihm vertretenen Sache, dass er in Studentenmanier eine Art Happening aufführte; er brachte rote Luftballons in den Hörsaal, und er überschritt wohl auch die Grenze zwischen Provokation und persönlicher Beleidigung. Er schrie von hinten in den Hörsaal *„Légion d'Honneur! Légion d'Honneur!"* und spielte damit auf die Tatsache an, dass Serre vor kurzem diesen Orden erhalten hatte. Weiterhin warf er einem der Organisatoren Inkompetenz vor. Cartier, der alles miterlebte, kommentierte die Ereignisse folgendermaßen:[*)]

Für mich war das alles traurig, denn, so wie ich mich erinnere, waren die Zuhörer überwiegend auf Grothendiecks Seite. Aber selbst Leute, die seinen politischen und sozialen Ansichten nahestanden, waren von seinem Benehmen abgestoßen [...] Er benahm sich wie ein wild gewordener Teenager.

Viel Erfolg hatte er mit seiner Aktion nicht, und er reiste unmittelbar nach der misslungenen Eröffnungsveranstaltung wieder ab.

Das Verhalten gegenüber Serre kann man vielleicht ähnlich kommentieren wie das, was zu Grothendiecks Bemerkungen über den Satz von Riemann-Roch gesagt wurde (siehe Kap. 6): Serre war nicht irgendein Mathematiker. Er war derjenige, von dem Grothendieck am meisten gelernt hatte, der ihm viele Jahre am nächsten gestanden hatte, der ihn am meisten gefördert hatte und dem er am meisten verdankte. Er war ein „älterer Bruder" [*ainé*], wie ihn Grothendieck in seinen Meditationen oft genannt hat. Warum musste er ihn in dieser Weise attackieren?

Versucht man eine Bilanz dieser Aktionen zu ziehen, so kann man vielleicht das Folgende feststellen: Grothendieck war von der Richtigkeit der Ziele von *Survivre* zutiefst überzeugt. Genauso klar war für ihn, dass jeder bei entsprechender Aufklärung und Information zu denselben Überzeugungen gelangen müsse. Es stand für ihn fest, dass ein rational, vernünftig und konsequent denkender Mensch gar nicht anders konnte, als zu den Auffassungen von *Survivre* zu kommen. Zu den rational, vernünftig und logisch denkenden Menschen

---

[*)] zitiert nach Allyn Jackson

gehörten aber (das sollte man annehmen) vor allem die Mathematiker. Von ihnen erwartete er, dass sie sich als Erste seiner Bewegung anschließen würden. Als sie das nicht taten, war seine Enttäuschung genauso groß wie in dem Konflikt um den Etat des *IHÉS*. Nachdem er dies also zum zweiten Mal erlebt hatte, stand für ihn fest, dass seine früheren Kollegen nur auf dem eng begrenzten Gebiet der Mathematik vernünftig denken und handeln konnten. Für alles außerhalb der Mathematik waren sie blind: Was hatte er da noch mit diesen Leuten zu tun? Was sollte er mit ihnen noch anfangen?

Man kann die Situation natürlich auch von der anderen Seite aus sehen. Serre, dessen Bedeutung in Grothendiecks Leben gerade erwähnt wurde, sagte: „Man konnte sich mit ihm *nur* über Mathematik unterhalten." Es mag dahin gestellt bleiben, ob das ein wenig zu pointiert ist, aber aus dem Munde von Serre hat diese Bemerkung zweifellos Gewicht.

Man kommt an dieser Stelle zu einem entscheidenden Punkt in Grothendiecks Leben: Früher war gesagt worden, dass er „in einer anderen Welt lebte". Die Mathematik war die Brücke, die diese andere Welt mit der unsrigen verband. Als Grothendieck begann, diese Brücke einzureißen, oder sich weigerte, sie noch zu überqueren, da mussten auch persönliche Beziehungen zu ihm abreißen.

# 9. Gastprofessor in Kingston und Buffalo, 1971-1973

Das Jahr 1971 war ein Jahr hektischer Aktivität für Grothendieck. Die ersten drei Monate verbrachte er auf Einladung seines Freundes Paulo Ribenboim an der Queen's University in Kingston, Ontario, Kanada. Er hielt eine Vorlesung über die Grundlagen der Algebraischen Geometrie mit einer Einführung in die Theorie der Gruppen-Schemata. Wie er selbst schreibt, war seine wichtigste Motivation für diese und spätere Vorlesungen in Buffalo, Geld für die Bewegung *Survivre* zu verdienen. Dem Chairman des Mathematik Departements, John Coleman, war zu Ohren gekommen, Grothendiecks Vorlesungen seien nicht besonders verständlich und die Hörer blieben nach einiger Zeit trotz des berühmten Namens fern. Er teilte also Grothendieck mit, dass er ihn nur so lange bezahlen werde, als die Vorlesungen mit akzeptabler Resonanz wirklich stattfänden.[*]

Grothendieck wohnte in der Nähe der Universität, King Street East 208, in einem typischen Haus der Kingstoner *downtown*. Er hatte es abgelehnt, sich von der Universität eine Wohnung vermitteln zu lassen. Er wollte in einem Arbeiterviertel leben. (Allerdings liegt das Haus heute in einer gutbürgerlichen und durch Studentenwohnungen geprägten Nachbarschaft, und damals war es vermutlich nicht viel anders.) Ein gewisses lokales Aufsehen erregte er, weil er mitten im kanadischen Winter mit nackten Füßen in Sandalen durch den Schnee stapfte. Ein Foto von ihm, genauer nur von seinen nackten Füßen im Schnee, erschien sogar auf der Titelseite der Lokalzeitung *Kingston Whig-Standard,* ohne dass gesagt wurde, welch berühmten Kopf diese Füße trugen.[**]

Am mathematischen Institut, das damals noch in der *Carruther's Hall* untergebracht war, hatte er kein eigenes Arbeitszimmer, sondern benutzte für seine Sprechstunden das Büro von Ribenboim. Die Vorlesung fand vom 13.1. bis zum 26.3.1971 zweimal wöchentlich statt, von wenigen Ausnahmen abgesehen mittwochs und freitags. Insgesamt hielt Grothendieck 21 oder 22 Vorlesungen. Es existiert eine vollständige Mitschrift von Leslie Roberts, der sich erinnert,

---

[*] Im Übrigen zahlte Coleman nach eigener Aussage (Interview 2008) jedem Mitarbeiter des Departments immer so wenig wie möglich; das traf nicht nur auf Grothendieck zu, sondern 1968/69 auch auf den nichtsahnenden Verfasser.

[**] Diese Episode wird noch heute (2008) in Kingston unweigerlich erzählt, wenn man auf Grothendieck zu sprechen kommt.

dass die Vorlesung recht gut besucht war. Allerdings meint er auch, dass Grothendieck sich nicht allzu viel Mühe gab und für Beweise und Einzelheiten oft auf die Literatur verwies. Es wurden die Grundlagen der Schema-Theorie behandelt, einschließlich einer Einführung in Gruppen-Schemata. Die Vorlesung blieb auf relativ elementarem und allgemeinem Niveau; Cohomologie zum Beispiel wurde nicht behandelt.

Am 26.2.1971 hielt Grothendieck einen Vortrag über die Ziele der Bewegung *Survivre*. Einzelheiten sind nicht bekannt; aber man wird annehmen können, dass dieser Vortrag kaum von seinem üblichen Text abwich. Am 11.3. hielt er weiterhin einen öffentlichen mathematischen Vortrag, der überregional angekündigt wurde.[*] Roberts hat auch diesen Vortrag mitgeschrieben. Der Titel war vermutlich „*Relations between algebraic geometry and arithmetics (and topology ...)*". Der Inhalt ist ungefähr durch folgende Stichworte gekennzeichnet: formale Eigenschaften des Cohomologie-Ringes einer kompakten Mannigfaltigkeit, Lefschetz-Formel, Zeta-Funktion, Poincaré-Dualität, Weil-Vermutung, Riemann-Vermutung, Spezialfall einer algebraischen Kurve.

Zu Beginn seines Kanada-Aufenthaltes erhielt Grothendieck Besuch von seinem Doktoranden Messing. Dieser schrieb an den Verfasser über diesen Besuch:

*Grothendieck was in Canada [...] for several months during the winter of 1971 and I went there for several days to discuss my emerging thesis with him in January of 1971. I stayed in his room for ... three days. It was during this visit that I drove with Grothendieck to visit Alex Jamison, an American Indian activist who was living in Northern New York State. Jameson was involved in the American Indian Movement and was trying to prevent the construction of a nuclear power plant near an Indian reservation. Grothendieck was anxious to meet him and to discuss, what, if anything, he could do to aid Jamison's work. It was, for various reasons, a very memorable trip that Grothendieck and I made.*

Nach eigener Aussage[**] besuchte Grothendieck in der Zeit vom 1.3. bis zum 17.4.1971, dem Tag seiner Abreise von Boston nach Frankreich, insgesamt 21 kanadische und amerikanische Universitäten, um Vorträge über *Survival* zu halten. Dies war zweifellos eine bewundernswerte Energieleistung, denn man muss berücksichtigen, dass er vermutlich an fast allen diesen Orten zwei Vorträge hielt, wobei der über *Survival* meistens in einer langen allgemeinen Dis-

---

[*] Die Queen's University veranstaltet gelegentlich „*public lectures*" prominenter Wissenschaftler.
[**] Vgl. Bulletin 4 der Bewegung *Survivre*.

kussion endete. Als Themen der mathematischen Vorträge hatte er in einem Brief an Paul Koosis vom 6.2.1971 vorgeschlagen:

*Algebraic geometry and topology*
*Weil conjectures and cohomology theories for algebraic varieties*
*Foundations of algebraic geometry: the notion of a scheme*
*New foundations of general topology: the theory of topoi*
*Crystals and crystalline cohomology.*

Zu den Universitäten, die er besuchte, gehörten unter anderem:

Anfang März 1971: Hamilton, Buffalo, Rochester
1.-4.4. Stanford und Palo Alto
5.-7.4. Berkeley
7.-11.4. Los Angeles
12.4. Princeton

Eine dieser Vortragsreisen führte ihn an die Laval-Universität in Quebec City. (Auch dort, bei noch viel niedrigeren Temperaturen als in Kingston, erschien er barfuß in Sandalen.) Sein Vortrag muss ein gewaltiger Erfolg gewesen sein; es erschienen nach Aussage von Claude Levesque an die 700 Hörer, und als er mit einigen Mathematikerkollegen anschließend ein Restaurant besuchte, erhoben sich die dort anwesenden Studenten von ihren Plätzen und applaudierten, was Grothendieck sichtlich gefiel.

Der Vortrag in Berkeley war auf Einladung von Stephen Smale zustande gekommen. Smale hatte den Ruf eines radikalen Linken, insbesondere lehnte er jede Unterstützung der Universitäten durch das Militär kompromisslos ab, was ihm bekanntlich einige Schwierigkeiten bei der Erneuerung seiner NSF-*grants* bereitete. Vermutlich kam ihm Grothendiecks Vorgehen etwas sektiererisch vor; jedenfalls hatte er keine weiteren Kontakte zu *Survivre*. Es ist möglich, dass Grothendieck bei dieser Gelegenheit auch seine Schwester Maidi und deren Familie besuchte, die in der Nähe wohnten (was von einer Tochter Maidis allerdings verneint wird).

In Kalifornien reiste er auch zur *University of California* in Los Angeles. Dort traf er sich mit einem der ersten und aktivsten Mitstreiter von *Survivre*, Paul Koosis, der an dieser Universität eine Professur für Mathematik innehatte. Er wohnte bei Koosis und äußerte den Wunsch, den Gewerkschaftsführer Cesar Chavez zu besuchen, der sich seit Jahren für bessere Arbeitsbedingungen und das Recht zu gewerkschaftlicher Betätigung vor allem der mexikanischen Wanderarbeiter auf den kalifornischen Obstplantagen einsetzte. Chavez war in den siebziger Jahren ein Idol der Friedens- und Bürgerrechtsgruppen nicht nur in den USA. Zusammen fuhren sie mit dem Auto fast einen Tag lang nach Delano, trafen Chavez jedoch nicht an und kamen unverrichteter Dinge etwa um drei Uhr morgens wieder in Los Angeles an.

Auf seiner Vortragsreise durch die USA kam Grothendieck auch nach Princeton, wo sein oben erwähnter Doktorand Bill Messing lebte. Wie üblich hielt er zwei Vorträge, einen mathematischen und einen über die Ziele von *Survivre*. Messing erinnert sich, dass er bei dieser Gelegenheit auch John Nash und dessen Frau traf. [**]

Wie schon gesagt, kehrte Grothendieck am 17.4.1971 von Boston nach Paris zurück. Danach verging etwas mehr als ein Jahr, bis er wiederum Nordamerika besuchte.

[**] Aus den 60er Jahren existiert ein interessanter Briefwechsel Grothendieck/Nash, in dem Nash auch von seiner Krankheit berichtet.

Im Mai 1972 reiste Grothendieck auf Einladung der *State University of New York (SUNY) at Buffalo* in die Vereinigten Staaten. Er blieb dort bis Anfang Juli, hielt eine Vorlesung und besuchte einige amerikanische Universitäten, vor allem in den Staaten New York und New Jersey, um dort Vorträge zu halten. Buffalo liegt auf der amerikanischen Seite der Niagarafälle und ist eine nicht gerade besonders attraktive Industriestadt. Auch war *SUNY at Buffalo* keine der führenden Universitäten in Nordamerika, doch Grothendieck hatte mit den Elite-Institutionen schon gebrochen. Er hatte das Bedürfnis, an weniger bedeutenden Universitäten als Harvard oder Paris aufzutreten, und er hatte zweifellos den Wunsch, auch hier die Botschaft von *Survivre* zu verbreiten. Tatsächlich zeichnete sich jedoch auf dieser Reise schon sein Rückzug von *Survivre* und eine erneute Wende in seinem Leben ab. Er berichtet selbst über diese Reise:[*]

Ich war von Mitte Mai bis Anfang Juli in den Vereinigten Staaten, und zwar auf Einladung der Universität Buffalo, wo ich einen kleinen Kurs gegeben habe, der am 22. Mai begann. Nach zwei Jahren hochdosierter Arbeit für *SURVIVRE*, davon viel Sekretariatsarbeit, habe ich gedacht, die Windstille dieses Aufenthalts würde mir nützen, ein wenig zu verschnaufen, nachzudenken, zu lesen, ein paar Artikel zu schreiben. Im Endergebnis habe ich davon wenig getan, denn in der ersten Woche meines Aufenthaltes lernte ich in New York eine sehr anziehende junge Frau kennen, Justine, und wir haben den größten Teil meines Aufenthaltes in den USA damit verbracht, uns gegenseitig kennenzulernen. Sie ist mir nach Frankreich gefolgt, um sich der Kommune *Survivre* anzuschließen, die ich gerade mit einigen Freunden in der Pariser Gegend gründe; wir sind davon überzeugt, dass wir zusammenbleiben werden und dass wir uns aufs Beste ergänzen. Das ist sicher das wichtigste Ergebnis meines Aufenthaltes in den Vereinigten Staaten! [...]
    Wenn auch Herz und Gehirn besonders abgelenkt waren, so habe ich doch neue Bekanntschaften von interessanten Personen gemacht, sei es in Buffalo selbst, sei es bei meinen Reisen durch verschiedene amerikanische Universitäten, wo ich an Veranstaltungen der kulturellen Subversion [*subversion culturelle*, ein ständiges Thema im Bulletin der Bewegung] teilnahm: Fordham (New York), Rutgers (New Brunswick), wo ich die Ehre hatte, meine zukünftige Gefährtin Justine kennenzulernen, Brown (Providence), die Universität von Albany, die Universität von Massachusetts, Stony Brook (Long Island).

Grothendieck erklärt in seinem Bericht weiterhin, dass es zu seinem Bedauern bei den Vorträgen in Buffalo nicht möglich gewesen sei, die konventionellen hierarchischen Schranken zu durchbrechen, dass er Gefangener der Etikette geblieben und es ihm nicht gelungen sei, weniger stereotype Beziehungen zu etablieren. Dies hing auch

---

[*] *Bulletin de liaison 10*, supplément à „*Survivre - et Vivre*" 12; diese Ausgabe ist nicht datiert, wurde aber Ende Juli oder Anfang August 1972 herausgegeben.

damit zusammen, dass er, wie er selbst schreibt, in Buffalo über ein „esoterisches" und technisches Thema vortrug, für das die Hörer nicht vorbereitet waren, so dass von vornherein eine Distanz zwischen ihm und den Zuhörern entstand. Aus einem Brief vom 21.11.1972 an Federico Gaeta geht hervor, dass es sich wohl um den Satz von Riemann-Roch handelte.

Justine Skalba war im Mai 1972 *graduate student* von Daniel Gorenstein an der Rutgers University. Sie trafen sich bei der Zusammenkunft nach Grothendiecks Vortrag; er erzählte von seinen Plänen, die Mathematik aufzugeben und aufs Land zu ziehen, und noch am gleichen Abend entschied sich Justine, ihr Studium abzubrechen und Grothendieck nach Europa zu folgen. Die beiden lebten knapp zwei Jahre zusammen und haben einen Sohn, John Grothendieck, der am 28.10.1973 geboren wurde. Viele Mathematiker, die in der ersten Hälfte der siebziger Jahre in Paris oder in den amerikanischen Ostküstenstaaten verkehrten, haben Justine getroffen und erzählen mehr oder weniger bruchstückhafte Geschichten über sie.[*]

Die Sommermonate 1973, wohl ab Mai, verbrachte Grothendieck dann erneut in Buffalo. Er lebte mit der schwangeren Justine im Wochenendhaus von John Snell. Er hielt eine Vorlesung, die unter dem Titel *„Introduction to functorial algebraic geometry. Part 1 – Affine algebraic geometry"* von Gaeta ausgearbeitet und ergänzt wurde und von der Universität als hektographierte *notes* vertrieben wurde. Anscheinend haben diese *notes* keine große Verbreitung erfahren: In den gängigen Bibliographien der Grothendieckschen Arbeiten sind sie nicht erwähnt. Mathematiker aus Buffalo berichten, dass Gaetas Ausarbeitung erheblich von Grothendiecks Vorträgen abwich. In seinem Vorwort drückt Gaeta die Hoffnung aus, dass bald auch der zweite Teil *„dealing with the category of schemes"* erscheinen wird. Dies ist jedoch offenbar nicht geschehen. Es existieren Tonbandaufnahmen von Grothendiecks Vorlesungen.

Offenbar hat Grothendieck in diesem Sommer noch weitere Vorträge gehalten, nämlich *Survey on the functorial approach to affine*

---

[*] Es soll an dieser Stelle sofort gesagt werden, dass es dem Verfasser nicht gelungen ist, Justine Bumby, wie sie seit ihrer Heirat mit Richard Bumby heißt, direkt oder indirekt zu kontaktieren. In dieser Biographie wird daher über die Beziehung zu Grothendieck nicht mehr gesagt, als Grothendieck selbst geschrieben hat oder in dem schon mehrfach erwähnten biographischen Artikel von Allyn Jackson zu finden ist.

*algebraic groups* sowie *Lectures on topoi*. Einzelheiten dazu ließen sich nicht aufklären. Seine Vortragsweise muss einigermaßen unkonventionell und für die Zuhörer ziemlich anstrengend gewesen sein. Er sprach mit kurzen Pausen bis zu sieben Stunden an einem Tag. Und Gaeta fragte zu Recht: *„Who can believe that he is not interested in mathematics anymore?"*

(Vielleicht geht aber diese Frage, so berechtigt und naheliegend sie erscheint, etwas an Grothendiecks Persönlichkeit vorbei: Er hatte, wie viele seiner engeren Kollegen betonen, trotz aller „anarchistischen" Züge in seinem Charakter ein ganz ausgeprägtes Pflichtbewusstsein. Er sah es als seine Pflicht an, eine maximale Gegenleistung für die Einladung und das Gehalt, das er erhielt, zu erbringen. – Dass es auch andere Gründe für seine Marathon-Vorträge gegeben haben kann, ist damit natürlich nicht bestritten.)

# 10. Die Weil-Vermutungen

Wir unterbrechen jetzt unseren biographischen Bericht, um einen Abschnitt über die „Weil-Vermutungen" einzuschieben. Nach Grothendiecks eigener Aussage (siehe später in diesem Kapitel) waren sie eine ganz wesentliche Motivation für sein eigenes mathematisches Werk. Es erscheint deshalb angemessen, sie auch in einer Biographie zu erwähnen.

Die naivste Vorstellung, die ein Laie von der Mathematik und der Tätigkeit der Mathematiker haben kann, ist vielleicht die, dass die Mathematiker Gleichungen aufstellen und diese lösen. Was die Algebraische Geometrie betrifft, ist diese naive Vorstellung sehr dicht an der Wirklichkeit, und sie wäre vollständig richtig, wenn man statt „Gleichungen lösen" sagen würde, „die Lösungsmenge der Gleichungen untersuchen".

Mancher wird sich von der Schule an „quadratische Gleichungen" erinnern wie

$$x^2 - 3x + 2 = 0$$

und daran, dass solche Gleichungen zwei, aber auch genau eine oder keine Lösung haben können. Mancher wird sich auch daran erinnern, dass geometrische Gebilde durch Gleichungen – genauer algebraische Gleichungen – beschrieben werden. Z. B. beschreiben die Gleichungen

$$xy = 1, \qquad y = x^2, \qquad x^2 + y^2 = 1$$

der Reihe nach Hyperbel, Parabel und Kreis in der $x,y$-Ebene. (Das Adjektiv „algebraisch" in diesem Kontext besagt übrigens, dass man in den Gleichungen nur gewöhnliche Zahlen, Unbekannte $x,y,z,...$ und die vier Grundrechenarten verwendet.)

Betrachtet man nun kompliziertere Gleichungen (nicht nur eine, sondern mehrere zugleich) mit vielen Unbekannten, so ist die Untersuchung der Lösungsmenge dieser Gleichungen außerordentlich schwierig. Die Lösungsmengen sind komplizierte geometrische Objekte in höherdimensionalen Räumen. Praktisch immer ist die Lösungsmenge sogar dermaßen unzugänglich, dass man sich mit Teilergebnissen zufriedengeben muss. Die Algebraische Geometrie ist nun genau die mathematische Theorie, die diese geometrischen Objekte, algebraische Varietäten genannt, mit algebraischen Methoden untersucht. Man versucht – metaphorisch gesprochen – diese geometrischen Gebilde zu „vermessen". Zum Beispiel ist der Satz von Riemann-Roch, von dem schon öfter die Rede war, ein Satz, in dem algebraische Varietäten in gewisser Weise vermessen werden, das heißt, gewisse charakteristische Daten festgestellt werden.

Um nun zu den Weil-Vermutungen zu kommen, muss noch ein weiterer wesentlicher Bestandteil der Fragestellung besprochen werden. Die Mathematiker kennen viele „Zahlbereiche", in denen gerechnet wird. Drei solcher Zahlbereiche kennt auch der Laie, nämlich die Menge der „ganzen Zahlen" ..., -2, -1, 0, 1, 2, 3, ..., die Menge der „rationalen Zahlen", d. h. die Menge aller gewöhnlichen Brüche, und die Menge der „reellen Zahlen", die Menge der unendlichen Dezimalbrüche. Schreibt man nun irgendeine Gleichung hin, so ist es ganz entscheidend, in welchem Zahlbereich man arbeitet. Die berühmte Fermatsche Gleichung

$$x^n + y^n = z^n$$

hat für einen Exponenten $n$ größer als 2 keine Lösung mit positiven ganzen Zahlen $x,y,z$ (wie von Andrew Wiles bewiesen wurde), aber es gibt natürlich Lösungen in reellen Zahlen. Man muss also den zugrunde gelegten Zahlbereich festlegen, in dem man die Lösungen sucht.

Wie schon gesagt, kennen die Mathematiker viele Zahlbereiche, darunter auch solche, die im Gegensatz zu den oben erwähnten Beispielen aus der Schule nur endlich viele Zahlen enthalten. Man hat ja schon bis zum Überdruss gehört, dass die gesamte Computertechnologie auf einen Zahlbereich gegründet ist, der nur die zwei Zahlen 0 und 1 kennt und in dem die Rechenregel 1+1=0 gilt. Bei den Weil-Vermutungen geht es um algebraische Varietäten über Zahlbereichen mit endlich vielen „Zahlen", sogenannte endliche Körper. (Das Wort „Körper" hat dabei keinerlei geometrische Bedeutung, sondern heißt einfach, dass in diesem Zahlbereich die vier Grundrechenarten unbegrenzt durchführbar sind.) Hat man nun eine solche algebraische Gleichung über einem endlichen Körper, so ist eines von vornherein klar: Für die Unbekannten $x,y,z, ...$ gibt es nur endlich viele Möglichkeiten, weil es überhaupt nur endlich viele „Zahlen" gibt, mit denen gerechnet wird. Was immer auch passiert, die Gleichung kann also nur endlich viele Lösungen haben (eventuell gar keine).

Die von André Weil etwa 1949 aufgestellten Vermutungen machen nun präzise Aussagen über die Zahl der Lösungen. Es ist nicht so, dass diese Lösungszahl formelmäßig angegeben werden könnte, aber man kann dennoch Aussagen darüber machen. (Zum Beispiel könnte die Aussage, dass die Anzahl der Lösungen gerade oder ungerade ist, schon eine tiefe Erkenntnis sein.) Die Aufstellungen dieser Vermutungen war ein Geniestreich allerersten Ranges, denn Weil hatte nur wenige numerische Beispiele, auf die er sich stützen und an denen er seine Vermutung testen konnte. Er kam vielmehr durch gewisse sehr tiefliegende Analogien zu echt geometrischen Theorien zu seiner Vermutung. Möglicherweise hatte Grothendieck von den Weil-Vermutungen zum ersten Mal in einem Bourbaki-Vortrag von Chevalley im Jahr 1949 gehört.

Aufgrund der erwähnten Analogien zur Geometrie skizzierte man (in erster Linie Serre) schon bald eine Strategie zum Beweis der Weil-Vermutungen. Was man brauchte, war die „richtige Cohomologie-Theorie". Die Mathematiker kennen viele Varianten von Cohomologie-Theorien; sie waren ursprünglich ein Hilfsmittel, um eigentlich geometrische Objekte wie gekrümmte „Mannigfaltigkeiten" in höherdimensionalen Räumen zu untersuchen. Auch in der Algebraischen Geometrie wurden in den fünfziger Jahren solche Cohomologie-Theorien entwickelt und weiterentwickelt, auch von Grothendieck. Man brauchte sie zum Beispiel, um den Satz von Riemann-Roch zu beweisen – und überhaupt erst formulieren zu können. Von diesen bekannten Cohomologie-Theorien („Garben-Cohomologie") war aber a priori völlig klar, dass sie im Hinblick auf die Weil-Vermutungen unbrauchbar waren. Man brauchte bessere Theorien mit den richtigen formalen Eigenschaften, und die Suche nach der „richtigen" Cohomologie-Theorie stand seit Ende der fünfziger Jahre im Mittelpunkt der Forschungen in der Algebraischen Geometrie, auch der Grothendiecks. In gewissem Sinne ist diese Suche bis heute nicht abgeschlossen (Stichwort „Motive").

Es kann kein Zweifel bestehen, dass der Beweis der Weil-Vermutungen das Fernziel war, das Grothendieck bei seinem Neuaufbau der Algebraischen Geometrie vor Augen stand. (In *ReS* schreibt er, die Weil-Vermutungen seien die Hauptstadt eines unentdeckten Landes.) Und er hatte eine klare (geradezu dogmatische) Vorstellung, wie dieser Beweis erfolgen sollte: die richtige Cohomologie-Theorie konstruieren, dass es die „richtige" war, würde sich darin erweisen, dass man für sie gewisse formale Eigenschaften, die „Standard-Vermutungen", beweisen könnte, und aus den Standard-Vermutungen würden direkt die Weil-Vermutungen folgen.

Verschiedene Mathematiker aus dem Umkreis von Grothendieck berichten, dass er Ende der sechziger Jahre eine letzte große Anstrengung unternahm, die Weil-Vermutungen zu beweisen, d.h. die „richtige" Cohomologie-Theorie zu konstruieren. (Der historischen Genauigkeit halber sollte gesagt werden, dass ein Teil der Vermutungen schon von Bernard Dwork und Grothendieck selbst bewiesen worden war; es ging um den letzten und schwierigsten Teil.) Diese richtige Theorie ist die Theorie der „Motive"; ihre vollständige Ausarbeitung scheitert bis heute an unüberwindlichen „technischen" Schwierigkeiten.

Diese Mathematiker berichten auch, dass es schien, als ahne Grothendieck, dass ihm der letzte Erfolg verwehrt bleiben würde und dass vielleicht sein brillantester Schüler Pierre Deligne gebraucht würde, um das Programm zu vollenden. Vielleicht zeigte sich auch die Müdigkeit bei Grothendieck, von der in Kapitel 2 gesprochen wurde, vielleicht war es nach der Fields-Medaille das „Nobelpreis-Syndrom", vielleicht der weit verbreitete verhängnisvolle Gedanke, dass ein Mathematiker im Alter von vierzig Jahren meist seine beste Arbeit schon hinter sich hat. Grothendieck kam nicht recht vorwärts.

Da verbreitete sich im Sommer 1973 die Nachricht, dass Deligne der endgültige Beweis gelungen war. Zwar war noch längst nicht alles aufgeschrieben (dazu fehlten noch Ausarbeitungen ganzer Teile aus Grothendiecks *SGA*-Programm, die bis dato nur skizzenhaft vorlagen), aber unter den Experten gab es bald keinen Zweifel mehr: Deligne hatte den vollständigen Beweis – und das hatte man ja auch schon „immer" von ihm erwartet.

Grothendieck besuchte zusammen mit Justine (wohl nach seiner Rückkehr von Buffalo) das *IHÉS* und ließ sich von Katz, Messing und Deligne selber Einzelheiten berichten. Er war fasziniert und enttäuscht zugleich. Deligne hatte den Beweis anders geführt, als er sich das vorgestellt hatte. Es war Deligne gelungen, die vollständige Konstruktion der „richtigen" Cohomologie zu umgehen, er hatte die „Standard-Vermutungen" nicht bewiesen. Delignes Schlüssel zum Erfolg war, dass er viel besser als der Autodidakt Grothendieck klassische Methoden der Mathematik kannte. Laut Allyn Jackson kommentierte Deligne Grothendiecks Reaktion folgendermaßen:

*If I had done it using motives, he would have been very interested, because it would have meant the theory of motives had been developed. Since the proof used a trick, he did not care.*

Zweifellos ist Deligne hier viel zu bescheiden, wenn er nur von einem "Trick" spricht. Es war weit mehr; er hatte nicht den „blinden Fleck" (wie John Tate es formulierte), den Grothendieck hatte.

Pierre Deligne, 1975

Grothendieck hat sich auch nach 1973 noch mit Mathematik beschäftigt, aber sein großes Ziel am Horizont war nicht mehr da, und sich mit den technischen Komplikationen der Theorie der Motive zu beschäftigen, hatte er weder Lust noch Kraft. So zeigt sich von jetzt an eine gewisse Ziel- und Richtungslosigkeit in seinen mathematischen „Meditationen", sie gehen endlos in die Breite und kommen nirgendwo richtig an.

Auch wenn wir damit ein wenig von Grothendiecks Biographie in den Jahren 1970 bis 1991 abkommen, ist es vielleicht interessant zu lesen, wie er selbst viel später die Bedeutung der Weil-Vermutungen für sein mathematisches Werk und sein persönliches Verhältnis zu André Weil gesehen hat. In Briefen hat er sich, vor allem im Zusammenhang mit der Korrespondenz über *Récoltes et Semailles*, mehrfach dazu geäußert. Am 12.10.1986 schrieb er an Bob Thomason unter anderem:

*The more amazing thing though in your letter, is your referring to Weil's conjectures as being „boring". Without these conjectures, I wouldn't probably ever have dreamt of étale cohomology nor of motives, nor of weights in cohomology groups, and a good deal of what you and a number of other people did wouldn't exist.*

Etwa um dieselbe Zeit, am 9.7.1986, schrieb er an seinen japanischen Freund Yamashita:

*As for the Weil conjectures, I never got to the point where I would really try seriously to actually prove them – I mean the last and crucial point, the absolute values of the proper values of the cohomological Frobenius operations. Too many more basic things had to be elucidated first. If I hadn't quit mathematics by the end of the sixties, but had gone on steadily doing mathematics the way I feel them, I would probably never have hit upon Deligne's proof – but instead, I am rather confident, I would have solved some variant or other of the "standard conjectures", including the basic Hodge-type general "index theorem" (positivity of certain "traces"), which would yield the Weil conjectures as just by-product (of basic significance, sure enough), of a geometrical theory of much wider sweeping. At least, this was on my short-range program, before I quit. The long prevailing stagnation in the cohomological theory of schemes is due to a large extent, in my eyes, to the neglect of such basic questions, for the "benefit" of singling out and solving just the "challenge question", namely the celebrated Weil conjectures (namely, what was still left to prove ...) Or more accurately, while the solution should have been taken as an encouragement for establishing the wider view of things they had become part of, this success has become a kind of justification, for sneering on a wider view as well as on the workman who had shaped the basic tools ...*

*Of course, as witnessed by your citation from the introduction to EGA, the influence of Weil's conjectures, in my work between 1958 and 1969 (when I quit), was quite a deep one. But it never has been the challenge: "I will be the one who "cracks" them – but just an inspiration for some of the main themes in the vision of a new geometry, developping between 1955 (or 1958) and 1969. As a matter of fact, in the late sixties, as I was quite busy with a number of foundational matters, I used to think that probably one of my students, presumably Deligne, would solve the Weil conjectures (and the standard conjectures too) within the very next years.*

Einige Wochen später, am 16.9.1986, schrieb Grothendieck ebenfalls an Yamashita sehr ausgewogen über sein Verhältnis zu Weil:

*I was very surprised to hear you say that „it is very famous that Weil is not friendly with me". I didn't get aware of a possible "unfriendliness" of Weil towards me, until writing "Promenade" – and more specifically, I believe, till the moment I came to writing that footnote you are referring to. I met Weil for the first time in Cartan's seminar, in 1948 I think – and the general impressions about the Bourbaki group, which I describe in ReS I, apply to him equally well. I came to know him a little more, and his particular authoritative role in Bourbaki, while I was a member of the Bourbaki group, after 1955. I got angry at him once or twice (once I quit a Bourbaki congress because of this, and even thought of quitting Bourbaki altogether), but it didn't seem to me this left any unfriendly feelings between us. Of course I admired him a great deal as a mathematician, and his opinion had a lot of weight for me – but not on those matters I was most closely involved with, which he generally frankly disliked (like topological vector spaces and functional analysis I was involved in till 1955, or cohomological machinery after 1955), or appeared not to be really interested in (as my foundational work on algebraic geometry after 1958). However, it was quite clear to me that Weil knew well that I did math without being just kidding and pretending to, and that some of it was relevant for his own work (although I don't remember Weil ever saying explicitly anything of this kind). I never had the feeling of anything like "unfriendliness" of Weil towards me, nor did anybody ever report to me anything, which I could interpret as unfriendliness.*

*[...] When Weil told me he was working on reediting his Foundations, I had been pondering and working already for quite a while (two or three years) on the new approach through schemes, and I knew perfectly well (and I was convinced he himself knew so also) that his Foundations were wholly out of date. This was for me a matter of fact, I don't believe it had anything to do with my opinion on Weil himself or on me. After all, a science progresses through old approaches being superseded by new ones, which doesn't mean in the least that those people who developed the old ones, were any less smart than the newcomers, whose work would equally be superseded by later work. This was very clear in my mind, by a kind of elementary instinct, even though I had only the faintest notion of (say) the history of mathematics. Thus I felt perfectly free and at ease, when jokingly replying to Weil that when working at reediting his Foundations, he must have felt like the chap who is putting fresh paint upon pretty old walls (this image had flashed quite spontaneously to my mind). As a matter of fact, this remark was probably a way of expressing my surprise, that Weil should lose his precious time for a kind of work which, to me, looked quite evidently unproductive. I don't remember Weil's reply – at any rate, if he had been hurt by my remark (and I certainly didn't dream someone like Weil could possibly be hurt by it), he didn't show it. (And sure enough, as I know him, he wouldn't ever admit being hurt by anyone – because admitting being hurt means also, renouncing an attitude of superiority over the ordinary human beings.)*

# 11. Rückzug aufs Land. Villecun

Im Einleitungsbrief zu *Récoltes et Semailles* schreibt Grothendieck:

Nach einigen Jahren engagierter antimilitärischer und ökologischer Aktionen – vom Typ „Kulturrevolution" – von denen du zweifellos hier und da ein Echo gehört hast, verschwand ich einfach aus dem Umlauf, verloren an irgendeiner Provinzuniversität, Gott weiß wo. Gerüchte besagen, dass ich meine Zeit damit verbringe, Schafe zu hüten und Brunnen zu graben. Die Wahrheit ist, dass, abgesehen von zahlreichen anderen Beschäftigungen, ich tapfer, wie jeder andere auch, meine Vorlesungen im Institut gehalten habe (so habe ich ursprünglich mein tägliches Brot verdient, und so tue ich es auch noch heute).

Grothendieck „verschwand also irgendwo auf dem Land" und unterrichtete an einer „Provinzuniversität". Doch bevor es dazu kam, gab es noch eine Durchgangsstation. Wir kehren in die Zeit von *Survivre* zurück, in den Sommer 1972.

## 11.1 Die Kommune von Châtenay-Malabry

Bald nach der Rückkehr von der ersten Buffaloreise, nämlich im August 1972, wurde ein Projekt realisiert, das schon längere Zeit im Kreis von *Survivre* geplant worden war. Schon im März dieses Jahres hatte Grothendieck im *Bulletin de Liaison* ausgeführt, dass die beste Organisationsform für die Pariser Gruppe von *Survivre* die einer Kommune sei. Er dachte an ein großes Haus mit mindestens zwölf Zimmern, das Platz für fünf bis sechs Paare mit Kindern bieten und außerdem über einen Versammlungsraum, eine Bibliothek, einen Keller und einen großen Garten verfügen sollte. Der Ort sollte „die Wärme einer familiären Umgebung" bieten und zugleich ein „Begegnungszentrum" sein. In dem Bulletin, das den Bericht über die Amerikareise enthält, wird gleich anschließend über die Gründung der Kommune *Germinal* [„Keim"] in Châtenay-Malabry informiert:

Wir haben (besser spät als gar nicht??) ein großes Haus in Châtenay-Malabry gefunden, um mit dieser Kommune zu starten, von der wir schon so lange gesprochen und die wir niemals in Gang bekommen haben. Es liegt in der rue Anatole France, Nr. 103, in 92 Châtenay-Malabry, weniger als zehn Minuten von der Metrostation Robinson (Linie Sceaux). Im Augenblick gibt es vier Mitglieder, nämlich Alexandre, Jacques, Justine [Skalba], Pierre. [Alexandre war natürlich Grothendieck selbst, wer Jacques und Pierre waren, ist nicht bekannt.] *)

---

*) Das Haus scheint nicht mehr zu existieren (2009).

Zu den Bewohnern gehörte zeitweise auch Jean-Claude Durand, dem der Verfasser einige Informationen über Grothendieck in Châtenay und später in Olmet und Villecun verdankt. Durand ist einer der Menschen, dessen Leben durch *Survivre* in neue Bahnen gelenkt wurde. Er hatte in Paris bei Guedj Mathematik studiert und war über Guedj mit der Gruppe *Survivre* in Kontakt gekommen. Später hat er sein Studium abgebrochen und sich im Zuge der Bewegung „Zurück aufs Land" der Landwirtschaft zugewandt. Dabei ist es bis heute geblieben; er ist mit Grothendiecks ältestem Sohn Serge befreundet.

„Wärme einer familiären Umgebung" und „Begegnungszentrum", wie oben formuliert, sind wohlklingende Worte, hinter denen sicher auch ehrliche Absichten steckten. Personen, die Grothendieck in dieser Zeit gekannt haben, versichern jedoch, dass die Kommune ein einziges Chaos war und für ihn eine Hauptattraktion wohl eher *„free love"* gewesen sei. Und in jedem Fall kamen ihm schon in den ersten Tagen oder Wochen nach der Gründung Zweifel an dem Sinn seiner aufreibenden Tätigkeit für *Survivre* und am Leben in der Kommune. Wenige Zeilen nach dem zitierten Text heißt es nämlich:

Andererseits glaubt Alexandre, dass es besser sein könnte, sich weitgehend von der Muttergruppe [*groupe-mère*] zurückzuziehen, die Arbeit am Journal eingeschlossen, und dass die Gruppe sich ohne ihn spontaner entwickeln werde.

Sicher hatte Grothendieck bald sehr handfeste Gründe, am Sinn seines Engagements für diese Kommune zu zweifeln: Als er eines Tages nach Hause kam, tanzten die Kommunarden im Garten um ein Feuer, das sie unter Verwendung seiner mathematischen Manuskripte entfacht hatten. Tatsächlich hat Grothendieck zusammen mit Justine auch nur etwas mehr als ein halbes Jahr in Châtenay-Malabry gewohnt. A. Jackson berichtet, wobei sie sich auf Mitteilungen von Justine Bumby stützt:

She [Justine] said that he [Grothendieck] sold organically grown vegetables and sea salt out of the basement of the house. The commune was a bustling place: Bumby said that Grothendieck held meetings, which might attract up to a hundred people, about the issues raised in the Survival group, and these attracted considerable media attention. However the commune dissolved fairly rapidly as a result of complicated personal relationships among the members. It was around this time that Grothendieck's position ended at the Collège de France, […]

Dieser Bericht wird von Durand bestätigt: „Es gab jede Menge Diskussionen über jedes Thema und in jedem Sinn. Alexander erlebte diese Art von Durcheinander als eine notwendige Gärung, und er schien das zu mögen."

Kurz nach ihrem 14. Geburtstag im Februar 1973 zog auch Grothendiecks Tochter Johanna in die Kommune, blieb dort aber nur kurze Zeit. Die Verhältnisse erschienen für ein junges Mädchen (das allerdings gewohnt war, mehr oder weniger auf der Straße zu leben) dermaßen bedenklich, dass Grothendieck sie dort nicht lassen wollte.

Schon zu Anfang des Jahres 1973 zeichnete sich das Ende der Kommune ab. Grothendieck bereitete seinen Wegzug aus dem Großraum Paris vor, auch wenn seine Tätigkeit in Orsay zunächst noch seine Anwesenheit erforderte. Mit der Abreise nach Buffalo (vermutlich Anfang April) war dann das Experiment *Germinal* für ihn beendet. Dies bedeutete auch das baldige Aus für die Kommune selbst. Vielleicht ist sie weniger wegen „komplizierter persönlicher Beziehungen" eingegangen, sondern schlicht aus Geldmangel. Grothendieck war der einzige Geldgeber, und selbst seine Mittel reichten nicht aus. (In einem Brief an Gaeta erwähnte er, dass demnächst ein Darlehen aufgenommen werden müsste.)

Dass Grothendieck tatsächlich schon Anfang 1973 seinen Wegzug vorbereitete, ergibt sich aus einer Mitteilung von Durand an den Verfasser:

Anfang 1973 bewerkstelligte ich mit einem Renault-Lieferwagen vom Typ *Galion*, der ehemals als Leichenwagen gedient hatte (Eigentum von A., der aber keinen Führerschein hatte), erst den Umzug von Alexandre und Justine in ein kleines Haus in Villecun (etwa zwei Kilometer von Olmet entfernt, wo es keine freie Unterkunft gab) und etwas später [es müssen wohl doch einige Jahre gewesen sein] den von Mireille (getrennt lebende Ehefrau von A.) mit drei kleinen Kindern in eine Mietwohnung in Lodève. Danach verbrachte Alexandre mehrere Wochen auf einer Vortragsreise in den USA. Anschließend ging er nach Paris, um die Formalitäten für seine Einstellung an der Universität in Montpellier zu erledigen, wo er mit Beginn der Vorlesungszeit seine Tätigkeit aufnahm.

(Wir werden auf das Leben von Mireille, Grothendiecks Ehefrau, in diesen Jahren kurz in Kapitel 12 und dann wieder in Kapitel 21 eingehen.)

Redaktionssitzung in der Kommune *Germinal* für das Bulletin von *Survivre*

## 11.2 Villecun

Als Grothendieck sich im Sommer 1973 in Villecun niederließ, hatte sich erneut in seinem Leben eine radikale Wende vollzogen, zunächst mehr äußerlich und vermutlich ohne dass ihm das selbst bewusst war: Er hatte den Großraum Paris für immer verlassen; es war sein Abschied von der Stadt für immer. Seit 1973 lebte er nur noch in kleinen Dörfern oder sogar in Einzelhäusern. Jede urbane Kultur – sofern sie überhaupt jemals für ihn von Bedeutung gewesen war – hatte er hinter sich gelassen. In Villecun verbrachte er die nächsten sechs Jahre seines Lebens.

Alle Zeugen, die befragt wurden, haben Grothendieck in diesen Jahren als einen glücklichen Menschen in Erinnerung: Er war fröhlich, brachte Wein, Obst, Gemüse oder Nüsse zu den gemeinsamen Mahlzeiten, er sang, half bei handwerklichen Arbeiten, er war grenzenlos freigiebig (er wurde im Kreis seiner Freunde oft „die Bank" genannt), und sein Haus stand jedem offen; er war (mindestens einige Jahre) zutiefst überzeugt von der alternativen Lebensweise, die er bei den „Aussteigern" und Landkommunen der Umgebung vorfand. Er schrieb selbst später im Rückblick, dass er diese Zeit als einen „Sonntag" erlebt habe.

Bevor der Versuch gemacht wird, das Leben in dieser Zeit näher zu schildern, ist eine Vorbemerkung nötig (die sicher auch für andere Teile dieser Biographie gemacht werden könnte): Es handelt sich um Ereignisse, die zum Teil länger als vierzig Jahre zurückliegen. In der Erinnerung der beteiligten Personen hat sich vieles verwischt und verschoben, und ihre Erzählungen weisen mancherlei Lücken, Unstimmigkeiten und Widersprüche auf. Oft ist es schon schwierig, die beteiligten Menschen überhaupt zu identifizieren, denn meistens werden nur Vornamen genannt, und manchmal nicht einmal die: Dann ist nur von einem „Hausel" oder „Gori" die Rede. Trotzdem ergeben diese Berichte in ihrer Gesamtheit ein lebendiges und sicher auch zutreffendes Bild von der Zeit, um die es jetzt geht.

Wegen der Unsicherheiten im Detail sollen vorweg einige Eckpunkte der Zeit in Villecun festgehalten werden: Als Grothendieck kam, existierte dort bereits eine lebendige „Aussteigerszene" mit Mitgliedern aus Frankreich, Deutschland, den USA und weiteren Ländern. Diese Leute hatten sich hier am Südrand der Cevennen, niedergelassen, weil die Grundstücke in der Provence inzwischen zu teuer geworden waren. Von der Existenz dieser Szene hatte er im Rahmen seiner Tätigkeit für *Survivre* erfahren; sie war ein Hauptgrund für seine Übersiedlung. Man darf sich diese Gemeinschaft jedoch nicht nur als eine Art „pastorale Idylle" vorstellen. Zweifellos waren manche ihrer Mitglieder psychisch labile Menschen, und es gab schwere persönliche Konflikte. Allein in Grothendiecks engstem Umfeld kam es in dieser Zeit zu zwei Selbstmorden, von denen einer Anlass zu einer feierlichen nächtlichen Totenwache war. Organisatorische und ökonomische Grundlage war (wenigstens) eine Kooperative, die Land erwarb, das sie ihren Mitgliedern zur Nutzung zur Verfügung stellte. Einer der Hauptgeldgeber für diesen Landerwerb war Grothendieck, der auch Einzelpersonen unterstützte. Noch heute leben einige der Exkommunarden auf Grundstücken, die er bezahlt hat, und in Häusern, die sie dann selbst gebaut haben. Es ist nahezu selbstverständlich, dass diese Gruppen keine stabilen Gemeinschaften waren; Leute kamen und gingen, und diejenigen, die blieben, wollten dann doch lieber auf eigenem Grundbesitz leben und setzten schon bald durch, dass das Land der *associations* aufgeteilt wurde und letztlich in individuelles Eigentum überging. Das war nun ganz und gar nicht im Sinne Grothendiecks, der an die Ideale der Kommunen glaubte, und er zog sich plötzlich und radikal aus dieser Gemeinschaft und ihren Projekten zurück.

Villecun ist ein malerisches kleines Dorf von kaum mehr als einem Dutzend Häusern inmitten weiter Wälder an einem Hang gelegen. Der nächste größere Ort ist Lodève, etwa 60 Kilometer westlich von Montpellier. Vielleicht ist es typisch für Grothendieck, dass er in diesem Ort, in dem man eher an Ferien als an Arbeit denkt, ausgerechnet das kleinste, dunkelste und unpraktischste Haus mietete, voll von Flöhen, ohne einen Garten, sogar ohne eine Terrasse – eigentlich kein Ort zum Leben, sondern ein Versteck. Und als erstes warf er sein Radio weg und stellte eigenhändig den elektrischen Strom ab, um fortan seine Korrespondenz und seine mathematischen Texte im Licht einer Petroleumlampe zu schreiben. Jedenfalls erscheint das Haus von außen wenig einladend, doch Grothendieck meinte, wie Yves Ladegaillerie berichtet, es habe eine „Seele", und andere Besucher haben das bestätigt. Einige Monate lebte auch Justine mit Baby John hier; man kann sich vorstellen, dass es nicht besonders bequem war, ein neugeborenes Kind unter solchen Umständen zu versorgen.

Grothendiecks Lebensweise war höchst bescheiden; er lebte von den Produkten der nahen Kommunen oder einzelner alternativer Bauern. Ziegenmilch, Ziegenkäse, frisches Gemüse, Obst und Reis bildeten die Grundlage seines Speisezettels. Er schlief nicht in einem Bett, sondern auf einer ausgehängten Tür. Sein Haus stand jedermann offen, ob er selbst da war oder nicht; viele Menschen gingen bei ihm ein und aus: Freunde aus der Umgebung und der Kommune von Olmet, die buddhistischen Mönche, manchmal auch seine Kinder, seine Studenten und Mitarbeiter aus Montpellier.

Um nach Montpellier zu gelangen, brauchte er ein Auto. Es ist von einem alten Citroën 2CV in seinem Leben die Rede, der „durch Draht und Bindfäden zusammengehalten wurde". Wie wir schon gehört haben, hatte er keinen Führerschein, was ihn aber nicht daran hinderte, trotzdem zu fahren. Um den Führerschein dann schließlich doch zu erwerben, bedurfte es zahlreicher Anläufe. (Seine Tochter Johanna sagt, dass er neunmal durch die Prüfung gefallen sei – wie so manches bei Grothendieck: rekordverdächtig!) Verschiedene Kollegen und Gäste erinnern sich an Autofahrten mit ihm, bei denen ihnen Zweifel kamen, ob sie dieses Abenteuer überleben würden.

Die ersten Jahre in Villecun – nach der Abreise von Justine – waren eine ungewöhnliche Zeit in Grothendiecks Leben: Es war eine

Zeit der Ruhe, man ist versucht zu sagen, des Gleichgewichts. Die maßlose intellektuelle Anstrengung der Pariser Jahre lag hinter ihm und ebenso der hektische Aktivismus der *Survivre*-Periode. Der Rhythmus seines Lebens verlangsamte sich; der Wellengang wurde flacher und ruhiger. In einer Fußnote in *ReS* schreibt er selbst: „[...] fünf Jahre von 1974 bis 1978, die nicht durch irgendeine große Aufgabe dominiert wurden und in denen manuelle Tätigkeiten einen großen Teil meiner Zeit und meiner Energie in Anspruch nahmen."

Während der Vorlesungszeit fuhr er ein- oder zweimal in der Woche nach Montpellier zur Universität, um seine Kurse zu halten; er hatte einige Doktoranden und eine kleine Arbeitsgruppe, aber er beschäftigte sich nicht mit größeren mathematischen Projekten. Es scheint, dass selbst seine Korrespondenz in diesen Jahren abflaute. Das einzige „große" Ereignis in seinem äußeren Leben war die Begegnung mit den japanischen Mönchen und der sich daraus ergebende Gerichtsprozess, worüber in den Kapiteln 16 und 17 berichtet wird.

Lawrence Breen besuchte Grothendieck etwa im Jahr 1975 drei Tage lang, um über mathematische Probleme zu diskutieren. Er erzählte, dass Grothendieck zu dieser Zeit mit praktisch niemandem aus dem Dorf sprach.[*] Nur ein Schulmädchen aus dem Ort besuchte ihn mehrmals, um sich bei den Schularbeiten helfen zu lassen. Grothendieck erklärte ihr geduldig und ernsthaft ihre Aufgaben und wandte sich ihr mit der gleichen Aufmerksamkeit zu wie etwa Deligne oder anderen Kollegen aus der Mathematik. Breen ging der Gedanke durch den Kopf, ob er nicht diesem Mädchen sagen sollte, dass sie von dem berühmtesten lebenden Mathematiker unterrichtet wurde (was sie nicht zu wissen schien), aber er unterließ das dann doch.

Ein wenig vom täglichen Leben und von der Atmosphäre in Villecun entnimmt man folgendem Bericht von Pierre Damphousse (vgl. Kapitel 14), der, gerade aus Kanada angekommen, Grothendieck im September oder Oktober 1975 besuchte:[*]

Grothendieck saß an seinem Tisch am Ende eines langen und ziemlich dunklen Raumes und arbeitete in dem spärlichen Licht, hinter ihm waren Stapel von Papieren ordentlich in Kisten verstaut. In meinen Augen glich er einem Mönch, der mit unfassbarer Geschwindigkeit schrieb; seine Feder flog nur so über das Pa-

---

[*] Andere Zeugen sind sicher, dass Grothendieck gute und freundschaftliche Kontakte zu den Bewohnern von Villecun hatte, ein Beispiel, wie verschieden, sogar widersprüchlich die Erinnerungen sein können.

[*] E-Mail an den Verfasser, Juni 2010

pier. Er stand auf, verließ seinen Arbeitsplatz und bot dem nervösen Studenten nach einigen Worten der Begrüßung einen Tee oder einen Kräutertee an. Ich erinnerte daran, was der Zweck meines Besuches war, und er entschied, dass wir die Angelegenheit während eines Spaziergangs durch die Umgebung besprechen würden.

Die Stimmung, in der Grothendieck lebte, wird auch in folgendem Auszug eines Briefes an seine deutschen Freunde vom 4.8. und 8.8.1976 spürbar:

[...] Mein Gartenwesen und Unwesen habe ich vorläufig aufgegeben. [...] Für mich alleine wäre die notwendige langjährige Energieaufwendung sinnlos, meine Jungs lassen sich bei mir nicht wieder sehen, und eine miteinsteigende Lebensgefährtin ist z. Z. auch nicht in Sicht. Der Entschluss war schmerzlich; es war eher eine notwendige Feststellung als ein Entschluss. Nun bin ich also seit diesem Frühling wieder einmal völlig „vakant" – habe es auch nicht eilig, die eingetretene Leere unbedingt mit einer erneuten „Lebensaufgabe" aufzufüllen. Zwei Monate etwa habe ich recht intensiv mathematisiert, in Ermangelung eines Besseren, und habe erneut wieder beobachten können, welch verheerendes Abschnüren der Psyche vom Strom des frischen Empfindens der Welt (der Aussen- und Innenwelt [...] ) eine intensive intellektuelle Tätigkeit bewirkt. Dann kam eine merkwürdige Zeit der flammenden Liebe, die meine Tage und Nächte erfüllte wie der Samen pralle Früchte erfüllt. Es war wie eine klingende Meditation [...] Nach diesem gehobenen Sonntag meines Lebens hat nun der Alltag wieder eingesetzt. Ich bin oft von zu Hause fort und bin bei Freunden der Umgegend für je ein oder zwei Tage, helfe beiweilen im Garten und an Baustellen, lerne neue Menschen kennen und vertiefe (in meinen bescheidenen Grenzen) die Einsicht in diejenigen, die ich schon kenne. Bin – wie eh und je – oft stupide, und beiweilen aufgeweckt und klarsehend. Ich bin auf Aussicht nach einer Gefährtin – einer Frau, die furchtlos und frei zu lieben vermag, und die ihr eigenes Wesen nicht bemäntelt und ihm nicht ausweicht. [...] Deshalb ist es auch sehr fraglich, ob meine Umschau nach einer Gefährtin (die im Grunde, mit einer langen Unterbrechung, schon mein erwachsenes Leben andauert [...]) je endet (so lange ich lebe)! Aber wenn auch nicht die angestrebten, so trägt die Suche wohl doch ihre Früchte: das meiste, was ich vom Menschen erfahren habe, habe ich durch diese Suche erfahren. Die Frauen, die ich liebte, wurden letztens Schlüssel zur Einsicht. Zwar eine trägheitsbegrenzte Einsicht – aber sie ist das, was ich in meinem Leben lernte.

Wie des öfteren wuchs und wucherte auch dieser Brief ungeplant in die verschiedensten Richtungen – und wie soll man wissen, ob und wie einiges anklingt? So sind die geschriebenen oder gesprochenen Worte oft wie eine Botschaft in einer Flasche, die man ins Meer wirft. Ist der Sinn der Botschaft nur, einen Empfänger zu finden? Nur wenige Botschaften finden ihren Empfänger!

Es stellt sich die Frage, wie Grothendieck darauf gekommen ist, sich gerade in Villecun niederzulassen. Verschiedene Personen, die dazu befragt wurden, konnten keine eindeutige Auskunft dazu geben. Es scheint jedoch, dass Grothendieck auf seinen „Propagandareisen" für *Survivre* in diese Gegend gekommen war und dabei Kontakt zu verschiedenen Landkommunen gewonnen hatte. In jedem Fall dürfte Durand ihm begeistert von den Experimenten neuer Lebensformen und „kultureller Subversion" dort berichtet haben. Auch lag etwas weiter nördlich der Schauplatz anhaltender Demonstrationen gegen die nukleare Aufrüstung. Die französische Regierung plante 1972, die in dem fast menschenleeren Causse du Larzac bereits vorhandenen Militäranlagen beträchtlich zu erweitern. Dagegen erhob sich eine breite Bürgerbewegung, die letzten Endes den geplanten Ausbau verhinderte. Das Bulletin von *Survivre* berichtete mehrfach über diese Aktionen.

Etwas allgemeiner stellt sich die Frage, warum Grothendieck überhaupt in den Süden, in die Nähe von Montpellier, gezogen ist. In diesem Punkt sind sich alle einig – Durand, Grothendiecks Tochter Johanna, seine Kollegen und Mitarbeiter in Montpellier Ladegaillerie und Contou-Carrère: Es zog ihn zurück in die Gegend, in der er einige Jahre seiner Jugend verbracht hatte.

Grothendiecks Haus nach Renovierung im Jahr 2006
mit seinen deutschen Freunden E. und G.

## 11.3 Die Kommune von Olmet

Wir gehen jetzt einige Jahre zurück in die Zeit der Entstehung der Kommune von Olmet, die für mehrere Jahre zu einem wichtigen Bezugspunkt in Grothendiecks Leben wurde.

Ganz in der Nähe von Villecun liegt auf einem isolierten, weithin sichtbaren Hügel das Dörfchen Olmet. Anfang der siebziger Jahre bestand es vermutlich aus einer Anzahl von Hausruinen, die sich um eine Kirche gruppierten. Inzwischen (2007) sind diese Häuser teilweise aufwändig renoviert: Feriendomizile wohlhabender Städter, die hier ihre Wochenenden und ihren Urlaub verbringen.

In der mit Buschwald bewachsenen Umgebung von Olmet existierte seit Mitte der sechziger Jahre eine Kommune, die von dem Belgier Paul P. und seiner Frau Lulu gegründet worden war. Die P.s hatten nach eigener Aussage zunächst etwa 15 Hektar Land erworben, die sie einer Reihe von Kommunarden zur Verfügung stellten. Später kam noch eine fast gleich große Fläche hinzu. Sie sahen sich selbst als Pioniere der „Zurück-aufs-Land"-Bewegung; ihre vier Kinder wurden in der Kommune geboren und wuchsen dort auf.

Durand hatte schon während seiner Studienzeit viele Monate in dieser Gegend auf dem Land verbracht. Anscheinend hatte er auf diese Weise die P.s kennengelernt. Er erzählte im Herbst 1972 Grothendieck von diesen Landkommunen, und der begeisterte sich sofort für diese Projekte und dachte daran, mit der ganzen „städtischen" Kommune von Châtenay dorthin überzusiedeln. Zur gleichen Zeit überlegten die P.s (aus Gründen, die dem Verfasser nicht bekannt sind), die Kommune von Olmet zu verlassen und ihr Land für das Experiment einer Landkommune zur Verfügung zu stellen. Der erste Kontakt zwischen Grothendieck und der Familie P. im Herbst 1972 wurde durch Durand vermittelt, der dann weiter berichtet:

Um diese Zeit [ab Sommer 1973] bildete sich eine kleine Gruppe ohne weitere Mitglieder von Châtenay außer Alexandre und Justine. Soviel ich weiß, waren es Leute, die neu in der *néorural*-Bewegung waren, Elizabeth, Ghislaine, Daniel und ich. Wir bauten Hütten im Wald, um auf diesem Stück Land leben zu können, wir hatten Schafe, um die sich vor allem Elizabeth kümmerte. Von uns allen war Daniel, ein Industrie-Designer, am ehesten für die Bauarbeiten qualifiziert. Wir legten auch auf einer Parzelle einen Weingarten an und einen kleinen Garten und hielten einige Bienenvölker.

Nach seiner Rückkehr [aus Buffalo] war Alexander regelmäßig dabei und aktiv in dem Projekt, während er mit Justine und dem noch sehr kleinen Sohn John in Villecun wohnte. Die Beziehungen waren freundschaftlich, manchmal ein wenig gespannt, vor allem zwischen Ghislaine und Daniel. Wir wussten nicht, wohin wir strebten, und hatten kaum Klarheit über unsere Fähigkeiten und die notwendigen Voraussetzungen, um eine solche Utopie zu realisieren. Wir hatten nicht die unverzichtbaren praktischen Fähigkeiten für ein solches Projekt. Alexander war sehr hilfsbereit, aber er lernte unter großen Schwierigkeiten die Unberechenbarkeit dieser Sache. Die finanziellen Mittel und die Großzügigkeit Alexanders ermöglichten uns und dem ambitiösen Projekt das Überleben: ein neues Leben auf dem Lande für ein friedliches Glück und für Respekt vor dem Planeten Erde.

In der ehemaligen Kommune von Olmet im Jahr 2006

Durand verließ die Kommune im Dezember 1973 für eine längere Reise. Er war zu dieser Zeit zusammen mit Daniel legaler Eigentümer der Ländereien, die sie einer weiteren Gruppe namens *Le Lien* überließen. Auch diese wurde von Grothendieck enthusiastisch unterstützt. Das weitere Schicksal der Kommune in Olmet konnte nur lückenhaft ermittelt werden. Sicher und für Grothendiecks Biographie wichtig ist jedoch, dass in den Jahren 1975 bis mindestens 1978 buddhistische Mönche aus Japan in der Kommune lebten. Darüber wird in Kapitel 16 mehr berichtet.

Wenn er Geld benötigte, z. B. für Reisen, verkaufte Paul P. öfter ein Stück Land. Eigentümer der Ländereien wurde dann eine Kooperative, die sich, wie schon angedeutet, im Laufe der Jahre auflöste, sicher im Zuge des allgemeinen Niedergangs der Hippie- und Aussteigerbewegung. Es bestand die Gefahr, dass der gesamte Grundbesitz an den Fiskus fallen könnte. In dieser Situation kaufte Pascal P., ein Sohn von Paul und Lulu, von der Kooperative das Land für den symbolischen Betrag von einem Euro. Er betreibt bis heute (2010) dort eine Tomatenzucht und ist Experte für sämtliche Tomatensorten der Welt. *Pascal Poot*

Die P.s selbst suchten sich eine andere Bleibe: Mehrere hundert Kilometer nördlich – in den nordwestlichen Ausläufern des Zentralmassivs – erwarben sie in einem abgelegenen Esskastanienwald ein ähnlich großes Stück Land mit einer Reihe von ruinösen Häusern, die sie wieder herrichteten. Der Verfasser ist mit Freunden etwa zwei Kilometer durch diesen Wald gelaufen, um sie zu besuchen, und es war wie in einem Märchenwald ... Hier lebt jetzt (2005 und später) auch der älteste Sohn Grothendiecks. Er bestreitet seinen Lebensunterhalt mit Gelegenheitsjobs; zu seinem Vater hat er praktisch keinen Kontakt.

## 11.4 Aussteiger und Kommunarden

Zu der schon erwähnten Kooperative *Le Lien* und damit zu Grothendiecks engeren Bekannten gehörten auch zwei Brüder Rudel, von denen der eine, Claude Rudel, etwa im Jahr 2000 bei einem Unfall ums Leben kam. Seine Witwe, eine Deutsche, teilte dem Verfasser Folgendes mit:

Ich habe ihn [Grothendieck] niemals kennengelernt, aber von meinem Mann [...] viel von ihm reden gehört. Offensichtlich gehörten sie in den 70er Jahren zu einem Zirkel, in dem die „Hippies" [...] über Ökologie, Anarchie und all die Themen diskutierten, die ich jetzt auch bei meiner beginnenden Lektüre der alten Nummern von *Survivre* finde. [...] Grothendieck hat damals meinem Mann und seinem Bruder, die gerade Anfang zwanzig waren – Bauernsöhne, die 68 nicht als privilegierte Studenten, sondern schon damals hart arbeitend erlebt hatten, deren Freiheitstrieb aber umso ausgeprägter war – 10.000 F geschenkt. Vielleicht war das so eine Art verlorenes Darlehen – ich weiß es nicht genau. Jedenfalls war das eine enorme Summe in den Jahren, [...] Claude sprach immer mit großer Hochachtung vom sozialen und politischen Engagement von Alexander Grothendieck – kannte wohl auch seine damalige Familie – wobei er, als in Partnerbeziehungen eher noch auf Zuverlässigkeit und Treue als Moralvorstellung verpflichteter Mensch, der Lebenspraxis von Alexander Grothendieck eher skeptisch gegenüberstand [...]

Das kleine Weingut, das letztlich mit aus dieser Schenkung entstand, existiert heute noch – wenn man so will, ein dauerhaftes Denkmal der überwältigenden spontanen Großzügigkeit, die auch zu Grothendiecks Eigenschaften gehörte.

Freundschaftliche Beziehungen entwickelten sich auch zwischen Grothendieck und den aus München stammenden Brüdern Florian und Lorenz (Lenz) G. und Ebba P., der (damaligen) Ehefrau von Lorenz. Diese hatten 1973 ein Grundstück mit grandioser Aussicht auf die umgebende offene Hügellandschaft in der Nähe des Dorfes Octon erworben, auf dem sie in mühevoller Arbeit Unterkünfte errichteten. Sie leben noch heute (2010) dort, beschäftigen sich mit künstlerischen Projekten, betreiben etwas Landwirtschaft, haben zwei Pferde, Gänse und Hühner. Sie gehören zu den wenigen, die die Ideale der Aussteiger- und der „Zurück-aufs-Land"-Bewegung verwirklicht, über Jahrzehnte durchgehalten und sich ihre eigene kleine Welt geschaffen haben, auf die man mit Bewunderung und beinahe einem Gefühl von leisem Neid schauen könnte.

Sie trafen Grothendieck zum ersten Mal wohl zufällig auf dem Markt von Lodève, und es kam in der Folge zu wechselseitigen Einladungen. Grothendieck erschien zeitweise fast täglich, immer mit einem reich gefüllten Essenskorb aus biologischem Anbau; er liebte es laut und schön zu singen, und die G.s bewunderten seine Wahrheitsliebe, Offenheit, Integrität und seine Bereitschaft, Verantwortung zu übernehmen. Auch sie können mehrere Personen nennen, die Grothendieck finanziell unterstützt hat, wobei es nicht um kleine Beträge ging, sondern mehrfach um den Kauf von Grundstücken, die dann jeweils zur Basis einer „Aussteigerexistenz" wurden.

Florian G. ist noch heute (2010) im Besitz einer Ziegelpresse, die Grothendieck in den USA bestellt und ihm geschenkt hatte. Dieser Typ einer ganz einfach konstruierten mechanischen Ziegelpresse war in den sechziger Jahren im Rahmen US-amerikanischer Entwicklungshilfeprojekte entwickelt worden und z. B. in Ländern der Sahelzone verwandt worden. Den Aussteigern in Südfrankreich, die sich auf abgelegenen Grundstücken ihre Behausungen selbst bauen wollten, kam eine derartige, einfach zu handhabende Presse sehr zustatten. Grothendieck muss auf Irgend eine Weise von der Existenz dieser Maschine erfahren haben. Als Florian mit dem Bau seines eigenen Hauses beginnen wollte, ließ er sie aus den USA kommen und stellte sie den Hippies der Kommune zur Verfügung. Er verfolgte interessiert die Arbeiten damit, ohne allerdings selbst richtig mitanzupacken. Als er jedoch vorschlug, mit den selbst gepressten (ungebrannten) Ziegeln ein Gewölbe zu bauen, erschien das Florian, der eine Ausbildung als Architekt hinter sich hatte, dann doch etwas riskant, und er weigerte sich, dieses Projekt auszuführen, was nicht Grothendiecks Beifall fand. Die Ziegelpresse hat dann noch Generationen von Aussteigern nützliche Dienste geleistet. Sie wurde immer wieder mal für ein, zwei Jahre ausgeliehen, und sie steht noch heute (2010) auf Florians Grundstück.

Die Beziehungen zwischen Ebba und den Brüdern G. und Grothendieck haben sich lange erhalten; in den achtziger Jahren lebte Lorenz einige Jahre mit Grothendiecks Tochter Johanna zusammen, und zwar in einem Nachbarort von Grothendiecks damaligen Wohnort. Bei Grothendiecks Haus hatte er sich eine kleine Werkstatt eingerichtet. Auch nach Grothendiecks „Verschwinden" im Jahr 1991 ist der Kontakt nicht endgültig abgerissen.

Zum Bekanntenkreis von Grothendieck gehört seit Beginn der siebziger Jahre auch Max P. Dieser hatte als etwa 14-jähriger Schüler von *Survivre* gehört und vermutlich Grothendieck bei einem seiner „Propagandavorträge" kennengelernt. Es entwickelte sich ein Meister-Schüler-Verhältnis. Grothendieck riet dem Jungen unter anderem, sich von seinen Eltern zu trennen und ein eigenständiges Leben zu führen. Auch die buddhistischen Mönche übten großen Einfluss auf Max aus, so dass er später ein Jahr in einem Kloster (teilweise auch in einer Einsiedelei) in Sri Lanka lebte. Zu wirklichem spirituellen Leben war er jedoch nicht berufen, sondern brachte stattdessen aus Sri Lanka seine Frau Lata nach Frankreich zurück. Er verdient in der Nähe von Lodève etwas mühsam als Biogärtner den Lebensunterhalt seiner Familie und sieht trotz vieler Enttäuschungen und Konflikte bis heute Grothendieck als seinen Guru an.

Auch die Familie Pierre (inzwischen verstorben) und Thérèse D. mit ihren sieben Kindern gehörte zu den Aussteigern der ersten Generation, die bereits Ende der sechziger Jahre dem Ruf „Zurück aufs Land" folgte. Auch ihnen finanzierte Grothendieck ein Grundstück, auf dem sie noch heute leben, mit der einzigen Bedingung, dass bei Bewirtschaftung und Bau eines Hauses keine Chemikalien verwendet werden dürften. Nach Grothendiecks Wegzug von Villecun ist der Kontakt erloschen, und Briefe wurden nicht gewechselt. So gehört Thérèse zu den ganz wenigen Menschen, die bis heute (2010) an Grothendieck nur positive Erinnerungen haben.

Die diversen Grüppchen von Aussteigern, von denen berichtet wurde, hatten die naheliegende Idee, eine „freie Schule" für ihre Kinder zu gründen. Diese wurde von einer Frau namens Marie-France in dem Schloss des Nachbardorfes von Olmet, in Belbezé eingerichtet. (Die deutschen Siedler erzählen heute noch mit freundlichem Spott, dass, während sie sich mit eigenen Händen Hütten im Wald bauten, die französischen Aussteiger erst einmal ein Schloss kauften.) An dieser Schule hat auch Grothendieck etwa ein Jahr lang Geometrie und Mathematik unterrichtet.

Über seinen Unterricht berichtete er viel später seinem Freund Michel Lazard, mit dem er gelegentlich auf Deutsch korrespondierte. In einem Brief vom 16.1.1986 heißt es:

Deine Mutmaßung, dass für mich „mathematischer Unterricht" sich (stillschweigend) auf die Uni beschränke, ist völlig irrig. Ende der vierziger Jahre habe ich (zum Broterwerb) Nachhilfestunden gegeben. Gegen 1976 habe ich ein Jahr lang, im Prinzip einmal wöchentlich, in einer sog. „freien Schule" unterrichtet, unter anderem Mathematik, und zwar eine Gruppe von etwa 10 Kindern zwischen 5 und 12 Jahren. Interessante mathematische Fragen und Zusammenhänge, die einem Anfänger (und auch einem Kind) zugängig sind, sind ohne Zahl – und ich bin verblüfft, dass du dich da je in Verlegenheit befinden könntest. Schon das Vierfarbenproblem allein ist eine schier unerschöpfliche Mine für mathematische Überlegung und Übung, inklusiv für Kinder fast jeglichen Alters. Ich sehe keinerlei Trennung zwischen mathematischer Überlegung und Einblick jeglichen „Niveaus" (wie etwa meine eigenen Überlegungen und Fragestellungen zur Zeit der Schule) und sogenannter „Forschung", die mit Veröffentlichungen belegt ist. Die mathematische Überlegung eines Kindes (insofern sie tatsächlich zu einem „Entdecken" führt) kann „wertvoller" sein als eine veröffentlichte Arbeit (sofern diese eine Geist- und Freud-lose, eine Routine-mäßige ist). Oder vielmehr, die eine ist wertvoll, und die andere ist geistiger und psychischer „Schrott". Der wesentliche Unterschied ist für mich der zwischen einem mehr oder weniger passiven Erlernen (eines Stoffes, einer Fertigkeit), anhand von Büchern etwa, und einem Entdecken, in dem die eigene Neugierde und die entsprechende Anregung der eigenen schöpferischen Fähigkeiten ausschlaggebend sind. Das hat überhaupt nichts mit Alter und sog. „Niveau" zu tun.

Die Polyeder (und schon allein der Kubus, oder gar der Ikosaeder) sind gleichfalls eine unerschöpfliche Quelle mathematischer Überlegung und Einsicht auf jeglichem „Niveau". Ich hätte viel über meine diesbezüglichen Erfahrungen zu berichten [...]*) Aber ich fühle mich geradezu blöde, Anregung mathematischer „elementarer" Themen zu geben, denn deren Fülle scheint mir überwältigend – als stände ich auf einer unermesslichen Wiese und jemand bäte mich, ihm doch bitte einen Grashalm zeigen zu wollen.

---

*) Hier spielt Grothendieck auf seine Vorlesungen in Montpellier Ende der 70er Jahre an (vgl. Kapitel 13). Es ist etwas verwunderlich, mit welchem Enthusiasmus Grothendieck über dieses Thema schreibt. Sein völliger oder fast völliger Misserfolg bei dem Bemühen, die Studenten für Forschung und spielerisches Entdecken in dem skizzierten Sinne zu interessieren, gerade in den Vorlesungen über Kubus und Ikosaeder, war ein entscheidender Grund, die Lehrtätigkeit in Montpellier zu beenden und 1984 wieder auf eine Stelle am CNRS zu wechseln.

Zum Abschluss dieses Unterkapitels soll noch ein sehr skeptischer Bericht über diese Zeit und auch über Grothendiecks Persönlichkeit in den betreffenden Jahren zitiert werden: Die Erinnerungen seiner kurzfristigen Lebensgefährtin Justine Bumby (zitiert nach Allyn Jackson) klingen sehr viel weniger enthusiastisch als das, was bisher berichtet wurde:

*In early 1973 he and Bumby moved to Olmet-le-sec, a rural village in the South of France. This area was at the time a magnet for hippies and others in the counterculture movement who wanted to return to a simpler lifestyle close to the land. Here Grothendieck again attempted to start up a commune, but personal conflicts led to its collapse. [...] After the latter commune dissolved, he moved with Bumby to Villecun, a short distance away. Bumby noted that Grothendieck had a hard time adjusting to the ways of the people attracted to the counterculture movement. His students in mathematics had been very serious, and they were very disciplined, very hardworking people. In the counterculture he was meeting people who would loaf around all day listening to music. Having been an undisputed leader in mathematics, Grothendieck now found himself in a very different milieu, in which his views were not always taken seriously. [...]*

*Although most of the time Grothendieck was very warm and affectionate, Bumby said, he sometimes had violent outbursts followed by periods of silent withdrawal. There were also disturbing episodes in which he would launch into a monologue in German, even though she understood no German. [...]*

*Grothendieck may have been experiencing some kind of psychological breakdown, and Bumby today wonders whether she should have sought treatment. Whether he would have submitted to such treatment is unclear. They parted ways not long after their son, John, was born in fall 1973. After spending some time in Paris, Bumby moved back to the United States.*

## 11.5 Meditation

In Kapitel 2 wurde berichtet, dass die „Meditation" für Grothendieck eine der drei großen Leidenschaften seines Lebens war. Nach eigener Aussage hat er sie im Oktober 1976, also mitten in seiner Zeit in Villecun, „entdeckt". Er hat, ohne in Einzelheiten zu gehen, in seinen Schriften dieses Ereignis oft erwähnt. In *ReS*, S. 88, schreibt er zum Beispiel:

Am Tag, da die dritte große Passion in meinem Leben erschienen ist - eine gewisse Nacht im Monat Oktober 1976 –, ist die große Furcht zu verstehen vergangen. Das ist auch die Furcht vor der ganzen dummen Wirklichkeit, vor den bescheidenen Wahrheiten, die vor allem meine Person betreffen oder Personen, die mir lieb sind. Seltsame Geschichte, ich habe niemals vor dieser Nacht diese Furcht empfunden, die Nacht, in der diese neue Passion erschienen ist, diese neue Manifestation der Passion, zu wissen. Sie hat, wenn man es so sagen kann, den Platz der endlich erkannten Furcht eingenommen.

Es ist nicht klar (und wird auch nicht durch Bemerkungen wie die gerade zitierte besonders erhellt), was Grothendieck mit „Meditation" eigentlich gemeint hat. In dem „Brief von der Guten Neuigkeit" (s. Kapitel 29) schrieb er:

Ein zweiter Akt von wesentlicher Bedeutung erfolgt in 1976 mit der Entdeckung der sogenannten „Meditation", womit mein Wissens- und Entdeckensdurst sich der Entdeckung meiner selbst und der Psyche zuwandte.

Es ist auch nicht klar, ob und wie sie sein tägliches Leben verändert oder wie sie seinen Gedanken eine neue Richtung gewiesen hat. Mit aller gebotenen Vorsicht kann man vielleicht sagen, dass es zu einer Wendung nach innen kam. Zeit seines Lebens war Grothendieck eine extrovertierte, charismatische und seine Umgebung dominierende Persönlichkeit gewesen. Während seiner Zeit als Mathematiker war er eine unbestrittene Autorität, die einer ganzen Generation von Schülern den Weg gewiesen hat. Die *Survivre*-Periode war durch einen geradezu hektischen Aktivismus gekennzeichnet. Doch jetzt begann Grothendieck – sicher auch als Folge vielfacher Enttäuschungen – seinen Blick nach innen zu richten. Er dachte über seine Jugend nach, über seine Eltern, er vertiefte sich in ihren Briefwechsel, er begann allmählich ein „spirituelles Leben" zu führen. Fragen der Religion, der Bestimmung des Menschen auf dieser Welt wurden für ihn wichtig. Wenige Jahre, nachdem er die Meditation entdeckt hatte, begann er die lange Reihe seiner mathematischen und philosophischen Meditationen oder Reflexionen niederzuschreiben, die alle das Ergebnis langen intensiven Nachdenkens und Nacherlebens und deren Struktur nicht mehr durch die stringenten Strukturen einer Wissenschaft wie der Mathematik bestimmt waren. (Es soll an dieser Stelle aber auch gleich gesagt werden, dass Grothendieck unter „Meditation" jedenfalls etwas ganz anderes verstand als der Buddhismus, dem er sich sehr bald zuwenden sollte.)

Im Zusammenhang mit der Niederschrift der Meditation *La Clef des Songes* (vgl. Kapitel 24) hat Grothendieck eine Auflistung der wichtigsten spirituellen Ereignisse seines Lebens notiert. Da öfter Bezug auf diese Liste genommen wird, wird sie jetzt vollständig im französischen Original wiedergegeben, auch wenn das Meiste im Augenblick nicht relevant erscheint (siehe Abbildung). Es dürfte fast unmöglich sein, diese kryptischen Bemerkungen zu dechiffrieren, und im Augenblick soll nichts weiter dazu gesagt werden.

```
Mai 1933  : volonté de mourir
27-30 déc. 1933 : naissance du loup
été (?) 1936 :  le Fossoyeur
mars 1944 : existence de Dieu créateur
juin-décembre 1957: appel et infidélité
1970: l'arrachement - entrée dans la mission
1-7 avril 1974 : "moment de vérité", entrée dans la voie spirituelle
7 avril 1974 : rencontre Nihonzan Myohoji,  entrée du divin
juillet-août 1974 :  insuffisance de la Loi,  je quitte l'univers parental
juin-juillet 1976 :  le réveil du yin
15/16 nov. 1976 : écroulement de l'Image, découverte de la méditation
18 nov. 1976 : retrouvailles avec mon âme, entrée du Rêveur
août 1979-févr. 1980 :  je fais connaissance de mes parents (l'imposture)
mars 1980 :  découverte du loup
août 1982 :  rencontre avec le Rêveur - l'enfance remonte
févr. 1983-janv. 1984 : le nouveau style ("A la Poursuite des Champs")
févr. 1984-mai 1986 : Récoltes et Semailles
25 déc. 1986 :  le "sacrifice" de ReS          NB 9.11 - 25.12.1986 :
28 déc. 1986 : mort et naissance              premiers rêves érotique
                                               mystiques
1-2 janv. 1987: "ravissement" mystique-érotique
27 déc.1986- 21 mars 1987 : rêves métaphysiques, intelligence des rêves
8.1, 24.1, 26.2, 15.3 (1987): rêves prophétiques
28.3.1987 : nostalgie de Dieu
30.4.1987 - ... : La Clef des Songes
```

Wie man sieht, gibt es drei Einträge, die das Jahr 1976 betreffen:

Juni-Juli 1976: das Erwachen des yin
15/16 Nov. 1976: Einsturz des Bildes, Entdeckung der Meditation
18 Nov. 1976: Wiederfinden meiner Seele, Eintritt des Träumers

An dieser Stelle erscheint zum ersten Mal der Yin-Yang-Dualismus, der von entscheidender Bedeutung in Grothendiecks Weltsicht ist und den er zum Beispiel in seinen Briefen oft erwähnt. Vielleicht hätte Grothendieck selbst gesagt, dass sich bei ihm eine Wende von einem Yang-betonten zu einem Yin-betonten Leben vollzog.

## 12. Grothendiecks Familie I

Wir haben bisher das Leben von Grothendiecks Ehefrau und seinen Kindern fast vollständig aus diesem biographischen Bericht ausgeklammert. Auch wenn hier Zurückhaltung geboten ist, kann dieser wesentliche Teil seines Lebens nicht ganz unberücksichtigt bleiben. Wir holen jetzt das Wichtigste nach und ergänzen es später in einem weiteren Kapitel.

Grothendiecks Ehefrau **Mireille Dufour** war einige Jahre älter als er und stammte ursprünglich aus der Normandie. Sie hatte eine Ausbildung als Sekretärin erhalten und zeitweise als Buchhändlerin gearbeitet. Lorenz G. nennt sie einen „heimatlosen" Menschen, der nicht in der bürgerlichen Welt verankert war; Ebba P. hat sie als eine „starke" und bestimmende Frau erlebt. Schon in den fünfziger Jahren muss sie in Spanien gewesen sein; sie sprach sehr gut Spanisch und hatte offenbar Kontakte zu Kreisen spanischer Anarchisten. Vermutlich hat sie etwa 1956 in diesen Kreisen ihren späteren Ehemann und dessen Mutter Hanka kennengelernt. Wie in Band 1 dieser Biographie berichtet wird, musste Alexander seiner Mutter auf dem Totenbett versprechen, die Beziehung zu Aline Driquert abzubrechen und Mireille zu heiraten. Die Ehe kann nicht glücklich gewesen sein, jedenfalls nicht in konventionellem Sinn. Grothendieck unterhielt sexuelle Beziehungen zu anderen Frauen, auch zu Hausangestellten, und er brachte seine Geliebten in die Familienwohnung mit und ließ sie zeitweise dort wohnen. Das ging so weit, dass in einem Fall Mireille mit einer dieser Frauen ein „Bündnis" schloss, um die Avancen einer dritten abzuwehren.

Nach Grothendiecks „großer Wende" waren die wechselseitigen Beziehungen nicht nur angespannt, sondern feindselig (jedenfalls von seiner Seite). Er weigerte sich anfangs, Unterhalt zu zahlen, und redete seine Ex-Frau mit „Sie" an. Etwa 1972 konnte Mireille es nicht mehr ertragen, in dem Haus in Massy zu wohnen, und sie suchte sich eine Wohnung in einem der trostlosen Plattenbauten der Pariser Vororte. Sie war gezwungen, wieder zu arbeiten, und ihre beiden Söhne (im Alter von etwa elf und sieben Jahren) blieben zwölf Stunden am Tag sich selbst überlassen. Das Verhältnis besserte sich erst unter dem Einfluss der japanischen Mönche ab Mitte der siebziger Jahre. Einer beiläufigen Bemerkung in einem Brief Grothendiecks kann man entnehmen, dass die formale Scheidung erst etwa 1981 erfolgte.

Trotz allem konnte Mireille sich niemals vollständig von ihrem früheren Ehemann lösen. Es erscheint bezeichnend, dass sie ihm nach seinem Umzug nach Villecun bald folgte, wobei der ausschlaggebende Grund wohl nicht war, dass die Söhne in der Nähe ihres Vaters bleiben sollten oder wollten. Als Grothendieck später nach Mormoiron zog, hat sich dieser Vorgang wiederholt.

In Band 1 dieser Biographie wurde berichtet, dass **Serge Grothendieck** einer vorübergehenden Affäre seines Vaters mit Aline (Marcelle) Driquert, einer sehr viel älteren Frau, entstammte. Wegen des Sorgerechtes kam es zu heftigen Auseinandersetzungen zwischen den Eltern, die etwa 1962 zu einem Gerichtsverfahren eskalierten. Serge ist bei seiner Mutter aufgewachsen und verbrachte die ersten dreizehn Jahre seines Lebens in Nancy. Im Frühjahr 1967 zog seine Mutter mit ihm nach Nizza um. Serge besuchte das Gymnasium, legte aber nicht das Baccalauréat-Examen ab. Später besuchte er zwei Jahre lang die Kunstakademie in Paris, ebenfalls ohne Abschluss. Er sagt, dass er alles in allem die meiste Zeit seines Lebens in Nizza verbracht habe. Einen Beruf hat er weder erlernt noch ausgeübt, sondern sich immer mit Gelegenheitsjobs über Wasser gehalten. Ungefähr ab 1970 geriet er zunehmend unter den Einfluss seines Vaters; es wurde schon berichtet, dass er sich der Gruppe *Survivre* anschloss und als Schüler seinen Vater bei einigen Aktionen unterstützte. In der *Survivre*-Zeit entwickelte auch er sich zum Aussteiger. Nach seiner eigenen Aussage ist sein Lebensweg, an den üblichen Maßstäben gemessen, die „großartige Karriere eines vollständigen *losers*".

Serge lebte niemals längere Zeit in der Kommune von Olmet oder in Villecun, gehörte aber doch zum Umkreis dieser Kommune. Er lernte die P.s und andere Kommunarden, vor allem Jean-Claude Durand, kennen und begegnete dort auch den buddhistischen Mönchen. Er entwickelte sich zu einem glühenden Anhänger des Guru Maharaj (Prem Rawat); sein Vater bezeichnete ihn in einem Brief (von Weihnachten 1979) als „Guru-Maharadji-Freak".

**Johanna Grothendieck** wurde am 16.2.1959 in Boston geboren, verbrachte aber nur 17 Tage ihres Lebens in den Vereinigten Staaten. Dann kehrte ihre Mutter, die etwa ein halbes Jahr in den USA gewesen war, nach Frankreich zurück. Johannas Eltern waren damals noch nicht verheiratet, eine Tatsache, die der konservativen Gesellschaft von Harvard einiges Kopfzerbrechen bereitete. (Wie sollte man Mireille Dufour einem Kollegen vorstellen?) Johanna besuchte keine staatliche Grundschule – ihr Vater war wohl schon damals skeptisch gegenüber allen öffentlichen Institutionen –, sondern ging auf eine Privatschule.

Ab dem Jahr 1969 verbrachte Johanna ein Jahr in Hamburg-Blankenese, aber nicht bei der Familie Heydorn, wie man vermuten könnte, sondern in der gleichen Straße in der Familie des Architekten Hans Vollmer und seiner Ehefrau Eva. Sie hat die Heydorns allerdings fast wöchentlich besucht. Ihre Eltern hatten sie nach Hamburg gebracht und bei dieser Gelegenheit natürlich auch die Familie Heydorn besucht. Johanna hat „Tante Dagmar" in sehr guter und lieber Erinnerung.

Als sie etwa dreizehn Jahre alt geworden war, empfand sie nach eigener Erinnerung die Schule als ein „Gefängnis". Ihr Vater schrieb Briefe an die Schulverwaltung, um sie von der Schule nehmen zu können. Er gab an, sie selbst zu unterrichten; tatsächlich hat er das niemals getan, nicht eine Stunde. Sie bestand auch nicht die Aufnahmeprüfung für das Gymnasium, und zwar wegen Mathematik. Einen Abschluss hat sie nicht gemacht und ab ihrem fünfzehnten Lebensjahr auch keine Schule mehr besucht. Ihr Vater war der Ansicht, Schulbesuch sei überflüssig, vielleicht sogar schädlich, jeder müsse seinen eigenen Weg finden.

Johanna fand ihren Weg zunächst mehr oder weniger auf der Straße, mit entsprechenden Erfahrungen. Sie lebte unregelmäßig, mal bei ihrer Mutter, mal bei Ihrem Vater, mal alleingelassen in der Kommune. Um diese Zeit, als sie etwa vierzehn Jahre alt war, verliebte sie sich in einen Jungen, mit dem sie etwa vier Jahre zusammen war. Später stabilisierte sich ihre Situation; darüber wird in einem späteren Kapitel berichtet.

Die Söhne **Alexandre** (geboren am 18.7.1961) und **Matthieu** (geboren am 23.4.1965) lebten nach der Trennung bei der Mutter und wurden ebenfalls sehr früh selbständig. Beide gingen nur bis zum Alter von vierzehn Jahren auf die Schule; beide erwarben keinen Schulabschluss. Alexandre erlernte den Beruf des Elektrikers, übte ihn aber allenfalls unregelmäßig aus.

Wenn in diesem Kapitel von Alexander Grothendiecks Familie die Rede ist, so ist es vielleicht angebracht, noch einmal seine Halbschwester Maidi zu erwähnen, über deren Leben im Band 1 dieser Biographie ausführlich berichtet wurde. Soweit dem Verfasser bekannt ist, kam Maidi in den siebziger Jahren nur noch einmal nach Europa, und zwar im Herbst 1978. Zunächst erhielt Grothendieck

Besuch von Maidis Tochter Diana (damals achtzehn Jahre alt), dann von Maidi selbst. Über diese Treffen schrieb er in einem Brief an Dagmar Heydorn vom 27.11.1978:

Es hat mich sehr gefreut, wieder einmal Nachricht von Dir zu bekommen, zu Anlass von Maidis Besuch bei Dir. Ja, Maidi brauste durch Europa wie ein eiliger Wind – so stark, sagt sie, zöge es sie zurück in den sogenannten Schoß ihrer Familie. Aber sie wollte doch noch einmal vor dem Weltuntergang die älteren (und wohl auch morscheren) Äste ihres Lebens begrüssen, gleichsam als Abschied. Das Wiedertreffen mit ihr war ein friedliches – fast ein Wieder-finden. Das kommt wohl von der wohlbekannten Abgeklärtheit des Alters – ich bin ja nun schon ein halbes Jahrhundert alt und komme mir auch entsprechend weise vor. Sogar ein Frauenzimmer lockt mich kaum noch aus der Kaminecke heraus – so weise bin ich nun, stell Dir vor, Dagmar!

Anfang September war auch Diana ein paar Tage bei mir, Maidis zweite Tochter. Sie ist ein ganz aufgewecktes Menschenkind, und hat Maidi von Herzen lieb. Sie versteht manches, und ihre Liebe zur Mutter ist eine recht schmerzhafte.

Man würde diese vielleicht doch ziemlich belanglosen Zeilen gar nicht zitieren, wenn nicht Dianas Erinnerung (E-Mail an den Verfasser) an diesen Aufenthalt eine ganz andere wäre:

Was meinen Besuch bei Schurik im Jahr 1978 betrifft, so war dieser für mich sehr erfreulich, endete aber für Maidi in einem Desaster. Ich verlebte eine tolle Zeit in Villecun. Er war sehr gut zu mir. Natürlich war er herablassend, aber ich, 18 Jahre alt, war zu anmaßend, um das zu spüren. Ich traf einige seiner Freunde. Ich würde dies als schöne Erinnerungen im Gedächtnis behalten, aber nachdem ich 2007 mit Y. gesprochen habe, ist mir klar geworden, wie unwissend und unreif ich war. […]

Einmal hatte Schurik solche Sehnsucht nach Maidi, dass er ihr Geld für einen Besuch schickte. Erst zögerte sie, auch weil es sein Geld war, aber dann gab sie nach. Die ersten zwei Tage gingen gut, aber dann ließ er Maidi allein in seinem Haus nicht nur mit der Erlaubnis, sondern mit der ausdrücklichen Aufforderung, seine Briefe zu lesen. Als er später zurückkam, hatte er eine Kernschmelze. Er warf sie aus dem Haus, Koffer und alles. Er beschuldigte sie, seine Privatsphäre zu verletzen usw. Von diesem Augenblick an erinnere ich mich nicht an einen vernünftigen Augenblick. Wir wechselten später noch ein paar Briefe, aber sie wurden schlimmer und schlimmer. Ich habe nicht alle seine Briefe behalten, denn sie waren so schrecklich und an den Tatsachen vorbei. Maidi erhielt auch einige Briefe, die sie gleich wegwarf. Ich erinnere mich an einen, den sie nicht einmal öffnete. Sie warf ihn gleich in den Müll.

Der Rest dieses Briefes wird in Band 4 dieser Biographie zitiert werden. Die Beziehung Grothendiecks zu seiner Schwester und deren Töchter war mit diesen Besuchen und Briefwechseln beendet.

# 13. Professor in Montpellier, 1973–1984

Wir wenden uns jetzt wieder Grothendiecks beruflicher Tätigkeit zu und kehren zurück in das Jahr 1973.

Nach längeren Verhandlungen erhielt Grothendieck ab Herbst 1973 die Stellung eines *Professeur à titre personnel*. Dies ist eine Position, bei der der Betreffende im Wesentlichen selbst entscheiden kann, an welcher Universität er sie wahrnehmen will. (Derartiges ist wohl nur in dem zentralisierten französischen Bildungssystem denkbar.) Grothendieck entschied sich für Montpellier, immer noch eine Provinzuniversität. Bei dieser Entscheidung spielte sicher die Absicht eine Rolle, mit der „großen Welt" der Mathematik, mit Orten wie Paris oder Harvard, endgültig zu brechen. (Es ist allerdings unklar, was der primäre Entschluss war: sich im Süden niederzulassen oder an die Universität in Montpellier zu gehen, was dann einen entsprechenden Umzug nach sich zog.)

Von diesem Zeitpunkt an nahm Grothendieck nicht mehr an mathematischen Tagungen teil, er nahm keine Einladungen zu Vorträgen oder Gastaufenthalten an, er publizierte keine mathematischen Arbeiten. Vielleicht beabsichtigte er, in Montpellier eine ganz „normale", nicht besonders ambitionierte Tätigkeit als Professor an einer eher unbedeutenden Universität auszuüben. Dass die Wahl auf Montpellier fiel, hängt sicher auch damit zusammen, dass er hier in seiner Jugend drei Jahre lang gewesen war, dass er zu seinen Anfängen und an eine vertraute Stätte zurückstrebte. Man kann sich leicht vorstellen, dass er das Bedürfnis hatte, an einem ihm bekannten Ort, der keine Überraschungen bot, „zur Ruhe zu kommen". Jedenfalls kann er nicht nur schlechte und abschreckende Erinnerungen an diese Stadt gehabt haben, in der er sein Studium begonnen hatte.

Seine Anstellung an der Universität in Montpellier war nicht ganz ohne Schwierigkeiten vonstatten gegangen. Auch dort hatte er nämlich in seiner *Survivre*-Zeit seinen üblichen Vortrag gehalten und vermutlich auch den entsprechenden Text verbreitet. Bei der Diskussion über seine Einstellung fragte dann der Rektor, ein Chemiker, ob und wie man jemanden einstellen könne, der naturwissenschaftliche Forschung grundsätzlich für gefährlich erachte und ablehne. (Es scheint, dass Grothendieck sich selbst niemals dieser Frage gestellt hat. Vermutlich war er der Ansicht, dass man ihn gerade deshalb einstellen müsse.)

Während der Vorlesungsperioden erschien er ein-, seltener zweimal in der Woche im mathematischen Institut, um seine Vorlesungen und Seminare abzuhalten; während der Semesterferien kam er nur ganz unregelmäßig. Ein Hausmeister versuchte einmal, ihn vom Campus zu verweisen, denn er lief herum wie ein Obdachloser. Insbesondere seine Sandalen aus alten Autoreifen unterschieden ihn vom übrigen Lehrkörper. Definitive und vollständige Auskünfte über seine Lehrtätigkeit waren nicht zu erhalten; anscheinend hielt er in den ersten Jahren folgende Kursvorlesungen:

1973/74 eine Vorlesung über analytische Funktionen für das zweite Studienjahr;

1974/75 ebenso, wegen eines Unfalls mit seinem Moped allerdings längere Zeit unterbrochen;

1975/76 einen Kurs für die *maîtrise*, und zwar eine Einführung in die Topologie, insbesondere Fundamentalgruppe usw.

1976/77 möglicherweise etwas aus der Zahlentheorie und/oder der Gruppentheorie, vielleicht zeitweise auch Kategorien-Theorie.

Über weitere Vorlesungen wird später berichtet werden. Alles in allem hört sich das für einen Mathematiker vom Niveau Grothendiecks nicht nach einem besonders ambitionierten Programm an, aber es gibt eine Reihe von Hinweisen, dass er sich mit seinen Vorlesungen große Mühe gab. Es heißt, dass sie z. T. gut waren und er sich um neue didaktische Vermittlungsmethoden bemühte (aktive Einbeziehung der Hörer), die allerdings nicht immer zum Erfolg führten. Vielen der jüngeren Studenten, die seine Vorlesungen besuchten, war vermutlich gar nicht bewusst, dass ihr Lehrer ein weltberühmter Mathematiker war. Susan Holmes (später Professorin für Statistik in Stanford) hörte die Vorlesung 1974/75. Sie erinnert sich, dass Grothendieck nicht nur analytische Funktionen, sondern auch alles mögliche andere behandelte und zu den Studenten sehr freundlich und hilfsbereit war. Sie hörte auch 1977 bei ihm, als er im Rahmen der Gruppentheorie u.a. Rubiks Würfel besprach.[*]

Stephanie L., die von Oktober 1976 bis April 1977 ein Studienjahr in Montpellier verbrachte, schrieb unter anderem:[**]

Der Vortrag war sehr persönlich und engagiert im Ton. Da wurde nichts runtergeleiert. [...] Trotz der Gerüchte, dass er der Mathematik keine Priorität mehr beimessen sollte, ist mir nie ein Mangel an Engagement bei der Vorlesung aufgefallen. [...] Von den Seminarteilnehmern habe ich nie ein schlechtes Wort

---

[*] Hier könnte ein Irrtum vorliegen: Rubiks Würfel wurde laut Wikipedia im Westen erst ab 1979 bekannt.

[**] E-Mail an den Verfasser

über G. vernommen. Im Gegenteil, alles Reden über ihn, das ich mitgekriegt habe, war von offensichtlicher Bewunderung und Sympathie durchdrungen. [...] Man hatte ja auch vorher gehört, dass er sich auf Schafzucht verlegt habe; ob das wörtlich zu nehmen war, weiß ich nicht mehr. Man sagte auch, dass er die Vorlesung nur noch um des Broterwerbs willen gehalten hat.

Und dann noch etwas, was vielleicht junge Studentinnen besonders interessiert:

Rein äußerlich hätte ich ihn als gut aussehend bezeichnet. Mich hat aber immer die Frage umgetrieben, wie man es schaffen kann, dermaßen verknitterte Hemden zu erzeugen. Auch die Frisur war bemerkenswert. Rasierter Kopf, aber immer ordentlich viel Schrammen. Es hieß, das mache er selbst. Na ja.

Im Zusammenhang mit der Vorlesung 1974/75 wurde Grothendiecks Mopedunfall erwähnt. Bei diesem Unfall im Herbst 1974 war Grothendieck aus Unachtsamkeit frontal mit einem Auto zusammengestoßen. Ein Bein war mehrfach gebrochen, und es wurde ein mehrwöchiger Krankenhausaufenthalt notwendig. Wie Ladegaillerie berichtet, willigte Grothendieck in eine Behandlung mit Antibiotika erst ein, als ihm gesagt wurde, dass andernfalls das Bein amputiert werden müsste. Anästhesie lehnte er ab und bestand darauf, dass Akupunktur für die notwendigen Operationen genügen müsse, was dann allerdings doch nicht ganz der Fall war. Im Jahr 1975 lief er, wie Fotos zeigen, noch mit Krücken umher.

Möglicherweise waren ein Jahr später in Paris noch weitere Behandlungen notwendig. Jedenfalls sagt Karoubi, dass ein Kolloquiumsvortrag in Paris stattfand, weil er wegen eines Krankenhausaufenthaltes ohnehin in Paris war. Diesen Vortrag – es war sein letzter Kolloquiumsvortrag überhaupt – hielt er am 12.12.1975, und zwar über das Thema *„Cohomologie de de Rham à puissances divisées"*. Karoubi berichtet, dass viele Leute kamen (etwa hundert) und dass der Vortrag als ein größeres Ereignis in der Pariser mathematischen Szene angesehen wurde. Es ging darum, die Beschreibung des „rationalen Homotopie-Typs" (nach Sullivan) zu einer Beschreibung des „ganzen Homotopie-Typs" zu verallgemeinern. Teile dieses Vortrages wurden später von H. Cartan in die Arbeit *„Théories cohomologiques"* eingearbeitet. Der „richtige" Zugang zur Homotopie-Theorie blieb auch später ein durchgehendes Thema in Grothendiecks mathematischen „Meditationen" der achtziger Jahre.

Dass Grothendiecks Beschäftigung mit der Mathematik nicht sehr intensiv war, er aber andererseits auch nicht ganz von ihr loskam, bestätigt ein Brief an seine deutschen Freunde: „Ich vergeude meine Zeit an blödsinnige Mathematik." Diese Freunde erzählen auch, dass Grothendieck sich immer dann mit Mathematik beschäftigte, wenn es ihm emotional schlecht ging, wobei unklar bleibt, was Ursache und was Folge war. Grothendieck selbst bestätigt das in einem Brief vom 18.1.1978: „[...] Seit vier oder fünf Monaten geht die Lebenskurve mal wieder durch ein „relatives Minimum" – ein charakteristisches Zeichen dafür ist, dass ich mich recht eingehend mit Mathematik beschäftige [...] und entsprechend lebensstumpf bin. [...]"

Nachdem Grothendieck einige Jahre lang Standardvorlesungen gehalten hatte, setzte er sich höhere Ziele. Er sah seine Aufgabe darin, die Studenten zu motivieren, sie zu wirklicher Beschäftigung mit der Mathematik anzuregen, sie zu selbständigem Denken und eigener Forschung zu führen. Und er versuchte, es ihnen so leicht wie möglich zu machen.

Im Studienjahr 1977/78 wich er deutlich von dem üblichen Schema ab. Vermutlich hatte er sich gut überlegt, was er den Studenten anbieten wollte. Wir sind über dieses Studienjahr ziemlich gut informiert, einmal durch Grothendieck selbst, der in seiner Schrift *Esquisse d'un Programme* auf die Veranstaltungen dieses Jahres zu sprechen kommt, andererseits durch zwei deutsche Gaststudenten, Rudolf B. und Volker Diekert.[*]

Im Wintersemester 1977/78 (als der oben zitierte Brief geschrieben wurde) hielt er u. a. eine Vorlesung über die Geometrie des Würfels, die im folgenden Sommersemester durch eine Vorlesung über die Geometrie des Ikosaeders fortgesetzt wurde. Im Sommersemester 1978 handelte es sich um zwei jeweils zweistündige C4-Kurse (d. h. Vorlesungen für das vierte Studienjahr oder das achte Semester) im Fach *mathématique pure*. Der eine war, wie schon gesagt, *„Géométrie de l'icosaèdre"*, der andere *„Géométrie arithmétique des polygônes réguliers"*. Beide fanden jeweils freitags statt. Die Vorlesungen begannen am 3. März und endeten am 26. Mai.

Nach vorliegenden, sehr skizzenhaften Vorlesungsaufzeichnungen behandelte Grothendieck diese geometrischen Objekte auf kombinatorisch-gruppentheoretischer Grundlage, wobei ein beliebiger Körper (oder sogar beliebiger kommutativer Ring) zugrunde gelegt wurde, so dass für endliche Körper mit wenigen Elementen die sogenannten Ausnahme-Isomorphismen zwischen endlich linearen

---

[*] Diekert promovierte später bei Kay Wingberg und wurde Professor für Informatik in Stuttgart.

Gruppen eine Rolle spielten. Offenbar konnte Grothendieck für diese Vorlesungen auf keine Standardliteratur zurückgreifen. Er entwickelte den Stoff selbst. Da es sich andererseits um recht elementare Dinge handelte, war dies sicher ein geeigneter Stoff, um die Studenten an eigenständiges Denken heranzuführen. Volker Diekert schrieb bei Grothendieck seine *thèse* für das *Diplôme des Études Supérieures,* die wohl im Wesentlichen eine Ausarbeitung der Ikosaeder-Vorlesung war. Wie schon erwähnt, berichtete Grothendieck über diese Veranstaltungen in seinem Memoire *Esquisse d'un Programme*:

Es war 1977 und 1978, parallel zu zwei C4-Vorlesungen über die Geometrie des Würfels und des Ikosaeders, dass ich begann, mich für reguläre Polyeder zu interessieren. Sie erschienen mir als besonders konkrete „geometrische Realisierungen" von kombinatorischen Strukturen; die Ecken, Kanten und Flächen sind Realisierungen von Punkten, Geraden und Ebenen eines geeigneten dreidimensionalen Raumes bezüglich Inzidenz-Relationen. Dieser Begriff der geometrischen Realisierung einer kombinatorischen Struktur behält seinen Sinn über einem beliebigen Grundkörper oder sogar einem beliebigen Grundring.

Über seine weitere Lehrtätigkeit war fast nichts in Erfahrung zu bringen: 1981/82 hielt er ein Seminar für wenige Studenten ab, aber eventuell keine Vorlesung. 1983/84 war ein Seminar mit Yves Ladegaillerie und mit Carlos Contou-Carrère geplant, und zwar über Teichmüller-Gruppoide. Grothendieck hielt einige Vorträge, doch ein richtiges Seminar kam nicht zustande. In einem Brief vom 15.6.1983 an Mebkhout erwähnte er, dass er beabsichtige, einen *„cours de préparation à l'agrégation"* zu geben. Dieser Kurs ist vermutlich nicht mehr zustande gekommen, da Grothendieck eine *CNRS*-Forschungsstelle übernahm und ab etwa 1984 die Universität nicht mehr aufsuchte.

Auch wenn die Vorlesungstätigkeit insgesamt keinen zentralen Platz in Grothendiecks Leben einnahm, so ist die Entwicklung seiner Lehrtätigkeit in Montpellier doch eine im Grunde tragische Geschichte, die im Kleinen die Tragik seines Lebens widerspiegelt. Er hatte allen Willen, seine Hörer für die Mathematik, für „wahre Forschung", für selbstständiges Fragen und Denken zu interessieren und zu begeistern, und er hätte ihnen auf diesem Weg jede Hilfe angeboten. Vermutlich hätte er sogar akzeptiert, wenn sie anstelle von Mathematik irgendetwas selbstständig und aus eigenem Antrieb unternommen hätten. Doch er konnte nicht verstehen, dass sie anders dachten als er, andere Ziele hatten, dass sie ihm nicht folgten, sondern einfach nur ihr Examen machen wollten. Eine Verständigung war letzten Endes nicht möglich.

Grothendieck muss das selbst gespürt haben, denn zu Beginn des folgenden Studienjahres 1978/79 wandte er sich mit der gleich folgenden Ankündigung an seine zukünftigen Hörer. Er beabsichtigte einen Kurs *„Introduction à la recherche"* für das vierte Studienjahr zu halten und verfasste für die Hörer im Oktober 1978 ein Informationsblatt mit dem Titel *„En Guise de Programme"*. Dies ist ein interessanter Text, dessen Bedeutung weit über die intendierte Information hinausreicht, denn in ihm klingen zum ersten Mal zahlreiche Themen an, die in seinen späteren Meditationen eine zentrale Rolle spielen. Es ist schwierig, vielleicht nahezu unmöglich, die poetische Diktion adäquat ins Deutsche zu übertragen (schon deswegen, weil der Text zahlreiche, mit großen Anfangsbuchstaben geschriebene und damit besonders hervorgehobene Wörter enthält). Trotzdem soll der Versuch gemacht werden.

Wenn eine intensive Neugier die Forschung beseelt, dann kommen wir wie von ungeduldigen Flügeln getragen vorwärts. Sind wir dann nicht wie ein wagemutiger Nachen, der, mit gesetzten Segeln vorwärts drängend, den unermesslichen Ozean durchpflügt? Ja, ganz und gar sind wir umgeben von wallenden Nebeln, die unaufhörlich unter unseren suchenden Augen neue Gestalt annehmen, sich aufklären, die unaufhörlich sich wieder verbergen und umso mehr uns auffordern, in sie einzudringen. [...]

Die verlangende Neugier allein ist schöpferisch, sie trägt uns geradewegs ins Herz des Unbekannten. Ist Sie nicht unser einziges und wahres Erbe, eingepflanzt in jeden von uns seit unserer Kindheit? Unsichtbarer Same, der in sich die Blüte mit tausend Blütenblättern trägt, den Baum mit unzählbarem Geäst. Es gibt nichts, das nicht aus Ihr geboren wird. [...] Sie allein verleiht uns Flügel, Sie allein beseelt unseren Anlauf, der uns zum Herzen der Dinge bringt. Wo Sie nicht ist, da gibt es keine Schöpfung, keine Liebe.

Wenn dieser Durst nicht da ist, welcher Sinn bleibt dann von unserem Leben? Welchen Sinn hat eine Arbeit, bei der es weder Schöpfung gibt noch Liebe? Was ist der Weg einer Welt, die ihr einziges Erbe zugrunde gehen lässt?

Die letzten drei Jahre habe ich unterrichtet wie ein blinder Maler. Ich habe von Dingen gesprochen, die ich zum Teil entdeckt habe, zu Personen, die aus Gründen einer rätselhaften Verpflichtung kamen, um mir zuzuhören. Sicher, die vorgestellten und besprochenen Sachen waren so zugänglich und einfach, dass ein neugieriges Kind sie hätte entdecken können mit mir als Spielgefährten – und ich sprach so, wie ich zu diesem Kind gesprochen hätte oder auch zu mir selbst. Und geleitet von diesem imaginären Dialog blieb ich blind gegenüber der Tatsache, dass ich Monologe hielt vor Studenten, die gewohnt waren, sich Notizen von einem Kurs zu machen, der sie nicht betraf. Allein die Prüfung betraf sie. Die besprochenen Dinge waren schön für kindliche und lebendige Seelen – [...]

Und jetzt?

Was werden wir machen, wir, die neuen Protagonisten, in diesem neuen Jahr (wenn auch nur ein akademisches Jahr), das jetzt beginnt, um den Erfordernissen eines offiziellen Kurses zu entsprechen, ohne uns wiederum darauf zu beschränken, das unwandelbare Szenario des Schulmeisters zu wiederholen, der vor seinen Schülern dahinsalbadert? Jeder Unterricht ist kastrierend, jede Rede vergeblich, wenn sie sich an Wesen richtet, deren Neugier noch nicht geweckt ist. Wenn die Neugier nicht da ist – vielleicht ausgelöscht ist bis auf eine Erinnerung an vergangene Zeiten, als sie in uns noch lebendig war –, was ist dann zu tun, um sie wieder zum Leben zu erwecken? Das ist unsere erste, unsere wichtigste Frage, diejenige, die allen anderen vorangeht. Solange sie in der Schwebe bleibt, solange nicht in jedem das Verlangen zu spielen erweckt ist – solange bleibt jede Anregung zu einer gemeinsam unternommenen Entdeckungsreise vollständig ohne Sinn.

Unser hauptsächlicher Vorschlag wird daher sein, das Kind zum Spielen zu provozieren, das ebenso in dem Schüler schlummert, der vor dem Bac[calauréat] erstarrt ist, wie in dem Lehrer. Aber ist es gut, wenn der Schulmeister das provoziert – ist es nicht vielmehr die Rolle eines jeden von uns, alle anderen anzuregen und dabei bei sich selbst zu beginnen? [...] Auf die Plätze daher, „Meister" und „Schüler", führt unterwürfig euren Tanz auf.

Es liegt an uns, ob wir Kinder sein werden, in ein faszinierendes Spiel vertieft – oder herumhüpfende Marionetten. [...]

Man wird vermuten dürfen, dass die Studierenden im vierten Jahr diese „Vorlesungsankündigung" einigermaßen konsterniert zur Kenntnis nahmen und nicht so recht wussten, was sie damit anfangen sollten. Jedenfalls kann man sich nicht vorstellen, dass auf diese Weise (bei allem guten Willen) ein didaktischer Erfolg erzielt wurde. Ganz im Gegenteil! Dem Verfasser ist nicht bekannt, ob und mit welchem Thema und Ergebnis diese Vorlesung wirklich stattfand.

Ziemlich genau sechs Jahre später, bei der Niederschrift von *Récoltes et Semailles,* erwähnt Grothendieck diese Ankündigung (S. 544):

Es ist jetzt sechs Jahre her, dass ich einen Text von zwei Seiten schrieb [..., dieser] beinhaltete eine Einführung oder genauer eine Erklärung der Intentionen in Bezug auf den Geist der betreffenden „Vorlesung". Nachdem ich diesen Text geschrieben hatte, der unter meiner Feder in der natürlichsten Weise der Welt erschien, war ich frappiert von der Fülle an Bildern, von denen die einen aus den anderen entsprangen, geladen mit erotischen Bezügen. Es wurde mir klar, dass das weder ein Zufall war noch das Ergebnis einer literarischen Absicht –, sondern es war ohne Zweifel ein Zeichen der engen Verwandtschaft zwischen den beiden Passionen, die mein Leben als Erwachsener dominiert haben.

Einige Seiten später (S. 597) kommt er in einer Fußnote noch einmal auf diese Ankündigung zu sprechen:

Ich glaube, der erste geschriebene Text, in dem ich einige dieser Gedankengänge [u.a. „Mathematik" und „Erotik"] entwickele, ist der von Oktober 1978, *„En guise de Programme".* Nach diesem Text und vor der *„réflexion" Récoltes et Semailles* in diesem Jahr habe ich niemals die Mühe auf mich genommen, schwarz auf weiß meine Beobachtungen über diesen Gegenstand auszuarbeiten und zu entwickeln.

Im Januar 1982 hielt sich Thomas Friedrich aus Berlin (damals Ostberlin in der DDR) drei Wochen in Montpellier auf. Er kam mit Grothendieck ins Gespräch und besuchte auch dessen „Seminar". Dieses fand im Clubraum des Institutes statt; es kamen etwa fünf junge Leute, von denen jeder reichlich Essen mitgebracht hatte, offenbar meistens aus eigener Produktion. Man unterhielt sich angeregt über die verschiedensten Sachen, z. B. die mitgebrachten Lebensmittel und deren Herstellung. Nach etwa zwei Stunden, ausgiebigem Essen und viel Wein wurde das Treffen beendet, und man verabredete sich für die nächste Sitzung. Vielleicht war das eine ganz zufällige Beobachtung, vielleicht hatte Grothendieck aber zu diesem Zeitpunkt die Hoffnung aufgegeben, seine Studenten für Mathematik interessieren zu können.

Wenn Grothendieck auch nicht aktiv forschte und schon gar nicht am üblichen Wissenschaftsbetrieb teilnahm, so ließ er sich doch durch ausgiebige Korrespondenz von wichtigen Entwicklungen in der Mathematik unterrichten und beantwortete an ihn gerichtete Anfragen.[*] Er hielt keine Vorträge mehr, besuchte keine Tagungen, stellte seine Herausgebertätigkeit, z. B. beim Springer-Verlag ein, usw. Nur gelegentlich besuchten ihn andere Mathematiker, so Deligne vor seiner Übersiedlung in die USA im Jahr 1984. Dennoch interessierte er sich dafür, was in der Mathematik geschah. Er war von Faltings' Beweis der Mordell- und der Tate-Vermutung höchst beeindruckt und versuchte in einem langen Brief, Faltings für seine anabelsche Geometrie zu gewinnen.[**] Allerdings wurden diese Verbindungen zur Welt der Mathematiker und der Mathematik im Laufe der achtziger Jahre immer schwächer und hörten schließlich fast vollständig auf. Typisch erscheint das Verhältnis zu Deligne und Serre, früher seine engsten Vertrauten, Ratgeber und Gesprächspartner: Zu Deligne bestand nach dem letzten Besuch 1984 keine Verbindung mehr. Der Briefwechsel mit Serre war zwischen 1970 und 1987 zum Erliegen gekommen. Im Zusammenhang mit dem

---

[*] Diese Korrespondenz war dem Verfasser nur zu Teilen zugänglich und konnte für diese Biographie nicht systematisch ausgewertet werden.
[**] Dieser Brief ist zusammen mit einer Übersetzung ins Englische inzwischen publiziert, vgl. L. Schneps, P. Lochak (Hrsg.): *Geometric Galois Actions 1 und 2*, London Math. Soc. Lecture Notes 242 und 243 (1997).

Versand von *ReS* wurden noch einmal einige Briefe gewechselt; dann brach auch diese Verbindung endgültig ab.

Unter dem Titel *„Epilogue outre-tombe – ou la mise à sac"* berichtet Grothendieck in *ReS* über seine letzten Kontakte zum mathematischen Institut in Montpellier im Juni 1985. Im Mai dieses Jahres teilte eine Sekretärin ihm mit, dass sein Büro in der vierten Etage des Institutsgebäudes leergeräumt worden sei. Wegen dieses Vorfalls, den er als flagrantes Beispiel für den allgemeinen Verfall der Sitten ansah, wandte Grothendieck sich voller Entrüstung in den nächsten Tagen an den Institutsdirektor Lefranc, den Präsidenten der Universität, die für Raumangelegenheiten unmittelbar verantwortliche Mme J. Charles und in einem offenen Brief an seine Kollegen am mathematischen Institut. (In einem späteren Schreiben entschuldigte er sich, dass er in der Eile vergessen hatte, diesen Brief auch an das technische Personal und die Studenten des *troisième cycle* zu richten.)

Frau Charles beschrieb in ihrer Antwort die Situation aus ihrer Sicht und wies darauf hin, dass Grothendieck weit weg wohne, schwer zu kontaktieren sei und seit langem nicht mehr am Institut gesehen worden sei. Es fand unter Beteiligung von Grothendieck eine Versammlung der Dozenten des Instituts (*UER 5*) statt, und der Institutsdirektor schickte ein Entschuldigungsschreiben an Grothendieck (*„Les enseignants de Mathématiques présentent leurs excuses à Monsieur Grothendieck.")*

Auf diesen Brief hin schrieb Grothendieck am 7.6.1985 ein letztes Mal an seine früheren Kollegen. Er bemerkte, dass nur drei von ihnen ihm persönlich geschrieben hatten; offenbar erwartete er, dass sich jeder einzelne bei ihm entschuldigte. Der Brief endet wie folgt:

In dem Maße, wie das tatsächlich möglich ist, und insbesondere für die Zeit meiner Abordnung an das *CNRS*, ziehe ich es vor, in Zukunft auf mein Büro an der *USTL* [*Université des Sciences et Techniques du Languedoc*] zu verzichten und überlasse diesen Ort kampflos den Lapscher, Charles und Konsorten. Wenn ich es vermeiden kann, werde ich keine Unterrichtsaktivitäten an der *USTL* mehr aufnehmen. [...] Es ist wahrscheinlich, dass dieses Treffen der *UER 5* das letzte war, an dem ich teilgenommen habe, so wie dieser Brief der letzte ist, den ich Anlass habe, an Sie zu schreiben (oder an Dich zu schreiben). Und dieses Mal erwarte ich keine Antwort.

Alexandre Grothendieck

Wie sich aus diesem Schreiben ergibt und auch schon kurz erwähnt wurde, bemühte Grothendieck sich um eine *CNRS*-Stelle. Darüber wird in Kapitel 15 berichtet.

## 14. Grothendiecks Arbeitsgruppe in Montpellier

Neben seinen Vorlesungen versammelte sich um Grothendieck in Form eines Forschungsseminars eine kleine, sehr lose zusammenhängende Arbeitsgruppe, in der vielleicht weniger aktuelle Themen besprochen wurden als das, was ihn gerade interessierte. Grothendieck gab den jungen Mathematikerinnen und Mathematikern Anregungen für ihre eigene Forschungsarbeit; daraus entwickelten sich einige Dissertationen. Zu dieser Arbeitsgruppe gehörten zu unterschiedlichen Zeiten unter anderen Claude Borras, Monique Borras, Carlos Contou-Carrère, Pierre Damphousse, Monique Hakim, Olivier Laborde, Yves Ladegaillerie, Olivier Leroy, Jean Malgoire, Francoise Meden, Bernard Roux, Hoang-Xuan Sinh und Christine Voisin. Sinh, Hakim, Ladegaillerie und Contou-Carrère promovierten bei Grothendieck. Contou-Carrère, Ladegaillerie, Malgoire und Voisin blieben als Dozenten in Montpellier und verbrachten, von gelegentlichen Auslandsaufenthalten abgesehen, dort ihre ganze berufliche Karriere.

Es ist dem Autor nicht gelungen, ein deutliches Bild von dieser Arbeitsgruppe zu gewinnen. Die Meditation *Récoltes et Semailles* enthält sehr verstreut einige Informationen über die Zusammenarbeit mit den betreffenden Wissenschaftlern. Zum Teil sind diese Bemerkungen sehr persönlich gefärbt. Wir beschränken uns im folgenden auf wenige, unzusammenhängende und eher äußerliche Bemerkungen.

Es scheint, dass während der ersten Jahre in Montpellier Yves Ladegaillerie die engsten Kontakte zu Grothendieck hatte. Dieser war im September 1970 im Alter von 22 Jahren nach Montpellier gekommen. Als junger *normalien* hatte er ein Jahr zuvor die *aggrégation* erhalten und dann am Institut Henri Poincaré eine *„Thèse de doctorat de spécialité"* geschrieben. In Montpellier hatte er eine Stelle erhalten, die ungefähr der eines Assistenzprofessors entsprach. Grothendieck schlug ihm kurz nach seiner Ankunft vor, an einem gemeinsamen Forschungsprojekt zu arbeiten und eine *„Thèse d'état"* bei ihm zu schreiben. Er schlug ein Thema aus der Flächentopologie vor, über das er – wie er selbst und auch Ladegaillerie schreibt – zwar einige Ideen, aber keine profunden Kenntnisse hatte und von dem sein

Doktorand anfänglich noch weniger wusste. Wie alle anderen Doktoranden lobt Ladegaillerie seinen Betreuer in den höchsten Tönen:[*]

Mit Grothendieck zu arbeiten, war für einen jungen Mann wie mich ein unerhörtes Erlebnis. Er hatte immer Zeit und eine vorbildliche Geduld, mir seine Methoden zu erklären und seine Vision von der Mathematik. Ich werde niemals die Abende vergessen, die wir Kopf an Kopf in Villecun verbrachten, um im Licht der Petroleumlampe Mathematik zu machen. Ich habe in Paris einige der bedeutendsten Mathematiker unserer Zeit als Professoren gehabt, von Schwartz bis Cartan, aber Grothendieck war ganz anders, ein Außerirdischer. Anstatt die Dinge in eine andere Sprache zu übersetzen, dachte und sprach er direkt in der Sprache der Strukturmathematik, zu deren Erschaffung er so viel beigetragen hat.

1975 bewies Ladegaillerie das Hauptresultat seiner *thèse*, die sogenannte Isotopie-Vermutung. Ein Jahr später promovierte er in Montpellier; der Titel seiner Dissertation war *„Découpes et isotopies de surfaces topologiques"*. Grothendieck bezeichnet in *ReS* Ladegaillerie als einen seiner brillantesten Schüler. Ansonsten erwähnt er hauptsächlich die Schwierigkeiten, die dieser mit der Publikation seiner Dissertation hatte. Bekanntlich ist ein Hauptthema von *ReS* (vgl. Kapitel 23) Grothendiecks Überzeugung, dass das mathematische Establishment sein mathematisches Werk ignoriert, entstellt, behindert, auseinandergeschnitten und „beerdigt" habe, und er ist gleichermaßen der Überzeugung, dass es diese Feindseligkeit auch auf seine Schüler nach 1970 übertragen hat. (Er schrieb an einer Stelle, was vorher ein lebendiger Organismus gewesen sei, wäre stückweise in den Suppentellern der Anwender gelandet.)

Die vietnamesische Mathematikerin Hoang Xuan Sinh ist uns bereits auf Grothendiecks Reise im November 1967 nach Vietnam begegnet (vgl. Kapitel 3). Sie verbrachte ein Jahr in Montpellier und promovierte im Jahr 1975 mit Grothendieck als *advisor* und einer Dissertation *gr-catégories* an der Universität Paris VII. Dies scheint ihre einzige mathematische Arbeit geblieben zu sein.

Einige Zeit bestand auch eine intensive persönliche Beziehung zwischen Grothendieck und Sinh, die in Vietnam verheiratet war und einen Sohn hatte. Sie muss auch etwa 1979/80 in Frankreich gewesen sein, denn Johanna Grothendieck berichtet, dass sie sich einige Wochen in La Gardette (vgl. Kapitel 19) aufgehalten habe. Der Kontakt zwischen Sinh und Johanna (und auch Grothendiecks langjähriger Lebensgefährtin Y.) hat sich längere Zeit erhalten. Nach

---

[*] Y. Ladegaillerie: *Alexandre Grothendieck après 1970,* unveröffentlichtes Manuskript, 2004

Meinung von Johanna war Sinh eine der wenigen Frauen, die verstanden hatten, dass man von Grothendieck nicht „Besitz ergreifen" konnte.

Hoang Xuan Sinh, etwa 1975

An der Entwicklung von Contou-Carrère hat Grothendieck besonderen Anteil genommen, auch wenn es einige Zeit dauerte, bis ein richtiger Kontakt zustande kam. Contou-Carrère erzählte dem Verfasser, dass er 1973 zusammen mit P. Cartier Grothendieck in Villecun besucht habe, zu einem Zeitpunkt, als Justine mit ihrem Baby dort noch wohnte. (Es muss sich also um November oder Dezember gehandelt haben.) Später habe Grothendieck oft bei ihm in Montpellier übernachtet, wenn er nach seinen Vorlesungen keine Lust mehr gehabt habe, nach Villecun zurückzufahren. Sie hätten dann die ganze Nacht über Mathematik diskutiert, zum Beispiel über Fragen im Zusammenhang mit Grothendiecks Vorlesungen über Polyeder und Kombinatorik.

Grothendiecks Erinnerung an die ersten Begegnungen ist etwas anders; er schreibt darüber in *ReS*:

Meine ersten Begegnungen mit Carlos Contou-Carrère fanden in den Fluren des Mathe-Instituts statt, kurz nach meiner Ankunft in Montpellier im Juli 1973. Er klemmte mich in einer dunklen Ecke ein, um mich mit einem Schwall mathematischer Ausführungen zu überschütten. [...] Das geschah auch noch in einem Augenblick, in dem ich absolut nicht auf Mathematik eingepolt war. Während eines oder zweier Jahre verdrückte ich mich, wenn ich seine Silhouette am Ende eines Korridors auftauchen sah. So blieb es bis zu dem Augenblick, da Lyndon, der ein Jahr als *professeur associé* in Montpellier war, mir zu verstehen gab, dass Contou-Carrère außergewöhnliche Fähigkeiten hatte, aber dabei war, Schiffbruch zu erleiden, weil er nicht richtig wusste, sie zu gebrauchen. [...] Vielleicht kam der Hinweis von Lyndon gerade in dem Augenblick, als ich wieder anfing, ein gewisses Interesse an mathematischen Fragen zu haben.

In *ReS* erwähnt Grothendieck Contou-Carrère verhältnismäßig häufig, schreibt aber auch, dass er dessen Arbeit an der *„Thèse d'état"* nur aus der Ferne verfolgt habe. Nach dessen eigener Aussage hat Grothendieck jedoch wesentliche Ideen zur allmählich entstehenden Dissertation beigetragen. So vergingen eine Reihe von Jahren, bis Contou-Carrère schließlich promovierte. Er legte seine *Thèse* am 19.12.1983 vor. Sie hatte den Titel *„Géométrie des groupes semi-simples, résolutions équivariantes et lieu singulier de leurs variétés de Schubert"*. Zur Prüfungskommission gehörten u. a. Cartier, Giraud und Grothendieck.

Über den Einfluss Grothendiecks auf seine Schülerin und Doktorandin Monique Hakim ließ sich überhaupt nichts Verwertbares ermitteln.

Einer der letzten Schüler Grothendiecks war der bereits früher kurz erwähnte Pierre Damphousse; vielleicht muss man genauer sagen, er hätte einer der letzten Schüler werden können. Damphousse war im September 1975 mit einem Master-Grad der Laval-Universität in Quebec, in Begleitung seiner Frau und zwei kleiner Töchter, aber mit wenig finanziellen Mitteln nach Montpellier gekommen, eigentlich, um dort bei Peter Hilton zu studieren, dessen geplanter Gastaufenthalt sich aber kurzfristig zerschlug. Er wandte sich dann etwas ratlos an Grothendieck. Der erste Eindruck seines Besuches ersten Besuches in Villecun wurde bereits wiedergegeben. Grothendieck fragte ihn auf dem erwähnten Spaziergang gründlich nach seinen Vorkenntnissen aus, nahm ihn als Studenten an and schlug ihm ein Thema vor, das wenig formale Vorkenntnisse erforderte und von einem „unformatierten" Geist in Angriff genommen werden konnte, nämlich Klassifikation bis auf Isomorphie endlicher zellularer Abbildungen. Es kam dann zu regelmäßigen Diskussionen zwischen Lehrer und Schüler, bei denen Damphousse oft den Eindruck hatte, dass „sein Trinkglas mit ganzen Flüssen gefüllt werden sollte".

Es ist interessant, welche Bücher und Arbeiten Grothendieck seinem Doktoranden zur Lektüre empfahl: *Generators and relations for discrete groups* von Coxeter und Moser, *Algebraic topology* von Massey, Kleins Buch über den Ikosaeder und die Gleichung 5. Grades und fast alles, was in der Bibliothek über *tesselations, tilings, and patterns* zu finden war. Dazu kamen u. a. eine Arbeit von Epstein über Kurven auf Flächen und Ladegaillerie's Dissertation. Vermutlich spiegelt diese Liste zweierlei wider (und deshalb ist sie hier aufgeführt): eine tiefgreifende Veränderung in Grothendiecks eigenen mathematischen Interessen und ebenso ein verständnisvolles Eingehen auf die Bedürfnisse eines Schülers und prospektiven Mitarbeiters. Damphousse benötigte fast das ganze Jahr 1976, um diese Liste abzuarbeiten. Er traf sich regelmäßig, wenn auch nicht sehr häufig mit Grothendieck, meistens in Villecun, und es wurden dann stundenlang alle möglichen Einzelheiten diskutiert. Aber Grothendieck empfahl ihm auch „mathematische Meditationen als spirituelles Abenteuer". Damphousse, mit inzwischen aufgebrauchtem Geld und einer jungen Familie war, jedoch nicht recht nach „Abenteuern" gleich welcher Art zumute. Er musste sich dringend nach einer Stelle umsehen und fand schließlich Ende September 1976 eine in Tours, die er umgehend annahm. Grothendieck war damit nicht einverstanden; auch wenn er die Entscheidung akzeptierte, so meinte er doch, man könne mit sehr viel weniger Geld auskommen und sehr viel einfacher leben. Es kam noch fast ein ganzes Jahr zu Besuchen in etwa zweimonatigen Abständen, bei denen das begonnene Dissertationsprojekt diskutiert wurde, aber letzten Endes ließ es sich nicht aufrechterhalten und zu Ende führen. „Aber wir hielten menschlichen Kontakt und tauschten Briefe aus, und er [Grothendieck] behielt sein freundliches Interesse an meinen Kindern und mir selbst. Nach Mai 1981 hatten wir keinen Kontakt mehr."

Der Bericht von Damphousse enthält noch weitere Einzelheiten (über Grothendiecks Essgewohnheiten, sein Auto, seine „Fahrkünste", seine Beziehungen zur Universitätsverwaltung, seine Vorlesungen, seine Beziehungen zu Schülern und Mitarbeitern usw.), die im wesentlichen das bestätigen, was an anderer Stelle in diesem Buch mitgeteilt wurde und deshalb nicht wiederholt zu werden braucht.

Eine besondere Bedeutung für die Biographie Grothendiecks kommt seinem jüngeren Kollegen in Montpellier, Jean Malgoire, zu. Als Grothendieck nämlich ab etwa Sommer 1990 seinen Wegzug von Mormoiron vorbereitete (vgl. spätere Kapitel), vertraute er Malgoire seinen wissenschaftlichen „Nachlass" an: Bücher, Sonderdrucke, Tausende Seiten mathematischer Notizen und Manuskripte in unterschiedlichen Graden der Fertigstellung und Ausformung sowie mindestens große Teile seiner sorgfältig geordneten wissenschaftlichen und privaten Korrespondenz, die viele tausend Seiten umfasst. Malgoire fuhr auf Grothendiecks Bitte nach Les Aumettes und übernahm mehrere Kartons mit diesem Material. Bei dieser Gelegenheit sah Malgoire auch das alte Ölfass, in dem Grothendieck, der vorhandenen Asche nach zu urteilen, eine Unmenge Papier verbrannt hatte. Nach Grothendiecks eigener Auskunft[*] ist das im Juni 1990 geschehen. Malgoire hat auch ausdrücklich die Erlaubnis erhalten, mit dem übergebenen Material nach Gutdünken verfahren zu dürfen. Auf diese Weise ist es möglich geworden, die Korrespondenz Grothendieck-Serre zu veröffentlichen.[**]

Malgoire hatte danach nur noch wenige Male Kontakt zu Grothendieck. Einige Briefe aus dem Jahr 1999 enthielten neben Bücherwünschen obskure mathematische Fragen, z. B. nach der Primfaktorzerlegung natürlicher Zahlen der Form $3^n+1$. (Grothendieck war der Überzeugung, dass gewisse kosmische Größen, z. B. die Zahl der Elementarteilchen im Universum, die Zahl der Sekunden eines „Aeons", aber auch die Zahl der Pflanzen- oder Tierarten genau von dieser Form sind.)

Es gibt ein berührendes Dokument über die Beziehung eines der Schüler Grothendiecks zu seinem *maître*. Nachdem dieser Schüler drei Teile von *Récoltes et Semailles* erhalten hatte, schrieb er gegen Ende 1985 einen langen handschriftlichen Brief an Grothendieck (vierzehn eng beschriebene Seiten), in dem er auf ihr gegenseitiges Verhältnis und Grothendiecks Wirkung auf seine Umwelt und seine Mitmenschen einging und der zweifellos auch eine Reaktion auf die in *ReS* zum Ausdruck kommende Paranoia Grothendiecks war. Der Brief ist ein offensichtlicher Versuch, eine ehrliche, ungeschönte, doch jederzeit von Sympathie und Respekt durchdrungene Bilanz zu ziehen. Der Schreiber hat wohl schon geahnt, dass er damit keinen Erfolg haben würde; zum Schluss heißt es:

---

[*] Brief vom März 2010 an den Verfasser
[**] P. Colmez, J.-P. Serre (Hrsg.): *Correspondance Grothendieck-Serre*, Paris 2001

Es ist nur evident, dass dieser Brief Dir keine große Freude machen wird, denn Du bist nicht bereit, über Deine Person eine andere Meinung zu akzeptieren als hundertprozentige Zustimmung. [...] Ganz einfach: Ich erhebe Dich nicht auf einen Sockel, sondern ich sehe dich als ein menschliches Wesen, nicht besser und nicht schlechter als andere auch, und schließlich fühle ich Zuneigung zu Dir und habe keinen großen Anlass, Dir etwas vorzuwerfen ... aber verstehst Du das überhaupt? [...] Ich schließe damit, Dir zu sagen, dass in meinem Herzen und in meinem Kopf immer ein Platz für den Alexandre Grothendieck sein wird, den ich das Glück hatte (und für mich war es ein Glück!), im Jahr 1973 kennenzulernen.

Wie schon gesagt, kommt in diesem Brief offene und ehrliche Kritik zum Ausdruck; es gibt Sätze wie:

Ich denke außerdem, dass Du zum großen Teil verantwortlich bist für das „Abrutschen" [„*dérapage*"] in manchen persönlichen Beziehungen [...]

Ich persönlich widersetze mich heftig Deinem Willen zu dominieren, vor allem wenn er (und das ist oft der Fall) gänzlich unangebrachte Mittel benutzt, die oft auf nichts anderes als Erniedrigung hinauslaufen [...]

In diesem Zusammenhang ist mir oft ein Mangel an Takt aufgefallen (das heißt elementarer Höflichkeit), was einen gewissen Mangel an Respekt für andere ausdrückt, indem Du diese anderen einfach, sagen wir, als „Deine Angelegenheit" ansiehst.

Vielleicht ist dieser Brief ein wenig selbstbezogen, manchmal an der Grenze zum Selbstmitleid. Grothendiecks Antwort jedenfalls fiel rüde aus; es heißt unter anderem:

Diese Erfindungen, „um zu gefallen", eliminieren wohlgemerkt einen großen Teil des Interesses an Deinem Brief, [...] Sie lassen mich an die Phantasien eines kleinen Jungen denken, der Pipi ins Bett macht, um die Aufmerksamkeit der Mama zu erlangen oder auch des Papas, warum nicht. Aber ich bin nicht dein Papa [...]

und zum Schluss (wie so oft mit einer kleinen Belehrung verbunden):

Eine letzte Sache. Ich würde es vorziehen, wenn Du mich nicht mit meinem Vornamen anredest, denn das ist ein Zeichen der Vertrautheit oder einer von Sympathie und Zuneigung geprägten Bindung, die verschwunden ist – es klingt falsch, in meinen Ohren wenigstens.

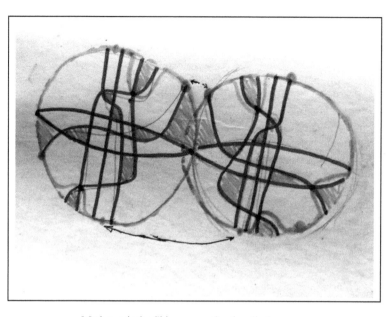

Mathematische Skizzen von Grothendieck
(für einen Schüler oder im Zusammenhang mit einer Vorlesung)

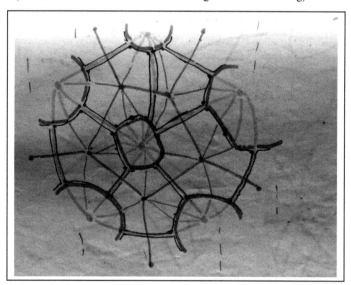

# 15. *Directeur de Recherche,* 1984–1988

Wir eilen jetzt zeitlich weit voraus, möchten jedoch die Kapitel über die berufliche Tätigkeit Grothendiecks zunächst abschließen.

Es scheint, dass Anfang der achtziger Jahre Grothendieck zu dem Entschluss kam, seine Lehrtätigkeit aufzugeben. Der entscheidende Grund war zweifellos, dass das Interesse und Engagement seiner Studenten nicht seinen Erwartungen entsprach. Er bewarb sich um eine Forschungsstelle bei der Institution, an der er seine wissenschaftliche Laufbahn begonnen hatte, nämlich am *CNRS* (*Centre National de la Recherche Scientifique*). Wie er selbst in einem Brief vom 15.6.1983 an Zoghman Mebkhout schreibt, hatte der ihn auf diesen Gedanken gebracht:

Unser kürzliches Zusammentreffen hat ein unerwartetes Ergebnis gehabt: Als ich hörte, dass Du beim CNRS anfängst, wurde mir klar, dass ich an der Fac nichts Richtiges zu tun habe. Ich habe mich daher entschlossen, deinen Spuren zu folgen, und ich werde eine Bewerbung beim *CNRS* einreichen.

Bei einer *CNRS*-Stelle ist man üblicherweise einem *laboratoire* zugeordnet, und Grothendieck machte sich in diesem Brief des Weiteren Gedanken darüber, wie das in seinem Fall geregelt werden könnte. Er erwog die Möglichkeit eines *chercheur isolé* oder die eines kleinen „Laboratoriums" um seine Person. Er fragte Mebkhout, ob er Interesse an einer Mitarbeit hätte, und dachte auch an Carlos Contou-Carrère als Mitarbeiter.

Im Zuge seiner Bewerbung legte Grothendieck ein Forschungsprogramm vor, das eine gewisse Berühmtheit erlangt hat, die *Esquisse d'un Programme.* Dieser Text beginnt mit folgendem Satz:

Da die gegenwärtigen Umstände für mich die Perspektive einer Forschungstätigkeit an der Universität mehr und mehr illusorisch machen, habe ich mich entschieden, meine Zulassung zum *CNRS* zu beantragen, damit ich meine Energie Arbeiten und Vorhaben widmen kann, bei denen klar ist, dass sich keine Schüler finden (und nicht einmal, scheint es, irgendein zeitgenössischer Mathematiker), um sie an meiner Stelle zu entwickeln.

Im Übrigen entstand im Zusammenhang mit dieser Bewerbung ein gewisses Missverständnis, indem die Verwaltung des *CNRS* davon ausging, dass Grothendieck seine Tätigkeit am *IHÉS* ausüben wollte. Er stellte daraufhin den Sachverhalt in einem Schreiben vom 9.9.1984 noch einmal klar:

Es ist allgemein bekannt, dass ich das *IHÉS* 1970 infolge schwerwiegender Differenzen mit der Leitung und mit meinen Kollegen in Bezug auf ethische wissenschaftliche Prinzipien verlassen habe, Differenzen, die noch bis heute aktuell sind. – Es ist genauso allgemein bekannt, dass ich seit mehr als zehn Jahren alle Einladungen an französische oder ausländische Universitäten ablehne und meine Arbeit entweder zu Hause oder in meinem Institut in Montpellier verfolge.

Grothendieck kam dann auch auf die Zweifel an der Ernsthaftigkeit seines Interesses an wissenschaftlicher Forschung zu sprechen:

Ich habe gehört, dass Bedenken gegen meine Bewerbung im Kreis des *Comité National du CNRS* zur Sprache kamen, und zwar mit der Begründung, dass ich nicht bereit sei, die Richtung meiner Forschungen zu bestätigen. Diese Begründung wird offensichtlich durch den Text (*Esquisse d'un Programme*) widerlegt, der dem *Comité National* unterbreitet wurde und in dem ich mich über den Zusammenhang erkläre, in dem ich meine Bewerbung mache.

Offensichtlich hat Grothendieck ab Oktober 1984 die gewünschte Stelle oder jedenfalls eine vergleichbare erhalten. Alain Connes war damals Mitglied des Gremiums, in dem die Entscheidungen fielen. Er berichtete dem Verfasser, dass es seiner Intervention bedurfte, damit Grothendiecks Fall rechtzeitig zum Aufruf kam und nicht erst, nachdem schon alle Stellen vergeben waren. Grothendieck verblieb auf der *CNRS*-Stelle bis zu seiner Pensionierung zum Oktober 1988. In dieser Zeit besuchte er das mathematische Institut in Montpellier nur noch ganz ausnahmsweise. Auch die Zusammenarbeit mit den Mitarbeitern seiner früheren Arbeitsgruppe war beendet; er war wirklich ein *chercheur isolé*.

Wir werden in Kapitel 22 noch kurz auf den Inhalt von *Esquisse d'un Programme* zu sprechen kommen. Cantou-Carrère teilte dem Verfasser mit, dass Grothendieck etwa 1983 eine Reihe von Vorträgen hielt, in denen er seine Ideen zum „Teichmüller-Turm" und zur Berechnung der absoluten Galois-Gruppe von **Q** entwickelte. Ein regelrechtes Seminar kam aber nicht zustande.

Was Grothendiecks „Forschungstätigkeit" betrifft, so scheint es, dass aus dem Zeitraum 1984–1988 an mathematischen Texten einzig die skizzenhaften Notizen zur Topologie vorliegen. Ansonsten war er in dieser Zeit hauptsächlich mit der Niederschrift von *Récoltes et Semailles* und *La Clef des Songes* beschäftigt. Erst nach seiner Pensionierung schrieb er noch einmal die 2000 Seiten von *Les Dérivateurs*.

# 16. „Reisende ohne Gepäck"

Wir kehren jetzt viele Jahre zurück, in die Zeit, die Grothendieck in Villecun verbrachte. In diese Zeit, hauptsächlich jedoch in die Jahre 1974 bis 1978, fiel seine Begegnung mit dem Buddhismus, genauer gesagt mit der japanischen Sekte *Nipponzan Myohoji* [*] (etwa „Japanische Gemeinschaft des mystischen Lotos-Sutra") und ihrem geistigen Oberhaupt Nichidatsu Fujii, genannt Fujii Guruji (1885-1985). Damit kein Missverständnis entstehen kann, sollte gleich zu Beginn gesagt werden, dass Grothendieck niemals Buddhist gewesen ist und dass ihm im Grunde die Geisteswelt des Buddhismus fremd geblieben und in vieler Hinsicht seiner eigenen geradezu diametral entgegengesetzt ist.

Trotzdem war die Begegnung mit dem Buddhismus ein wesentliches Ereignis in Grothendiecks spirituellem Leben, das noch nachwirkte, als er sich später mehr christlichen und esoterischen Vorstellungen zuwandte, und das vermutlich bis heute nachwirkt. Die Darstellung dieser Begegnung ist schwierig. Es handelte sich um einen inneren Vorgang, der nicht, wie etwa seine Tätigkeit für *Survivre*, mit markanten äußeren Ereignissen verbunden war. Gelegentlich kommt Grothendieck in seinen schriftlichen Aufzeichnungen und in seinen Briefen auf dieses Thema zu sprechen. Der Verfasser kann außerdem auf Mitteilungen zweier persönlicher Freunde Grothendiecks zurückgreifen, die selber Buddhisten sind und in den Jahren 1975 bis 1990 engen Kontakt zu Grothendieck hatten.

Eine erste Begegnung mit ostasiatischer Spiritualität fand vermutlich schon im Jahr 1972 statt, als Grothendieck nach eigener Aussage (z. B. *NCdS*, S. N560) zum ersten Mal Krishnamurti las. Zu einem tieferen Eintauchen in eine neue Gedankenwelt scheint es damals jedoch noch nicht gekommen zu sein, auch wenn es einige Berührungspunkte mit der Lebensführung indischer Mönche gab, etwa seine asketische Lebensweise, sein regelmäßiges Fasten oder seine reduzierte Diät, die im Wesentlichen aus gekochtem Reis, Bananen und Tee bestand. Später nahm er Krishnamurti in seine Liste der „Mutanten" auf (vgl. Kapitel 26). (Krishnamurti war Hindu, nicht Buddhist.)

Den entscheidenden Anstoß zur Auseinandersetzung mit dem Buddhismus erhielt Grothendieck im April (oder Mai) 1974. In der

---

[*] Grothendieck verwendet die Schreibweise *„Nihonzan"*; wir benutzen hier die gebräuchlichere.

schon in Kapitel 11 erwähnten Notiz über wichtige Stationen seines spirituellen Lebens heißt es:

*1-7 avril 1974 : « moment de vérité », entrée dans la voie spirituelle*
*7 avril 1974 : rencontre Nihonzan Myohoji, entrée du divin*

Auf was sich die erste Zeile bezieht, ist unklar; das Ereignis, das in der nächsten Zeile angesprochen wird, ist aber bekannt: Am 7. April 1974 erschien bei Grothendieck in Villecun unangekündigt und ganz überraschend ein japanischer Mönch der Glaubensgemeinschaft *Nipponzan Myohoji*. Allerdings scheint das Datum nicht ganz sicher zu sein, denn in *Récoltes et Semailles* (S. 759) gibt Grothendieck folgenden Bericht über die erste Begegnung:

Seit diesem denkwürdigen Tag im Mai [1974], als ich unter der Mittagssonne einen bizarr und lächerlich aufgeputzten Menschen sah, der beim Gehen sang und sich dabei auf einer Trommel begleitete und der (es konnte keinen Zweifel geben [...]) meinen Garten ansteuerte, wo ich mit einer einsamen Arbeit beschäftigt war – seit diesem Tag hatte ich das Privileg und die Freude, vielen Anhängern und Sympathisanten von Guruji in meinem Haus zu begegnen.

Bevor berichtet wird, wie es zu dieser Begegnung gekommen ist und was sich daraus entwickelt hat, ist es angebracht, zunächst kurz zu erklären, worum es überhaupt geht. Was ist diese Sekte, und wer ist ihr Gründer?

Nichidatsu Fujii wurde 1885 als Sohn armer Bauern in Japan geboren. (Den Ehrentitel Guruji, „spiritueller Lehrer", erhielt er erst später, angeblich von Gandhi.) Mit 19 Jahren wurde er Mönch und vertiefte sich in die Geisteswelt des Buddhismus. Nach dem Ende des Ersten Weltkrieges begann seine Mission als Prediger des Weltfriedens, der Gewaltlosigkeit und einer spirituellen Erneuerung des Buddhismus. Er gründete den Orden *Nipponzan Myohoji*, der den Lehren des Propheten Nichiren (1222-1282) verpflichtet ist. Er betete für den Frieden, fastete, organisierte Friedensmärsche; seine Anhänger errichteten die ersten *Shanti Stupas* – Friedenspagoden. Von 1918 bis 1923 durchwanderte er auf seiner Mission Korea, China und die Mandschurei. Man muss sich diese Mission auf ihre denkbar einfachste Form reduziert vorstellen: Er reiste von Stadt zu Stadt, wanderte durch die Straßen, schlug dabei die Handtrommel und rezitierte ununterbrochen wie ein Mantra die Anfangszeile des Lotos-Sutra: *Namu myoho renge kyo* (etwa „Verehrung dem mystischen Lotos-Sutra"). Überall fanden sich Anhänger, wenn auch vielleicht nur wenige, die ihm folgten, – folgten im direktesten Sinne des Wortes.

Das verheerende Erdbeben von 1923 bewog ihn, nach Japan zurückzukehren, um den Überlebenden spirituellen Beistand zu leisten. Nach dem Tod seiner Mutter im Jahr 1930 beschloss er, den Buddhismus in dessen Ursprungsland Indien, wo er inzwischen fast vollständig erloschen war, zu erneuern. Er begann in Kalkutta seine Pilgerreise, die ihn durch den ganzen Subkontinent bis nach Ceylon (heute Sri Lanka) führte. In vielen größeren Städten wurden mit einfachsten Mitteln in Handarbeit, zum Teil mit selbst hergestellten Werkzeugen, in grenzenloser Geduld Tempel errichtet. 1933 traf er zum ersten Mal Mahatma Gandhi, den er mit seiner Frömmigkeit und Ernsthaftigkeit zutiefst beeindruckte. Während des Zweiten Weltkrieges setzte Fujii seine Mission fort; er sang das Mantra und schlug seine Trommel. Bei der Einweihung eines der größten Friedensstupas in Kumamoto, Japan, organisierte er 1954 eine große Weltfriedenskonferenz. Ähnliche Konferenzen wiederholten sich in den folgenden Jahren in mehreren Ländern. Er bereiste kommunistische Länder wie China, die Sowjetunion und die Mongolei; selbst in China errichtete er Friedenspagoden. Alle indischen Staatspräsidenten empfingen ihn. 1968 weihte der damalige indische Staatspräsident Zakir Hussain die Friedenspagode in Rajgir ein; damit war das große Ziel einer Erneuerung des Buddhismus in Indien erreicht. Fujii war schon über 90 Jahre alt, als er zum ersten Mal nach Frankreich reiste, um in Europa seine Mission fortzusetzen. Er starb 1985 in seinem hundertsten Lebensjahr. Es ist nicht zuletzt sein Verdienst, dass der Buddhismus in Indien wieder Fuß gefasst hat.

Fujii entging nicht, dass sich in Asien Christentum und Islam stärker ausbreiteten als der Buddhismus, aber er war zutiefst davon überzeugt, dass nur der Buddhismus die Welt zum Frieden führen kann (und das sicher mit einer gewissen Berechtigung, wenn man die aggressiven Erscheinungsformen von Islam und Christentum über lange Perioden ihrer Geschichte bedenkt).[*]

*Nipponzan Myohoji* ist eine religiöse Bewegung, die auf das allereinfachste Ziel reduziert ist: die Verbreitung von Frieden und Gewaltlosigkeit überall auf der Welt. Um diese Botschaft zu verkünden, marschieren ihre Anhänger, sowohl Mönche in orangefarbenen Gewändern als auch Laien, durch die Straßen der Städte, schlagen ihre Handtrommeln und wiederholen die heilige Formel *namu myoho renge kyo*. Regelmäßig werden internationale Friedensmärsche ver-

---

[*] Über sein Leben berichtet Fujii in seiner Autobiographie *My Non Violence*; er schrieb außerdem das Buch *Buddhism and World Peace*. Beide Bücher hat Grothendieck gelesen.

anstaltet, in den achtziger Jahren mit Zigtausenden von Teilnehmern. Als sichtbares materielles Zeichen ihres Wunsches nach Frieden errichten sie Friedenspagoden oder -stupas in aller Welt.

Wie ist es nun zu dem Besuch in Villecun gekommen, was ist am 7. April 1974 (oder an jenem „sonnigen Tag im Mai") geschehen?[*] Am 17.3.1973 druckte die japanische Tageszeitung *Asahi Shinbun*, der Auflage nach die zweitgrößte Japans und der Welt, einen Bericht über *Survivre* mit einem Foto von Grothendieck und zwei Karikaturen von Savard. Yamashita meint, dass dieser Bericht auf Anregung von Hironaka zustande gekommen sei. Grothendieck berichtet in den *Notes pour la Clef des Songes*, S. 199/200, dann weiter Folgendes: Der Mönch Fukuda Shonin hatte anscheinend diesen Artikel gelesen und war beeindruckt von der engen Verwandtschaft der radikalökologischen und antimilitaristischen Aktivitäten der Gruppe *Survivre et Vivre* und deren Haltung gegenüber naturwissenschaftlicher Forschung und den Leitgedanken der Sekte *Nipponzan Myohoji*. Offenbar wurde daraufhin beschlossen, persönlichen Kontakt zu Grothendieck aufzunehmen und einen jungen Mönch, einen direkten Schüler von Fukuda, zu ihm zu schicken. Es ist denkbar, dass bei dieser Entscheidung auch der Mönch Oyama eine Rolle gespielt hat. Dieser war nämlich Mathematiker, und als solcher könnte er von Grothendieck schon einmal gehört haben.

Es ist offenkundig, dass es trotz aller kulturellen Unterschiede Berührungspunkte zwischen der kompromisslos antimilitaristischen Bewegung *Nipponzan Myohoji* und Grothendiecks ebenso konsequenter Gruppe *Survivre et Vivre* gab. Beide kämpften für den Weltfrieden und betrachteten die Abrüstung, insbesondere die Abschaffung aller Atomwaffen, als unbedingt notwendige Voraussetzung dafür. Hiroshima erschien Grothendieck als das apokalyptische Menetekel der Menschheit schlechthin, schlimmer noch als der Holocaust und Auschwitz. (Bei seiner eigenen Biographie und der seines Vaters, der Opfer des Holocaust wurde, hätte man vielleicht etwas anderes erwarten können.) Wir zitieren einen im Original gesperrt geschriebenen (und dadurch besonders hervorgehobenen) Satz aus den *Notes pour la Clef des Songes*:

*Ce grand feu qui a embrasé Hiroshima, c'était le signe du grand Feu qui déjà embrase la Maison des Hommes!*

---

[*] Die folgenden Informationen verdankt der Verfasser Jun-Ichi Yamashita, einem Bekannten Grothendiecks seit Ende der sechziger Jahre.

Es ist im Einzelnen nicht bekannt, wie sich die Beziehung nach diesem ersten Kontakt weiterentwickelt hat. Grothendiecks kryptische Bemerkungen in den Notizen über seine „spirituelle Erweckung" sind nicht leicht zu deuten, aber wenn er schreibt „entrée du divin", gewinnt man den Eindruck, dass etwas Entscheidendes in seinem Leben geschehen sein muss.

Fest steht jedenfalls, dass sich sehr bald japanische Mönche, allein und zu mehreren, bei der Kommune von Olmet einfanden oder in Villecun bei Grothendieck selbst wohnten. Sie bauten in Olmet einen kleinen Tempel, unter dem man sich aber – etwas respektlos ausgedrückt – nicht viel mehr als eine Bretterbude vorstellen darf und von dem 2006 noch Reste vorhanden waren. Darin wurde auch eine große Fasstrommel aufgestellt und rituell geschlagen (von Grothendieck selbst wohl kaum, auch wenn er gelegentlich das Gegenteil behauptete). Die Mönche kamen unangekündigt, und sie gingen unangekündigt, um an anderen Orten ihre Missionsarbeit fortzusetzen.

Fukuda selbst, auf dessen Initiative der Kontakt zurückging, besuchte Grothendieck zweimal (das zweite Mal um die Jahreswende 1977/78), was insofern bemerkenswert ist, als Fukuda sehr „sesshaft" war (wie Grothendieck schreibt) und Japan ansonsten niemals verlassen hat. Außerdem sprach er, wie Grothendieck (in einem Brief an seine deutschen Freunde) berichtete, kein einziges Wort irgendeiner europäischen Sprache. Es ist also nicht verwunderlich, dass ab 1978 der Kontakt zu Fukuda wieder eingeschlafen ist.

In Anbetracht dieses Mangels an Kommunikationsmöglichkeiten haben sicher andere eine wesentliche Rolle bei der Verbindung zwischen Grothendieck und dem Orden *Nipponzan Myohoji* gespielt, offenbar vor allem der schon erwähnte Mönch und Mathematiker Oyama und außerdem der Mönch Kunyomi Masunaga. Letzterer war der Anlass eines Prozesses gegen Grothendieck in Montpellier im Jahr 1977 wegen „Aufnahme und Beherbergung eines illegal anwesenden Ausländers". Über diesen Prozess wird später noch ausführlich berichtet (Kapitel 17).

Im August 1975 war Grothendieck in Paris bei seinen neuen buddhistischen Freunden; es existieren mehrere Fotografien von diesem Besuch. Offenbar wurde um die gleiche Zeit auch der Tempel der Gruppe in der rue Polonceau eingeweiht, den anschließend Oyama und dessen alte Mutter betreuten. Grothendieck beteiligte sich an den Kosten für die Einrichtung dieses Tempels. Anlässlich der feierlichen Einweihung hielt er als immer noch prominenter Wissenschaftler eine Rede. Bei dieser Gelegenheit begegnete er zum ersten Mal seinen späteren langjährigen deutschen Freunden G. J. und E. I. und nach eigener Aussage auch Fujii Guruji selbst.

Vielleicht hing es mit der Enttäuschung über den Misserfolg von *Survivre* zusammen, mit der Erfahrung des „Desasters" (Grothendiecks eigenes Wort) der Kommunen in Châtebray-Malabry und Olmet, dass diese einfachen und oft wenig gebildeten Menschen Grothendieck so sehr beeindruckten, ihn, der immer auf der Suche nach seiner spirituellen Bestimmung war. Man kann sich gut vorstellen, dass die japanischen Bettelmönche, die die Straßen der Großstädte durchwanderten, ihre Trommeln schlugen und endlos die sieben heiligen Silben *namu myoho renge kyo* wiederholten, die keine andere Bestimmung auf dieser Erde kannten, als den Lehren des Buddha, des Reformers Nichiren und des Erneuerers Fujii Guruji zu folgen, die Gewaltlosigkeit und Frieden forderten und überall Friedenspagoden errichteten, dass sie ihm wie Boten aus einer anderen, einer unbekannten Welt erschienen. In *La Clef des Songes* und in den zugehörigen *Notes* spricht Grothendieck mehrmals von der starken Ausstrahlung, die diese Menschen – „Reisende ohne Gepäck" – gehabt hätten.

Wie gerade erwähnt, begegnete Grothendieck während des Besuches aus Anlass der Eröffnung des Tempels in Paris zum ersten Mal dem geistlichen Oberhaupt der Sekte, Fujii Guruji. Dieser war damals schon 90 Jahre alt, aber immer noch aktiv und um die Verbreitung seiner Mission bemüht. Später, nämlich Anfang November 1976, besuchte Fujii in Begleitung von Fukuda, Ygii-ji Shonin und einigen weiteren Mönchen und Nonnen Grothendieck für einige Tage in Villecun. Ob es einen konkreten Anlass für diesen Besuch gegeben hat, ist nicht bekannt. Grothendieck erwähnt diesen Besuch in der Meditation *Les Mutants;* er spricht mit größter Hochachtung von Fujii, teilt aber konkrete Einzelheiten nicht mit. Die Persönlichkeit Fujiis scheint Grothendieck außerordentlich beeindruckt zu haben. Er nahm ihn in die Liste seiner Mutanten auf und widmete ihm lange Abschnitte der Meditationen *La Clef des Songes* und *Les Mutants* (siehe Kapitel 26).

Das vielleicht bemerkenswerteste (wenn auch etwas abwegige) Ereignis in Grothendiecks „buddhistischer Phase" ist, dass offenbar ernsthaft die Rede davon war, ihn zum Nachfolger des inzwischen über neunzigjährigen Fujii zu machen. Dies war anscheinend auch der Wunsch des Meisters selbst. Es ist offensichtlich, dass ein Vorhaben dieser Art nicht in aller Öffentlichkeit diskutiert wurde.

Grothendieck spricht in einem Brief vom 4.8.1976 an seine deutschen Freunde von dieser Angelegenheit:

Und was wird aus mir – dem von Oyama entdeckten bzw. zusammengeheckten (unheiligen) Heiligen? So wenig ich mich auch für die mir zugedachte Rolle eigne und so wenig ich mich ihr füge – das Heiligenbild für die Fujii-Guruji-Jünger steht scheinbar festgefügt und unversehrt wie je, und meine gelegentlichen Bemühungen, es aus dem Leim zu bringen, scheinen aussichtslos. Darüber allein ließe sich schon ein ganzes Buch schreiben – lassen wir es ungeschrieben, liebe Freunde!

Wie diese Idee entstehen konnte, erscheint einigermaßen mysteriös. Der mehrfach erwähnte Mönch Masunaga, der seit einigen Jahren den Friedensstupa in Wien betreut, sagte dem Verfasser im Jahr 2008, Grothendieck sei niemals Buddhist gewesen und hätte, wenn er es hätte werden wollen, sein Leben vollständig ändern und umgestalten müssen. Auch die erwähnten deutschen Freunde berichten, dass Grothendiecks Interesse am Buddhismus etwas einseitig und wenig fundiert war. Zum Beispiel habe er sich nicht sonderlich für die Schriften dieser Religion – insbesondere deren Grundlage, die Lehrreden Buddhas – interessiert und sie nicht gründlich studiert. Allerdings ließ er sich einige Zeit lang von einem Meister einweisen und richtete sich später in Les Aumettes einen „Dojo", einen Gebets- und Meditationsraum ein (der vielen Besuchern als Unterkunft zur Verfügung stand, sofern Grothendieck nicht gerade meditierte und keinen Besuch haben wollte). Dort wurde auch eine große japanische Fasstrommel aufgestellt, die bei bestimmten Zeremonien, etwa zum Fastenbeginn oder -ende, von ihm selbst oder den Mönchen, die ihn besuchten, geschlagen wurde. Im Grunde bestand aber ein unlösbarer Widerspruch zwischen der Botschaft des Buddhismus, der ja vor allem die Selbstaufgabe in den Mittelpunkt stellt, und dem egozentrischen Charakter Grothendiecks.

In diesem Zusammenhang muss noch etwas geklärt werden: Es ist gerade gesagt worden, dass Grothendieck „meditierte". Es wurde schon berichtet und es wird noch mehr dazu gesagt werden, dass er selber der Ansicht war, dass die Meditation ein ganz wesentlicher Teil seines spirituellen Lebens war. Im Zusammenhang mit dem Buddhismus ist jedoch festzuhalten, dass Grothendieck unter Meditation ziemlich genau das Gegenteil von dem versteht, was der Buddhismus damit meint. „Meditation" bedeutet für Grothendieck konzentrierte geistige Arbeit, das Eindringen in das eigene Ich, Aufdeckung, Wahrnehmung, Erkenntnis und Verstehen psychischer Vorgänge, oft auch solcher aus ferner Vergangenheit. Im Buddhismus ist Meditation etwas ganz anderes: eine Übung, durch die der Geist von Gedanken leer werden und zur Ruhe kommen soll, so dass eine wache innere Stille eintritt.

Anfang des Jahres 1985 herrschte in Südfrankreich eine ungewöhnliche Kälte. Ein eisiger Wind wehte vom Mont Ventoux herab; die Ölbäume erfroren in den Gärten, und das Wasser gefror in den Leitungen des einsamen Hauses *Les Aumettes* inmitten von Weingärten, das Grothendieck bewohnte. Der kalte Winter erinnerte ihn an seine Jugend in Deutschland, doch hatte dort der Schnee die Dinge sanft umhüllt und beschützt. Jetzt war die Erde hart und starr wie verstreute und zersprungene Eisblöcke.

Grothendieck war mit der Niederschrift von *Récoltes et Semailles* beschäftigt, als er am 8. Januar einen Anruf aus Paris erhielt mit der Nachricht vom Ableben Fujiis in seinem hundertsten Lebensjahr. Der Anruf erinnerte ihn an seine Begegnungen mit dem verehrten Lehrer und der Gemeinschaft *Nipponzan Myohoji*, die seit ein, zwei Jahren nach langer Pause wieder aufgelebt waren. Sogleich notierte er in *Récoltes et Semailles* seine Erinnerungen:

Nach dem Tod von Claude Chevalley ist der von Nichidatsu Fujii der zweite einer Person, die in meinem Leben eine nicht zu vernachlässigende Rolle gespielt hat, [...] Im Hinblick auf sein Hinscheiden (das nicht überraschend gekommen ist) bin ich besonders glücklich, dass ich mit ihm einen warmherzigen Briefwechsel gehabt habe. Ich wurde eingeladen, bei der Zeremonie zum hundertsten Geburtstag des Meisters mitzuwirken, die mit ungewöhnlichem Pomp in Tokio stattfinden sollte. Ein kleines Büchlein mit Zeugnissen zu seiner Person, das in großer Hast hergestellt wurde, sollte aus diesem Anlass erscheinen. Das war für mich eine Gelegenheit (wie jedes Jahr oder fast jedes), einige Grußworte zu schreiben, wobei ich mich entschuldigen konnte, dass ich nicht an der Zeremonie vom 30. Juli teilnehmen würde [...] Fujii Guruji selbst war während des vergangenen Jahres oft ans Bett gebunden, was ihn wegen seines Bedürfnisses nach Tätigkeit und Aktion und seiner ungewöhnlichen Energie sehr bedrücken musste. Nachdem ich mehr als sieben Jahre von ihm persönlich keine Nachricht empfangen hatte, war ich sehr überrascht, von ihm einen Brief zu erhalten, den er bettlägrig diktiert hatte. Der Brief ist vom 13. Juli 1984 datiert. Es ist ein Brief voll Zartgefühl, in dem er sich nach meiner Gesundheit erkundigt und sich grämt, dass er nicht in der Lage ist, mir jemanden zu schicken, der sich meiner annehmen sollte.

Das Büchlein, das hier erwähnt wird, war ein kleiner Festband zu Ehren des Guruji. Es erschien unter dem Titel *„The Wonderful Law: Universal Refuge"* im Jahr 1984 im Verlag *Japan-Bharat Sarvodaya Mitra Sangha*. Im Kapitel *„Messages from Europe"* enthält es den erwähnten kurzen Beitrag von Grothendieck mit dem Titel „*The Pleasure of Chanting O-Daimoku*":[*)]

*The first contact I had with a disciple of Fujii Guruji was ten years ago, and in the following three years there has been a strong relationship with a number of disciples and followers, and again since last year. I had the great privilege to meet Fujii Guruji in 1975, and to welcome him in my house the year after, with a group of monks and lay followers. It has been my joy many times since to play the drum and sing the prayer Na-mu Myo-ho-ren-ge-kyo together with my monk friends and other friends who have enjoyed in joining. In remembrance of these friends and of their respected Teacher, I am still singing the Prayer even when alone or in a friend's house, before every meal. This I feel is something of great price remaining from my contacts with Fujii Guruji and his followers.*

*I also feel that through a close relationship with several monks and friends of Nipponzan Myohoji, and from my meeting with Guruji and from what I have learned about him through people close to him, I came to learn a lot about life, about religion, strife and peace. This is another gratitude towards Fujii Guruji and several of his followers whom I came to love. It is my regret that I may have disappointed some among them, who may have expected me to share in their faith and join in their missionary work for spreading the prayer and Shanti Stupas. A number of times though I noticed that concern for the "success" of missionary work has been interfering with the joy of simply singing the prayer and sharing this joy with others, which is one way indeed for propagating peace in oneself and in others. This is one reason why I have kept myself from joining in missionary work, and have contended with just singing the prayer, without worrying whether others will join or not.*

Aus diesem Text scheint sich zu ergeben, dass etwa im Jahr 1983 die Kontakte zu *Nipponzan Myohoji* wieder auflebten. Es war dies die Zeit, in der Grothendieck intensiv mit der Niederschrift von *Récoltes et Semailles* beschäftigt war. Einzelheiten über diese Wiederbegegnung sind nicht bekannt. Japanische Mönche werden in Briefen aus dieser Zeit zwar nicht mehr erwähnt, aber es ist sicher, dass ihn seine buddhistischen Freunde auch in Les Aumettes besuchten. Nach Fujiis Tod schlief der Kontakt zunächst wieder ein. Überraschend erhielt Grothendieck aber im Februar 1988 Besuch von dem Mönch Keijo Ishiyama, der in einem Tempel Fujiis aufgewachsen war, in dem beide Eltern Mönche waren. Selbst mit Grothendiecks Verschwinden im Jahr 1991 endete dieser Kontakt nicht völlig. Im Jahr 2005 bemühte sich Keijo, der dafür eigens aus Japan angereist war, zusammen mit Max P. (vgl. Kapitel 11.4), Grothendieck zu besuchen, allerdings ohne Erfolg. Völlig überraschend erhielt Masunaga im Juli 2008 einen Brief von Grothendieck, über dessen Inhalt er Stillschweigen bewahrt.

---

[*)] Den Hinweis auf diese Publikation verdanke ich G. J. und E. I., die mir auch das Buch zur Verfügung stellten.

Fujii Guruji mit Oyama, Einweihung des Tempels in Paris

Kunyomi Masunaga vor Grothendiecks Haus in Villecun

# 17. Der Prozess: eine Kafkaeske, 1977/78

In Abschnitt 24 von *Récoltes et Semailles*, S. 53 – unter dem bezeichnenden Titel *„Mes adieux, ou: les étrangers"* – schreibt Grothendieck:

Das geschah gegen Ende 1977. Einige Wochen zuvor war ich vor das *Tribunal Correctionnel* in Montpellier geladen worden, und zwar wegen des Deliktes, einen Ausländer, der sich „irregulär" in Frankreich befand, ohne Vergütung beherbergt und verköstigt zu haben [...] Bei Gelegenheit dieser Vorladung erfuhr ich von der unglaublichen Existenz dieses Paragraphen, einer Verordnung aus dem Jahr 1945, die den Status von Ausländern in Frankreich regelt, ein Paragraph, der es jedem Franzosen untersagt, irgendwelche Hilfe – welcher Art auch immer – einem Ausländer in „irregulärer Situation" zukommen zu lassen. Dieses Gesetz, ein entsprechendes gab es nicht einmal in Hitler-Deutschland in Bezug auf die Juden, war offensichtlich noch niemals in seinem wörtlichen Sinn angewandt worden. Durch einen sehr merkwürdigen „Zufall" kam ich zu der Ehre, als erstes Versuchskaninchen für die Anwendung dieses einzigartigen Paragraphen auserwählt zu werden.

Berichtet man über diesen Prozess, so fällt es schwer, das Ganze nicht als eine wahrhaft kafkaeske Groteske darzustellen, und das auch deshalb, weil Grothendieck selbst die Angelegenheit tödlich ernst nahm und ihm das Absurde des Vorgangs wohl gar nicht klar geworden ist. Jedenfalls mangelt es nicht an Versatzstücken einer solchen „kafkaesken Groteske", als da wären: ein absurdes Gesetz, das – glaubt man der Darstellung Grothendiecks – niemals angewandt wurde und sozusagen (ganz wie bei Kafka) speziell für ihn erlassen wurde, ein Angeklagter, der einerseits Himmel und Hölle in Bewegung setzt, um auf den Prozess aufmerksam zu machen, andererseits die Tat aber nicht nur gesteht, sondern auch noch über erschwerende Umstände berichtet, ein Richter, der mit Hunderten von Briefen überschüttet wird und sich ein glanzvolles Plädoyer eines weltberühmten Wissenschaftlers anhören muss – und das alles zu einem Anlass, wie er kaum alltäglicher sein konnte, ein Vorgang, der sich tausende Male ereignet hat: Jemand blieb noch ein paar Tage (oder Wochen) in Frankreich, nachdem sein Visum abgelaufen war. Vermutlich liegt man völlig richtig, wenn man sich noch eine Provinzposse hinzudenkt: ein übereifriger Polizist, dem das Treiben der Hippies und der merkwürdigen japanischen Mönche in ihren orangefarbenen Gewändern und mit ihren Trommeln in der Kommune von Olmet schon immer ein Ärgernis war und der jetzt einmal ein Exempel statuieren wollte. Insoweit es nicht um ihn selbst ging, erkannte Grothendieck übrigens sehr wohl das Kafkaeske der ganzen

Affäre. Er beschreibt das Schicksal der um ihre Aufenthaltsgenehmigung nachsuchenden *étrangers* in eindringlichen Worten als einen *cauchemar kafkaen*, einen kafkaesken Albtraum.

Das Vergehen, das man Grothendieck vorwarf, lag schon zwei Jahre zurück: Im November 1975 hatte er seinen Freund Kunyomi Masunaga einige Wochen lang in Villecun beherbergt, nachdem dessen Aufenthaltserlaubnis abgelaufen war. Damit verstieß er gegen eine Verordnung aus dem Jahr 1945 (die später noch im Wortlaut zitiert werden wird). Der Anlass für diese Verordnung war seinerzeit offenbar ein ganz vernünftiger: Mit ihr sollte das Untertauchen von ehemaligen Nazis und Kriegsverbrechern in Frankreich verhindert werden. Jetzt wurde der Sinn der Verordnung zwar nicht geradezu ins Gegenteil verkehrt, aber sie sollte in einigermaßen absurder Weise zur Anwendung kommen und gewiss nicht so wie ursprünglich gedacht.

In *ReS*, S. 53 ff. beschreibt Grothendieck ausführlich, wie er auf die Anklage reagiert hat. Er war selbst viele Jahre seines Lebens ein Flüchtling und ein Illegaler gewesen und setzte jetzt alles daran, die öffentliche Aufmerksamkeit auf dieses antiquierte Gesetz zu lenken.

Einige Tage war ich vor tiefer Enttäuschung wie betäubt, wie von einer Lähmung befallen. Plötzlich fühlte ich mich 35 Jahre zurückversetzt, als ein Leben nicht schwer wog, insbesondere nicht das von Ausländern. Dann habe ich reagiert und mich aufgerappelt. Einige Monate lang habe ich meine ganze Energie aufgewandt, um die öffentliche Meinung zu mobilisieren, erst an meiner Universität und in Montpellier, dann landesweit. In dieser Zeit einer intensiven Aktivität für eine Sache, von der sich in der Folge herausstellte, dass sie von Anfang an verloren war, ist geschehen, was ich heute meinen Abschied [*mes adieux*] nennen könnte.

Grothendieck schreibt, dass er sich an fünf bekannte Wissenschaftler, unter ihnen einen Mathematiker, wandte und ihnen eine gemeinsame öffentliche Aktion vorschlug. Für ihn völlig unerwartet, erhielt er keine einzige Antwort und kommentierte das bitter mit dem Satz: „Ganz entschieden hatte ich noch viele Dinge zu lernen [...]"

Nach dieser Enttäuschung richteten sich seine Hoffnungen auf die Mathematiker:

Ich entschied mich dann, nach Paris zum Bourbaki-Seminar zu reisen, wo es mir sicher gelingen würde, viele alte Freunde zu treffen, um zunächst einmal Meinungen im Milieu der Mathematik zu mobilisieren, das mir am vertrautesten war. Es schien mir, dass dieses Milieu gegenüber den Anliegen Fremder besonders aufgeschlossen sein würde, denn alle meine Mathematiker-Kollegen hatten, so wie ich auch, täglich mit ausländischen Kollegen, Schülern und Studenten zu tun, von denen die meisten irgendwann einmal Schwierigkeiten mit ihrer Aufenthaltsgenehmigung gehabt hatten und mit Willkür und oft Geringschätzung in den Korridoren und Amtsstuben der Polizeibehörden behandelt wurden. Laurent Schwarz, den ich von meinem Projekt informiert hatte, sagte mir, dass man mir gestatten würde, am Ende des ersten Tages nach den Vorträgen den anwesenden Kollegen mein Anliegen vorzustellen.[*]

Das Ende des ersten Sitzungstages schildert Grothendieck dann allerdings wie folgt:

Als die Sitzung als beendet erklärt wurde, gab es einen allgemeinen Ansturm zu den Ausgängen – offensichtlich hatte jeder einen Zug oder eine Metro, die genau jetzt abfuhr und die man um keinen Preis verpassen durfte. Im Verlauf von ein oder zwei Minuten hatte sich der Hörsaal „Hermite" vollständig entleert [...] Man traf sich also zu dritt in dem verödeten Hörsaal, unter der grellen Beleuchtung. Drei, darunter Alain und ich. [**]

Auch dieses Unternehmen war also, wie Grothendieck voller Verwunderung, Enttäuschung und Bitternis konstatiert, ein Misserfolg, von Anfang an zum Scheitern verurteilt. Er beschreibt, wie sehr sich seine ehemaligen Bekannten und Freunde verändert hatten, dass er manchmal meinte, sie gar nicht richtig wiederzuerkennen, er sagt, dass ihnen alle Beweglichkeit abhanden gekommen war und dass sie und er selbst in verschiedenen Welten zu leben schienen.

Tatsächlich scheint die Darstellung, die Grothendieck von der Reaktion der Mathematiker gibt, jedoch etwas einseitig und nicht ganz zutreffend. Es gab durchaus Unterstützung für Grothendieck; z. B. wandte sich der Direktor des *IHÉS* Kuiper mit Deligne und weiteren früheren Kollegen vom *IHÉS* und dem *Collège de France* mit einem Brief vom 7.2.1978 an das Gericht:

Der Direktor des *Institut des Hautes Études Scientifiques*, meine Kollegen, Mitglieder des Institutes, fest angestellte Professoren und ich selbst sind bestürzt zu erfahren, dass unser Kollege Professor Alexandre Grothendieck am kommenden 13. Februar vor Ihr Gericht geladen ist.

Wir bitten Sie, unser Zeugnis zugunsten unseres Kollegen und Freundes zu berücksichtigen; er ist ein eminenter Mathematiker, Preisträger der Fields

---

[*] Das Bourbaki-Seminar fand am 19., 20. und 21.11.1977 statt. Bourguignon, Duflo, Fournier, Gérardin, Serre und Verdier hielten Vorträge.

[**] Alain Lascoux hatte ihm zuvor beim Verteilen der vorbereiteten Schriftstücke geholfen und auch selbst ein kleines Traktat verfasst. Ihm verdankt der Verfasser eine Reihe von Informationen über den Prozess, insbesondere zahlreiche Zeitungsausschnitte und einige Briefe Grothendiecks.

Medaille und zugleich ein Mensch tiefer Humanität, der niemals seine Hilfe und seine Gastfreundschaft jemandem verweigert hat, der darauf angewiesen war.

Der Brief wurde von Kuiper, Deligne, Cartier, Froehlich, Michel, Ruelle, Sullivan und Tits unterzeichnet. Cartier berichtet, dass zu Prozessbeginn dem Richter 200 Briefe besorgter Bürger vorlagen.[*] Die französische Presse berichtete verhältnismäßig ausführlich über den Fall. Einer der Höhepunkte der öffentlichen Kampagne war ein offener Brief an den Präsidenten der Republik, damals Giscard d'Estaing. Formell handelt es sich um einen Brief verschiedener Bürger von Villecun und Olmet, aber zweifellos hat Grothendieck ihn selbst formuliert. Unter der Überschrift *Lettre Ouverte* heißt es dort:

*Monsieur le Président de la République,*
Wir sind französische Bürger, die in den Gemeinden Olmet und Villecun (Hérault) wohnen. Einer von uns, Monsieur A. Grothendieck, ist vor dem *Tribunal Correctionnel* von Montpellier angeklagt
    « *Pour avoir le 16 Novembre 1975, par aide directe en lui offrant gratuitement nourriture et logement, facilité le séjour irrégulier d'un étranger, en l'espèce Kunyomi Masunaga, ressortissant japonais, délit poursuivi et puni par l'art. 21 de l'ordonnance du 2.11.1945.* »
    Wir sind ergriffen und bestürzt, dass 33 Jahre nach Ende des Krieges und den antijüdischen Ausnahmegesetzen ein ehrenwerter Bürger angeklagt wird (und möglicherweise eine Gefängnisstrafe von zwei Monaten bis zu zwei Jahren und eine Geldstrafe von 2 000 bis 200 000 Francs erhält), einen Ausländer beherbergt zu haben, der keineswegs ein von der Polizei gesuchter Übeltäter ist, sondern ein Mensch, der von allen Leuten aus der Gegend, die ihn kennen, geachtet wird. Die zur Anwendung kommende Verordnung wurde am Tag nach der Machtergreifung der provisorischen Regierung in Kraft gesetzt, um die Einreise und den heimlichen Aufenthalt von Nazis und Kriegsverbrechern zu verhindern, und wird heute gegen friedliche Bewohner des Landes angewandt. Wir betrachten diese Verordnung als unerträglich, und wir bitten Sie mit allem Respekt, mit ihrer ganzen Autorität zu intervenieren und dafür zu sorgen, dass Gesetzestexte von rassistischer und fremdenfeindlicher Natur wie die zitierte Verordnung durch kompetente Juristen gesammelt und von den Volksvertretern abgeschafft werden.

Einen ähnlichen Brief schrieb Grothendieck am 30.1.1978 an den Justizminister Alain Peyrefitte. Dieser Brief wurde am Tage der mündlichen Verhandlung in der Zeitung *Libération* unter der Überschrift *„Je demande la peine maximale"* abgedruckt.
    Die öffentliche Gerichtsverhandlung fand am 13.2.1978 um 16 Uhr unter Vorsitz des Richters Daixonne statt. Die kommunistische

---

[*] P. Cartier, *Un pays dont on ne connaît que le nom (Grothendieck et les « motifs »)*, preprint. (Grothendieck hat in einem Brief vom März 2010 an den Verfasser über diesen Text geschrieben : Alles „Persönliche" auf gut Glück glatt erfunden.)

Partei hatte zu einer Protestversammlung vor dem Gerichtsgebäude aufgerufen, und es waren zahlreiche Sympathisanten angereist. Grothendieck verteidigte sich selbst. Offenbar setzte er in Michael-Kohlhaas-Manier alles daran, Aufsehen zu erregen und möglichst ins Gefängnis zu kommen. Er hielt ein eindrucksvolles Plädoyer, das er unter dem Titel „Les Étrangers en France. Déclaration d'A. Grothendieck au Tribunal de Montpellier" schriftlich niederlegte und an seine Freunde und Bekannten verteilte. Es beginnt wie folgt:

Monsieur le Président, Messieurs les Juges. Sie sind heute aufgerufen, über einen Menschen zu richten - einen französischen Bürger -, der angeklagt ist, einem anderen Gastfreundschaft gewährt zu haben. Der aufgenommene Mensch ist kein gefährlicher Übeltäter, der unser Leben oder unsere Habe gefährdet, er wurde nicht von der Polizei gesucht - tatsächlich wurde er selbst nicht wegen irgendeiner Übertretung oder eines Deliktes verfolgt. Aber dieser Mensch war kein Franzose, er war ein „Fremder" [étranger], wie man sagt, und sein Visum war abgelaufen. In der Sprache der Administration sagt man, er war ein „Fremder in irregulärer Situation", und ein Artikel des französischen Strafgesetzbuches [Code pénal français] untersagt jede „direkte oder indirekte Hilfe" an eine solche Person. Der Akt der Gastfreundschaft, dessen ich angeklagt bin, ist ein Delikt nach Paragraph 21 der Verordnung vom 2.11.1945 des französischen Strafgesetzbuches und wird mit zwei Monaten bis zwei Jahren Gefängnis und einer Geldstrafe von 2.000 bis 20.000 Frs. bestraft. [...]

Grothendieck gab sein „Vergehen" unumwunden zu, bekräftigte es sogar noch:

Der Respekt vor der Wahrheit verpflichtet mich, Sie über erschwerende Umstände zu informieren. Seit dem Tag, da ich das Strafmandat vom Chef der Polizeibrigade in Lodève erhielt, sind mehr als zwei Jahre vergangen, und ich habe seitdem mehrmals Gelegenheit gehabt, meinen Freund für mehrere Tage oder Wochen bei mir aufzunehmen, [...] bis zum September letzten Jahres, als er Frankreich verlassen hat. Es war mir vollständig klar, dass mein Freund keine reguläre Aufenthaltserlaubnis hatte [...]

Nach längeren weiteren Ausführungen beendete er sein Plädoyer mit folgenden Worten:

Monsieur le Président, Messieurs les Juges, ich bekenne mich heute schuldig des Deliktes der Gastfreundschaft, dessen ich angeklagt bin; die Taten, die mir vorgeworfen werden, sind der Sache nach vollständig korrekt dargelegt. Dessen ungeachtet ersuche ich Sie um der Ehre der französischen Justiz willen, einen Gesetzestext nicht zu beachten, der in flagrantem Widerspruch steht zum elementaren Empfinden von Gerechtigkeit, das in jedem von uns ist, und Gebrauch zu machen von der richterlichen Autorität, die Ihnen verliehen ist, um mich freizusprechen. Wenn Sie in Ihrer Seele und Ihrem Gewissen glauben, eine Verurteilung aussprechen zu müssen - ich habe in meiner Kindheit fast zwei Jahre lang die Härte der Konzentrationslager kennengelernt. Gestärkt durch diese Erfahrung, kann ich heute als gereifter Mensch mit Gelassenheit einer Gefängnisstrafe entgegensehen, gewiss, dass ich sehr wohl bereit bin, neue Lektionen zu lernen. Falls Sie meinen, eine Verurteilung aussprechen zu müssen, dann beantrage ich eine klare und unzweideutige Verurteilung – eine Gefängnisstrafe ohne Bewährung, und zwar die Höchststrafe.

Es ist nicht bekannt, was im Einzelnen in der Gerichtsverhandlung erörtert wurde. Es wurden Briefe von Michel Trocmé und Jacques Proust verlesen sowie der schon erwähnte öffentliche Brief an den Präsidenten der Republik.[*] Grothendieck erwähnte in seinem Plädoyer, dass er viele sympathisierende Briefe erhalten habe, sowohl von Freunden als auch von Unbekannten, und dass er auf zwei Versammlungen der Mitarbeiter des mathematischen Institutes in Montpellier einhellige Unterstützung erfahren habe. Sein ehemaliger Lehrer, Kollege und Mitarbeiter J. Dieudonné war eigens aus Nizza angereist, um – wie Grothendieck selbst schreibt – „seine warmherzige Zeugenaussage den anderen Zeugenaussagen in einer verlorenen Sache hinzuzufügen". Er tat dies, souverän und großzügig, wie es seine Art war, obwohl er mit Grothendieck auf dem Internationalen Mathematiker-Kongress in Nizza schwere Konflikte auszustehen hatte und Grothendieck ihn dort in verschiedenster Weise brüskiert hatte. Es gab in dem Prozess weiterhin eine offizielle Verteidigerin, Anne-Marie Parodi, die die Sachlage aus juristischer Sicht schilderte. Sie war eine bekannte Menschenrechtsaktivistin und radikale Linke, die später (auch schon vorher?) an mehreren internationalen Aktionen beteiligt war. Über den Verlauf und Ausgang des Verfahrens berichtet auch Cartier (loc. cit.); allerdings stimmen seine Ausführungen nicht ganz mit denen von Grothendieck selbst überein, obwohl er ihn z. T. wörtlich zitiert:

Im Namen dieses Gesetzes gegen Ausländer aus dem Jahr 1942 bin ich verfolgt worden. Ich bin im Namen dieses Gesetzes im Krieg interniert worden, und mein Vater ist in Auschwitz gestorben. Daher fürchte ich nicht das Gefängnis. Wenn Sie das Gesetz anwenden, habe ich zwei Jahre Gefängnis verwirkt; ich bin juristisch schuldig und verlange also eine Strafe. Aber wohlverstanden, nach einem höheren Plan, plädiere ich auf unschuldig. Es ist Sache des Richters zu wählen: entweder der Buchstabe des Gesetzes und daher Gefängnis, oder die universellen Werte und Freispruch.

---

[*] Der Name Trocmé lässt aufhorchen. Ob Grothendieck ein Mitglied der Familie Trocmé (vgl. Band 1, *Anarchie*) für seine Kampagne gewonnen hatte? Mittels *Google* konnte eine passende Person mit dem Namen Michel Trocmé nicht ermittelt werden (2007).

Soweit der Verfasser das überprüfen konnte, äußerte Grothendieck sich an keiner Stelle zum Ausgang des Verfahrens. Die Zeitung *Le Monde* berichtete in ihrer Ausgabe vom 2.3.1978, dass Grothendieck in einer weiteren Verhandlung am 28.2.1978 zu einer Geldstrafe von 1000 Francs auf Bewährung verurteilt worden sei. Bei Cartier heißt es dazu allerdings:

> Das Ergebnis war schließlich ein mit Grothendieck umständlich ausgehandelter Kompromiss; er hätte lieber den Prozess verloren, als sich der Form nach zu vergleichen. Wie Grothendieck schon vorausgesagt hatte, war der Richter feige und entschied auf sechs Monate Gefängnis mit Bewährung. Diese Strafe wurde in einem Berufungsverfahren bestätigt, [...]

Wie schon gesagt, ist Grothendiecks Rechtfertigungsrede ein eindrucksvolles Dokument für seinen Einsatz für Menschenrechte und gegen Diskriminierung aller Art. Es wäre wünschenswert, dass sie nicht verloren ginge, sondern zu gegebener Zeit mit Grothendiecks anderen Schriften dieser Art der Allgemeinheit zur Verfügung stände. Daran ändert auch die Tatsache nichts, dass er stellenweise über das Ziel hinauszuschießen scheint, z. B. schreibt er in Bezug auf die Zeit des Vichy-Regimes: „Das juristische Arsenal gegen die Juden war unendlich viel mäßiger als das juristische Arsenal in Frankreich gegen die Ausländer." (Dabei kann er kaum an seinen Vater gedacht haben, der nach Auschwitz ausgeliefert wurde, weil er Jude war.)

Zum Schluss soll kurz über die Person berichtet werden, die der eigentliche Anlass des Gerichtsverfahrens war, nämlich Kumyoni Masunaga. Von allen japanischen Besuchern ist er offenbar der gewesen, der sich am längsten in Villecun (oder Olmet) aufgehalten hat und der die engsten Kontakte zu Grothendieck hatte. Laut offizieller Anklageschrift war er im November 1975 bei Grothendieck. Wie schon erwähnt, „gestand" Grothendieck, dass er ihn auch später (bis September 1977) noch mehrfach beherbergt hatte. Anfang November 1977 verließ Masunaga Frankreich, um sich einige Monate in Sri Lanka niederzulassen. Offenbar ist er dort längere Zeit geblieben; ein brieflicher Kontakt hat sich vermutlich erhalten. Zurzeit (im Jahr 2008) lebt Masunaga als Geistlicher der buddhistischen Gemeinde in Wien.

Wenige Tage nach seiner „Verurteilung", am 3.3.1978, nahm Grothendieck seine beiden Vorlesungen des Sommersemesters auf. Nach Auskunft eines Teilnehmers dieser Vorlesung erwähnte er den Prozess mit keinem Wort. (Auskunft von R. B.) Trotzdem war die

Angelegenheit für ihn noch nicht beendet. Am 10.5.1978 schrieb er an die Ministerin für die Universitäten, Alice Saunier-Seité, also seine höchste „Vorgesetzte", einen Brief, der wie folgt beginnt:

Madame, ich habe die Ehre, Sie darüber zu informieren, dass ich mit Beginn des Unterrichtsjahres im Oktober 1978 alle offiziellen Verpflichtungen hinsichtlich Unterricht, Forschung und Betreuung von Studenten und Forschern beenden werde, insbesondere die Vorbereitung für ein *doctorat d'état ou de 3ème cycle* oder für ein *diplôme d'études approfondies*. Tatsächlich scheint es so, dass eine normale Ausübung akademischer Pflichten dieser Art in Übereinstimmung mit den Prinzipien freien intellektuellen Austausches zwischen zivilisierten Ländern in Frankreich nicht mehr möglich ist, denn Artikel 21 der Verordnung vom 2.11.1945 legt fest: [...] Wie ich in einem Brief vom 30.1.1978 an M. Rouzaud, damals *Administrateur Provisoire de l'Université des Sciences et Techniques du Languedoc,* ausgeführt habe, interferiert der erwähnte Artikel in offensichtlicher Weise mit dem normalen Funktionieren akademischer Institutionen. [...]

Grothendieck wiederholt dann die an anderer Stelle ausgeführten Argumente, spricht vom „Wiederaufleben spiritueller Barbarei", versichert aber zum Schluss, dass er weiterhin, wie in der Vergangenheit, mit anderen zusammenarbeiten und gemeinsam forschen werde, unabhängig von deren offiziellem Status und seiner eigenen Position. Wie das Ministerium bzw. die Universitätsverwaltung auf diese Briefe reagiert hat, ist dem Verfasser nicht bekannt.

Schließlich soll nicht unerwähnt bleiben, dass Artikel 21 der *ordonnance* von 1945 offenbar niemals aufgehoben wurde. Vielmehr wurde er zum letzten Mal durch das Gesetz 2003-119 vom November 2003 den inzwischen eingetretenen Erfordernissen angepasst, z. B. der Zunahme des organisierten, bandenmäßigen Menschenhandels oder den Vereinbarungen des Schengener Abkommens.

● *Pour avoir hébergé un moine douddhiste japonais* qui ne disposait pas de titre de séjour régulier (*le Monde* du 15 février), M. Alexandre Grothendieck, professeur à l'université des sciences et techniques du Languedoc, spécialiste en recherches mathématiques, a été condamné, le 28 février, à 1 000 francs d'amende avec sursis par le tribunal correctionnel de Montpellier. M. Grothendieck était poursuivi sur la base d'une ordonnance de 1945 qui, a fait observer son avocat, Me Anne-Marie Parodi, avait été prise à la libération pour faciliter la recherche des nazis cachés en France. — (Corresp.)

2·3·78

Le Monde    2·3·78

---

# LE MATHÉMATICIEN ALEXANDRE GROTHENDIECK POURSUIVI POUR INFRACTION AUX LOIS SUR LES ÉTRANGERS

*(De notre correspondant.)*

Montpellier. — Professeur à l'université des sciences et techniques du Languedoc, spécialiste de la recherche en mathématiques, M. Grothendieck, cinquante ans, Allemand nationalisé français, a reçu chez lui, à Lodève, pendant plusieurs semaines un moine bouddhiste japonais qui ne disposait pas d'un titre de séjour régulier. Il a été verbalisé et poursuivi en vertu de l'article 21 de l'ordonnance du 2 novembre 1945.

C'est un texte ancien quoique de pratique courante, a fait remarquer le président, M. Joseph Deixonne, au cours de l'audience du 13 février. Il est contraignant mais protège souvent les étrangers.

Pour Me Anne-Marie Parodi, de Paris, cette ordonnance, intervenue dans des conditions très particulières, limite les droits des étrangers en France. Elle est en contradiction avec la libre circulation des individus et implicitement abolie par la Constitution de 1946, qui faisait référence à la déclaration des droits de l'homme.

Le représentant du ministère public, M. Hughes Woirhaye, reproche au prévenu d'avoir, involontairement sans doute et avec des motifs parfaitement louables d'hospitalité, maintenu l'homme qu'il hébergeait dans une « situation d'infériorité » de « marginalisme ».

Jugement le 27 février. — (Corresp.)

Le Monde
date du 15·2·78

156

# 18. Die Meditationen

Mit Beginn des Jahres 1979 kam es zu einer wesentlichen Wende in Grothendiecks intellektuellem Leben, auch wenn diese Wende zunächst nicht sichtbar wurde. Er begann mit der Niederschrift der ersten von zahlreichen „Meditationen". Zweifellos hat er auch früher viel geschrieben, zum Beispiel für das Bulletin von *Survivre*. Überdies hatte er eine umfangreiche Korrespondenz zu bewältigen. Aber mehr als zehn Jahre lang hatte er keine längeren Abhandlungen verfasst, weder mathematische noch anderer Art. Jetzt wurde jedoch die Abfassung dieser Meditationen zum Hauptinhalt seines Lebens. Viel spricht dafür, dass sich daran bis heute nichts geändert hat.

Wir erinnern daran, dass bei Grothendieck eine „Meditation" das schriftlich niedergelegte Ergebnis eines langen gedanklichen Prozesses ist, eines Nachdenkens über sich selbst und seinen Platz in dieser Welt. Oft verwendet er das Wort *réflexion*. Man muss sich vergegenwärtigen, dass „denken" für ihn immer auch „schreiben" bedeutet. Er selbst hat diese Besonderheit seiner Arbeitsweise oft betont. So heißt es in einem Brief an Ronnie Brown vom 29.9.1984 (als er mitten in der Niederschrift von *Récoltes et Semailles* war):

*The speed of handwriting on a sheet of paper, or typing on a typewriter which does the „writing" – this speed and rhythm are just the same as the mind's looking up things and getting hold of them through the use of words. It isn't just a question of "speed" anyhow, but the written word (by hand directly, or by typewriter) is for me an essential "material support" in the thinking process. It would be quite a strain for me to get along without such support, if I was compelled to by circumstances – and I am not even sure I would succeed!*

Entstehungsgeschichte, Dokumentation und Rezeption der „Meditationen" ist verworren; keine wurde im üblichen Sinne publiziert. Über die bekannteste und vielleicht wichtigste, *Récoltes et Semailles*, gibt es inzwischen eine schwer zu überschauende Sekundärliteratur. Andere dagegen sind so gut wie unbekannt, einige warten auf eine Edition, einige sind vermutlich ganz oder größtenteils verloren gegangen. Seit etwa 2004 waren die meisten der bekannten Meditationen ins Internet gestellt und zum Beispiel auf den Seiten des *Grothendieck Circle* zu finden. (Inzwischen – 2010 – sind sie auf Verlangen Grothendiecks wieder entfernt worden.) Und schließlich ist völlig ungewiss, was Grothendieck alles seit seinem „Verschwinden" niedergeschrieben hat.

Zur besseren Übersicht soll zunächst eine Liste der Meditationen mit einigen wenigen Angaben über Entstehungsgeschichte, Inhalt und Verbreitung gegeben werden. In späteren Kapiteln werden diese Texte dann genauer besprochen.

### L'Éloge de l'Inceste

Dieser Text wurde von Januar bis Juli 1979 geschrieben. Er nimmt insofern eine Sonderstellung ein, als Grothendieck ihn selbst als ein poetisches Werk angesehen hat. Er nennt ihn einen *chant*, in Briefen an deutsche Freunde einen „Sang". Nach derzeitigem Kenntnisstand (2009) muss die Schrift zum größten Teil als verloren gelten; zurzeit sind nur ein Kapitel und das Inhaltsverzeichnis bekannt.

### [Die Eltern Grothendiecks]

Aus einem Brief an Ursula Heydorn aus dem Jahr 1979 geht hervor, dass Grothendieck bereits 2000 Seiten geschrieben hatte, „um seinen Eltern auf die Spur zu kommen", und dass er damit rechnete, in zwei Monaten mindestens noch 1000 weitere Seiten zu schreiben! Ansonsten scheint es keine Hinweise auf diesen Text zu geben, der vermutlich zusammen mit der Korrespondenz seiner Eltern im Jahr 1990 vernichtet wurde.[*]

### La Longue Marche à travers la Théorie de Galois

Der Text wurde im ersten Halbjahr 1981 geschrieben; er umfasst etwa 1600 Seiten; dazu kommen etwa gleich viel Kommentare und Ergänzungen.

### Pursuing Stacks = À la Poursuite des Champs

Ursprünglich war dieser Text von 593 Seiten als Brief an Daniel Quillen gedacht; er ist in englischer Sprache geschrieben, wurde am 19.2.1983 begonnen und am 4.11.1983 beendet. Die Redaktion überlappt sich also etwas mit der von *Récoltes et Semailles*. In den Umkreis dieses Textes gehört ein umfangreicher Briefwechsel vor allem mit Ronald Brown und Tim Porter, aber auch mit weiteren Mathematikern. In einigen Institutsbibliotheken existieren zwei verschiedene Fassungen, eine „Urfassung" und eine zweite, die sich von der ers-

---

[*] Am 27.3.2010 teilte Grothendieck dem Verfasser mit: „Juni 1990 habe ich sämtliche Manuskripte meiner Eltern und zugleich alle meine handschriftlichen nichtmathematischen Manuskripte (mit Ausnahme also von Récoltes et Semailles und La Clef des Songes) zerstört; [...] Auch alle Fotos wurden verbrannt." – Letzteres ist mit Sicherheit nicht richtig; die Fotos existierten noch im April 2010.

ten hauptsächlich durch Kommentare auf den ersten fünfzig Seiten unterscheidet.

### Esquisse d'un Programme

Der etwa 60-seitige Text wurde im Januar 1984 geschrieben, und zwar im Zusammenhang mit einer Bewerbung um eine Forschungsstelle des *CNRS*. Der Text wurde sowohl im französischen Original als auch in englischer Übersetzung veröffentlicht.[*)]

### Récoltes et Semailles, Réflexions et Témoignage sur un Passé de Mathématicien

*ReS* ist Grothendiecks bekannteste „Bekenntnisschrift", die zwischen Juni 1983 und Mai 1986 geschrieben wurde. Sie sollte ursprünglich ein Vorwort zu *Pursuing Stacks* werden, hat sich dann jedoch sehr bald verselbständigt. Der eigentliche Text umfasst 1252 Seiten; hinzu kommen 200 Seiten Einleitung, Kommentare, Zusammenfassung, Inhaltsverzeichnis. Der Text wurde in einer Auflage von etwa 200 Exemplaren von Grothendieck verschickt. Es existieren vollständige oder fast vollständige Übersetzungen ins Japanische, Russische und Spanische, aber bisher (2010) nur der Anfang einer englischen Übersetzung durch Roy Lisker.

### La Clef des Songes

Diese Meditation von 315 Seiten wurde 1987 geschrieben.

### Notes pour la Clef des Songes

Die *Notes* sind ursprünglich Ergänzungen zu dem letztgenannten Text, die 1987 und 1988 geschrieben wurden und 691 Seiten umfassen. Diese Meditation enthält einen weitgehend eigenständigen Text mit dem Titel *Les Mutants*.

### Développements sur la Lettre de la Bonne Nouvelle

Hierbei handelt es sich um einen vom 18.2. bis 15.3.1990 geschriebenen Kommentar zu dem *Lettre de la Bonne Nouvelle* von 82 plus 2 Seiten (siehe Kapitel 29).

### Les Dérivateurs

Dieser 1990 geschriebene Text von etwa 2000 Seiten, der Themen aus *Pursuing Stacks* aufgreift und fortführt, ist Grothendiecks letzte be-

---

[*)] Vgl. Fußnote zu Beginn von Kapitel 22.1.

kannte mathematische Meditation. Eine Herausgabe wird zurzeit vorbereitet.

In dem „Nachlass" Grothendiecks, der im Jahr 1991 Malgoire übergeben wurde, befinden sich weitere unfertige und zum Teil sehr skizzenhafte mathematische Manuskripte, auf die hier nicht weiter eingegangen wird. Dabei ist eines über Topologie aus dem Jahr 1986, das in Kapitel 22 kurz erwähnt wird.

Zum Schluss dieses Kapitels sollen einige pauschale Bemerkungen zur Art der Darstellung und zum Stil der Reflexionen gemacht werden. Allen Texten liegt dasselbe Konzept zugrunde: Grothendieck schreibt seine Reflexionen ähnlich wie in einem Tagebuch abschnittsweise nieder und verändert diese Abschnitte später nicht mehr oder nur noch wenig. Wenn er feststellt, dass zu einem Abschnitt noch etwas zu sagen ist, dann geschieht das meistens in Fußnoten oder Ergänzungen, die unter Umständen ganze neue Abschnitte füllen. Auch kommt es immer wieder vor, dass er über Teile des schon geschriebenen Textes meditiert; dann entstehen Anmerkungen zu Anmerkungen und zahllose Fußnoten. Man kann nicht sagen, dass diese Art der Darstellung die Lektüre erleichtert, aber entscheidender ist vielleicht, dass vielen dieser langen Manuskripte über weite Strecken ein klares Ziel zu fehlen scheint. In *Récoltes et Semailles*, in *La Clef des Songes* und in den mathematischen Meditationen *Pursuing Stacks* und *Les Dérivateurs* ist deutlich zu erkennen, dass nach Beginn der Niederschrift ganz wesentliche neue Gesichtspunkte auftauchen, die dann in den Vordergrund rücken.

Da die Texte anscheinend kein klares Ziel haben, gibt es auch keinen klaren Aufbau. Sie mäandern unbegradigt und unkanalisiert in Schlingen und immer wieder die Richtung wechselnd durch eine weite Landschaft wie in einem Urstromtal. Der Autor lässt sich ohne eigentlichen Gestaltungswillen dahintreiben. Das war ganz anders bei den mathematischen Texten der sechziger Jahre. Auch *EGA* und *SGA* gehen in die Breite und in die Details, aber da gibt es ein ganz klares Ziel: den „richtigen" Aufbau der Algebraischen Geometrie und die „richtige" Cohomologie-Theorie in der Algebraischen Geometrie. (Möglicherweise hat aber die „Fassung 0" von *SGA* nicht viel anders ausgesehen als z. B. *Pursuing Stacks*. Diesem Punkt müsste in Band 2 der Biographie nachgegangen werden.)

Es kann kein Zweifel bestehen, dass Grothendieck ein Meister in der Beherrschung sprachlicher Mittel ist. Der Stil des Textes ist komplex, imaginativ und kraftvoll; oft bedient er sich einer poetischen Sprache, die man durchaus mit der eines Dichters vergleichen kann. Allerdings ist sie oft auch beschwerlich und mühsam mit komplizierten Schachtelsätzen (die sich oft mit dem Bedürfnis nach größtmöglicher Präzision erklären lassen). Von der Eleganz und Klarheit des Französischen spürt man über weite Strecken nicht viel, und ein Leser, der diese Sprache nicht ausgezeichnet beherrscht, wird oft Mühe haben, den Text durchzuarbeiten.

Nach Ansicht des Verfassers ist es zu früh für ein endgültiges Urteil und eine endgültige Einordnung dieser Niederschriften. Es bleibt die Frage, was sie eigentlich sind. Man könnte sie als eine Art Selbstgespräch ansehen, das streckenweise den Bezug zur Realität und zu der Grothendieck umgebenden Welt verliert. In jedem Fall sind sie eine Art von Literatur, für die es kaum ein Vorbild gibt.

# 19. La Gardette und die *Éloge de l'Inceste*

Anfang Juli 1979 verließ Grothendieck seine Wohnung in Villecun, nach eigener Aussage, weil es ihm dort zu „belebt" geworden war, und zog sich in eine „einsame Klause" im Vaucluse zurück. Etwa ein Jahr lebte er in La Gardette in der Nähe von Gordes (etwa 50 Kilometer östlich von Avignon) im Ferienhaus des in Kapitel 6 erwähnten bekannten Ethnologen Robert Jaulin. Dieser war einer seiner Mitstreiter aus der *Survivre*-Zeit. Das Haus liegt ganz isoliert inmitten der kargen provenzalischen Landschaft mit Steineichen und Wacholderbüschen. Damals verfügte das Anwesen weder über elektrischen Strom noch Wasser, noch sanitäre Anlagen. Inzwischen hat sich die Gegend zu einem bevorzugten Ferienhausgebiet wohlhabender Städter entwickelt. Als der Verfasser im Jahr 2008 nach dem Anwesen suchte, fand er in unmittelbarer Nähe einen privaten Hubschrauberlandeplatz.

Grothendieck hielt seinen neuen Aufenthaltsort „streng geheim". Einer Fußnote in *La Clef des Songes* kann man entnehmen, dass er dort zum ersten Mal in seinem Leben etwas mehr als ein Jahr in fast vollständiger Einsamkeit lebte. Auch wenn er in diesem „besonders reichhaltigen Jahr" (wie es in einem Brief heißt) die Einsamkeit suchte, so verband ihn doch eine intensive Korrespondenz mit seinen Freunden und Bekannten. Allein seine deutschen Freunde E. und G. erhielten während dieses Jahres mindestens zwölf inhaltsreiche Briefe. Wie stark sein Bedürfnis nach Ruhe und Alleinsein gewesen sein muss, zeigt sich auch darin, dass er seinen neuen Aufenthaltsort sogar gegenüber Y. verschwieg, mit der ihn seit etwas mehr als einem Jahr eine leidenschaftliche Beziehung verband (vgl. das folgende Kapitel).

Auch dieser Umzug nach La Gardette markiert eine wesentliche Veränderung in seinem Leben: Schon etwa ein halbes Jahr vorher hatte er mit der Niederschrift seiner ersten „Meditationen", der *Éloge de l'Inceste*, begonnen, und diese Niederschriften waren seitdem der Hauptinhalt seines Lebens. Vielleicht war es mehr oder weniger ein Zufall, dass er etwa um die gleiche Zeit begann, die Korrespondenz seiner Eltern zu sichten. Jedenfalls machte er sich in La Gardette daran, sie systematisch durchzuarbeiten. In *ReS* erwähnt er, dass er damit vom 3. August 1979 bis März 1980 beschäftigt war. Es ist nicht ganz klar, wieweit sich diese beiden Ereignisse gegenseitig beeinflussten: die Lektüre der Briefe seiner Eltern und wohl auch die des

Textes von „Eine Frau" und die Arbeit an der *Éloge*.[*] In einem Brief an E. I. und G. J. vom 17.8.1979 berichtet er jedenfalls zum ersten Mal von beidem:

Seit Anfang Juli bin ich in der Korrespondenz und in den Aufzeichnungen meiner Eltern – seit etwa den zwanziger Jahren. Ein ganz schöner Berg, den ich da durchackere – seit Anfang August bin ich nur noch *da* drin. Ich hätte nicht gedacht, dass ich dadurch so viel lernen würde über meinen Vater und über meine Mutter – weil ich nicht wusste, wie oberflächlich, ohne jegliche Tiefe mein Bild von ihnen war. Es war gewissermaßen nur ein wichtiger Bestandteil meines *Selbstbildes*. Jetzt erst, wo die „Bilder" verschwinden, lerne ich sie richtig kennen. Und es ist wohl ein Auftakt zu einem tieferen Verständnis meiner selbst.

In demselben Brief und in zahlreichen weiteren berichtete Grothendieck von der Arbeit an seiner ersten „*Réflexion* philosophischer Natur", der *Éloge de l'Inceste*, die ihn etwa ein Jahr lang intensiv beschäftigte. Er nennt sie auch eine Dichtung, einen „Sang" und erwähnt sie gelegentlich in den anderen Meditationen, wobei er sich für den etwas „marktschreierischen" Titel (*un peu tapageur*) entschuldigt. Um Missverständnisse auszuschließen, sollte aber sogleich gesagt werden, dass die *Éloge* kaum etwas mit dem gemeinsam hat, was man üblicherweise Dichtung nennt: Sie gehört in eine literarische Kategorie ganz eigener Art. Von dem Typoskript konnten bisher nur wenige Seiten gefunden werden, und es muss zurzeit als verloren gelten. Wie schon früher bemerkt, hat er es wahrscheinlich verbrannt, wobei allerdings denkbar ist, dass eine Kopie, die Grothendieck an Bekannte gegeben hat, der Vernichtung entgangen ist.

In seinen Briefen berichtete er unter anderem, dass eine erste Version des Textes im Juli 1979 fertiggestellt sei und dass er beabsichtige, diesen Text mit einem ungenannten Freund gründlich durchzusehen, um ihn dann allmählich in Reinschrift zu tippen. Ähnlich wie es später bei *Récoltes et Semailles* geschah, sollte er dann vervielfältigt und an Bekannte und Freunde verschickt werden. „Bin gespannt, ob Echo und welches." Tatsächlich kam es dazu jedoch nicht. Bezüglich einer Veröffentlichung war er noch unentschieden,

---

[*] Später, als er schon nach Mormoiron übergesiedelt war, hat Grothendieck das Typoskript von „Eine Frau" binden lassen. Es ist sehr sorgfältig gebunden und teilweise mit Seitenzahlen und Kapitelüberschriften von Grothendiecks Hand versehen. Es existieren zahlreiche Korrekturen und Einfügungen von Hanka Grothendieck auf Extrablättern, die präzise an den richtigen Stellen eingepasst wurden.

auch wenn er überzeugt war, dass die *Éloge* das „sinnvollste" sei, das er jemals in seinem Leben unternommen habe.

Tatsächlich stellte Grothendieck aber nur wenige Kopien her, die er verschiedenen Bekannten und Freunden zum Lesen gab. Dann entschied er sich jedoch gegen eine Publikation und sammelte alle vorhandenen Exemplare wieder ein. Vermutlich haben nur ganz wenige Menschen den vollständigen Text gelesen. Eine Grothendieck nahestehende Person teilte dem Verfasser Folgendes über den „Lobgesang" mit:

Er schrieb den Text noch in Villecun und gab ihn mir zum Lesen; später hat er ihn wieder an sich genommen. Mir erschien er als ein sehr seltsamer Text. Er [Grothendieck] sprach von der Liebesbeziehung zwischen Mutter und Sohn, aber nicht als einem wirklichen Geschehen in seinem Leben, sondern als einer theoretischen Möglichkeit für eine Liebe, die zwar von der Gesellschaft verboten, aber kostbar und schön ist. Er gab den Text auch einem Freund zum Lesen, der es als eine Täuschung empfand, dass Schurik nicht von seinen Gefühlen gegenüber seiner Mutter und ihrer wahren Beziehung sprach, sondern eine Art Theorie entwickelte. Als er [Schurik] in Gordes lebte, bevor er nach Les Aumettes kam, nahm er sich viel Zeit, um die Korrespondenz zwischen seinem Vater und seiner Mutter zu lesen. Das änderte etwas in ihm selbst. Danach entschied er, niemanden mehr den Text der *Éloge de l'Inceste* zu zeigen, und bat mich, ihm das Manuskript zurückzugeben.[**] Ich glaube sogar, dass er alles zusammen mit den Briefen seiner Eltern verbrannt hat.

Wenn Grothendieck zunächst die Entscheidung über eine Publikation zurückgestellt hatte, so geschah das vielleicht deswegen, weil er gedanklich schon mit *Récoltes et Semailles* und sogar *La Clef des Songes* beschäftigt war. In *La Clef des Songes* wird die *Éloge* mehrfach erwähnt, und er spricht von einer geplanten, zur Veröffentlichung bestimmten Trilogie, bestehend aus *L'Éloge de l'Inceste*, *Récoltes et Semailles* und *La Clef des Songes*. Das zentrale Thema dieser Trilogie sollte die Kreativität im Menschen und im Universum sein, wobei „Kreativität" auch (vor allem im letzten Teil) als Wirken Gottes im Menschen und im Universum verstanden wird. Vielleicht trifft das Wort Kreativität im Deutschen nicht ganz das, was Grothendieck mit *créativité* meinte; deshalb zitieren wir ihn im Wortlaut:

*... une longue réflexion sur la créativité dans l'homme et dans l'Univers [...] Ainsi, dans les trois œuvres successives L'Éloge, Récoltes et Semailles, La Clef des Songes, qui toutes trois développent le thème central de la création, l'accent se trouve mis à tour de rôle sur*

---

[**] Diese Bemerkung scheint irrig; aus Grothendiecks Korrespondenz ergibt sich, dass er auch nach der Lektüre der Korrespondenz seiner Eltern die *Éloge* Freunden und Bekannten schickte (oder das wenigstens beabsichtigte).

*l'aspect charnel, intellectuel (ou plus généralement, mental), et spirituel de la créativité.*
*Cela reflète bien sûr une évolution intérieure, avec un déplacement correspondant de mes*
*intérêts et investissements dominants, dans le sens d'un dépouillement et d'une matura-*
*tion spirituelle.*

Die drei hier angesprochenen Ebenen – die körperliche, die intellektuelle und die spirituelle – sind für Grothendiecks philosophisches
Denken von grundlegender Bedeutung. Falls jemals der Versuch
gemacht werden sollte, Grothendiecks Philosophie und sein Weltbild systematisch darzustellen, müsste diese Dreiteilung ein leiten-
der Gesichtspunkt sein. (Dazu kämen wohl noch der Yin/Yang-
Dualismus und das Wirken Gottes oder einer „schöpferischen Intelligenz" im Universum.)

In den Briefen an seine deutschen Freunde aus dieser Zeit
kommt Grothendieck, wie schon gesagt, mehrfach auf die *Éloge* zu
sprechen, und er äußert sich ausführlich über seine Absichten und
die Gedanken, die er sich bei der Abfassung dieses „Sanges" machte.
Dabei fehlt es nicht an Witz und Selbstironie:

Auch das Titelblatt habe ich soeben zum dreiundachtzigsten Mal umgeändert,
und zwar zur Abwechslung diesmal etwas entschnörkelt (so was kann man sicher nur auf Deutsch sagen, aber machen kann mans auch auf Französisch).

Um einen kleinen Eindruck von dem weitgehend  verlorenen Text
zu vermitteln, seien hier wenige Zeilen des erhaltenen „Epilogs"
wiedergegeben. In einem seiner Briefe übt er Selbstkritik und meint,
der Text sei etwas „schwülstig" geraten; damit liegt er wohl nicht
ganz falsch.

I  *L'Acte*

1.  *L'Acte est retour à la Mère.*

*Pour l'amant, l'amante est la Mère, et son élan vers elle est élan de retour vers le Giron*
*dont il est né – dont toute chose est née. C'est l'irrésistible élan de la naissance à rebours :*
*retourner dans le Giron accueillant de la Mère.*
*L'amante vit l'Acte comme la Mère qui accueille l'enfant bienaimé revenant en*
*Elle. Mais elle-même aussi retourne à la Mère, retrouve la Mère – elle retourne en Elle-*
*même, en son propre giron qui est aussi le Giron ... le lieu où tout son être en l'Acte af-*
*flue et se recueille.*

2.  *L'Acte est une mort*

*L'extinction, la mort dans le Giron de la Mère est l'aboutissement ardemment désiré du*
*Jeu d'Amour de l'amante et de l'amant, la naissance à rebours n'est-elle aussi extinction,*
*aboutissant en la mort de l'amante et de l'amant dans le silence sans bornes du Giron ?*

Grothendieck in La Gardette

Obwohl Grothendieck seinen Aufenthaltsort bei Gordes ursprünglich geheim halten wollte, erhielt er mehrfach Besuch, auch von seinen beiden ältesten Kindern:

Ich machte grade Anstalt, etwas ganz besonders Tiefsinniges bzw. Triftiges zu sagen – war dabei, mir die Zunge siebenmal im Munde herumzudrehen, damit es auch Treffend herauskomme (TTT), da sah ich eine bärtige Silhouette suchend vor dem Fenster vorbeihuschen, von der alsbald klar war, dass sie sicher nicht einen meiner beiden gesetzten Nachbarn heimsuchen gekommen war, sondern niemand anders als mich. [...] Wer wars? Mein Sohn Serge, der Euch vom Hörensagen als Guru-Maharadji-Freak bekannt ist. So hab ich schließlich doch unerwartet im trauten Familienkreis, wie es sich gehört, geweihnachtet. Fast bis in den Morgen hinein saßen wir vor einem schönen Feuer im Kamin, schnackten, schwiegen – und schmausten Äpfel und Nüsse. Es war sehr wohltuend für uns beide, über manches zu sprechen, insbesondere aus der (noch weiterwirkenden) Vergangenheit, das bisher nie zur Sprache gekommen war zwischen uns. Dasselbe geschah auch zwischen meiner Tochter Johanna und mir, sie war vor kurzem zehn Tage hier mit dem Töchterchen Samara-Samba, um ein paar Tage lang einen notwendigen Abstand von ihrem Eheglück zu nehmen [...] Ihr Mann Ahmed ist dann auch noch für drei Tage gekommen, [...]

Das klingt wie eine familiäre Idylle, doch dann fängt Grothendieck gleich wieder an zu grübeln und die Dinge hin- und her zu wenden:

Die ganze Meditation hat ja doch nur Sinn, insofern sie sich klärend und auflösend auf mich selbst und (dadurch auch) auf meine Beziehungen zu meinen Mitmenschen auswirkt. Und vor allem sind ja meine Beziehungen zu meinen Familienangehörigen (vor allem meinen Kindern, deren Müttern, meiner Schwester) besonders schwer beladen von Kharma, das ich selbst auch größtenteils von meinen lieben Eltern in jüngsten Jahren übernommen habe. Und meine jetzige Arbeit des Eindringens in ein Verständnis meiner Eltern offenbart sich als eine von zwar schon nebelhaft geahnter und nun dennoch unerwarteter, jedes Mal verblüffender Tragweite. [...] Und die Zwiegespräche dieses letzten Monats dieses besonders reichhaltigen Jahres gemahnen mich nun an die Wichtigkeit und die Dringlichkeit dieser weiteren Etappe, die noch völlig bevorsteht.

Es existiert eine eindrucksvolle Fotografie von Grothendieck aus diesem „einsamen Jahr", die zu mancherlei Gedanken anregen kann: Sie zeigt ihn, beinahe eine faustische Gestalt, vor einer Bruchsteinmauer an seinem roh gezimmerten Arbeitstisch. Gleich vor ihm liegt die Totenmaske seiner Mutter und rechts und links davon Stapel von Mappen, offenbar mit Briefen, Manuskripten oder ähnlichen Dokumenten. Wie gerne würde man die Mappen in die Hand nehmen, öffnen und anfangen zu lesen ...

Grothendieck in La Gardette, etwa 1980

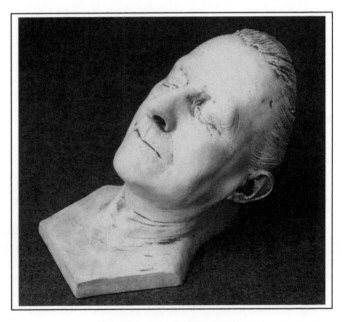

Totenmaske Hanka Grothendieck

# 20. *Une petite vie:* Les Aumettes, 1980–1991

Ende des Jahres 1985 schrieb Grothendieck an Florica Bucur über sein Leben. Als Beispiel für die poetische Diktion vieler seiner Texte zitieren wir das französische Original:

> *Quant à moi, je vis une petite vie tranquille à la campagne, très retirée, en cultivant un jardin et en compagnie d'un petit chat noir. Je vois très peu de monde, et me plais surtout dans la solitude, à vaquer à mes occupations.*

In der zweiten Jahreshälfte 1980, vermutlich im Oktober oder November, ist Grothendieck nach Les Aumettes übergesiedelt. Er bewohnte dort ein abseits gelegenes Haus am Rande einer kleinen Baumgruppe von Kiefern und Zypressen mit einigem Gartenland ringsherum. Es liegt inmitten von Weinfeldern und Gärten, einige Kilometer von Mormoiron entfernt, östlich von Carpentras. Im Norden erhebt sich der massive Gebirgszug des Mont Ventoux mit seiner leuchtend weißen Gipfelregion aus nacktem Kalkgestein, nicht wirklich nah, aber doch gegenwärtig. Der Naturliebhaber findet in der nächsten Umgebung eine große Zahl von Orchideen verschiedener Arten. Die Weinbauern dieser Gegend pflanzen auch Eichen an, auf deren Wurzelgeflecht die Trüffeln gedeihen, die sie im Winter mit ihren Hunden suchen. Seit Grothendiecks Aufenthalt dort ist das Haus umgebaut und renoviert worden; er lebte damals unter primitiveren Verhältnissen, als es heute (im Jahr 2009) den Anschein hat. Aber man erkennt noch die Gartenterrassen, die er zusammen mit Y. anlegte und auf denen er Salat, Gemüse, Tomaten und Gewürzkräuter anbaute.

Ob Grothendieck etwas von der Poesie dieser Landschaft gespürt hat, muss fast bezweifelt werden. In seinen Briefen und Meditationen finden sich nur wenige Hinweise darauf, dass sein Blick gelegentlich über die Weite diese Hügellandes schweifte. Deligne, der ihn einmal hier besuchte, wunderte sich, dass er offenbar niemals Spaziergänge in der Umgebung unternahm, was allerdings von Y. und seinen deutschen Freunden bestritten wird. Nur einmal, als er am 8.1.1985 die Nachricht von Fujii's Ableben erhielt, notierte er in *Récoltes et Semailles:*

> Seit einer Woche gibt es eine ungewöhnliche Kältewelle – Temperaturen von –15 Grad und weniger, und wenn der Wind vom Mont Ventoux herabbläst (der Name drückt es genau aus! [*vent* = Wind]), dann muss es noch kälter werden. Es scheint, dass diese Welle ein bisschen in der ganzen Welt wütet (nach jemandem,

der die Nachrichten gehört hat) und dass man im Midi nichts Ähnliches gesehen hat seit jenem berühmten Winter und Frühjahr 1956. Während meiner Kindheit in Deutschland habe ich Kälteeinbrüche wie diesen erlebt, aber dann gab es auch Schnee, der die Erde beschützte und der einen Hauch von Weichheit in der Luft und über den Dingen verbreitete. Mit diesem Frost ohne Schnee ist die Oberfläche der Erde gefroren wie ein Eisblock. In ein paar Tagen ist der Garten ruiniert – ich weiß nicht, ob im Frühling etwas übrig geblieben sein wird von dem, was ich gesät und gepflanzt habe.

In Briefen aus den Jahren 1985 und 1986 an Félix Carrasquer und dessen Frau schrieb Grothendieck über sein Leben in Les Aumettes:

Ich für meinen Teil führe ein sehr zurückgezogenes Leben in einem hübschen kleinen Haus, ganz einsam-ländlich, umgeben von weinbedeckten Hügeln am Fuß des Mont Ventoux – einer der bemerkenswertesten Berge Europas. Es gefällt mir durchaus in der Einsamkeit (auf die Gefahr hin, von Felix eines asozialen Verhaltens bezichtigt zu werden!), und ich empfange nur selten, sehr selten, Freunde auf der Durchreise. Ich habe ein Telefon, aber es ist ständig ausgeschaltet, damit ich nicht gestört werde, und ich gebrauche es nur, wenn ich dringende Angelegenheiten erledigen muss. In einem Wort: das Leben eines alten Originals. Aber eines Originals, das glücklich ist zu leben [...]

Ich habe Elektrizität, fließendes Wasser am Spülstein, Toilette und sogar eine Dusche (die ich allerdings nie benutze, aber die sehr selten erscheinende Freunde zu schätzen wissen), seit zwei Jahren habe ich sogar einen kleinen Kühlschrank (der nur für die Milch für die Katze gebraucht wird). Was die Einsamkeit betrifft, ist sie für mich mehr als eine Wahl, sondern vielmehr eine absolute Notwendigkeit, und keinesfalls etwas, was mir durch einen psychischen Zustand auferlegt wird, rational oder sonstwie. Ständig muss ich an das Verständnis von Freunden, Kollegen und sogar Familienmitgliedern appellieren, die mich gerne für ein paar Stunden oder Tage besuchen würden, doch seit fast zwei Jahren bin ich in einer Phase meines Lebens, in der ich einfach für persönliche Begegnungen nicht disponibel bin. Du würdest mich sicher als asozial und pathologisch bezeichnen, wenn ich dir nicht versicherte, dass ich durch Briefwechsel mit vielen Leuten in Verbindung stehe. Und dieser Kontakt hat sich seit dem Versand von *Récoltes et Semailles* seit einem Jahr noch sehr erweitert. Trotzdem sind die wichtigsten Ereignisse in meinem Leben nicht die Frucht von solchen Begegnungen oder solcher Korrespondenz, sondern es sind die Früchte der Einsamkeit.

Der entscheidende Grund für Grothendiecks Umzug nach Les Aumettes war sicher seine Bekanntschaft mit Y., die wir vielleicht erst einmal vorstellen sollten:

Y. wurde am 31.12.1930 in Nizza geboren; ihr Vater stammte aus einer jüdischen Familie in Russland. Ein Bruder ihres Vaters war Maler, der in die Vereinigten Staaten emigrierte und bei seinem Tod Y. ein Haus in der Nähe von New York und eine größere Zahl von

Gemälden hinterließ. Die meisten dieser Bilder hat sie später pauschal für eine geringe Summe verkauft.

Sie wuchs in Nizza auf und ging dort auch zur Schule. Danach studierte sie Geschichte und Geographie erst in Nizza, dann in Aix und schließlich in Paris. In Nizza lernte sie im Alter von 19 oder 20 Jahren ihren späteren Mann kennen, einen Afrikaner, wohl von der Elfenbeinküste (oder einem Nachbarland). Sie heiratete ihn etwa ein Jahr später; eigene Kinder hat sie nicht.

Nach Beendigung ihres Studiums begann Y. ein abenteuerliches Leben in Westafrika. Sie war als Lehrerin an französischen Schulen tätig, erst etwa sieben Jahre in der Elfenbeinküste, dann fast genauso lang in Mali und schließlich noch kürzere Zeit im Tschad. Jeder dieser Aufenthalte wurde durch Militärputsche und politische Unruhen in dem betreffenden Land beendet. Zwischendurch war sie jeweils kurze Zeit an französischen Schulen in der Banlieue von Paris tätig, wo die Schüler viel uninteressierter waren als in Afrika. Am besten gefallen hatte es ihr in Mali, wo sie in der Hauptstadt Bamako lebte. Insgesamt war sie etwa 16 Jahre in Afrika tätig.

Ihr Ehemann begleitete sie an die Elfenbeinküste, bekam dort politische Schwierigkeiten, wurde angeklagt und verbrachte einige Zeit im Gefängnis. Die Ehe wurde dann auf Wunsch des Mannes im Jahr 1961 geschieden. Schon ziemlich zu Beginn ihres Studiums hatte Y. den aus Brasilien stammenden Maler Wilson Tiberio kennengelernt, ebenfalls mit afrikanischen Vorfahren. Sie half ihm dabei, Ausstellungen seiner Werke zu organisieren. Nach der Ehescheidung wurde Tiberio ihr Lebensgefährte, was diesen aber nicht daran hinderte, immer eine beachtliche Zahl anderer Frauen in seinem Umkreis zu haben. Tiberio war bekennender Atheist, sprach dem Alkohol kräftig zu, scheute keine Konflikte und liebte ein offenes und unbedachtes Wort. Deshalb kam ein längerer Aufenthalt in einem muslimischen Land für ihn nicht infrage; er hatte Y. in Mali (und Tschad?) nur kürzere Zeit besucht. Als Künstler war er finanziell zeitweise erfolgreich aber später auf Unterstützung durch Y. angewiesen. Schon während ihres Aufenthaltes in Afrika hatte Y. ein halb zerfallenes Haus in Mazan bei Carpentras gekauft (oder geerbt?). Es wurde allmählich in einen bewohnbaren Zustand versetzt, und spätestens seit den achtziger Jahren lebten Y. und Tiberio zusammen in Mazan. Wie sich dieses Zusammenleben während der Zeit der großen Liebe zu Grothendieck gestaltete, hat der Verfasser nicht erfragt.

Y. hat dann noch siebzehn Jahre in Frankreich unterrichtet und wurde danach pensioniert. Tiberio ging es im Alter gesundheitlich sehr schlecht; schließlich erblindete er und war an den Rollstuhl gefesselt. Schon bevor der Verfasser ihn 2003 kennenlernte, war er ein Pflegefall. Y. hat ihn aufopferungsvoll gepflegt. Nachdem er gestorben war, erschien bald eine Tochter, die sich vorher kaum um ihn gekümmert hatte, jetzt aber alle seine Gemälde abholte.

Y. ist eine außerordentlich herzliche, temperamentvolle, hilfsbereite und lebenstüchtige Frau (auch wenn ihr Haus als ein einziges Chaos erscheint und sie deswegen immer wieder Sachen verliert und verlegt). Sie hat einen großen Bekanntenkreis in aller Welt und viel Besuch; in früheren Jahren ist sie auch selbst viel gereist. Sie spricht außer Französisch und ihrer Muttersprache Russisch diverse weitere europäische und afrikanische Sprachen. Man kann nur hoffen, dass sie ein wenig aus ihrem eigenen abenteuerlichen Leben und über ihre Bekanntschaft mit Grothendieck aufschreibt.

Wie ist es nun zu der Beziehung zu Grothendieck gekommen? In den siebziger Jahren hatte Y. einen Liebhaber namens Giordano, einen Italiener, der als Wanderarbeiter und Dichter seinen Lebensunterhalt verdiente. (Als der Verfasser Y. nach Giordanos Beruf fragte, antwortete sie, verblüfft über eine dermaßen unpassende Frage: *He is a free man.*\*)) Er hatte irgendwann bei seinen Gelegenheitsarbeiten sowohl Grothendieck und dessen Umkreis in Villecun als auch Y. in Mazan kennengelernt. Eines Tages erzählte er Y. von dem „tollen Mann" in Villecun und dass sich ihr ganzes Leben sicher verändern würde, wenn sie ihm erst einmal begegnet wäre. Giordano und Y. fuhren dann im Jahr 1978 nach Villecun, trafen jedoch Grothendieck in seinem Haus, das wie üblich offen stand, nicht an. Am nächsten Morgen bereitete der in später Nacht angekommene Grothendieck (ganz gegen seine sonstigen Gewohnheiten, denn er pflegte bis mindestens Mittag zu schlafen) den Frühstückstisch und erklärte der überraschten Y., dass er drei Frauen liebe, A, B und sie. Wie Giordano richtig vorausgesagt hatte, war dies der Anfang einer leidenschaftlichen Beziehung, bei der es zunächst zu stundenlangen Telefongesprächen kam, denn sie wohnten ja fast zweihundert Kilometer entfernt voneinander.

Y. fand dann 1980 für Grothendieck das Haus in Les Aumettes, in dem er etwa zehn Jahre lang wohnte. Sie war Grothendiecks letzte große Liebe, auch wenn die beiden immer in verschiedenen Häusern gewohnt haben. Niemand weiß mehr über Grothendiecks persönliches Leben als sie.

---

\*) Wer kann das schon von sich sagen!

Wie in den zitierten Briefen schon deutlich wird, führte Grothendieck in Les Aumettes ein sehr viel einsameres Leben als früher in Villecun. Sein Blick richtete sich nach innen. Nach einigen Jahren stellte er seine Vorlesungstätigkeit in Montpellier ein und besuchte diese Stadt nur noch selten. Selbst als die Institutssekretärin die Meditation *ReS* ins Reine schrieb, gab es kaum persönlichen Kontakt; Grothendieck schickte seine Manuskripte mit der Post.

Anscheinend hat es in den achtziger Jahren nur noch zwei größere Reisen gegeben, nämlich im September 1982 zur Beerdigung von Dagmar Heydorn, die am 8.9. verstorben war, nach Hamburg-Blankenese und drei Jahre später wiederum dorthin. Über die erste Reise schrieb er nebenbei an Uwe Heydorn jun. im Frühjahr 2005: „Ich war damals krank und in einem Zustand der Erschöpftheit, hatte mich aber dennoch zum Besuch in Blankenese aufgerafft, aus Liebe zu Dagmar und zu Utta."[*] Über die zweite Reise berichtete er kurz seinen deutschen Freunden am 19.9.1985:

Kürzlich war ich in Blankenese für zehn Tage (in der Nähe von Hamburg), um noch einmal eine alte Dame (87 Jahre alt) zu sehen. Gewissermaßen ein Abschied von den Leuten dort, und den Orten meiner Kindheit (von sechs bis elf Jahren). Hab auch ein paar ehemalige Schulkameraden getroffen, sehr interessant. Dies dürfte wohl (ich hoffe es) meine letzte Reise gewesen sein, mit Ausnahme der allerletzten zum Friedhof (wenn es dann noch Friedhöfe gibt, was ich gleichfalls hoffe).

Bei der erwähnten alten Dame dürfte es sich um Gertrud Bendt (1898–1988) gehandelt haben, die Grothendieck seit seiner Zeit bei den Heydorns gekannt hatte. Zu den Klassenkameraden, die er besuchte, gehörten unter anderen Halvor Gutschow, Gerd Oldenburg, Helmut Weigt und vermutlich noch einige andere. Gerd Oldenburg verpasste wegen Grothendiecks Besuch das Begräbnis eines nahen Verwandten. Zum Abschied schenkte Grothendieck Halvor Gutschow sein Taschenmesser, das dieser heute (2009) noch besitzt. In der Folgezeit kam es zu Briefwechseln mit mehreren ehemaligen Mitschülern, zum Beispiel auch mit Elfriede Freundlich, die, obwohl Jüdin, die Nazizeit in Hamburg überlebt hatte.

Selbst innerhalb von Frankreich scheint es nur wenige Reisen gegeben zu haben. Im August 1983 unternahm er mit Freunden ei-

---

[*] Gemeint sind Dagmar Heydorn und deren Schwiegertochter Ursula (Utta) Heydorn, die Mutter von Uwe Heydorn jun. Aus diversen verstreuten Aufzeichnungen und Briefen ergibt sich, dass Grothendieck (mindestens) in folgenden Jahren zu Besuchen nach Hamburg kam: 1953, 1957, 1969, 1977, 1982, 1985, 2006.

nen Wanderurlaub in den Pyrenäen, und im Mai 1985 besuchte er etwa eine Woche lang Mekhbout in Paris, um mit ihm an mathematischen Fragen zu arbeiten. Am 24.4.1987 reiste er nach Paris, um mit dem Verlag *Editions Kimé* über die Publikation von *ReS* zu verhandeln. Bei dieser Gelegenheit traf er seinen Jugendfreund Paulo Ribenboim; er kehrte am gleichen Tag zurück.

Wie schon erwähnt, war Grothendiecks wesentliche Beschäftigung in Villecun die Niederschrift seiner mathematischen und philosophischen Meditationen, über die in den folgenden Kapiteln noch mehr berichtet wird. Außerdem hatte er eine umfangreiche Korrespondenz zu bewältigen, die nach dem Versand von *ReS* und erst recht nach der Ablehnung des Craaford-Preises (vgl. Kapitel 28) gewaltig anschwoll. Er pflegte nachts zu arbeiten und einen großen Teil des Tages zu verschlafen. Oft war er tage- oder wochenlang nicht ansprechbar. Sein Haus, vor allem der „Dojo", stand vielen Besuchern offen, was aber nicht bedeutete, dass sie mit ihm reden konnten, wenn er gerade ein Schweigegelübde abgelegt hatte. Manchmal besuchten ihn alte Bekannte, sogar aus Übersee, und er sprach kein Wort mit ihnen.

Einige Male ist es seinen deutschen Freunden gelungen, ihn und Y. zu einer Wanderung auf den Mont Ventoux zu überreden. Als beim Picknick auf dem Gipfel Düsenflugzeuge der französischen Luftwaffe über den Berg donnerten, schwor er, diesen Berg nie wieder zu besteigen.

Zu seinen Bekannten gehörten einige merkwürdige Gesellen (was keinesfalls abwertend sondern eher im Wortsinne gemeint ist). Der Bauer, von dem er seine Milch bezog, hatte den Wehrdienst in Frankreich verweigert (was dort illegal war), hatte sich als „Fahnenflüchtiger" in die Schweiz und nach Deutschland abgesetzt, lebte jetzt mit drei Kühen in einem Zelt oder einer Hütte im Wald und hatte ein Buch veröffentlicht, dessen Titel in etwa lautete: „Wie man Kühe glücklich macht". Ein anderer befreundeter Bauer überredete als Anhänger der „Orgasmus-Therapie" regelmäßig Frauen, die er gar nicht näher kannte, junge und ältere, vor allem ausländische Besucherinnen, vor einer Kamera zu masturbieren und die dabei frei werdende „orgiastische Energie" zur Fernheilung an kranke Menschen zu schicken. Er sammelte die Fotografien in einem Album, dessen Inhalt nach Auskunft von Grothendiecks Freunden in keiner Weise pornographisch war. – Der „freie Mann" Giordano, Dichter und Wanderarbeiter, wurde schon früher erwähnt.

Les Aumettes mit dem Mont Ventoux

Picknick am Mont Ventoux

# 21. Grothendiecks Familie II

Wie früher bemerkt, kann eine Biographie Grothendiecks nicht vollständig sein, ohne über seine Ehefrau und seine Kinder zu berichten. Ein entsprechendes Kapitel wurde geschrieben, soll aber derzeit nur in stark gekürzter Form veröffentlicht werden.

Es scheint, dass Grothendiecks Familie in seinem Leben niemals eine bestimmende Rolle gespielt hat, jedenfalls nicht nach 1970, nachdem er sich von seiner Frau und seinen Kindern getrennt hatte. In seinen Schriften erwähnt er sie allenfalls ganz am Rande, und auch in seinem Briefwechsel mit seinen deutschen Freunden, der viel mehr sein tägliches Leben widerspiegelt als seine Meditationen, tauchen seine Kinder nur nebenbei auf. Lediglich einmal berichtete er ausführlicher, und zwar in einem Brief aus dem Jahr 1979 an Ursula Heydorn, offensichtlich deswegen, weil er nach ihnen gefragt worden war.[*] Dort heißt es zunächst über seine geschiedene Frau Mireille:

Mireille bei alledem bleibt (fürs erste [...]) immer noch die alte. Arbeiten braucht sie nicht mehr, weil ich ihr genug Geld zum Leben schicke – doch ist ihre (beträchtliche) Energie zu sehr dabei verstreut, sich und ihr Geschick zu bemitleiden, als dass ihre beträchtlichen Gaben zum Ausdruck kommen könnten – von einer Erneuerung schon gar nicht zu reden. So oder ganz ähnlich geht es allerdings nicht nur ihr allein, sondern fast allen Menschen.

Über seine Kinder schreibt er konkreter und ausführlicher, zunächst über seine Tochter Johanna und deren Familie, dann der Reihe nach über die Söhne:

Inzwischen leben sie beide [Johanna und Ahmed] und sogar alle drei (mitsamt nämlich der entzückenden Samara-Samba) von Johannas Kindergeld, das ihr als „alleinstehender Mutter" (Ahmed wird da nun vorsichtshalber ignoriert) zukommt, bis das Kind drei Jahre alt ist. An die tausend Mark monatlich, was ihnen vollauf genügt. [...]
 Alexander (der im Juli achtzehn Jahre alt wurde) lebt seit diesem Frühjahr mit Ahmeds hübscher Schwester Narimane [? Name unleserlich]. Anfang Dezember wollen die beiden für sechs Monate in einem Ski-Hotel arbeiten; bisher

---

[*] Ursula („Utta") Heydorn war die Ehefrau von Uwe Heydorn, dem zweiten Sohn von Wilhelm und Dagmar Heydorn. Grothendieck fühlte sich ihr immer besonders verbunden. Nach dem Tod der Pflegeeltern war sie die hauptsächliche Kontaktperson zur Familie Heydorn. - Leider ist die erste Seite dieses Briefes verlorengegangen; deshalb lässt er sich nicht genau datieren.

haben sie sich mit der Kirsch- und Weinernte über Wasser gehalten. Sie haben gemeinsam einen kurzen Versuch gemacht, durch Handarbeit etwas zu verdienen, Stoffportemonnais gemacht – [...]

Matthieu, der nun vierzehneinhalb Jahr alt ist, geht seit über einem Jahr nicht mehr zur Schule – lernte bisher links und rechts bei allen möglichen Bekannten alles mögliche Nützliche und liegt Mireille auch keineswegs mehr auf der Tasche. Hat nun schon zum zweiten Mal die Weinernte gemacht.

Auch Serge hat sich seit langem zu einem „Marginalen" entwickelt – er ist ein Anhänger des Guru Maharadji, und der Inhalt seines Lebens ist vor allem, vom Meister zu sprechen, wo immer er kann, und zu dessen Veranstaltungen zu fahren in aller Herren Länder. [...]

Von meinem Sohn Hans [John Grothendieck], der jetzt sechs Jahre alt ist, und seiner Mutter Justine habe ich schon seit langem keine Nachricht. Ich besuchte sie vor über zwei Jahren in Amerika.*) Es ist wohl noch zu früh festzustellen, ob auch er meine berüchtigte asoziale Fiber geerbt hat, statt sich als gesitteter Fabrik- oder Büromensch (sich und der Gesellschaft nutzbringend) einzuordnen. Wenn es auch bei ihm so der Fall werden sollte, kann man es jedenfalls nicht meinem verderblichen psychischen Einfluss zuschreiben! [...]

Meine Beziehungen zu den Kindern sind verhältnismäßig herzlich, teilweise wohl, weil ich kein gebrochenes Vaterherz zur Schau trage darob, dass sie jeder ihr eigenes Leben mit ihren eigenen Irrwegen leben, statt in meinen (nicht weniger irrenden) Fußstapfen treu und bieder nachzuwandeln.

Das Leben von Grothendiecks Kindern hatte sich schon vorher und auch später so entwickelt, wie es in diesem Brief anklingt. Keines der vier Kinder in Frankreich lebt, was Ausbildung, Beruf, Familie und soziales Umfeld betrifft, in der bürgerlichen Welt. Sie alle sind „Aussteiger".

Wie in Kapitel 11 berichtet wurde, bewerkstelligte Durand den Umzug Mireilles aus Paris in eine Mietwohnung in Lodève. Nach Johannas Erinnerung könnte das etwa 1975 gewesen sein. Einige Jahre später fand sie etwa dreißig Kilometer weiter südlich in Aspiran einen aufgegebenen SCNF-Bahnhof, in dem sie sich nach Grothendiecks Worten (Brief an Florica Bucur) sehr schön einrichtete. Im Juni 1986 holte ihre Tochter sie nach Villes-sur-Auzon, dem Nachbarort von Mormoiron, wo Grothendieck lebte. Johanna hatte

---

*) Es ist dem Verfasser nicht gelungen, etwas über diese Reise im Jahr 1977 in Erfahrung zu bringen. Es war Grothendiecks letzte Reise nach Nordamerika. In einer Fußnote zur Meditation *Notes pour la Clef des Songes* schreibt er: „Ich machte sie fünf Jahre nach meiner letzten beruflichen Reise als Mathematiker. Ich machte die Reise, um meinen letzten Sohn, Jean (der vier Jahre alt war), und seine Mutter in New Jersey zu sehen. Die Reise ist kein Erfolg gewesen: Es war das letzte Mal, dass ich sie gesehen habe ... (Grothendieck hat die Gewohnheit, seinen Sohn John, Jean oder Hans zu nennen, je nachdem, in welcher Sprache er schreibt.)

dort ein Doppelhaus gefunden; die eine Hälfte bewohnte sie selbst mit ihrem Lebensgefährten und den beiden Kindern; in der anderen lebte ihre Mutter. Als Johanna etwa sechs Jahre später nach Gigondas zog, blieb ihre Mutter in Villes-sur-Auzon, allerdings in einer anderen (sehr einfachen) Wohnung, die sie bis zu ihrem Lebensende bewohnte. Der Verfasser konnte sie dort 2006 noch besuchen. Mireille Dufour starb nach längerer Krankheit, während der sie vor allem von ihren Söhnen betreut wurde, am 30.12.2008. In ihrer Todesanzeige heißt es:

*Ses enfants, petits-enfants, proches,*
*vous invitent à lui rendre hommage par votre recueillement,*
*votre attention silencieuse, votre pensée aimante et bienveillante.*
*Que la paix règne, en elle, en nous tous,*
*vivants ou morts, intimement reliés au-delà de*
*toute apparence.*
*Amitiés.*

Mireille Dufour, 2006

Der älteste Sohn Serge hatte eine Tochter Ella, die im August 1974 geboren wurde und kurz nach ihrem neunten Geburtstag an Meningitis starb. Grothendieck war damals mit der Abfassung der mathematischen „Meditation" *Pursuing stacks* beschäftigt und schrieb in dieser Meditation am 22.8.1983 eine kurze Notiz über den Tod von Ella:

*Since last Monday, namely for about a week, I have been mainly taken by a rather dense sequence of encounters and events, the center of which has been the unexpected news of my granddaughter Ella's death at the age of nine, by a so-called health accident. I resumed some mathematical pondering last night.*

Einige Tage und einige Seiten später kam er noch einmal auf den Tod seiner Enkelin zu sprechen. Was er schrieb, ist schwer zu deuten, aber es hinterlässt jedenfalls nicht den Eindruck tiefer Trauer oder eines Mitgefühls mit seinem Sohn. Serge Grothendieck hat dem Verfasser erzählt, dass Ellas Tod Anlass eines schweren und im Grunde bis heute andauernden Zerwürfnisses zwischen Vater und Sohn gewesen sei.

Es scheint, dass immer ein gewisser Kontakt Grothendiecks zu den anderen Kindern von Aline Driquert, den Halbgeschwistern von Serge, bestanden hat. In Grothendiecks Fotoalbum befinden sich viele Fotografien der Schwester Suzanne und des Bruders Jean-Pierre, etwa von Ferienunternehmungen und gemeinsamen Feiern. Der älteste, schon 1935 geborene Bruder Michel unternahm 2008 einen erfolglosen Versuch, Grothendieck zu besuchen.

Als Johanna etwa 14 Jahre alt war und die Schule verließ, hatten sich ihre Eltern schon endgültig getrennt. Es wurde schon berichtet, dass sie jeweils kurze Zeit in den Kommunen von Châtenay-Malabry und Olmet verbrachte. Danach lebte sie zeitweise im Haus ihres Vaters in Villecun; dem Verfasser ist nicht bekannt, ob sie zeitweilig auch bei ihrer Mutter in Lodève wohnte.

Später lebte Johanna erst mit einem Afrikaner namens Ahmed, dann mit einem Marokkaner namens Mohamed zusammen. Sie hat insgesamt fünf Kinder, von denen jetzt (2010) noch drei bei ihr leben. Mehrere Jahre betrieb sie eine Töpferwerkstatt, bei deren Einrichtung ihr Vater sie finanziell unterstützt hatte.

In der Meditation *Pursuing Stacks* berichtet Grothendieck relativ ausführlich über die Geburt ihres Sohnes Suleyman:

*It were days again rich in manifold events – the most auspicious one surely being the birth, three days ago, of a little boy, Suleyman, by my daughter. The birth took place at*

*ten in the evening, in the house of a common friend, in a nearby village where my daugh-*
*ter had been awaiting the event in quietness. It came while everybody in the house was in*
*bed, the nearly five year old girl sleeping next to her mother giving birth. The girl awoke*
*just after the boy had come out, and then run to tell Y. (the hostess) she got a little*
*brother. When I came half an hour later, the little girl was radiant with joy and wonder*
[...]

Dieser Text dürfte die einzige mathematische Arbeit der Weltge-
schichte sein, in der die Geburt eines Kindes beschrieben wird. Warum schreibt Grothendieck das in einem mathematischen Text?
Meint er, die Leser daran erinnern zu müssen, dass Mathematik etwas anderes ist als das wirkliche Leben? – Kennt man jedoch das
weitere Schicksal der Familie und des neugeborenen Kindes, so liest
man diese poetischen und durchaus anrührenden Zeilen mit einer
gewissen Bitternis. (Suleymans noch junges Leben könnte den Stoff
für eine „Familiensaga" liefern: die Urgroßeltern Sascha und Hanka,
Anarchie, Gewalt, Unbeugsamkeit bis zur Selbstzerstörung, der
„europäische" Großvater ein weltberühmter Mathematiker, der „afrikanische" Großvater, der seine Frau erschoss, das ruhelose Wan-
derleben des Vaters (Afrika, Frankreich, Indien), das Unglück, das
das Schicksal für die Mutter bereithielt, er selbst schon als Jugendli-
cher immer in ernsthaften Schwierigkeiten ...)

Alexandre Grothendieck (jun.) erlernte nach der Schule das Hand-
werk des Elektrikers, das er aber offenbar nur gelegentlich ausgeübt
hat. Wie in Grothendiecks Brief an Utta Heydorn geschildert, hielt er
sich vermutlich zeit seines Lebens mit Gelegenheitsjobs über Wasser.
Heute (2006) ist er vornehmlich Musiker; er spielte in einer provenzalischen Band namens *La bande à Koustik*, die bei Hochzeiten und
ähnlichen Feiern engagiert wurde. Für seinen Lebensunterhalt fertigt
er *Kalimbas* an, kleine pentatonisch gestimmte Musikinstrumente mit
Metallzungen und einem ausgehöhlten halben Kürbis als Klangkör-
per. Er verkauft sie auf Märkten; ein kleines Faltblatt mit seinem
Namen liegt dazu auf dem Verkaufsstand aus. Dann wird er
manchmal gefragt, ob er den weltberühmten Mathematiker Alexandre Grothendieck kenne, und er antwortet: Ja, den kenne ich.
   Matthieu Grothendieck war erst sechs Jahre alt, als die „große
Wende" im Leben seines Vaters eintrat. Da seine Mutter ab 1973 in
Lodève wohnte, wird er seinen Vater auch nach der Trennung der
Eltern gelegentlich gesehen haben. Wie aus dem oben zitierten Brief
seines Vaters hervorgeht, hat auch er keine abgeschlossene Schul-
ausbildung, sondern das Leben eines Aussteigers gewählt. Seine Ge-

schwister sagen, dass er handwerklich besonders geschickt ist, und tatsächlich fertigt er originelle und sehr schöne Töpferwaren an.

Wie Grothendieck sein Verhältnis zu seinen Kindern gesehen hat, liegt etwas im Dunkeln. In einem Brief vom 30.12.1980 an seine deutschen Freunde schrieb er über das zu Ende gehende Jahr:

[...] – und dennoch bin ich nicht unzufrieden mit den vergangenen zwei Monaten. Manches ist so stikum weitergereift, vor allem zwischen meinen Kindern und mir. So z.B. haben Matthieu einenteils, Alexander und Nari [?] andernteils, mich hier besucht, im November; in beiden Fällen war es das erste Mal, dass sie mich aus eigenem Ansporn aufsuchen. Jetzt bin ich gerade von einer zehntägigen Rundreise zurück, wo ich nacheinander Matthieu, Johanna, Alexander und Nari besucht habe – Weihnachten haben Johanna, Matthieu, Samara-Samba und ich zu viert in Johannas und Ahmeds Buchte in Toulouse verbracht. Rückblickend erscheint mir nun die (relative) Loslösung der Kinder von ihren Eltern, Mireille und mir, und das gegenseitige Finden und der Bund zwischen jedem einen von ihnen und mir, das wichtigste Geschehen in meinem Leben in diesem vergangenen reichhaltigen Jahr.

Das hört sich nicht nach einem zerrütteten Verhältnis an, aber doch ein bisschen „theoretisch" und wenig spontan.

Mitte des Jahres 1986 schrieb Grothendieck an Carrasquer (und andere), dass er seit ein, zwei, sogar drei Jahren praktisch keinen Kontakt zu seinen Kindern und Mireille habe und nur mit Serges Mutter gelegentlich korrespondiere.

Mireille Dufour, G., E., Matthieu und Alexandre jun. Grothendieck, 2006

# 22. Die mathematischen Meditationen

## 22.1. *La Longue Marche à travers la Théorie de Galois (LM)* und *Esquisse d'un Programme (EP)*

Es erscheint zweckmäßig, diese beiden Texte gemeinsam zu besprechen, denn *EP* ist in gewissem Sinn eine Zusammenfassung von *LM*. Von *LM* sind ungefähr 500 Seiten transkribiert und beim Mathematischen Institut der Universität Montpellier II erhältlich. Mit *EP* bewarb sich Grothendieck um eine Stelle am *CNRS*. Der Text enthält eine Zusammenfassung seiner mathematischen Überlegungen vor allem seit Beginn der siebziger Jahre. Er wurde inzwischen zusammen mit einer Übersetzung ins Englische veröffentlicht[*]. Zentrales Objekt der Untersuchungen sind die Moduläume $M(g,n)$ Riemannscher Flächen vom Geschlecht $g$ mit $n$ ausgezeichneten Punkten, die bereits früher von Deligne und Mumford studiert wurden. Grothendieck stellt eine Beziehung zu arithmetischen Objekten, insbesondere zur absoluten Galois-Gruppe des Körpers der rationalen Zahlen $Q$ her. Dabei spielt ein Satz von Belyi eine wesentliche Rolle, der über algebraischen Zahlkörpern definierte algebraische Kurven geometrisch charakterisiert. Um die kombinatorischen und elementar-geometrischen Aspekte dieser Fragen in den Griff zu bekommen, entwirft Grothendieck seine Theorie der „Kinder-Zeichnungen". Er spekuliert außerdem über eine „anabelsche Geometrie", arithmetische Varietäten, die durch ihre algebraische Fundamentalgruppe vollständig bestimmt sind. Von allen mathematischen „Meditationen" Grothendiecks haben diese zweifellos die größte Resonanz gefunden. Es gibt eine Reihe von Arbeiten, die sich mit diesen Fragen beschäftigen, und in den neunziger Jahren wurden dazu einige *workshops* organisiert [*]. Es ist bemerkt worden, dass mit den „Kinder-Zeichnungen" Grothendieck zum ersten Mal in seiner mathematischen Entwicklung den Wert expliziter Beispiele erkannt habe.

In mehreren Briefen an Mathematiker-Kollegen aus den achtziger Jahren beschwerte sich Grothendieck, dass er fast keine Reso-

---

[*] Zum Themenkreis von LM und EP gibt es folgende Konferenzberichte, die insbesondere auch den Brief an Faltings und den Text von EP enthalten: L. Schneps (Hrsg.): *The Grothendieck Theory of Dessins d'Enfants*, London Math. Soc. Lecture Notes 200 (1994); L. Schneps, P. Lochak (Hrsg.): *Geometric Galois Actions 1 and 2*, London Math. Soc. Lecture Notes 242 und 243 (1997)

nanz mit seinem Forschungsprogramm gefunden hätte. Ob diese Beschwerden berechtigt waren, bleibt dahingestellt; er lebte in weitgehender Isolation und hat sicher nur bruchstückhaft mitbekommen, was in der Welt der Mathematik vor sich ging.

## 22.2. *Pursuing Stacks* und der Briefwechsel mit Ronald Brown und Tim Porter

Am 15.2.1983 schrieb Grothendieck an Ronnie Brown, mit dem er schon etwa ein Jahr lang korrespondierte, über seine mathematischen Projekte. In diesem Brief heißt es u. a.:

*One reason to my poor answering is that I feel somewhat „out of the game", and I am keen at not getting caught in any big technical machinery – the machine-building time is over for me now, and I want to be careful not to do more than occasionally throwing a very casual glance at the machine-building others pursue, and possibly making a comment or two, without really getting involved.*

Vier Tage später begann Grothendieck die Niederschrift eines Textes in englischer Sprache über homotopische Algebra mit dem Titel *Pursuing Stacks,* dem er sogleich auch eine französische Überschrift gab: *À la Poursuite des Champs.* Nach neun Monaten hatte er über 650 Seiten geschrieben und beendete die Redaktion; zu einem definitiven Ergebnis oder Abschluss war er jedoch nicht gekommen. (So sieht es also aus, wenn Grothendieck sagt, er wolle sich nur ganz nebenbei mit einer Sache beschäftigen.) Begleitet wird die Arbeit an diesem Text von einer umfangreichen Korrespondenz mit Ronnie Brown und einigen Briefen an dessen Mitarbeiter Tim Porter. Auch diese Briefe umfassen mehrere hundert Seiten.

*Pursuing Stacks* beginnt als ein Brief Quillen, der zunächst einmal sechs Seiten umfasst und so endet, wie ein Brief enden sollte: *Very cordially yours.* In den nächsten Tagen fügte Grothendieck noch weitere 18 Seiten hinzu; stellenweise liest sich der Text aber mehr wie ein Selbstgespräch als wie eine Mitteilung an einen anderen Mathematiker. Tatsächlich beschwerte sich Grothendieck einige Monate später, dass Quillen niemals auf den Brief reagiert habe.

In jedem Fall wartete Grothendieck keine Antwort ab, sondern fuhr umgehend mit seiner Arbeit fort. Am 27.2.1983 begann er einen Text *Reflections on homotopical algebra.* Bis in den Juli hinein setzte er die Arbeit in einem atemberaubenden Tempo fort; bei der Abschätzung seiner Arbeitsleistung muss man die begleitende Korrespondenz ebenfalls berücksichtigen.

In der ersten Augusthälfte unternahm Grothendieck eine Urlaubsreise in die Pyrenäen, etwas, was er seit der ersten Hälfte der sechziger Jahre, damals mit seiner Familie, nicht mehr getan hatte. Er notierte am 11.8.1983 in *Pursuing Stacks:*

*It has been over three weeks now I haven't been working on the notes. Most part of the time was spent wandering in the Pyrénées with some friends (a kind of thing I hadn't been doing since I was a boy), and touring some other friends living the simple life around there, in the mountains. I was glad to meet them and happy to wander and breeze the fresher air of the mountains – and very happy too after two weeks to be back in the familiar surroundings of my home amidst the gentle hills covered with vineyards […]*

Dann ging es langsamer voran; die letzten Seiten wurden am 12.11.83 geschrieben. Ein definitiver Abschluss des Textes wurde nicht erreicht. Die letzen Zeilen lauten in typisch Grothendieckscher Diktion:

*I daresay life has been generous with me for the last three months, while I haven't even taken the trouble to stop with the mathematical nonsense for any more than a week or two. This week too I still did some mathematical scratchwork, still along the lines of abelianization, which keeps showing a lot richer than suspected.*

Wie meistens bei der Abfassung seiner Meditationen dachte Grothendieck zunächst an eine Publikation. Ihm schwebte zu dieser Zeit ein mehrbändiges Werk seiner mathematischen Meditationen vor. Offenbar hatte er auch Kontakt mit einem Verleger aufgenommen. Auf S. 500 notierte er am 26.9.1983: *„Also I more or less promised the publisher, Pierre Berès, that a first volume would be ready for the printer by the end of this calendar year, and I would like to keep promise."*[*]

Im Anschluss an die Niederschrift von *Pursuing Stacks* kam es um den Jahreswechsel 1983/84 zu einem Briefwechsel zwischen H. J. Baues in Bonn und Grothendieck über Fragen der abstrakten algebraischen Homotopie-Theorie. Baues lud Grothendieck zu einer kleinen Tagung nach Bonn ein, an der auch Benabou, Brown, Porter und Kamps teilnehmen sollten; Grothendieck lehnte die Einladung ab:

---

[*] Pierre Berès, 1913–2008, war ein bedeutender Antiquar, Autographen- und Büchersammler, der mit vielen Größen seiner Zeit bekannt war. Er erwarb 1956 auch den Verlag Éditions Hermann, der u. a. die Bourbaki-Bände publizierte. Er war nicht der einzige, mit dem Grothendieck wegen der Publikation seiner Meditationen verhandelt hatte. Die Einzelheiten dieser Bemühungen wurden nicht entwirrt.

Für Ihre Einladung für ein kurzes Mathematikertreffen in Bonn danke ich herzlich. Ähnliche Anregungen kamen mir auch durch Ronnie Brown und J. L. Loday, die beide an einem Treffen über Fragen der Grundlagen der Homotopietheorie interessiert sind. Sicher wäre es auch nützlich für meine krasse Unkultur in Homotopietheorie, an einem solchen Treffen teilzunehmen – es hat sich aber bei mir seit über zehn Jahren eine Art Allergie bezüglich „learned encounters" jeglicher Art entwickelt, die ich berücksichtigen möchte und für die ich um Ihr freundliches Verständnis bitte!

Wie schon in Kapitel 21 berichtet, enthält die Meditation *Pursuing Stacks* zwei ungewöhnliche Einschübe. Am 22.8.1983 vermerkte Grothendieck den Tod seiner neunjährigen Enkelin Ella, der Tochter von Serge. Am 22.10. berichtete er über die Geburt seines Enkels Suleyman, des zweiten Kindes seiner Tochter Johanna.

Im Sommer 1989 besuchte Bill Lawvere Grothendieck in Les Aumettes. Grothendieck hatte gerade ein Schweigegelübde abgelegt, so dass, abgesehen von einem einzigen Wort der Begrüßung („Bill!"), die Kommunikation schriftlich stattfand. Grothendieck meinte, Lawvere sei der Richtige für die Herausgabe von *Pursuing Stacks*. Dieser gab zu bedenken, dass der Text gründlich editiert werden müsse und zahlreiche Fehler zu korrigieren seien. Davon wollte Grothendieck nichts wissen: die Studenten sollten sehen, dass auch große Mathematiker Fehler machen. Der Einwand, dass mathematische Texte schon ohne Fehler schwer genug zu verstehen seien, leuchtete Grothendieck überhaupt nicht ein. Und so wurde aus dem ganzen Projekt nichts.

Etwa um 2002 beauftragte die *Société Mathématique de France* George Maltsiniotis mit der Herausgabe von *Pursuing Stacks*. Nachdem er nach eigener Aussage mehr als 2000 Arbeitsstunden in das Projekt gesteckt hatte, untersagte Grothendieck Ende 2009 in einem „offenen Brief" Herausgabe und Wiederabdruck seiner veröffentlichten und unveröffentlichten Texte. Dennoch geht die Arbeit an der Edition, an der auch Matthias Künzer beteiligt ist, unverändert weiter.

## 22.3. Ein Manuskript zur Topologie

Mitte des Jahres 1986 schrieb Grothendieck in rasendem Tempo seine schon länger gehegten Gedanken zu einer Neubegründung der Topologie auf. Es handelt sich nicht um ein Schreibmaschinenskript, sondern um handschriftliche Notizen, die einen sehr vorläufigen Eindruck machen. Es dürfte äußerst schwierig, vielleicht sogar unmöglich sein, auf Grundlage dieser Notizen einen lesbaren Text zu erstellen. In einem Brief vom 9.7.1986 an Jun-Ichi Yamashita berichtet Grothendieck über seine Beschäftigung mit diesem Stoff:

*I have been very intensely busy for about a month now, with writing down some altogether different foundations of "topology", starting with the "geometrical objects" or "figures", rather than with a set of "points" and some kind of notion of "limit" or (equivalently) "neighbourhoods". Like the language of topoi (and unlike the so-called "moderate space" theory forshadowed in the Esquisse, still waiting for someone to take hold of the work in store …), it is a kind of topology "without points" – a direct approach to "shape". I do hope the language I have started developing will be appropriate for dealing with finite spaces, which come off very poorly in "general topology" (even when working with non-Hausdorff spaces). After all, presumably the space-time space we are living in is finite – at any rate there is no philosophical evidence whatever that it isn't, and still less, that it is adequately represented as a mathematical "continuum" (more specifically, as a topological or differentiable or riemannian or pseudo-riemannian "variety") – and as for physical evidence, it is clear there cannot be any by the very nature of things, as measurements never yield anything else but approximate locations of the would-be (ideal) "points". These "points" however do not have any empirical existence whatever. As Riemann pointed out I believe, the mathematical continuum is a convenient fiction for dealing with physical phenomena, and the mathematics of infinity are just a way of approximating (by simplification through "idealization") an understanding of finite aggregates, whose structures seem too elusive or too hopelessly intricate for a more direct understanding (at least it has been till now).*

Anschließend erläutert Grothendieck seine Gedanken zur Physik und zur Grundlegung der Topologie (und auch der Analysis und Geometrie) noch genauer. Ein von ihm oft wiederholter Gedanke ist der, dass er es für möglich hält, dass der physikalische Raum eine diskrete Struktur hat.

## 22.4. *Réflexions Mathématiques*

Etwa Mitte der achtziger Jahre fasste Grothendieck den Entschluss, seine mathematischen *Réflexions* in mehreren Bänden zu publizieren. Er schrieb dafür ein etwas mehr als einseitiges Vorwort, das er mehrfach handschriftlich korrigierte. Es liegt dem Verfasser nur in einer schlechten und teilweise unleserlichen Fotokopie vor. Der folgende Text ist also nur eine Approximation von dem, was er wirklich schrieb oder beabsichtigte zu schreiben. Offenbar gab er dieses Projekt dann aber sehr bald auf; eine Publikation seiner Schriften hat er nicht wirklich ernsthaft angestrebt.

*After a twelve years' silence, the time has come for the author's works of maturity, with his vision and style renewed. Here is a day-by-day account of an explorer's travel, going on through the very concept of writing – and this travel gives rise to occasional reflec-*

*tions on the travel (as well as on the traveller and on the manifold world around) thus recapturing it's genuine nature: of an impassioned adventure, rooted in life.*

*In the two forthcoming volumes, under the common title "Pursuing Stacks" (the first volume of which is subtitled "The Modelizing Story"), the author sketches some main themes of a vast synthesis of homotopical algebra, (co)homological algebra, and topos theory – ripe now for more than fifteen years and however never yet begun. The leading thread, tenacious and omnipresent (while often remaining implicit) comes from algebraic geometry, and from intuitions (rich, precise and provocatingly fragmentary) around the notions of sheaves, stacks, 2-stacks "etc." on a topos.*

*These two volumes are the first in a planned considerably wider series of "Réflexions Mathématiques" where the author intends to present, among other things, some "naïve ideas" about two "new continents", eager to be discovered and explored. One takes birth with a suitable notion of a "tame" topological space [...] The other one appears as the confluence of a multitude of streams of thought and insights, coming from topology, conformal geometry, algebraic geometry, discrete and profinite groups, algebraic groups over number fields, regular polyhedra, arithmetics, "motives" ... bound for joining in the exploration of the action of profinite "absolute" Galois groups [...] on certain (so-called "anabelian") profinite geometrical fundamental groups [...]*

Es wird wohl kaum einen Mathematiker geben, der diese Texte als Grothendiecks „work of maturity" bezeichnen würde.

In einem Brief an einen deutschen Bekannten N. W., zu dem er aber anscheinend nur brieflichen Kontakt hatte, schrieb Grothendieck am 14.11.1985 wohl im Hinblick auf dieses Projekt:

Meine Absicht ist jedoch keineswegs, wieder in die mathematische Tretmühle einzutreten oder gar mit meinen Totengräbern zu wetteifern, sondern lediglich eine Vision, die zerfetzt, zertreten und begraben wurde, in großen Zügen aufs Papier zu werfen und damit all denen, die sich dereinst dafür interessieren mögen, zugänglich zu machen. Das dürfte wohl noch an die drei Jahre Arbeit bedeuten (falls nicht zu sehr durch anderes, etwa Meditation, unterbrochen). Es ist möglich und ich erhoffe mir sogar, dass ich es damit genug sein lasse, was die Mathematik anbelangt.

## 22.5 *Les Dérivateurs*

*Les Dérivateurs* wurde geschrieben, nachdem Grothendieck schon schwerste psychische Krisen überlebt hatte (ein Wort, das wörtlich zu nehmen ist). Wieder schrieb er im Verlauf weniger Monate (maximal von September 1990 bis Mai 1991) einen Text von ungefähr 2000 handschriftlichen Seiten. Entgegen Grothendiecks Gewohnheit sind nur wenige Seiten datiert; diese Daten fallen in den November 1990. Entzifferung und Transkription in TEX wurden von Maltsiniotis und Matthias Künzer übernommen. Der Text ist zu beträchtlichen Teilen im Internet zugänglich. Die endgültige Herausgabe von *Les Dérivateurs* verzögerte sich und unterblieb schließlich vorerst, weil die Arbeit an *Pursuing Stacks* vordringlich erschien.

Die Idee des „Derivators" taucht implizit schon in *SGA IV* auf und wurde von Grothendieck in *Pursuing Stacks* (Sektion 69 und folgende) weiter ausgeführt. Unabhängig von Grothendieck entwickelten Alex Heller, Bernhard Keller und Jens Franke ähnliche Ideen. Es scheint, dass Grothendieck *Les Dérivateurs* schrieb, weil ihn die Darstellung der derivierten Kategorien bei Verdier und auch die Ideen Illusies und Delignes zu diesem Thema nicht befriedigten. Die späteren Entwicklungen hat er sicher nicht mehr gekannt. Nach Auskunft von Maltsinotis ist *Les Dérivateurs* ein weitgehend ausgeformter, fast endgültiger Text, der sich deutlich von dem tagebuchartigen *Pursuing Stacks* unterscheidet.

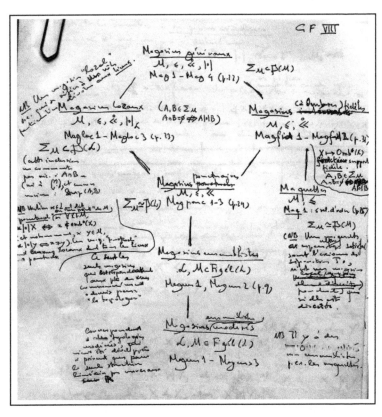

Mathematische Notizen Grothendiecks, etwa 1986

188

# 23. *Récoltes et Semailles*

Im Juni 1983 begann Grothendieck mit der Niederschrift von *Récoltes et Semailles (ReS)*, die ihn ungefähr drei Jahre in Anspruch nahm. Ursprünglich war ein sehr viel kürzeres „Zeugnis" (*témoignage* ist ein Schlüsselwort) geplant, und mehrmals glaubte er, die Redaktion abschließen zu können. Während der Arbeit wurde ihm jedoch die Veröffentlichung einer Reihe mathematischer Arbeiten seiner früheren Mitarbeiter und Schüler bekannt, die er in seiner selbst gewählten Isolation jahrelang nicht zur Kenntnis genommen hatte. Die Diskussion dieser Publikationen führte zu neuen Themen und Gesichtspunkten und insgesamt zu einer erheblichen Ausweitung und Umgestaltung des Textes, der immer wieder durch neue Abschnitte ergänzt wurde.

*Récoltes et Semailles* kommt insofern eine besondere Bedeutung zu, als dieses Werk die einzige von Grothendiecks „philosophischen" Meditationen ist, die er selbst hat vervielfältigen und in etwa 200 Exemplaren an Freunde, Bekannte und Kollegen verschicken lassen. Sie ist somit die einzige Meditation, die eine gewisse – wenn auch immer noch sehr geringe – Verbreitung, Bekanntheit und etwas zwiespältige Berühmtheit erlangt hat.

Es ist nicht die Absicht des Verfassers, im Detail auf den Inhalt von *ReS* einzugehen. Der Text ist jedem, der ihn wirklich lesen will, zugänglich, und eine Publikation in Buchform wird offenbar vorbereitet (2008). Im Folgenden soll vor allem die Entstehungsgeschichte dokumentiert werden, und es wird der Frage nachgegangen, was Grothendieck selbst mit diesem Text beabsichtigt hat. Nach eigener Aussage hält er *ReS* für ein sehr viel wichtigeres Vermächtnis an die Welt als alle seine mathematischen Arbeiten.[*] Für eine Analyse des Textes verweisen wir auch auf einen Artikel von A. Herreman.[**]

Zur besseren Übersicht beginnen wir mit einem Inhaltsverzeichnis des kompletten Werkes. Soweit möglich, wird angegeben, in welchem Zeitraum der betreffende Teil geschrieben wurde. Schon aus diesen Zeitangaben ist ersichtlich, dass die Redaktion von *ReS* ein komplizierter Vorgang war, in dessen Verlauf es immer wieder zu Neuanfängen und Ergänzungen kam.

---

[*] vgl. Roy Lisker: *Visiting Alexandre Grothendieck,* www.Fermentmagazine.org
[**] Alain Herremann: *Découvrir et transmettre: La dimension collective des Mathématiques dans* Récoltes et Semailles *d'Alexandre Grothendieck;* im Internet, z. B. auf den Seiten des *Grothendieck circle; prépublication* des IHÉS

# Inhaltsverzeichnis von *Récoltes et Semailles*[*)]

*Une lettre.* [ Seiten L1 – L43], Mai 1985
*Table de Matières de Récoltes et Semailles.* [Seiten T1 – T10]
*Introduction.* [Seiten i – xxii]

*Récoltes et Semailles (I). Fatuité et Renouvellement.*
*En Guise d'Avant-propos* ... [Seiten A1 – A6], 30.1.86
*Promenade à travers une œuvre ou L'enfant et la Mére.* [P1 – P65], Jan. 1986
*Epilogue en Post-scriptum – ou contexte et préalables d'un débat.* [L44 – L56], Febr. 1986
*Fatuité et Renouvellement.* [Seiten 1 – 171], Juni 1983 – Anfang 1984(?), Ergänzungen als Fußnoten März 1984

*Récoltes et Semailles (II). L'Enterrement (I) ou la robe de l'Empereur de Chine.* [Seiten 173 – 420], Text Frühjahr 1984, Fußnoten und Ergänzungen erstes Halbjahr 1985

*Récoltes et Semailles (III). L'Enterrement (II) ou La Clef du Yin et du Yang.* [Seiten 421 – 744], 22.9.1984 – 14.1.1985

*Récoltes et Semailles (IV). L'Enterrement (III) ou les Quatre Opérations* [Seiten 775 – 1552], 16.2. – 7.4.1985, Fußnoten z.T. einige Monate später

*Les Portes sur l'Univers (Appendice à La Clef du Yin et du Yang).* [Seiten PU1 – PU127], 17.3. – 11.4.1986

Tatsächlich waren anscheinend außer den vorhandenen vier Teilen sogar noch ein fünfter und ein sechster Teil geplant, von denen dem Verfasser nicht bekannt ist, ob sie wirklich geschrieben wurden. Wie man dieser Übersicht entnimmt, wurde zunächst der eigentliche Text mit den Teilen I, II, III und IV geschrieben; ob es eine gute Idee war, später noch viele hundert Seiten an Einleitung und Kommentaren hinzuzufügen, soll hier nicht diskutiert werden. Schon nach Fertigstellung des ersten Teils glaubte Grothendieck einen Abschluss erreicht zu haben. Er schrieb an seine deutschen Freunde in einem Brief vom 21.3.1984:

[...] ich war nämlich stark beschäftigt, eine „Einleitung" zu schreiben für einen mathematischen Schmöker, den ich seit über einem Jahr schreibe – die ganze Zeit

---

[*)] Im Deutschen verwendet Grothendieck die Bezeichnung „Ernten und Saaten" und auch „Ernten und Säen", im Englischen *„Reaping and Sowing"*.

dachte ich, in den nächsten Tagen bin ich fertig, schliesslich sind es über 150 Seiten geworden, eine Art meditierender Rückblick auf meine Vergangenheit als Mathematiker. Es soll nun (mit ein, zwei Zutaten) der einleitende Band werden zur geplanten Reihe mathematischer Phantasmagorien, mit dem Titel „Récoltes et Semailles" (= „Ernten und Saaten"). [...] ich lass es jetzt von der Uni tippen und zur Versendung an Freunde und Schüler vervielfältigen.

Warum er diese Meditation geschrieben hat und was er mit ihr beabsichtigt, sagt Grothendieck an vielen Stellen des Textes. Auf Seite P7/8 schreibt er:

Vor allem anderen ist „Ernten und Säen" ein Nachdenken über mich selbst und mein Leben. Zugleich ist es ein Zeugnis, und dies in zweifacher Hinsicht. Es ist ein Zeugnis über meine Vergangenheit, und darauf liegt das Hauptgewicht dieses Nachdenkens. Aber zugleich ist es auch ein Zeugnis über die unmittelbare Gegenwart – über den Augenblick selbst, da ich schreibe und da die Seiten von „Ernten und Säen" entstehen im Lauf der Stunden, der Nächte und der Tage. Diese Seiten sind das getreue Zeugnis einer langen Meditation über mein Leben, so wie sie wirklich verlaufen ist (und wie sie in diesem Augenblick verläuft [...])
Diese Seiten erheben keinerlei literarischen Anspruch. Sie stellen ein Dokument über mich selbst dar.

Wie schon gesagt, zog sich die Niederschrift über fast drei Jahre hin. Grothendieck schrieb, wie es seine Art war, mit seiner alten Schreibmaschine den Text auf Schmierpapier, wobei er den Platz auf dem Papier bis zum letzten Winkel ausnutzte und dafür die Blätter oft mehrfach einspannte. Dieses erste Manuskript schickte er dann an die Sekretärin B. L. am Mathematischen Institut in Montpellier, die sorgfältig und gewissenhaft die Reinschrift anfertigte. Grothendieck war mit ihrer Arbeit sehr zufrieden. Wenn sie mit einem Abschnitt fertig war, schickte sie das Original-Typoskript und ihre Reinschrift an Grothendieck, der Korrektur las und, soweit erforderlich, kleinere Verbesserungen selbst vornahm. L. war somit auch die erste Leserin des Gesamtwerkes, und ihre Beurteilung weicht vermutlich nicht sehr von einem weit verbreiteten Urteil ab: Die eine Hälfte sei eine „Abrechnung" [règlement de compte], die andere „Wahnsinn" [délire].
Als das gesamte Werk fertiggestellt und vervielfältigt war, erhielt L. von Grothendieck Versandlisten, in denen er sorgfältig angegeben hatte, welche Personen welche Teile erhalten sollten. Ziemlich gegen Ende ihrer Tätigkeit für Grothendieck erhielt L. ihren ersten Computer und schrieb damit einige Probeseiten. Sie fand den Computertext viel schöner und übersichtlicher; allerdings konnte für die Fußnoten der Zeilenabstand nicht geändert werden. Damit war

Grothendieck überhaupt nicht einverstanden, und so gingen sie im Streit auseinander.

Worum geht es nun in *Récoltes et Semailles*? Im Grunde fühlt der Verfasser sich mit der Beantwortung dieser Frage überfordert, und der folgende Versuch einer Antwort ist ziemlich pauschal und floskelhaft. Der Text ist eine Analyse von Grothendiecks Vergangenheit als Mathematiker und als Mitglied der Gemeinschaft der Mathematiker. Über große Strecken hat der Text den Charakter einer „Abrechnung". Grothendieck setzt sich kritisch mit seiner eigenen Vergangenheit als Mathematiker auseinander und vor allem auch mit dem Wirken seiner Kollegen und Schüler. Er beschreibt weiterhin – wenn auch sehr erratisch – seine intellektuelle Entwicklung, er kommentiert im Detail viele Aspekte seines mathematischen Werkes, er analysiert seine Beziehungen zu Kollegen und Schülern, er meditiert über sein Leben. *ReS* ist ein in Form und Inhalt höchst ungewöhnlicher und sehr persönlicher Rückblick auf die Mathematik der Jahre 1950 bis etwa 1975.

Wie schon mehrfach erwähnt, war ursprünglich ein kürzerer Bericht geplant. Erst während der Arbeit an *ReS* wurde Grothendieck mit Arbeiten seiner früheren Schüler bekannt, die in Zusammenhang mit seinem eigenen Werk stehen. Es kam zu einer Reaktion, die man als Außenstehender und Unbeteiligter nur als verhängnisvoll bezeichnen kann. Grothendieck bezichtigt auf Hunderten von Seiten seine früheren Schüler, Kollegen und Mitarbeiter des Plagiates, der Entstellung und des Missbrauchs seiner Ideen, der Mitwirkung an seinem Begräbnis (*enterrement* ist ein Schlüsselwort). Er spricht von einer Verwilderung der Sitten, dem Niedergang jeder Moral und von einem Mangel an Respekt. Hinzu kam die Überzeugung, dass auch sein (indirekter) Schüler und Freund Zoghman Mebkhout systematisch und in geradezu verschwörerischer Weise um sein mathematisches Werk betrogen wurde, etwas, das ebenfalls in allen Einzelheiten (und mit vielen Wiederholungen) abgehandelt wird. In diesen Teilen hat der Text zweifellos etwas Paranoides. In einem Brief an Teissier vom 15.1.1986 versteigt Grothendieck sich zu der Behauptung, die ihm widerfahrene *mystification-escroquerie* [Gaunerei] sei zweifellos ohne Beispiel in der Geschichte der Wissenschaften. Dinge, die man vielleicht doch als vergleichsweise unbedeutend abtun könnte, werden über jedes vernünftige Maß hinaus kommentiert, z. B. das Verhalten des Springer-Verlages. Es ist nicht weiter verwunderlich, dass es dann auch zu Widersprüchen kommt. Grothendieck wirft seinen Schülern einerseits vor, sein Werk nur verwendet, aber nicht fortgesetzt zu haben, andererseits beschuldigt er sie, soweit sie das getan haben, des Plagiats, des Diebstahls und der Verfälschung seiner Ideen. Es ist keine Frage, dass zentrale Ideen der inkriminierten Arbeiten auf Grothendieck zurückgehen; andererseits sind seine Beiträge aber auch in der allgemein üblichen Form genannt worden, und in der *community* gab es ohnehin nicht den geringsten Zweifel über die Bedeutung seiner Beiträge und Ideen. Es war auch etwas unglücklich, dass er, ohne gefragt zu werden, als Koautor neuer *SGA*-Bände erscheint. Insgesamt war aber Grothendiecks Reaktion überzogen. Wie schon gesagt, besteht die eigentliche Tragödie darin, dass dies für die mathematische Öffentlichkeit das Letzte war, was von ihm zu hören und zu lesen war. So trug auch *ReS* zum endgültigen und definitiven Bruch zwischen Grothendieck und der Gemeinschaft der Mathematiker bei.

Die beiden Mathematiker, die Grothendieck am nächsten gestanden hatten und zu denen er das engste Verhältnis hatte, sind Jean-Pierre Serre und Pierre Deligne, und im Verhältnis zu diesen beiden zeigt sich vielleicht am deutlichsten, wie tief und wie endgültig dieser Bruch ist. Noch bis Ende der siebziger Jahre stand Grothendieck in Kontakt zu Deligne, der ihn insbesondere über wichtige mathematische Ereignisse informierte. Trotzdem richtete sich Grothendiecks Empörung auch und gerade gegen Deligne, der dadurch zu einer der Hauptfiguren von *ReS* wird. Lange Teile von *ReS* sind der Auseinandersetzung mit ihm gewidmet. Selbstverständlich können Grothendiecks Argumente einen Außenstehenden kaum überzeugen, und es hat bei dieser überzogenen Kritik etwas Befremdliches, wenn er grundsätzlich von „meinem Freund Pierre" (*mon ami Pierre*) spricht.

Nachdem er den Text hatte verschicken lassen, erhielt Grothendieck eine ganze Reihe von Zuschriften, auch wenn er sich verschiedentlich beklagt, dass er kaum Resonanz gefunden hätte. Eine der ersten Reaktionen kam in einem Brief von Serre vom 23.7.1985. Es war der erste Kontakt nach einer langen Pause, denn zu Serre war seit der „großen Wende" im Jahr 1970 die Verbindung abgebrochen. Serre äußerte sich sachlich und klar, und er nahm auch zu den Anschuldigungen gegenüber Deligne Stellung:

Wie ich dir schon am Telephon gesagt habe, bin ich traurig, dass du wegen Deligne bitter bist, er gehört zu den aufrichtigsten (*honnête*) Mathematikern, die ich kenne – und ist einer von denen, die dir am engsten verbunden sind. Ich werde nicht versuchen, deine Meinung zu dieser Sache zu ändern (genauso wenig wie zu irgend einer anderen): Ich kenne genau die Festigkeit und Rigidität deiner Überzeugungen. Das ist ohne Zweifel, was ich am schmerzlichsten in deinem Text finde. Das und der allgemeine Ton von Beschuldigungen, sei es gegen dich selbst, sei es gegen deine Schüler.

Serre kommt dann auf einige andere Punkte zu sprechen, z. B. die Publikation von SGA 4 ½ und 5, die ihm *sehr nützlich* erscheint, und danach schreibt er zur Fortsetzung oder Nichtfortsetzung des Grothendieckschen Programms:

Nichtfortsetzung deines Werkes durch deine früheren Schüler: Du hast recht; sie haben es nicht fortgesetzt. Aber das ist kaum erstaunlich: Du warst es, der eine Vision von dem gesamten Programm hatte, nicht sie (mit Ausnahme von Deligne sicherlich). Sie haben es vorgezogen, andere Sachen zu machen. Ich kann nicht recht einsehen, warum du ihnen das vorwirfst.

Was Deligne betrifft, er hat sich Schritt für Schritt zu Fragen über das Gebiet der algebraischen Geometrie hinaus weiterentwickelt: Modulformen, Darstellungen, Langlands-Programm. Und er hat sein tiefes Verständnis der algebraischen Geometrie („Motive" eingeschlossen) bei verschiedenen Fragen gebraucht – zum Beispiel bei der Konstruktion mit Lusztig von vielen (nicht allen) Darstellungen der Gruppen $G(F(q))$, G reduktiv. Warum hätte er nicht das Yoga der „Motive" benutzen sollen? Du hast das eingeführt, die ganze Welt weiß das, und die ganze Welt hat das Recht, sich dessen zu bedienen – unter der Bedingung, sorgfältig zu unterscheiden zwischen dem, was davon vermutet wird (und bis zum Beweis des Gegenteils vielleicht falsch ist), und dem, was bewiesen werden kann. Ich finde zum Beispiel sehr schön, was Deligne in LN 900 macht (der Text, den du mit Schrecken zurückweist), um das Problem der Hodge-Zykel zu umgehen, er erhält trotzdem sehr nützliche Resultate (zum Beispiel über l-adische Darstellungen). Ich weiß sehr gut, dass die Idee, „eine Schwierigkeit zu umgehen", dir fremd ist – und das ist vielleicht das, was dich am meisten im Werk Delignes schockiert (anderes Bespiel: bei seinem Beweis der Weil-Vermutungen „umgeht" er die Standard-Vermutungen – was dich schockiert, mir aber gefällt).

In den folgenden Monaten wechselten Grothendieck und Serre noch einige Briefe. Wie schon in Kapitel 1 erwähnt, sprach Serre am 8.2.1986 den entscheidenden Punkt an. Die entsprechende Stelle soll hier noch einmal im Wortlaut wiedergegeben werden:

*Une chose me frappe, dans les textes que j'ai pu voir : tu t'étonnes et tu t'indignes de ce que tes anciens élèves n'aient pas continué l'œuvre que tu avais entreprise et menée en grande partie à bien. Mais tu ne te poses pas la question la plus évidente, celle à laquelle tout lecteur s'attend à ce que tu répondes: pourquoi, toi, tu as abandonné l'œuvre en question?*

Nach wenigen Briefen stellten beide Seiten fest, dass sie sich nichts mehr zu sagen hatten, und auch der Kontakt zwischen Grothendieck und seinem „älteren Bruder" (*aîné*) brach vollständig ab.

Während Grothendieck an *ReS* arbeitete, entschloss sich Deligne, das *IHÉS* und Frankreich zu verlassen. Er besuchte vor seiner Abreise zum *Institute for Advanced Study* in Princeton noch einmal vom 20. bis 22. Oktober 1984 seinen ehemaligen Lehrer in Les Aumettes. An der Darstellung des Konfliktes zwischen den beiden Mathematikern änderte dieser Besuch nichts mehr. Es war ein Abschied für immer. Wie Deligne dem Verfasser mitteilte, gab es danach keinerlei Kontakte zwischen beiden. Deligne äußerte sich später auch nicht zu den Vorwürfen in *ReS*.

Nachdem bisher etwas zum Inhalt von *ReS* gesagt wurde, sollen jetzt einige Bemerkungen zum Stil und zur Art der Darstellung gemacht werden. Dazu gibt es sehr unterschiedliche Meinungen; sie reichen von massiver Kritik bis zu uneingeschränkter Bewunderung (die dem Verfasser manchmal an Lobhudelei zu grenzen scheint). Einiges Grundsätzliche zu diesem Thema wurde schon zum Schluss von Kapitel 18 gesagt.

In einem Brief vom 14.10.1985 schreibt René Thom: „Ich kenne dich als großen Mathematiker, aber jetzt entdecke ich, dass du – jedenfalls im Französischen – ein unmöglicher [*indiscutable*] Schriftsteller bist." Und auch Pierre Samuel nimmt in einem Brief vom 23.12.1986 unter der Überschrift „*Critiques sur la forme et la style de ton texte*" kein Blatt vor den Mund:

Das ist wirklich sehr lang, 1252 Seiten, du bist unverbesserlich! [...] Du könntest sicher alles auf 200 bis 300 Seiten sagen. Zum Beispiel: Nach einigen Wochen, in denen ich keine Zeit hatte, auch nur eine Zeile zu lesen, habe ich mich auf den vierten Teil gestürzt, und ich hatte das Gefühl, dass ich das alles schon gelesen hatte.\*⁾
Die Redaktion Stück für Stück, Tag für Tag ohne einen detaillierten vorhergehenden Plan führt notwendig zu überflüssigen Wiederholungen, zu Berichtigungen und zu unzähligen Querverweisen. Das alles verlängert den Text und macht ihn quälend mühsam, selbst für einen Leser wie mich, der die Terminologie im mathematischen Milieu kennt und nicht völlig verloren ist, wenn er die Worte „Weil-Vermutungen" oder „étale Cohomologie" liest. Sicher, der Stil vermittelt eine Idee von deiner persönlichen Psychologie und davon, wie du zu deinen Überzeugungen gekommen bist. Aber wenn er den Leser veranlasst, das Buch wegzuwerfen, was nutzt es dir dann? Wenn sein Thema von so großer Wichtigkeit ist, dann wird ein Buch gemacht, um gelesen zu werden, es wird

---

\*⁾ Der Leser kann das leicht überprüfen. Lädt man sich den Text als einen pdf-file auf den Rechner und gibt ein passendes Suchwort ein, z. B. einen Namen, so wird man immer wieder Textstellen finden, die wortwörtlich wiederholt werden, nicht nur einmal, sondern auch drei- oder viermal.

nicht gemacht, um da zu sein. [Samuel benutzt ein Wortspiel: *un livre est fait pour être lu, il n'est pas fait pour être là.*]

Samuel führt dann noch zahlreiche Einzelpunkte auf und schließt mit den Worten: *„Voilà.* Ich habe damit in aller Offenheit auf deine Bitte um Kommentare zu deinem Text geantwortet. Meine Meinung ist ganz einfach: Ich wünsche, dass er in gedruckter Form publiziert wird, aber er kann nicht so publiziert werden, wie er ist."

In Briefen an seine deutschen Freunde E. und G. kam Grothendieck öfter auf *ReS* zu sprechen. Ein Brief vom 16.10.1985 enthält eine sehr persönliche und sehr bildhafte Beschreibung von dem, was er mit diesem Text ausdrücken wollte. Vergleicht man seine eigene Sicht etwa mit der früher erwähnten Analyse von Herreman, so findet man nur wenig Übereinstimmung: *Récoltes et Semailles* ist ein vielschichtiges Werk, das sich einer Interpretation weitgehend entzieht.

Ich hätte gern ein schönes Titelbild zu *Récoltes et Semailles* („Ernten und Säen"), und dachte an die Möglichkeit, dass es Dich womöglich reizen könnte, was Sinnvolles dafür zu zeichnen oder zu malen. Hier einige Gedanken dazu, für den Fall, dass Du „anhaken" solltest.
   Stärker und eindringlicher zugegen als die Ernte ist das wuchernde Wachstum, das zur Ernte reif ist. Es ist nicht so sehr ein wohlbestelltes Feld (mit Getreide etwa, oder ein Obsthain), als ein kraftvolles In- und Durcheinanderwuchern von Erwünschtem und Vorgesehenem (etwa schlank-gediegene Ähren) und von Unerwünscht-Lästigem (etwa Disteln und vieles andere spriessende „Unkraut"). Der Erntende rafft im selben Griff, ob er es möchte oder nicht, das Wilde und das Zahme, das Verwünschte und das Erwünschte, das Stechende und das Labende – und sein mannigfaltiges Ernten ist zugleich und ungewollt ein noch vielfältigeres, unübersehbares Säen – nach allen Seiten weht und fällt aus seinem Arm der Reichtum – der segelnden Samen der Disteln etwa oder des Löwenzahns, ein paar verirrte Käfer vielleicht (denen es auf den geschnittenen Stengeln und Halmen nicht mehr recht geheuer ist und die sich runterpurzeln lassen oder von dannen schwirren im Wirbel der Samen ...), und hie und da rieseln auch ein paar pralle Körner aus reifer sich wiegender Ähre [...]

Einige Zeilen später ergänzt er dieses Bild noch etwas:

Mögliche Vertiefung oder Ausarbeitung wäre etwa, den Boden, der die Saat empfangen soll, teils steinig, teils (in Furchen etwa) aufgetan darzustellen. Allerdings ist der Eindruck, der sich aus ReS ergibt, eher der, dass *jegliche* Saat über spät oder lang aufgeht und Frucht trägt (allerdings weiß wohl weder Teufel noch Gott, *welche* Frucht [...])

Die Editionshistorie von *Récoltes und Semailles* ist verworren und noch längst nicht abgeschlossen. Anfangs dachte Grothendieck zweifellos an eine Publikation in Buchform. Dies geht unter anderem aus dem schon zitierten Briefwechsel mit E. I. hervor. Er kontaktierte im Laufe der Zeiten mehrere Verleger, auch im Hinblick auf Ausgaben in Englisch oder Deutsch. Insgesamt betrieb er das Projekt der Veröffentlichung nicht nachdrücklich, und es wurde ihm auch klar, dass das Interesse wohl nicht so groß sein würde, wie er anfangs gedacht hatte. Am 23.4.1987 schrieb er an Ronnie Brown:

*Tomorrow I'm making a 24-hour travel to Paris and back, to meet a friend I know for nearly 40 years and didn't meet in the last 15 years. By that occasion, I'll bring, in the long last, the final typescript of ReS to the publisher. So maybe it'll come out some time this year. (For a while I hadn't been too sure whether I was going to publish it or not, and finally decided I would ...)*

Der Freund, von dem hier die Rede ist, war Paulo Ribenboim, der dem Verfasser berichtete, dass der Besuch beim Verleger, den *Éditions Kimé*, ergebnislos endete. (Etwas später kontaktierte Grothendieck offenbar noch einmal in derselben Angelegenheit den Verlag Odile Jacob.) Die erwähnte kurze Reise ist im Übrigen, nach allem was bekannt ist, die letzte, die Grothendieck überhaupt unternommen hat (mit Ausnahme eines Überraschungsbesuchs in Hamburg im Jahr 2006).

Wenn gesagt wurde, dass *ReS* nicht veröffentlicht wurde, so ist das nicht ganz korrekt. Bemerkenswerterweise wurde nämlich mit Grothendiecks Zustimmung eine japanische Übersetzung publiziert. Diese wurde von Yuichi Tsuji (1938-2002) angefertigt; es erschienen drei Bände im Verlag Gendai-Sugaku-sya (Modern Mathematics Co.), und zwar in den Jahren 1989, 1990, 1993. Ein vierter Band wurde noch übersetzt, aber nicht mehr publiziert. Tsuji war ein Bekannter Grothendiecks aus der *Survivre*-Zeit; er hatte schon damals einige Artikel von Grothendieck übersetzt. Die Vermittlung zum Verlag war von Jun-Ichi Yamashita hergestellt worden. Kurz vor seinem Tod hatte Tsuji mit der Übersetzung von *La Clef des Songes* begonnen, war damit jedoch noch nicht weit fortgeschritten.

Es ist oben Zoghman Mebkhout erwähnt worden, dem Grothendieck den vierten Teil von *ReS, L'Enterrement,* gewidmet hatte und den er in diesem Kapitel unzählige Male seinen Freund nennt. Es sollen ein paar Bemerkungen über diesen Mathematiker und seine Beziehung zu Grothendieck nachgetragen werden.

Mebkhout stammte ursprünglich aus Algerien und war in einem historischen Augenblick nach Paris gekommen, nämlich im Mai 1968. Er studierte dort Mathematik und erwarb 1970 die *„maîtrise"*.

Im Jahr 1973 fand er eine Stelle an der Universität in Orléans, war dort aber ziemlich isoliert. Im Oktober 1975 wandte er sich mit einer, wie er selbst sagt, naiven Frage über die dualisierende Garbe in der Topologie an J. L. Verdier, der ihm seine kurze Zeit später erschienene Arbeit *„Classe d'homologie d'un cycle"* zu lesen gab. Das war ein entscheidender Augenblick in seiner mathematischen Entwicklung, denn auf diese Weise wurde er mit Grothendiecks Methoden aus *SGA 5* bekannt, Methoden, die er in der komplexen Analysis benutzen konnte.

Mebkhout arbeitete danach weitgehend selbständig an seiner *thèse*. Im Februar 1979 wurde er promoviert; formal war Verdier sein *advisor*. Er beschloss dann, Grothendieck zu besuchen, der so großen Einfluss auf seine mathematischen Arbeiten genommen hatte, und reiste im Juli 1979 nach Villecun. Zu diesem Zeitpunkt hatte Grothendieck den Ort gerade verlassen, so dass der Besucher nur Johanna Grothendieck antraf und ihr ein Exemplar seiner *thèse* geben konnte. Zwei Monate später erhielt er einen ersten Brief von Grothendieck, datiert vom 4.9.1979:

Lieber Mebkhout Zoghman,
ich bedaure sehr, dass ich, gerade abgereist, Sie nicht in Villecun empfangen konnte, so dass Sie „für nichts" gekommen sind. In jedem Fall, wenn Sie gekommen sind, um Mathematik zu diskutieren, dann hätten Sie riskiert, genauso enttäuscht zu werden, denn mein Interesse an Mathematik wird immer episodischer und nebensächlicher. Allerdings lassen das sehr substanzielle Inhaltsverzeichnis und die sehr renommierte Jury, die die Ernsthaftigkeit Ihrer Arbeit attestieren, keinen Zweifel, dass man in eine mathematische Diskussion hätte einsteigen können. Es ist wahr, dass es nicht an wichtigeren Gesprächsthemen mangelt – über aktuelle Fragen (wie die Situation der Ausländer) oder über Fragen aller Epochen [...]
Ich wünsche mir, dass während meiner Abwesenheit meine Tochter Johanna Sie besser empfangen hat, als ich das getan hätte.
Indem ich Ihnen für Ihre Aufmerksamkeit danke und Ihnen viel Erfolg wünsche in Ihrer Arbeit, Ihrem Beruf – und Ihrem Leben!
*Cordialement*
Alexandre Grothendieck

Nach diesem Brief entschloss sich Mebkhout, Grothendieck in Montpellier zu besuchen, was am 7.2.1980 geschah. Sie verbrachten nur einen halben Tag miteinander, und Mebkhouts stärkster Eindruck war, dass Grothendieck sehr glücklich war und das Leben genoss. Er lehnte es ab, über Mathematik zu sprechen, doch ansonsten war er sehr mitteilsam, und sie redeten über viele Dinge. Grothendieck sprach insbesondere über die Korrespondenz seiner Eltern, aus der hervorging, dass die Beziehung seiner Eltern sehr gewalttätig war, etwas, das Grothendieck beeindruckte und das er zu verstehen versuchte. Er sprach auch von seinen Freundinnen und sexuellen Beziehungen, dass diese schwierig gewesen seien und erst jetzt glücklich [*sereines*]. Mebkhout schrieb dem Verfasser wörtlich:

*I think in this period he was just trying to make it easy for himself and for the people around him. For example he told me that he taught games (jeux) to the first year students. It is, he said, much better than mathematics.*

Wie bereits in Kapitel 15 erwähnt, bewarb sich Mebkhout um diese Zeit dreimal um eine *CNRS*-Stelle, die er schließlich im Oktober 1982 erhielt und die ihm erlaubte, sich weiterhin der Mathematik zu widmen.

Der nächste Kontakt zu Grothendieck ergab sich drei Jahre später, als dieser sich am 13.4.1983 in einem langen Brief an Mebkhout wandte und vorschlug, sich mit einer „geometrischen Topologie der Formen", die nicht auf der üblichen mengentheoretischen Topologie aufbauen sollte, zu beschäftigen. (Wie schon erwähnt, schrieb Grothendieck drei Jahre später ein sehr vorläufiges Manuskript über diese Ideen.) Mebkhout reagierte positiv und besuchte Grothendieck vier oder fünf Tage im Mai 1983. Die Zeit war ausgefüllt mit Diskussionen mathematischer Fragen, die bis zu zehn Stunden am Tag dauerten.

Anfang 1984 erhielt Mebkhout den ersten Teil von *ReS* zusammen mit der Frage, ob sein Name in diesem Text genannt werden dürfte. Es entspann sich eine intensive Korrespondenz; auch telefonierten beide während der Abfassung von *ReS* oft stundenlang, und Mebkhout gab Grothendieck viele Informationen. In einem Brief vom 21.4.1984 sprach Grothendieck zum ersten Mal von der „Gaunerei" in Bezug auf sein Werk [*escroquerie à l'égard de mon oeuvre*]. Mebkhout bemerkte eine große innere Anspannung bei Grothendieck. Es fanden noch wechselseitige Besuche statt: Mebkhout besuchte mit Frau und Tochter Grothendieck in Mormoiron, und dieser kam im Mai 1985 eine Woche lang nach Paris und wohnte bei seinem Freund. Grothendieck erzählte Mebkhouts Frau, dass er jede Nacht mit dem Teufel rede. Nach der Fertigstellung von *ReS* lockerte sich die Beziehung; am Telefon wirkte Grothendieck abwesend. Im Jahr 1988 vermittelte Mebkhout die Veröffentlichung von Grothendiecks Brief, mit dem er den Crafoord-Preis ablehnte (siehe Kapitel 28). Eine letzte telefonische Unterhaltung fand am 17.1.1991 statt, zwei Stunden vor Ausbruch des ersten Golfkrieges. Grothendieck war wütend über die Politiker und das Militär.

# 24. *La Clef des Songes*

Die Meditation *La Clef des Songes* (*CdS*) beginnt mit den folgenden
Worten, geschrieben am 30.4.1987:

Der erste Traum meines Lebens, dem ich auf den Grund gegangen bin und dessen Botschaft ich verstanden habe, hat sogleich meinen Lebensweg grundlegend
verändert. Dieser Augenblick war ganz gewiss wie eine weitgehende Erneuerung, wie eine neue *Geburt*. Im Rückblick kann ich sagen, dass es der Augenblick
der Wiederbegegnung mit meiner „*Seele*" war, von der ich seit den vom Vergessen zugedeckten Tagen meiner ersten Kindheit getrennt gelebt hatte. Bis zu diesem Augenblick war ich in der Unwissenheit befangen, dass ich eine „Seele" habe, die in mir ein *anderes Ich-Selbst* ist, schweigend und beinahe unsichtbar und
zugleich lebendig und stark – und ganz verschieden von demjenigen in mir, der
ständig glaubte, die Szene beherrschen zu müssen, der Einzige, den ich gesehen
hatte und mit dem ich fortfuhr, mich schlecht und recht zu identifizieren: „der
Herr" [*le Patron*], das „Ich". Diesen kannte ich zur Genüge, zum Überdruss. Aber
dieser Tag war eine Wiederbegegnung mit dem Anderen, dem schon Totge-
glaubten und „ein langes Leben lang" Begrabenen – eine Wiederbegegnung mit
dem *Kind in mir*. *)

Liest man diese Zeilen, dann wüsste man gerne, was Grothendieck
in diesem als so entscheidend empfundenen Traum geträumt hat
und warum dieser Traum sein ganzes spirituelles Leben verändert
hat. Es ist typisch für Grothendieck, dass er dazu kein Wort sagt.
Beim Leser hinterlässt diese Art der Darstellung einen zwiespältigen
Eindruck. Er fühlt sich eingeladen, an Grothendiecks Gedanken teil-
zuhaben – offenbar gibt es ja etwas, das Grothendieck mitteilen will
–, aber dann wird ihm doch der Zugang verwehrt.

Bevor wir auf Inhalt und Stil von *La Clef des Songes* näher eingehen, sollen einige Bemerkungen zu Umfang und Entstehungsgeschichte gemacht werden: Diese Meditation [„Traumbuch" – so
nennt es Grothendieck selbst – wörtlich „Der Schlüssel der Träume"]
ist ein Typoskript von 315 Seiten, das zwischen dem 30.4.1987 und
dem 13.9.1987 in Les Aumettes geschrieben wurde. Der vollständige
Titel ist *La Clef des Songes – ou Dialogue avec le Bon Dieu*. Dazu gehören die *Notes pour la Clef des Songes* von insgesamt 691 Seiten, geschrieben zwischen dem 3. Juni 1987 und Anfang April 1988. Nach
einem provisorischen Inhaltsverzeichnis besteht *CdS* aus zwölf Kapiteln, von denen aber nur die ersten sieben vorliegen. Ob die letzten

---

*) Wie schon früher, werden von Grothendieck gesperrt geschriebene Wörter hier
kursiv wiedergegeben.

fünf niemals geschrieben wurden, ob sie vielleicht geschrieben und dann vernichtet wurden oder ob sie noch existieren, ist im Augenblick (2010) nicht bekannt. Das Manuskript wurde offensichtlich von einer versierten Schreibkraft geschrieben; Grothendieck hat dann noch handschriftliche Korrekturen vorgenommen.

Ursprünglich hat Grothendieck an eine Publikation in Buchform gedacht. Er spricht mehrfach im Text von „diesem Buch". Auch wendet er sich an vielen Stellen direkt an den Leser. Es ist also ein „Zeugnis", das er im Gegensatz zu *Récoltes et Semailles* in erster Linie nicht für sich selbst, sondern für andere geschrieben hat.

Die umfangreichen *Notes pour la Clef des Songes* beziehen sich nur auf die ersten sieben Kapitel. Dies könnte man als ein Indiz dafür ansehen, dass tatsächlich nur sieben Kapitel geschrieben wurden; andererseits gibt es mindestens einen Verweis auf eine explizit genannte Seite der letzten fünf Kapitel.

Die Datierung zeigt, dass die Arbeit auch an diesen Texten in einem nahezu unglaublichen Tempo vorwärtsging. Grothendieck schrieb in elf Monaten über tausend Seiten. Wie er selbst angibt, benötigte er pro Seite durchschnittlich zwei bis drei Stunden. Er sagt mehrfach, dass die Redaktion von *CdS* ihm viel Mühe und Arbeit bereitet hätte, viel mehr als die von *Récoltes et Semailles*.

Grothendieck bediente sich der gleichen Schreibtechnik wie in *ReS*: Er behandelte in kürzeren oder längeren Abschnitten ein Thema oder einen Gedankenkreis. Diese Abschnitte ließ er danach im Wesentlichen unverändert, aber wenn er die Notwendigkeit sah, das Thema erneut aufzugreifen, zu variieren oder zu ergänzen, dann geschah das in neuen Abschnitten, in Bemerkungen oder Fußnoten. Auf diese Weise entstand ein etwas unübersichtlicher Text, wenn auch die Darstellung insgesamt stringenter ist als in *ReS*.

Nach diesen Vorbemerkungen soll jetzt etwas zum Inhalt gesagt werden und dazu, wie sich *La Clef des Songes* in Grothendiecks Gedankenwelt einordnet. Es wurde schon früher gesagt, dass Grothendieck, jedenfalls zeitweise, *CdS* als dritten Teil einer Trilogie ansah, mit *L'Éloge d'Inceste* als erstem und *Récoltes et Semailles* als zweitem Teil. In dieser Trilogie wollte Grothendieck sich mit dem Phänomen der Kreativität beschäftigen, und zwar der Reihe nach auf den drei Ebenen der menschlichen Existenz, der körperlichen, der geistigen und der spirituellen.

Viele Menschen, die Grothendieck kennen, berichten, dass er sich „schon immer" sehr für seine Träume interessiert habe. Zu einem zentralen Teil seiner Spiritualität wurden seine Träume allerdings wohl erst nach der „großen Wende" im Jahr 1970 und eigentlich erst nach 1980. Seit dieser Zeit sind sie auch ein ständig wiederkehrendes Thema seiner Korrespondenz. Er schrieb zum Beispiel an seine deutschen Freunde:

– seit Ende Juli [1980] beschäftige ich mich vor allem mit meinen Träumen. Es ist ein überwältigender Reichtum, der mich da überhäuft und an dem ich bisher achtlos vorüberging, mit wenigen Ausnahmen. In jedem Traum, so erscheint es mir, ist Sinn und Witz und Kraft, – wenn er sinnlos, ungereimt oder gar idiotisch anmutet, so nur wegen der ungeheuren Trägheit in mir, die der spielerisch-einfältigen Botschaft des Traums widerstrebt. Nun aber will ich aufmerksamer Schüler des Träumers sein. Aufmerksam bzw. aufgeweckt oder nicht – jedenfalls Schüler bin ich schon jetzt, ohne mich je langweilen zu brauchen.

Und ganz ähnlich schrieb er auch sieben Jahre später an seine Freunde Félix und Matilde Carrasquer (vgl. Kapitel 27):

[...] und die Arbeit, ihren [der Träume] Sinn zu dechiffrieren, ist die delikateste und schwierigste, aber auch die faszinierendste, die ich jemals in meinem Leben unternommen habe – und auch die fruchtbarste. Es ist vor allem die Intensität dieser Arbeit, die mich seit Monaten und Monaten meine Korrespondenz vernachlässigen lässt.

Einige Jahre, nachdem er mit seiner Traumarbeit begonnen hatte, glaubte Grothendieck offensichtlich, dass seine Meditationen über das Phänomen des Traumes so weit ausgereift waren, dass er sie in Buchform dem interessierten Leser vorstellen konnte. Er wandte sich in den ersten Abschnitten wiederholt direkt an den Leser, etwa in folgender Weise:

Dieses Buch, das ich gerade heute zu schreiben beginne, richtet sich in erster Linie an jene sehr Seltenen (falls sich überhaupt jemand findet außer mir selbst), die es wagen, auf den Grund gewisser ihrer Träume zu gehen. An jene, die es wagen, an ihre Träume zu glauben und an die Botschaften, die sie ihnen bringen. Wenn du einer von diesen bist, dann würde ich mir wünschen, dass dieses Buch, falls das notwendig ist, dir eine Ermutigung sei, an deine Träume zu glauben. Und auch Glauben in deine Fähigkeit zu haben (so wie ich diesen Glauben habe), ihre Botschaft zu verstehen.
      Falls dieses Buch dir dabei helfen kann, und sei es nur ein wenig, dann ist es nicht umsonst geschrieben.

Die ersten Kapitel der Meditation könnte man vielleicht so verstehen, dass hier eine „Theorie des Traumes" entworfen wird. Offenkundig ist das in keiner Weise eine (natur-)wissenschaftliche Theorie, aber auch von einem esoterischen oder spirituellen Standpunkt wird es sicher den meisten Menschen unmöglich sein,

Grothendiecks Sichtweise und Vorstellungen zu teilen. Trotzdem erscheint seine Darstellung in ihrer Art kohärent. Der Verfasser empfindet sie nicht als eine Beschreibung irgendeiner „Wirklichkeit", sondern als eine Art seltsame, aber doch faszinierende metaphysische Poesie.

In diesem Zusammenhang sollte man vielleicht erwähnen, dass Grothendieck allem Anschein nach zum Beispiel Freuds „Traumdeutung" durchgearbeitet und auch weitere relevante Literatur gelesen hat.[*] Während der Redaktion von *CdS* und *NCdS* bombardierte er seine deutschen Freunde mit allen möglichen einschlägigen Bücherwünschen, die diese auch gewissenhaft zu erfüllen versuchten.

Nach den einleitenden Paragraphen (von denen einer schon zitiert wurde), beginnt Grothendieck mit der Feststellung, dass in einem spirituellen Leben das Wichtigste und Entscheidende die Selbsterkenntnis ist [*connaissance de soi*]:

Ohne Selbsterkenntnis gibt es weder ein Verstehen eines anderen noch der Welt der Menschen, noch des Wirkens Gottes im Menschen. Wieder und wieder habe ich feststellen können – bei mir selbst, bei meinen Freunden oder Nächsten wie auch in dem, was man „Werke des Geistes" nennt (darunter einige der berühmtesten) - : Ohne Selbsterkenntnis ist das Bild, das wir uns von der Welt und den anderen Menschen machen, nichts als ein blindes und träges Ergebnis unseres Hungers, unserer Hoffnungen, unserer Ängste, unserer Frustrationen, unserer freiwilligen Unwissenheit, unserer Flucht und unserer Abdankung und der uns allen innewohnenden verdrängten Neigung zur Gewalt, [...]

Die Träume sind nun das entscheidende Mittel, um zur angestrebten Selbsterkenntnis zu kommen: „Die Geschichte meiner Reifung zur Selbsterkenntnis und zum Verständnis der menschlichen Seele ist bis auf wenige Punkte verwoben mit meiner Erfahrung des Traumes."

Als Nächstes führt Grothendieck aus, dass die Träume von einer Macht außerhalb des Menschen, dem Träumer [*le Rêveur*], geschickt werden: „*Toutes les rêves sont une création du Rêveur*" ist der Titel des ersten Kapitels. Sie sind also nicht das Ergebnis psychischer Prozesse – welcher Art auch immer –, sondern Botschaften von außen. Das ist sicher eine Ansicht, die in ursprünglichen Kulturen und auch in Religionen weit verbreitet ist, die aber kaum als „wissenschaftlich" gelten kann.[**] Unter den Träumen gibt es solche, die be-

---

[*] Dies geht z. B. aus Randnotizen in Grothendiecks Exemplar von Freud, *Die Traumdeutung*, Fischer Studienausgabe, Band II hervor.

[**] Der Verfasser kann sich nicht die Bemerkung verkneifen, dass bekanntlich das Sandmännchen die Träume schickt.

sonders wichtige Botschaften enthalten. Aus Trägheit und Furcht vor Veränderung erkennen viele Menschen diese Botschaften nicht. (Grothendieck erwähnt mehrfach in dem Text, dass ihm diese entscheidende Einsicht – dass die Träume von einer äußeren Macht geschickt seien – zum ersten Mal im August 1982 gekommen sei, sechs Jahre nachdem er die Bedeutung der Träume erkannt hatte.) Es war Grothendieck völlig klar, dass er sich mit seiner „Theorie des Traumes" in Gegensatz zu anderen Auffassungen setzt:

Wenn ich über die Träume Dinge verstanden habe, die man nicht in den Büchern findet, dann deswegen, weil ich in einem Geist der Unschuld daran gegangen bin wie ein kleines Kind. Ich habe keinen Zweifel, dass, wenn du dasselbe machst, du nicht nur etwas über dich selbst erfahren wirst, sondern auch über die Träume und über den Träumer, das du weder in diesem Buch noch in irgendeinem anderen finden wirst.

Als Nächstes analysiert Grothendieck die Natur des „Träumers" und kommt zu dem Ergebnis, dass Gott existiert und der Träumer ist: *„Dieu est le Rêveur"* ist das zweite Kapitel überschrieben. Die Träume werden dem Menschen von Gott geschickt, damit er sich selbst erkenne und zum wahren Leben finde. Dies sieht Grothendieck vermutlich als die zentrale Botschaft seines Textes an. Er sieht die Notwendigkeit, diesen Gedanken erklären zu müssen:

Ich schicke mich an, den Sinn des „Leitgedankens" [*pensée maitresse*]: „Gott ist der Träumer" dem Leser zu erklären, der keinerlei lebendige Erfahrung mit Gott hat, dem „Gott" nichts ist als ein Wort, leer an Sinn, ja sogar ein „Aberglaube" aus einem „vor-logischen" Zeitalter, das (Gott sei Dank!) seit dem triumphalen Aufschwung des rationalen Denkens und der Wissenschaften vorüber ist. Ich habe Freunde aus früheren Zeiten, die sich mit traurigem Gesichtsausdruck die Ohren zuhalten, wenn sie Wörter wie „Gott", „Seele" hören, die nichts als „Geist" enthalten. Ich weiß nicht, ob sie mein Zeugnis lesen werden. Aber ich schreibe auch für sie – mit der Hoffnung, wer weiß? [...]

In mehreren Briefen aus dieser Zeit an Bekannte und Freunde (zum Beispiel Carrasquer und K. K.) äußerte Grothendieck die Ansicht, dass diese Entdeckung – nämlich dass Gott der Träumer ist – die bedeutendste seines Lebens gewesen sei. Man braucht gar keinen Blick auf sein mathematisches Werk zu werfen, um diese Aussage als in keiner Weise nachvollziehbar, als völlig absurd zu bezeichnen. Man kann nur feststellen, dass Grothendiecks Wahrnehmung seines eigenen Werkes und auch seine „Weltsicht" sich im Vergleich zu jeder rationalen Bewertung stark verschoben hat, im Wortsinne „verrückt" ist.

Grothendieck beschäftigt sich in *La Clef des Songes* dann mit der Frage, wie er selbst zu Gott und zum Glauben an Gott gefunden hat. Dieses Kapitel mit dem Titel *„Voyage à Memphis (1): L'Errance"* *) ist für eine Biographie von Grothendieck das wichtigste. An keiner anderen Stelle äußert sich Grothendieck nämlich so ausführlich über sein Leben und das seiner Eltern.**) Er schildert seine Eltern als überzeugte Ungläubige und Atheisten und erzählt von seiner Kindheit in einem areligiösen Umfeld. Damit will er sicher verdeutlichen, dass es von seiner Biographie her in keiner Weise selbstverständlich war, dass er den „Weg zu Gott" gefunden hat, sondern dass es dazu eines Anstoßes von außen bedurfte, eben eines Anstoßes von Gott.

So aufschlussreich diese Abschnitte für Grothendiecks Biographie auch sind, so muss man doch sofort hinzufügen, dass sie unter einem sehr einschränkenden Gesichtspunkt geschrieben wurden: Er will nur die Geschichte seiner Beziehung zu Gott skizzieren. Nachdem er in den ersten Kapiteln die Bedeutung der Träume für sein spirituelles Leben geschildert, die Rolle des „Träumers" erkannt und den Träumer als Gott identifiziert hat, erscheint das als eine logische Fortsetzung. Natürlich führt dies dazu, dass sich die Schilderung auf wenige Ereignisse und Personen konzentriert. Grothendieck betont auch ausdrücklich, dass es weder in *ReS* noch in *CdS* seine Absicht war, eine Autobiographie zu schreiben. An einer Stelle (*CdS*, S. 144) schreibt er, dass sein Zeugnis eine Meditation ist, die „in der Öffentlichkeit" stattfindet oder wenigstens mit der Absicht, sie zu publizieren. Ihr Sinn besteht darin, andere aufzurufen und zu ermutigen, denselben spirituellen Weg zu ihrem wahren Selbst zu gehen.

Grothendieck ist davon überzeugt, dass jeder Mensch eine „Mission" hat und dass der wichtigste Teil dieser Mission darin besteht, zu sich selbst zu finden, das eigene Ich zu erkennen. Nur dadurch werden die schöpferischen Kräfte im Menschen freigesetzt, die in vieler Weise durch gesellschaftliche Zwänge, aber vor allem auch durch innere Trägheit unterdrückt werden und nicht zur Entfaltung kommen. Er diskutiert die wichtige Rolle des „Eros" als entscheidender schöpferischer Kraft.

---

*) In dem Text gibt es noch drei weitere Kapitel *„Voyage à Memphis"*. Diese dem Leser sich kaum entschlüsselnden Wörter sind typisch für Grothendieck. Was will er mit *„Memphis"* sagen? Reise in ein unbekanntes Land, eine unbekannte Vergangenheit?

**) Dementsprechend wurde auch im ersten Band dieser Biographie ausführlich aus diesem Kapitel zitiert.

Grothendieck misst alle Menschen daran, wieweit sie zu einem wahrhaft spirituellen Leben gefunden haben. In diesem Zusammenhang diskutiert er auch den spirituellen Aspekt der Beschäftigung mit der Mathematik. Selbst wenn es ein wenig vom Thema abführt, soll eine Bemerkung erwähnt werden, die er in einer Fußnote in diesem Kapitel über die Mathematik macht. Im Text hat er darüber gesprochen, dass es eine schöpferische Intelligenz gibt (Gott), die alle Dinge geschaffen hat, das Universum und auch die Gesetze, die das Universum regieren. In der Fußnote heißt es dazu:

Man muss hier eine Ausnahme für die Gesetze der Mathematik machen. Diese Gesetze können vom Menschen entdeckt werden, aber sie sind weder vom Menschen geschaffen noch von Gott. Dass zwei plus zwei gleich vier ist, ist nicht ein Dekret Gottes, in dem Sinn, dass Er auch die Freiheit hätte, dies in zwei plus zwei gleich drei oder gleich fünf zu ändern. Ich denke, dass die mathematischen Gesetze Teil der Natur Gottes selbst sind – ein winziger Teil, gewiss, der oberflächlichste in mancher Weise, aber der einzige, der dem Verstand allein zugänglich ist. Das ist vielleicht auch der Grund, dass es möglich ist, ein großer Mathematiker zu sein und zugleich in einem Zustand extremer spiritueller Zerrüttung.

Schließlich kommt Grothendieck auf die vielfältigen Deformationen der Menschheit zu sprechen, die mit dem Verlust an Spiritualität einhergehen und die sich zum Beispiel darin zeigen, dass das Gefühl für „Schönheit" in allen Bereichen weitgehend verloren gegangen ist. (Ein häufig wiederkehrendes Wort in diesem Zusammenhang ist Herde oder Horde, *troupeau*.) Zwischendurch kommt Grothendieck immer wieder auf sich selbst zu sprechen. Er wiederholt viele Male, dass er Jahrzehnte lang in einer spirituellen Wüste gelebt hat, dass 1970 in seinem Leben die große Wende stattfand, und er drückt auch den Gedanken aus, dass seine ausschließliche Beschäftigung mit der Mathematik von 1944 bis 1970 zunehmend eine Flucht vor familiären und persönlichen Problemen wurde.

Es ist leichter zu sagen, was *La Clef des Songes* nicht ist, als was es ist. Es ist kein wissenschaftliches Werk, denn es gibt keinen klar definierten Gegenstand der Betrachtungen und keine wissenschaftliche Methodik. Es ist keine Autobiographie, auch wenn Grothendieck gelegentlich Episoden aus seinem Leben erzählt; diese bleiben jedoch zusammenhangslos. Es ist schon gar nicht irgendeine Form eines belletristischen Werkes: Es fehlt jedes erzählerische Moment, jede Handlung, und es fehlen auch Personen, die die Handlung tragen könnten. Allerdings bedient sich Grothendieck an vielen Stellen einer poetischen Sprache, und vieles kann man nur in der Weise verstehen – oder vielleicht besser gesagt „aufnehmen" –, so wie man auch eine Dichtung aufnimmt, nicht rational, sondern gefühlsmäßig. Zum Beispiel schließt Kapitel 3 mit folgendem Satz: *„Seul Dieu se tait. Et quand Il parle, c'est à voix si basse que personne jamais ne L'entend. "* - „Allein Gott schweigt. Und wenn Er spricht, dann mit so leiser Stimme, dass Ihn niemand jemals versteht."

Der Text ist auch keine systematische Auseinandersetzung, zum Beispiel mit dem Phänomen der Träume, denn um konkrete Träume geht es überhaupt nicht. Er ist auch nicht so etwas wie eine religiöse Offenbarung, obwohl Gott eine zentrale Rolle spielt. Liest man zum Beispiel die „Offenbarung des Johannes", so fällt auf, dass fast der gesamte Text aus Bildern, aus Visionen, aus etwas „Gesehenem" besteht. Davon ist Grothendieck weit entfernt; er schreibt vielleicht auch in einer Art visionärer Sprache, aber es geht um psychische Vorgänge, Zustände, Veränderungen und Entwicklungen, um etwas „Spirituelles", das in der „Seele" des Menschen verborgen ist. *La Clef des Songes* ist vielleicht so etwas wie eine Bekenntnisschrift – aber was wäre dann dieses Bekenntnis? Am besten sagt man, was Grothendieck selbst sagt: Es ist die Niederschrift einer langen *Meditation*. Einer Meditation, die kein Ziel kennt, bei der die Gedanken weitgehend sich selbst überlassen bleiben. Vielleicht passt am besten das Wort, mit dem Grothendieck selbst *Récoltes und Semailles* bezeichnet hat: eine Phantasmagorie.

Am 20.7.1987, als die Arbeit an *CdS* schon weit fortgeschritten war, schrieb Grothendieck einen langen Brief an J. P., in dem wesentliche Themen dieser Meditation und auch des *Lettre de la bonne nouvelle* (vgl. Kapitel 29) anklingen und der zugleich zeigt, dass schon zu diesem Zeitpunkt seine apokalyptischen religiösen Visionen immer bestimmender wurden. Er schrieb unter anderem:

Ich habe durch direkte Offenbarung erfahren, dass Gott an jedem mit liebender Fürsorge Anteil nimmt und dass er Pläne hat für das Leben der Völker und der Menschheit (selbst wenn sie mysteriös und unverständlich bleiben). Ich habe auch vier oder fünf prophetische Träume über das nahe Ende und den vollständigen Zerfall der industriellen Zivilisation gehabt. Dies wird ein Sturm von einer unerhörten Gewalt sein (wie ich mit Gewissheit erwarte) aber die neue Sache, die ganz und gar meine Sicht des Kommenden und die Perspektive der Aktionen in der Gegenwart verändert haben, ist: Dieser Sturm markiert nicht das Ende unserer Art. Ihm wird unmittelbar eine Erneuerung, eine Renaissance der spirituellen und religiösen Werte folgen, die „Wiederkunft Gottes auf der Erde". Das wird bald sein, denn ich werde noch leben, und ich werde dabei eine gewisse Rolle spielen. Aber nicht sofort (wenn ich es richtig verstanden habe), weil gewisse Bücher, die ich schreiben muss, um die kommenden Ereignisse zu kommentieren und vorzubereiten, Zeit brauchen, um geschrieben und publiziert zu werden. Ich vermute, dass das in etwa zehn oder fünfzehn Jahren geschehen wird, und ich wäre nicht überrascht, wenn es das Jahr 2000 wäre (denn „Gott liebt die runden Zahlen"). Ich glaube auch zu verstehen und bin davon überzeugt, dass der Tag J [J von *jour*] nicht (direkt oder indirekt) vom Willen der Menschen ausgelöst wird (in Art eines nuklearen Holocausts oder anderer, ähnlicher Ereignisse), sondern durch göttliches Eingreifen, denn Gott wählt für jeden, ob er an jenem Tag vergehen wird („in seinem Fleische" – denn die Seele bleibt unverwundbar und unsterblich) oder ob er leben wird, ob er unter der Macht des Eingreifens Gottes berufen ist, an der göttlichen Schöpfung für unsere Art teilzunehmen. Für die anderen wird das gewiss nicht die „ewige Verdammnis" sein (wie in den biblischen Schriften, geschrieben von menschlicher Hand und fehlbar wie jedes menschliche Werk, sei es auch von Gott inspiriert [...]), eine finstere Erfindung des menschlichen Geistes. [...]

Du siehst also, dass ich nicht meine Zeit vergeude (aber vielleicht denkst Du im Gegenteil, dass ich dummes Zeug rede!) und dass es mir nicht an Brot auf dem Tisch fehlt für die Jahre, die mir zu leben bleiben. [...]

Ich kann sagen, dass ich seit letztem Oktober oder November durch eine Phase einer „mystischen" Erfahrung gehe, das heißt einer direkten persönlichen und sogar intimen Beziehung zu Gott.

## 25. Marcel Légaut – „die unwahrscheinliche Konvergenz"

Während der Arbeit an *La Clef des Songes* wurde Grothendieck mit den Büchern des christlichen Denkers Marcel Légaut bekannt, die ihn zutiefst beeindruckten und seinem eigenen Denken und auch der Niederschrift von *CdS* eine neue Richtung gaben. Es handelte sich zunächst um folgende Werke: *„L'homme à la recherche de son humanité"* und *„Introduction à l'intelligence du passé et de l'avenir du christianisme"*. Grothendieck schrieb zum ersten Mal im Juni und Anfang Juli 1987 über Légaut, den er offenbar gerade erst „entdeckt" hatte. Er nennt Légaut einen „wahrhaften spirituellen älteren Bruder" und spricht von dessen „exzeptioneller Klarheit", „spiritueller Autonomie" und „prophetischer Botschaft". Er erkennt in Légaut einen verwandten Geist und schreibt (*CdS*, Abschnitt 37) unter der Überschrift „Die unwahrscheinliche Konvergenz":

Was mich am meisten gepackt hat bei der Lektüre von Légaut, schon beim ersten Buch, aber mit umstürzender (das Wort ist nicht zu stark) Kraft, als ich das zweite zu lesen begann, ist die außerordentliche Konvergenz von zwei Lebenserfahrungen und zwei Gedankenwelten, die allem Anschein nach absolut nichts voneinander wussten, die sich noch niemals begegnet waren. [...] Die Konvergenz der Lebenswege hat mich umso mehr erstaunt als eine wahrhaft außergewöhnliche Sache, gewissermaßen als ein Wunder, als ein Akt der Vorsehung. Dieses Gefühl der „Vorsehung" war vom ersten Augenblick der Lektüre von *„L'intelligence du christianisme"* bestimmend.

Nach diesen Zeilen kann man zu der Schlussfolgerung kommen, dass Grothendieck anfänglich von dem Leben Légauts nicht viel wusste, sondern vor allem die „spirituelle Konvergenz" sieht. Tatsächlich geht die „Konvergenz" viel weiter: Auch Légaut war ursprünglich Mathematiker, und er hat in seinem Leben vieles von dem in die Tat umgesetzt, was Grothendieck angestrebt hat.

Marcel Légaut (1900-1990) besuchte die französische Eliteschule, die *École Normale Superieure*, und wurde nach seinem Studium Professor für Mathematik an den Universitäten Nancy, Rennes und Lyon. Im Alter von vierzig Jahren gab er unter dem Eindruck des Zweiten Weltkrieges die gesicherte Universitätslaufbahn auf, um als Bergbauer und Schafzüchter auf einem einsamen Bauernhof in den Voralpen, im Haut-Diois, zu leben. Er heiratete, hatte insgesamt sechs Kinder, meditierte über seinen christlichen Glauben und seine Berufung und führte ein „spirituelles" Leben. Nach mehr als zwanzig Jahren des Nachdenkens entschloss er sich, seine Gedanken, Meditationen, Überzeugungen und seine Botschaft aufzuschreiben; die oben genannten Bücher und zahlreiche weitere entstanden. Sie weisen ihn weder als einen Theologen noch als einen Philosophen im eigentlichen Sinne aus, aber doch als jemanden, der von seinem eigenen persönlichen Standpunkt aus tief in die Natur des Menschen und dessen Stellung in der Welt eingedrungen ist. Die Charakterisierung als „christlicher Denker" ist wohl die treffendste, die man in zwei Worten geben kann. Trotz aller Kritik wandte er sich nicht von der Kirche ab; die Treue auch zur (oft fraglichen und angreifbaren) Institution der Kirche ist ein ganz wesentlicher Teil seiner Botschaft. Seine Bücher wurden in viele Sprachen übersetzt. Obwohl er nicht wirklich berühmt wurde, sammelte er eine große Anhängerschaft, eine „Gemeinde" um sich herum. Es kann kein Zweifel sein, dass er durch seine Schriften und durch das Vorbild seines eigenen Lebens vielen Menschen den Weg gewiesen hat.

Es scheint dem Verfasser, dass Teile der Botschaft Légauts auch von Menschen, die der Kirche fernstehen und denen jede Religion völlig gleichgültig ist, sogar von dezidiert Ungläubigen und Atheisten, in gewissem Umfang aufgenommen, angenommen, akzeptiert und verstanden werden kann. Dies hängt einfach damit zusammen, dass er sich sehr gründlich, aber auch sehr klar und direkt mit der Natur des Menschen und seiner Bestimmung beschäftigt, und zwar in einer Sprache, die jeder verstehen kann. Es hängt auch damit zusammen, dass Leben und Werk Légauts außerordentlich einheitlich – „aus einem Guss" – erscheinen und dadurch sehr an Überzeugungskraft gewinnen. Man findet bei ihm Ruhe und Sicherheit, man ist geneigt, seinen Worten zu vertrauen.

In Grothendiecks Leben sehen wir dagegen Unrast, Brüche und Widersprüche, auch Unsicherheit in Bezug auf ganz einfache menschliche Dinge und Verhältnisse, die es schwer – vielleicht manchmal unmöglich – machen, in seine Gedankenwelt einzudringen. Légaut verleitet zur Zustimmung, Grothendieck zum Widerspruch.

Wie dem auch sei, Grothendieck ist jedenfalls von Légaut so beeindruckt, dass sich CdS in Richtung einer Analyse der Religion, des Glaubens, des spirituellen Lebens und des göttlichen Wirkens im einzelnen Menschen entwickelt. Wir zitieren zunächst einige Bemerkungen zu Légaut:

19.6.87: Ich habe in den letzten Tagen auch die Freude gehabt, das Buch *L'homme à la recherche de son humanité* von Marcel Légaut kennenzulernen, und ich glaube in dem Autor einen wahrhaft spirituellen „älteren Bruder" [im Original *aîné*, ein Schlüsselwort der Grothendieckschen „Lebenswelt"] zu erkennen. Von christlicher Inspiration geleitet, bezeugt dieses bemerkenswerte Buch eine innere Freiheit, eine außerordentliche Klarheit und zugleich die Erfahrung eines spirituellen Lebens und eine Tiefe der religiösen Vision, von deren Erreichen ich weit entfernt bin.

29./30.6.87: Légaut selbst mit der Klarsicht eines Visionärs, aber auch mit extremer Strenge und mit Bescheidenheit, zeigt den Weg zur Erneuerung – nicht den Weg einer Truppe von „getreuen Gefolgsleuten" einer toten Botschaft, sondern denjenigen, den jeder, der an Jesus glaubt, früher oder später in seinem Leben finden muss, in der Verborgenheit seines Herzens und in der Treue zu sich selbst.

18.7.87: Ich habe in den letzten Wochen reichlich Gelegenheit gehabt, zur Botschaft Marcel Légauts zurückzukommen, die von einzigartiger Bedeutung für die heutige Welt in ihrem ganzen spirituellen Niedergang ist.

Offensichtlich wollte Grothendieck nach der Lektüre von Légauts Büchern diesen auch persönlich kennenlernen. Er hat ihn, der nicht weit entfernt wohnte, am 6.11.1987 für ein bis zwei Stunden besucht. Eine entsprechende kurze Fußnote findet sich in den *Notes pour la Clef des Songes*. Zu einer näheren Bekanntschaft ist es aber nicht gekommen; Légaut war zu dieser Zeit ja auch schon 87 Jahre alt.

Cartier ist übrigens der Ansicht,[*] dass Grothendieck und Légaut sich schon Anfang der fünfziger Jahre begegnet sind, und zwar anlässlich eines Bourbaki-Seminars, das in den Alpen, in Pelvoux-le-Poet, stattfand. Légaut, der nicht weit entfernt wohnte, kannte Henri Cartan, André Weil und andere Mitglieder von Bourbaki. Cartier erinnert sich, dass er selbst damals Légaut besucht hat, und meint, dieser sei auch zu einem der Bourbaki-Treffen gekommen.

---

[*] Mündliche Mitteilung

**Marcel Légaut** — *Meine Erfahrung mit dem Glauben*

Légaut, ein Mathematikprofessor, der Schafzüchter wird! Ein Mann, der aus Leidenschaft für den Glauben 30 Jahre meditiert und jetzt sein Schweigen bricht. Ein Werk, wie es in einer Generation nur einmal gelingt. »Paris Match« zu dem großen Bucherfolg in Frankreich. Herder

# 26. *Les Mutants* – die Mutanten

Vermutlich waren die *Notes pour la Clef des Songes* zunächst nur als Anmerkungen zum Text von *La Clef des Songes* geplant. Es ist jedoch daraus sehr bald ein weitgehend eigenständiger Text entstanden, der, wie schon gesagt, in vieler Beziehung interessanter erscheint als *CdS* selbst.

Die *Notes pour la Clef des Songes* bestehen aus zwei fast ganz von einander unabhängigen Teilen. Der erste umfasst 57 Abschnitte in insgesamt 5 Kapiteln (176 Seiten) und bezieht sich mehr oder weniger auf *CdS*. Der zweite mit dem Titel *Notes pour le chapitre VII de la Clef des Songes ou Les Mutants* umfasst 88 Abschnitte auf den restlichen 515 Seiten und ist ein eigenständiger Text mit einem klar erkennbaren Thema. Abgesehen von Ergänzungen oder Fußnoten wurde er in der Zeit vom 18.9.1987 bis 2.4.1988 „in einem Zug" geschrieben. Der etwas seltsame Titel „Die Mutanten" (ein Wort, das auch im Französischen eher der Terminologie des Science-Fiction-Romans entnommen ist) bezieht sich auf Personen, die sich in spiritueller Hinsicht von „gewöhnlichen Sterblichen" unterscheiden.

Ein zentrales, nicht gerade sehr originelles Thema in Grothendiecks Denken ist der spirituelle Niedergang der Menschheit, die darauf folgende Apokalypse und das (sehr bald) bevorstehende „Neue Zeitalter", das Zeitalter der Freiheit und Selbstbestimmung und des Lebens im Einklang mit der eigenen „Seele". Die *mutants* sind Menschen, die dieses Neue Zeitalter ankündigen und vorwegnehmen. Unter diesem Gesichtspunkt hat er sie ausgewählt.

Grothendieck gibt an einer Stelle des Textes folgende Erklärung dieses Begriffes (in der Übersetzung leicht gekürzt):

Es hat in diesem Jahrhundert (wie zweifellos in vergangenen auch) eine gewisse Zahl von einzelnen Menschen gegeben, die in meinen Augen als „neue Menschen" erscheinen, Menschen, die plötzlich als „Mutanten" auftauchen und die in der einen oder anderen Weise schon jetzt den „Menschen von morgen" verkörpern, den Menschen in vollem Sinn, der sich ohne Zweifel in den kommenden Generationen entwickeln wird, in dem „Nach-Herden-Zeitalter", dessen Beginn nahe bevorsteht und das sie stillschweigend ankündigen.

Grothendieck diskutiert auf vielen hundert Seiten das Werk und Leben von insgesamt achtzehn *mutants*. Dabei wird deutlich, dass er eine persönliche Beziehung zwischen diesen *mutants* und sich selbst sieht; zum Beispiel bezeichnet er sich gelegentlich als ihr Erbe, oder er nennt sie seine „älteren Brüder". *Les Mutants* unterscheidet sich insofern grundlegend von Grothendiecks früheren philosophischen Meditationen, als er in erster Linie nicht von sich selbst spricht, sondern von Menschen, die er bewundert. Das macht die Lektüre dieses Textes in vieler Hinsicht leichter, interessanter und angenehmer als die der früheren Meditationen.

Wir beginnen jetzt mit der Liste dieser Mutanten, so wie er sie selbst zusammengestellt hat (mit einigen korrigierten und ergänzten Jahreszahlen). In dieser Liste taucht mehrfach das Wort „Lehrer" (im Original *instructeur*) auf, das erläutert werden müsste. Das Wort *savant* wird hier mit Gelehrter, nicht mit Wissenschaftler übersetzt.

1. **C. F. S. Hahnemann** (1755–1843): deutscher Mediziner und Gelehrter, erneuerte die Medizin seiner Zeit.
2. **C. Darwin** (1809–1882): englischer Naturwissenschaftler; Gelehrter.
3. **W. Whitman** (1819–1892): Journalist, amerikanischer Dichter und Schriftsteller; Poet und Lehrer.
4. **B. Riemann** (1826–1866): deutscher Mathematiker; Gelehrter.
5. **Râmakrishna** (1836–1886): indischer (hinduistischer) Prediger, Lehrer.
6. **R. M. Bucke** (1837–1902): amerikanischer Mediziner und Psychiater; Gelehrter und *annonciateur*.
7. **P. A. Kropotkin** (1842–1921): russischer Geograph und Gelehrter; anarchistischer Revolutionär.
8. **E. Carpenter** (1844–1929): Pfarrer, Bauer, englischer Denker und Schriftsteller; Lehrer.
9. **S. Freud** (1856–1939): österreichischer Mediziner und Psychiater; Gelehrter und Begründer der Psychoanalyse, Schlüssel zu einem neuen wissenschaftlichen Humanismus.
10. **R. Steiner** (1861–1925): deutscher Gelehrter, Philosoph, Schriftsteller, Redner, Pädagoge ...; visionärer Lehrer, Begründer der Anthroposophie.
11. **M. K. Gandhi** (1869–1948): indischer Advokat und Politiker; Lehrer, setzte sich für die Verbreitung der *ahimsa* (Gewaltlosigkeit) ein.
12. **P. Teilhard de Chardin** (1881–1955): französischer (Jesuiten-) Pater und Paläontologe; (christlicher) religiöser ökumenischer Denker, mystischer Visionär, arbeitete für eine Versöhnung von Religion und Wissenschaft.
13. **A. S. Neill** (1883–1973): englischer Lehrer und Erzieher; Pädagoge, der sich für eine Erziehung in Freiheit einsetzte.

14. **N. Fujii** (genannt Fujii Guruji) (1885–1985): japanischer buddhistischer Mönch; Lehrer.
15. **J. Krishnamurti** (1895–1986): Redner, indischer religiöser Denker und Schriftsteller; Lehrer.
16. **M. Légaut** (1900-1990): Universitätslehrer, Bauer, französischer christlicher religiöser Denker und Schriftsteller, Anhänger von Jesus von Nazareth, arbeitete für eine geistige Erneuerung des Christentums.
17. **F. Carrasquer** (1905-1993): spanischer Volksschullehrer und Erzieher; Pädagoge und militanter Anarchist, für eine „selbstbestimmte" Schule und Gesellschaft.
18. **E. Slovik** (1920-1945): amerikanischer Arbeiter und kleiner Angestellter; anscheinend ohne jede besondere Berufung.*⁾

Zweifellos ist die Auswahl dieser *mutants* sehr zufällig: Es sind Personen, über die oder von denen Grothendieck „zufällig" etwas gelesen hat; in einigen Fällen beschreibt er diese „Zufälle" sogar genauer.**⁾ Über Fujii Guruji und Grothendiecks Verhältnis zu ihm haben wir schon in Kapitel 16 ausführlich berichtet, über Marcel Légaut in den beiden vorhergehenden; Felix Carrasquer werden wir das nächste Kapitel widmen. Vermutlich hat von allen *mutants* Légaut am nachhaltigsten Grothendiecks Denken beeinflusst. Die Lektüre seiner Bücher war so etwas wie eine Offenbarung für Grothendieck, die seinem Denken eine neue Richtung gegeben und die wohl auch dazu beigetragen hat, ihn zum Glauben an einen persönlichen Gott zu führen.***⁾ Carrasquer hingegen bezeichnet Grothendieck verschiedentlich als seinen ältesten und besten Freund (wenn auch diese Beziehung jahrzehntelang unterbrochen war).

Darüber hinaus ist es im Rahmen dieses Buches kaum möglich, mehr als ein paar Worte zu einigen dieser *mutants* zu sagen. Bevor

---

*⁾ Grothendieck hatte den Namen falsch in Erinnerung und Solvik geschrieben. Deshalb gelang es dem Verfasser zunächst nicht „Solvik" zu identifizieren. Den Hinweis auf die richtige Person verdankt er Ben Thomas.
**⁾ Grothendieck sagt selbst an verschiedenen Stellen, dass es nahegelegen hätte, weitere Personen in diese Liste aufzunehmen. Im Zusammenhang mit Whitman und Bucke erwähnt er insbesondere Horace Traubel, im Zusammenhang mit Neill den sowjetischen Pädagogen Anton Makarenko und vor allem Leo Tolstoi. Auch Goethe wird genannt, wobei Grothendieck seine „Unbildung" beklagt: Er wisse einfach nicht genug über Goethe.
***⁾ Diesem Punkt müsste im Rahmen einer Gesamtdarstellung der „Philosophie" und Weltsicht Grothendiecks gründlicher nachgegangen werden. Es scheint, dass er vor den achtziger Jahren eher von einer schöpferischen Intelligenz oder kreativen Macht in der Welt als von einem persönlichen Gott spricht.

wir das tun, soll jedoch gesagt werden, dass Grothendieck Leben, Wirken und Weltanschauung eines jeden dieser achtzehn Mutanten unter zehn Gesichtspunkten diskutiert. Es sind dies die folgenden:

1) **Sexus** *(sexe)*
2) **Krieg** *(guerre)*
3) **Selbsterkenntnis** *(connaissance de soi)*
4) **Religion** (es folgt eine ziemlich ausführliche Erklärung, was gemeint ist; jedenfalls nicht die Kirche als Institution und auch nicht die Liturgie)
5) **(Natur-)Wissenschaft** *(science)*
6) **Kultur** *( la civilisation actuelle et ses valeurs, „culture")*
7) **Eschatologie** *(la question des destinées de l'humanité dans son ensemble, «eschatologie»)*
8) **Soziale Gerechtigkeit** *(justice sociale)*
9) **Erziehung** *(education)*
10) **Spiritualität** *(„science de demain" ou „science spirituelle")*.[*]

Es sind dazu vielleicht einige erläuternde Bemerkungen angebracht. Zunächst sind diese Themen in etwa den drei fundamentalen Ebenen des Menschen (der körperlichen, intellektuellen und spirituellen) folgend angeordnet. Deshalb erscheint *sexe* an erster Stelle, aber sicher auch, weil Grothendieck mit Neill der Überzeugung ist, dass sexuelle Freiheit die Voraussetzung für Freiheit überhaupt ist. Er schreibt (im Original gesperrt und damit besonders hervorgehoben):

> Aber ich glaube, dass Neill der erste Mensch in unserer langen Geschichte gewesen ist, der die Kühnheit und die Unschuld gehabt hat, zu sehen, dass der Schlüssel zur Freiheit des Menschen in der „sexuellen Freiheit" liegt.

Krieg ist für Grothendieck das Übel der Menschheit schlechthin, die Ablehnung von Militär und militärischer Gewalt ein Kernpunkt seiner Botschaft. Selbsterkenntnis ist für ihn nicht nur ein Ziel an sich, sondern vor allem die notwendige Voraussetzung, um zur wahren Spiritualität zu gelangen und den Willen des „lieben Gottes" auf dieser Welt zu verkünden und zu verwirklichen. Im „Brief von der Guten Neuigkeit", in dem er das Neue Zeitalter ankündigt (vgl. Kapitel 29), fordert er von seinen Korrespondenten als Erstes Selbsterkenntnis, und die letzten Besucher, die zu ihm gefunden haben, hat

---

[*] Iris Rutz-Rudel bemerkt in einem Internet-Blog, dass ihr sowohl viele der „Mutanten" als auch diese Themen aus den Diskussionen in den Hippiekommunen in Olmet und Umgebung aus den siebziger Jahren wohlvertraut waren.

er mit der Aufforderung weggeschickt, sie müssten erst einmal zu sich selbst finden.

Wissenschaft ist – bei aller Kritik und Distanz – immer noch der Schlüssel, um die Welt und den Menschen zu verstehen, und mehr als einmal sagt Grothendieck, dass seine eigene Bestimmung die Wissenschaft gewesen sei. Dabei ist nicht ganz klar, wie das zu verstehen ist, denn andererseits spricht er von seiner Zeit als aktiver Mathematiker, z.B. in *Récoltes et Semailles*, immer wieder nur als einer „Reise durch die Wüste". Am überraschendsten ist es vielleicht, welche Bedeutung Grothendieck der „Erziehung" beimisst. Hier zeigt sich ein unbekannter Grothendieck. Es wurde schon aufgezeigt, wie gründlich er sich mit den Reformansätzen seines Freundes Carrasquer beschäftigt hat. Ähnlich ausführlich diskutiert er Neill und Summerhill, und auch bei einigen anderen der Mutanten rückt er den Gesichtspunkt des Lehrers in den Vordergrund.

Wir machen jetzt ein paar Bemerkungen zu einigen von Grothendiecks „Mutanten".[*]

Es ist auffallend, dass **Bernhard Riemann** in der Liste der Mutanten erscheint, denn zum einen hat Grothendieck über ihn nur sehr wenig gewusst, und zum anderen passt er nicht besonders in diese Liste. Er ist der einzige Mathematiker und auch der einzige unter ihnen, der nur als Wissenschaftler bedeutend ist. Zwar sind Charles Darwin und Siegmund Freud ebenfalls in erster Linie Wissenschaftler, aber sie haben vor allem unser Bild vom Menschen grundlegend und nachhaltig verändert, was man von Riemann gewiss nicht sagen kann. Grothendiecks Kenntnis von Riemann und seinem Leben stützt sich ausschließlich auf den schmalen, von Weber und Dedekind herausgegebenen Band seiner „Werke" (den er vor längerer Zeit gelesen und bei der Niederschrift der *Mutants* nicht zur Hand hatte). Besonders beeindruckt haben Grothendieck die im Anhang abgedruckten „Fragmente philosophischen Inhalts". Es ist erstaunlich, dass bei diesen wenigen Quellen Grothendieck doch ein recht klares und wohl auch zutreffendes Bild von Riemann entwirft.

Wenn man über Riemann und Grothendieck spricht, so muss man vielleicht als Erstes eine Frage beantworten, die sich sofort aufdrängt: Anscheinend erwähnt Grothendieck in seinen Meditationen kein einziges Mal die „Riemannsche Vermutung". Das ist sicher eine

---

[*] Es würde den Rahmen dieser Biographie sprengen, darauf einzugehen, wie Grothendieck das Verhältnis jedes der achtzehn Mutanten zu jedem dieser zehn Themen sieht. Er legt gewissermaßen eine „Matrix" an, in der dieses Verhältnis jeweils angegeben wird.

bemerkenswerte Tatsache, wenn man bedenkt, dass diese Vermutung seinem eigenen mathematischen Werk die Richtung gewiesen hat. Grothendieck sagt selbst, dass ein wesentliches Ziel seines Neuaufbaus der Algebraischen Geometrie der Beweis der Weil-Vermutungen (also der Riemann-Vermutung für algebraische Varietäten über endlichen Körpern) gewesen sei, und es ist naheliegend anzunehmen, dass er auch die ursprüngliche Riemann-Vermutung als Fernziel vor Augen gehabt hat. In seinen Meditationen und auch in *Les Mutants* scheint ihn Riemann jedoch nur als Naturphilosoph zu interessieren. Er erwähnt explizit Riemanns Arbeit zur „Mechanik des Ohres", seinen „Beitrag zur Elektrodynamik" und die „Fragmente philosophischen Inhalts".

Besonderen Wert legt Grothendieck auf Riemanns Bemerkungen zur möglichen diskreten Struktur des physikalischen Raumes. Er erwähnt diesen Sachverhalt mit besonderer Betonung mindestens dreimal, in *Récoltes et Semailles* (S. P 58), in *Les Mutants* (S. 299) und in einem Brief zur Physik vom 24.6.1991 an einen unbekannten Adressaten.[*] Es ist nicht ganz klar, auf welche Bemerkungen Riemanns sich das beziehen könnte. In den „Hypothesen, welche der Geometrie zu Grunde liegen" schreibt Riemann nur: „ ... Es muss also entweder das dem Raum zu Grunde liegende Wirkliche eine discrete Mannigfaltigkeit bilden, oder ...", und in dem Fragment „Zur Psychologie und Metaphysik" notiert er die Antinomie: „Endliche Raum- und Zeitelemente. [versus] Stetiges." Mehr lässt sich nicht finden. Es ist allerdings gut vorstellbar, dass die Idee eines diskreten Raumes für Grothendieck, der sich selbst immer als Geometer sah, sehr naheliegend war (Stichwort „Schema").

Konkret sagt Grothendieck nur sehr wenig über Riemann. Wir zitieren ein paar Zeilen, die alles Wesentliche enthalten:

Bei meiner Lektüre [von Riemanns Werken] vor sehr langer Zeit habe ich mit einer gewissen Überraschung zur Kenntnis genommen, dass Riemann ein tief religiöser Mensch war. Die philosophischen Notizen, die uns überliefert sind, lassen das spüren, und zugleich zeigen sie uns eine Tiefe und Unabhängigkeit der Weltsicht [*vision*], die bei weitem die Art der Einstellung und der Ideen übertrifft, die zu allen Zeiten die Denker eingeengt hat [...] Sein besonderes Genie, sowohl in der Mathematik als auch auf allen anderen Gebieten, denen sich sein Geist zugewandt hat, besteht in einem erstaunlichen Sinn für die zentralen und fundamentalen Fragen und für die Strukturen, die diese suggerieren, und in einer *Freiheit*, die mir total erscheint (und wie sie ganz gewiss nur wenige Menschen im Laufe unserer Geschichte erreicht haben) [...] In einem Grade, der nur

---

[*] Zu finden auf den Internetseiten des „Grothendieck circle".

selten erreicht wird, stellt er für mich einen Geist dar, der sich vom Atavismus der Herde befreit hat.

Im Übrigen passt Riemann, wie schon gesagt, nicht besonders in die Liste der *mutants*; er hebt sich deutlich von allen anderen ab: Riemann war eine schüchterne, geradezu gehemmte Persönlichkeit und hat kaum etwas mit den extrovertierten, aktiven Männern der Liste gemeinsam. Er wollte nicht die Welt verändern, er wollte nicht einmal eine einzelne Person von irgendetwas überzeugen, man kann ihn sich nicht als Redner und nicht einmal als „Lehrer" vorstellen, er hat sich weder für Freiheit, noch für Anarchie, ganz zu schweigen von selbstbestimmter Sexualität, und nicht einmal für seine Religion eingesetzt. Er war ein genialer Mathematiker, und vielleicht hat er, wie Grothendieck sagt, zu einer ungewöhnlichen inneren Freiheit gefunden. Man mag ihn (bei entsprechender Überzeugung) als Vorläufer eines kommenden Zeitalters ansehen, aber er kündigt es gewiss nicht an.

Es gibt noch einen Berührungspunkt zwischen der Gedankenwelt Riemanns und der Grothendiecks, den mancher vielleicht als etwas bizarr empfinden wird. Anscheinend glaubte Riemann, dem deutschen Philosophen Fechner folgend, an die Beseeltheit der Pflanzen (und darüber hinaus zum Beispiel auch an die Beseeltheit der ganzen Erde). Der Glaube an die Beseeltheit der Pflanzen ist nun eine ganz wesentliche Komponente in Grothendiecks Spiritualität. Seit seinem „endgültigen" Verschwinden 1991 lebt er in enger spiritueller Gemeinschaft mit Pflanzen, er spricht von ihnen als seinen „Freundinnen", und anscheinend versucht er auch durch chemisch-alchimistische Prozesse ihre Seele oder Psyche zu destillieren. (Im vierten Teil dieser Biographie soll mehr dazu gesagt werden.)

Versuchte man, **Edward Carpenter** mit zwei Worten zu charakterisieren, so würde man ihn vielleicht einen mystischen Sozialisten nennen. Er war Schriftsteller, Dichter, Denker, Philosoph und Universitätsreformer, ein Bewunderer Walt Whitmans und vor allem im puritanischen England seiner Zeit ein Vorkämpfer für die Rechte der Frauen und der Homosexuellen (beiderlei Geschlechts). Er studierte fernöstliche Religionen und schloss sich der sozialistischen Bewegung an. Sein dichterisches Hauptwerk mit dem bezeichnenden Titel *Towards Democracy* ist eine Sammlung von etwa 300 lyrischen Gedichten. Er schrieb Bücher über die Rolle der Sexualität in der Gesellschaft wie *Love´s Coming-of-Age, The Intermediate Sex, Intermediate Types Among Primitive Folks*, in denen er sich vor allem für die sexuelle Selbstbestimmung der Frauen und der Homosexuellen einsetzt, und eine Autobiographie *My Days and Dreams*. Es ist offensichtlich, dass es hier zahlreiche Berührungspunkte zu Grothendiecks Philosophie gibt. Bemerkenswerter ist aber noch, dass die Auswahl der oben aufgeführten zehn Themen offenbar wesentlich von Carpenter beeinflusst wurde, wie in dem folgenden Zitat (S. 648) deutlich wird:

Unter den „Azimuts" (oder „Regionen") der menschlichen Existenz, die Carpenter ausgelotet hat, [...] kann ich die folgenden erkennen: den *Sexus* und die fleischliche Welt der Sinne und der Wahrnehmungen; die *Religion* und die religiöse und mystische Erfahrung; die *Wissenschaft:* die des Ursprungs und der Vergangenheit, die unserer Zeit und die von morgen [...] ; die *Kunst* und ihre Beziehung zum Leben; den *schöpferischen Prozess* in der Psyche und im Kosmos und vor allem in der Evolution; *Moral,* die Sitten und Gebräuche im menschlichen Leben und im tierischen; die *Gesellschaft* und ihre Evolution; die sozialen Bewegungen und den Kampf um *soziale Gerechtigkeit* (ein Kampf, an dem er selbst aktiv teilgenommen hat); die Verteidigung der Verweigerung des Kriegsdienstes aus Gewissensgründen und den *Kampf gegen den Krieg*; die Kritik am Rechtssystem und den Gefängnissen und die *„Verteidigung der Kriminellen"*; die *politische Ökonomie*; die Beziehung des Menschen zur *Erde und zur animalischen und vegetativen Welt* (die die Praxis der Vivisektion als eine unwissende und barbarische Überschreitung der kosmischen Gesetze erkennt, die für den Menschen und seine tierischen Brüder gelten); die Beziehung des Menschen zu seiner *Arbeit* und zum Ergebnis seiner Arbeit, die Beziehungen zwischen dem Produzenten und dem Käufer und Verbraucher; ein profundes Verständnis der Gemeinsamkeiten der *großen Mythen,* die man quer durch alle Religionen findet, als Aspekt einer *„universellen Religion"* [...]; die Geschichte der Religion, der Wissenschaft und der Kunst (aus der Religion in ihrem ursprünglichen Zustand geboren) in einer evolutionistischen und eschatologischen Vision, um die *Humanität zu erreichen* und die Bestimmung der Seele eines jeden [...]

Grothendieck hat Carpenter sehr bewundert, wie folgende Stelle aus einem Brief an seine deutschen Freunde bezeugt:

Hab noch etliche andere Bücher von ihm aufgestöbert, alles erste, allererste Klasse. Viel dabei gelernt. Auch in meinen Träumen ist von ihm die Rede, ein doller Kerl.

Es ist offenkundig, dass Grothendieck allen seinen Mutanten größte Bewunderung entgegenbringt – mit einer Ausnahme: **Charles Darwin**. Oder vielleicht zutreffender ausgedrückt: Wenn und soweit er Darwin bewundert, geschieht dies auf der intellektuellen Ebene, nicht der emotionalen. Vielleicht hängt es mit dieser emotionalen Distanz zusammen, dass – nach Ansicht des Verfassers – die Abschnitte über Darwin die am leichtesten lesbaren und die „verständlichsten" des ganzen Textes sind. Gegen Ende seiner Zeit am *IHÉS* erwachte Grothendiecks Interesse an der Biologie, und vielleicht ist seine Darstellung des Werkes und der Bedeutung Darwins auch ein Nachklang dieser früheren Beschäftigung mit der Biologie. In einer Fußnote im Bulletin von *Survivre* schrieb er schon im Jahr 1971:

Darwin, englischer Zoologe und Botaniker, einer der Ersten, der eine im Ganzen korrekte Vorstellung von der Entwicklung der Arten hatte. Seine Ansichten wurden anfangs von einer schändlichen Armee von besserwisserischen Leuten wild bekämpft, aber seit mehr als dreißig Jahren sind sie im Wesentlichen von der ganzen Welt akzeptiert: von Geologen, Genetikern, Paläontologen [...] Sie sind mit einer Menge von Beobachtungen dargestellt in seinem dicken und großartigen Buch „Über die Entstehung der Arten", absolut spannend für jeden, der lesen kann und der noch nicht so stumpfsinnig ist, jedes Interesse an solchen Fragen verloren zu haben: Woher kommen wir, und wohin gehen wir (falls etwas übrig bleibt)?

Offensichtlich spürte Grothendieck selber das Bedürfnis, zu rechtfertigen, dass er Darwin überhaupt in die Liste der Mutanten aufgenommen hat, denn er beginnt seine Darstellung mit folgenden Worten (S. 650):

Wenn ich Darwin unter „meine Mutanten" aufgenommen habe, dann ist es wegen des tief wirkenden Einflusses, den seine Theorie der Evolution auf die Geschichte des Denkens überhaupt ausgeübt hat, insbesondere auf die Vorstellung, die der Mensch sich von sich selbst macht, von seiner Geschichte und von seinem Platz im Reich des Lebendigen. Es gibt im Verlauf unserer Geschichte ganz gewiss nur wenige Menschen, die einen Einfluss von ähnlicher Tragweite gehabt haben. In der modernen Zeit sehe ich sonst niemanden außer Freud (dessen Einfluss mir aber tiefer und noch entscheidender erscheint). Es ist wahr, dass von dem spirituellen Standpunkt aus, den ich hier einnehme, diese exzeptionelle Rolle Darwins nicht zwingend verlangt, dass es gerechtfertigt ist, in ihm einen der „Mutanten" zu sehen. [...]

Liest man den gesamten Text, den Grothendieck zu Darwin geschrieben hat, so wird (trotz aller Kritik und sogar Ablehnung) offensichtlich, warum Grothendieck ihn in seine Liste der Mutanten aufgenommen hat: Der von Darwin „entdeckte" unermessliche „Baum des Lebens", der *alles* Leben umfasst, von den ersten Anfängen in einer unergründlichen Vergangenheit bis zur Gegenwart und zum Ende der Welt, das eines Tages kommen wird, dieser Baum gewinnt in seiner Unermesslichkeit eine mystische Qualität:

Denkt man an Darwin und an die Evolution, so denkt man auch an den Baum der Evolution (auch „phylogenetischer Baum" genannt) – diesen gigantischen Baum, von allen Pflanzen- und Tierarten gebildet, vergangenen und gegenwärtigen, die einen und die anderen hervorgegangen aus demselben gemeinsamen

Stamm, der unzählige Generationen von Arten umfasst, [...] ein Baum, in dem unsere fragile und hochmütige Art nur ein letztes dünnes Zweiglein ist in der Überfülle der wuchernden Äste und Ästchen, der Zweige und Zweiglein, die knospen und austreiben und sich verzweigen im Verlauf der Unendlichkeit von Tausenden und Tausenden von Jahrtausenden.

Und Grothendieck hat ja sicher auch recht, wenn er feststellt, dass niemand das heutige Menschenbild nachhaltiger geformt hat als Darwin und Freud.

**Sigmund Freud** wird in *Les Mutants* als letzter ausführlich behandelt; die letzten dreißig Seiten des Textes sind ihm gewidmet. Er nimmt in besonderer Weise eine Sonderstellung ein, und zwar deshalb, weil er als Begründer der Psychoanalyse als erster das Phänomen des Traumes mit (von ihm selbst entwickelten) wissenschaftlichen Methoden untersucht hat und weil er als Arzt und Psychiater etwas zu sagen hat zu den Problemen und traumatischen Erlebnissen Grothendiecks, die sicher einer der Anlässe für die Niederschrift von *Les Mutants* gewesen sind.

Zu Beginn der Abschnitte über Freud (ab S. 660) schreibt Grothendieck, dass er zunächst Freud gegenüber besonders kritisch eingestellt war und sich bis vor Kurzem niemals hätte vorstellen können, ihn bei seinen *Reflexionen* zu berücksichtigen. Er kannte Freud nur so gut oder so schlecht, wie man Freud eben kennt, mehr vom Hörensagen als aufgrund eigener Lektüre. Im Laufe der Arbeit an *La Clef des Songes* machte er sich jedoch mit den Ideen Freuds vertraut, und fortan sprach er im Tone höchster Bewunderung von ihm. Er geht überhaupt nicht auf das Leben Freuds ein, und er fasst dessen wichtigsten wissenschaftlichen Leistungen nur kurz zusammen. Folgendes sieht Grothendieck als die bedeutendsten Leistungen Freuds an: die Entdeckung des Unbewussten, die Entdeckung der Allgegenwart von Eros und Sexualität und die Theorie des Traumes und seiner (Be-)Deutung. Den Traum nennt er den Boten des Unbewussten.

Die erste große Idee von Freud betrifft das Unbewusste. Zunächst die Existenz des Unbewussten überhaupt – ein umfassendes Gebiet, versenkt in der Psyche, dem Bewussten verborgen. Und weiter, die Omnipräsenz des Unbewussten: Das Unbewusste ist überall [...]

Die zweite Idee von Freud, an die ich erinnern möchte, betrifft den Eros, den erotischen Trieb oder den Sexualtrieb oder (wie er es nennt) die „Libido". [...] Die große neue Idee von Freud betrifft den Eros, und seine erste große Entdeckung über die Psyche ist die Allgegenwart des Eros. [...] Eros ist überall – und vor allem da, wo man ihn am wenigsten erwartet.

Ich komme jetzt zur dritten entscheidenden Entdeckung von Freud, die untrennbar mit den erwähnten verbunden ist. Sie betrifft den Traum. [...] Die große Entdeckung von Freud über den Traum ist, dass der Traum der Bote par excellence des Unbewussten ist. [...] Das Herz seiner neuen Lehre ist seine Theorie des Traumes.

An dieser Stelle drängt sich eine Frage auf, die unbeantwortet bleibt; man erkennt einen eklatanten Widerspruch, der nicht aufgelöst wird: Wie in Kapitel 24 ausgeführt, entwickelte Grothendieck in *La Clef des Songes* selbst eine „Theorie" des Traumes, deren zentrale Gedanken die folgenden sind: Erstens werden die Träume dem Menschen von einer äußeren Macht geschickt, und zweitens ist diese äußere Macht niemand anders als Gott selbst. Das erscheint nun so ziemlich als das genaue Gegenteil der naturwissenschaftlich-rationalen Theorie Freuds. Grothendieck kommentiert diesen Widerspruch (oder mindestens Unterschied) mit keinem einzigen Wort; er scheint ihn überhaupt nicht zu bemerken. Ohne eine weitergehende Analyse des Textes muss im Augenblick offen bleiben, ob und wie Grothendieck diese beiden Sichtweisen des Traumgeschehens verbindet – oder auch nebeneinander bestehen lässt.

Als letzter Punkt, der im Zusammenhang mit Freud erwähnt werden soll, ist schließlich festzuhalten, dass es Grothendieck durchaus klar ist, dass Freud als Psychiater etwas zu sagen hat, das für sein eigenes Leben von Relevanz sein könnte.

Im letzten Abschnitt des gesamten Textes *Les mutants* mit dem bezeichnenden Titel *„pulsion incestueuse et sublimation"* kommt Grothendieck auf ein Thema zu sprechen, das ihn sein Leben lang beschäftigt hat, das Inzesttabu, wobei es sich um Inzest zwischen Mutter und Sohn handelt. Er sagt ausdrücklich, dass in seinem Leben der (von Freud entdeckte) Ödipuskomplex keine Rolle gespielt hat, dass es keinerlei Antagonismus im Verhältnis zu seinem Vater gegeben habe. Und er schreibt weiter:

Für mich gibt es nicht den geringsten Zweifel an der Allgegenwart eines inzestuösen Triebes sowohl bei dem Mann als auch bei der Frau zum Elternteil des entgegengesetzten Geschlechtes. Ich vermute, dass es ein universeller Trieb ist, der unlösbar verknüpft ist mit den Archetypen des Vaters und der Mutter im Unbewussten der menschlichen Psyche.

Wir erinnern uns daran, dass Grothendiecks erste Meditation – vielleicht eher ein dichterisches Werk – die *Éloge d'Inceste* war und dass er in seinen Schriften immer wieder auf das Verhältnis zu seiner Mutter, das offensichtlich von einer zerstörerischen Hassliebe gekennzeichnet war, zu sprechen gekommen ist. Der letzte Satz der *mutants* ist:

*Quant à l'humanité de demain, ou dans cent ou dans mille ans, je pressens qu'elle se distinguera de celle d'avant la Mutation par le fait que la pulsion incestueuse deviendra de plus en plus consciente, et que de plus (et en règle générale) sa sublimation se fera de façon de plus en plus aisée et plus en plus parfaite.*

Völlig aus dem Rahmen in der Liste der *mutants* scheint **Eddie Slovik** zu fallen, und es soll wenigstens kurz gesagt werden, wer er ist: Eddie Slovik ist der einzige Soldat in der Geschichte der amerikanischen Armee, der wegen „Desertion angesichts des Feindes" von einem Militärgericht verurteilt und exekutiert wurde. (Es gab zahlreiche Todesurteile wegen Desertion, aber niemand außer Slovik wurde wirklich hingerichtet.) Der Vorfall ereignete sich in den letzten Wochen des Zweiten Weltkrieges in den Vogesen. Offenbar musste ein Exempel statuiert werden. Der Fall gelangte bis vor den „Generalissimus in Person" Eisenhower, und dieser unterschrieb das Todesurteil. Grothendieck hatte bereits im Frühjahr 1955 bei seinem Aufenthalt in Kansas durch das Buch *The Execution of Private Slovik* des amerikanischen Journalisten William B. Huie von dem Fall erfahren, der allen Einzelheiten nachgegangen ist, Zeugen interviewt hat und das Urteil schließlich als einen klaren Justizmord darstellt. Bei seiner Niederschrift von *Les Mutants* hatte Grothendieck dieses Buch, das er für wenige Cent auf dem Flughafen von Chicago gekauft hatte, offenbar nicht mehr zur Hand. Er schrieb die entsprechenden Abschnitte aus der Erinnerung nieder. – Die Wikipedia-Enzyklopädie berichtet über Slovik Folgendes:

On October 8, Slovik told his company commander [...] that he was „too scared" to serve in a rifle company and asked to be reassigned to a rear area unit. He also told Grotte he would run away if assigned to a rifle unit and asked if that would be desertion. Grotte told him it would be desertion and refused his request ...

On October 9, Slovik went to an MP and gave him a confession in which he wrote he was going to "run away again" if he was sent into combat. Slovik was brought before Lieutenant Colonel Ross Henbest, who offered Slovik an opportunity to tear up the note and face no further charges. Slovik refused and wrote a further note stating that he understood what he was doing and its consequences.

Slovik was taken into custody and confined to the division stockade. The divisional judge advocate ... again offered Slovik an opportunity to rejoin his unit and have the charges suspended. He also offered Slovik a transfer to another infantry regiment. Slovik declined these offers and said, "I've made up my mind. I'll take my court martial."

... The nine officers of the court found Slovik guilty and sentenced him to death. ...

*On December 9, Slovik wrote a letter to Gen. Dwight D. Eisenhower, ... pleading for clemency, but desertion had become a problem and Eisenhower confirmed the execution order... Slovik´s death by firing squad ... was carried out at 10:04 on January 31, 1945, ...*

*... Although his wife and others have petitioned seven U.S. Presidents, Slovik has not been pardoned.*

Es braucht kaum gesagt zu werden, was Grothendieck an diesem Fall so nachhaltig beeindruckt hat: die absolute Ablehnung des Krieges und die Bereitschaft, alle Konsequenzen der eigenen Überzeugung auf sich zu nehmen. Aber vor allem war es die Tatsache, dass Slovik ein ganz „gewöhnlicher" Mensch war, ein Mensch, der in seiner Jugend auf die schiefe Bahn geraten war, wegen Autodiebstahl, Trunkenheit am Steuer, Fahren ohne Führerschein und ähnlichen Delikten vorbestraft war, ein Mensch ohne besondere Bildung, ohne Ideale, vielleicht ungläubig. – Es ist bemerkenswert und für Grothendieck in höchstem Maße bezeichnend, dass er gerade auch in Slovik den „Menschen von morgen" sieht.

Eddie Slovik

## 27. Félix Carrasquer

Abgesehen von der Bekanntschaft mit Fujii Guruji und dem kurzen
Treffen mit Légaut ist Félix Carrasquer der einzige der *mutants*, den
Grothendieck persönlich gekannt hat. Er hat ihn nicht nur gekannt,
sondern er bezeichnet Carresquer als seinen ältesten und besten
Freund. Vermutlich hatte Grothendieck ihn und seine Frau Matilde
(Mati) Escuder schon Ende der fünfziger Jahre kennengelernt.[*]
Grothendiecks Kinder berichten, dass die Bekanntschaft über ihre
Mutter Mireille zustande gekommen sei. Um diese Zeit betrieb
Carrasquer mit seiner Frau eine kleine Geflügelfarm in Thil in der
Nähe von Toulouse. In den Jahren 1963, 1964 und 1965 (und viel-
leicht in weiteren) verbrachten die Grothendiecks ihren Sommerur-
laub in Thil. Die damals noch sehr kleinen Kinder dürften ihren Va-
ter aber kaum gesehen haben: Er war mit seiner Mathematik beschäftigt.

Wie schon erwähnt, waren ab 1970 Carrasquer und Escuder
Mitglieder von *Survivre*. Escuder, die zeitweise dem Verwaltungs-
komitee von *Survivre* angehörte, spielte eine Außenseiterrolle: Sie
war keine Wissenschaftlerin und insofern sicher willkommen, um
eine gewisse Breite der Bewegung zu demonstrieren. Schon wegen
der räumlichen Entfernung wird sie kaum aktiv mitgearbeitet haben.
Nach dem Niedergang von *Survivre* trat dann eine lange Pause in
den wechselseitigen Beziehungen ein; von weiteren Besuchen ist
nichts bekannt. Nur die Grothendieck-Söhne wollten Anfang der
achtziger Jahre Carrasquer und seine Frau, die wieder in Spanien
lebten, besuchen, um in der Orangenernte zu arbeiten.

Grothendieck widmet etwa vierzig Seiten von *Les Mutants* der
Biographie und dem Lebenswerk seines Freundes. Man kann diese
Seiten, anders als das meiste, was Grothendieck sonst geschrieben
hat, als eine *hommage* an einen Freund lesen. Was Grothendieck über
ihn schreibt, klingt wie ein Nachhall aus der Zeit, da sein Vater für
den Anarchismus kämpfte. Und vielleicht war Carrasquer weniger
ein Freund als ein Abbild des verlorenen Vaters, und während
Grothendieck über ihn schrieb, erinnerte er sich an seine eigene Jugend und seine Eltern in der Vorkriegs-, Kriegs- und Nachkriegszeit.

Wir zitieren jetzt (in etwas freier Übersetzung) aus
Grothendiecks Text, wobei wir die einzelnen Abschnitte zeitlich

---

[*] Matilde („Mati") Escuder Vicente, geb. am 12.12.1913 in Villafranca del Cid,
gest. am 8.5.2006 in Thil (Haute-Garonne)

ordnen und teilweise etwas kürzen. Grothendiecks eigener Text ist unterbrochen durch Zitate aus Briefen von Carrasquer, die mit Anführungszeichen gekennzeichnet sind. Die Zitate sind ausführlicher, als es für diese Biographie notwendig wäre, denn hier kehren wir noch einmal zu Grothendiecks Eltern und seiner eigenen Vergangenheit zurück.

Matilde Escuder und Félix Carrasquer

Félix verbrachte die ersten vierzehn Jahre seines Lebens in dem Dorf, in dem er [1905] geboren wurde, in Albate de Ciena, wo sein Vater Gemeindesekretär war. Als lebhaftes und wissbegieriges Kind lernte er schon früh lesen und verschlang alles Gedruckte, das ihm in die Hände fiel. Er brannte darauf, mit den größeren Kindern endlich zur Schule zu gehen. Aber als es dann so weit war, blieb er keinen einzigen Tag in der Schule. Abgestoßen von der Brutalität und dem Stumpfsinn, der sich dort zur Schau stellte, flüchtete er schon am zweiten Tag [...] Seine Eltern waren vernünftig genug, nicht darauf zu bestehen, dass er wieder zur Schule zurückkehrte. Er verbrachte seine Kindheit in vollständiger Freiheit, [...] Abgesehen von diesem ersten Versuch im Alter von sechs Jahren, setzte er nie wieder einen Fuß in eine staatliche Schule – schon gar nicht als Schüler. Er hat niemals ein Examen gemacht, kein pädagogisches oder irgendein anderes. Aber das verhinderte nicht, dass er schon von frühem Alter an eine Leidenschaft für Erziehung entwickelte und zugleich eine Leidenschaft für die Schule – aber eine Schule, würdig dieses Namens. Er sagt, dass er diese Leidenschaft nur entwickeln konnte, weil er niemals eine gewöhnliche Schule, eine Dressur-Schule, besuchte [...] Ganz entschieden war es möglich, etwas Besseres zu machen. Und während seines ganzen Lebens sah er das als das Wichtigste an, als das, was vordringlich getan werden musste.

Schon im Alter von vierzehn Jahren kam er zu der Überzeugung, dass er in dem Dorf alles gelernt hatte, was er dort lernen konnte, und eröffnete seinem Vater, dass er nach Barcelona gehen werde. [...] „Die Stadt und ihre Bewohner verschiedenster Herkunft boten vielfältige Attraktionen. Aber der Fixpunkt meiner gesammelten Aufmerksamkeit war das Viertel von Atarazanas mit seinen öffentlichen Büchereien. Unendliche Schätze gab es dort zu entdecken. [...]"

Es geschah in diesen Jahren, dass Félix sich eine vollständig autodidaktische Ausbildung von enzyklopädischem Umfang erarbeitete. Er fuhr fort, sein Leben bei jeder Gelegenheit zu bereichern, durch Lektüre, Unterhaltungen, Radiosendungen, Nachdenken ... Es war auch in diesen Jahren, dass ihm seine Berufung als Erzieher klar bewusst wurde und von nun an einen zentralen Platz in seinem Leben einnahm. [...]

„ [...] Ich war 23 alt, als ich mich entschloss, in das Dorf zurückzukehren, um eine Arbeit zu beginnen, die meinem eigentlichen Bestreben entsprach. Die Diktatur von Primo de Rivera war zu Ende gegangen (1928), und es gab zahllose Schwierigkeiten, die Leute für ein neues Erziehungswerk zu mobilisieren. [...] In diesem Augenblick kam mein Freund Justo ins Dorf zurück. Er hatte einige Jahre im Gefängnis verbracht [...] In unserem ersten Gespräch schlug er vor, eine Bibliothek zu schaffen. Ich gab dreißig oder vierzig Bücher aus meinem Besitz und er ein Dutzend. Und die Dinge nahmen ihren Lauf!"

Aber viele Dorfbewohner konnten nicht lesen oder, schlimmer noch, sahen nicht die Notwendigkeit, es zu versuchen. Es mussten die einen lesen lernen, um dann die anderen anzuregen, das auch zu tun, oder genauer gesagt, es mussten alle angeregt werden zu lesen, sich auszudrücken und über die Welt nachzudenken, die sie umgab. Dafür musste eine Schule gegründet werden mit Abendkursen für Kinder und Erwachsene. [...]

Etwas später, in der republikanischen Zeit und nachdem die Leute das Vermögen des Herzogs von Solférino erhalten hatten, nahm sich der Kulturkreis ein größeres Projekt vor und realisierte es: einen kollektiven Agrarbetrieb, ein Versuchsgut und eine Reformschule mit der Beteiligung von Jungen und Mädchen zwischen sechs bis vierzehn Jahren in einem Klima von Freiheit, Kooperation und Verantwortung."

Diese erste erzieherische Erfahrung in seinem Geburtsort, die in einer Atmosphäre intensiver ideologischer und sozialer Gärung geschah, hat, wie mir scheint, das Modell für die beiden späteren pädagogischen Unternehmungen abgegeben, die denselben Grundton hatten: vollständige Freiheit und brüderliche Kooperation zwischen allen Beteiligten. Für Félix war diese Kooperation etwas ganz anderes als nur eine Frage der „Methode", [...]

Diese fruchtbare Arbeit verfolgt er fünf Jahre lang, von 1928 bis 1933, ein- oder zweimal gab es wegen der gespannten politischen Lage Unterbrechungen. Das vorzeitige Ende kommt nach einem doppelten Schock. Schon 1932 macht sich bei Félix eine Retinadegeneration bemerkbar, und einige Monate lang ist er zu absoluter Untätigkeit verurteilt. Nach einer Besserung (die sich dann von kurzer Dauer erwies) kehrt er zu seiner Aufgabe zurück. Aber im folgenden Jahr zwingt ihn die aufgewühlte politische Situation, in der er sich vollständig und in riskanter Weise engagiert, sein Heimatdorf überstürzt zu verlassen. Er flüchtet nach Lérida, und im gleichen Jahr (1933) verliert er endgültig sein Augenlicht. Das war ein schrecklicher Schlag für diesen intensiv lebenden und aktiven Mann und gleichzeitig eine schwere Bürde, die er ein langes Leben lang tragen musste. Aber sein revolutionärer Glaube und der Glaube an seine Mission – ein Beispiel für eine neue Art der Erziehung zu schaffen – war nicht im Mindesten erschüttert. Heute, ein halbes Jahrhundert später, in einer laschen Welt, die stagniert und auseinander fällt, ist dieser Glaube, diese unsinnige Hoffnung immer noch lebendig und wirksam [...]

In Lérida macht Felix die Bekanntschaft einer Gruppe von Volksschullehrern, die, beeinflusst von Freinet, auf dem Land in der Schule eine Druckerei eingerichtet haben. Er ist sofort von den Ideen von Freinet gefesselt und interessiert seinen jüngeren Bruder José dafür [...]

Zwei Jahre später (1935) treffen die beiden Brüder sich mit einem dritten, Francisco, und ihrer Schwester Presen in Barcelona, und mit der enthusiastischen und rückhaltlosen Unterstützung einer Gruppe neuer Freunde arbeiten sie an dem Projekt einer vollständig „selbstbestimmten" Schule [école autogérée]. Die Examina von José erweisen sich als höchst wertvoll für die legale Gründung der Schule: Es ist die *École Elysée Reclus* in der Rue Vallespir.

Zwischenzeitlich hat Félix Gelegenheit, sich mit dem pädagogischen Gedankengut von freiheitlich gesinnten Denkern wie Godwin, Saint Simon, Proudhon, Bakunin, Reclus bekannt zu machen. Er nimmt das mit Begeisterung auf [...] Aber er sagt, dass den stärksten Einfluss auf ihn Léo Tolstoi und dessen pädagogische Erfahrungen in Yasnaia Poliana, seinem Geburtsort, gemacht habe. [...]

Die École Élysée Reclus war die erste selbstbestimmte Schule. Sie hat nur im Schuljahr 1935/36 richtig funktioniert; dann wurde sie vom Bürgerkrieg unterbrochen. Sie war praktisch ein Familienunternehmen, denn die vier ständigen Lehrer waren die drei Brüder und ihre Schwester [...] Die Schule arbeitete unter der Schirmherrschaft und mit der Unterstützung des „Comité de l'Athénée", einer liberalen und freiheitlich gesinnten Kulturorganisation, die in ganz Spanien verbreitet war. [...]

Die zweite selbstbestimmte Schule, die von Félix gegründet und inspiriert wird, ist die „Schule der Kämpfer von Monzon" [l'*École des Militants de Monzon*]. Es ist eine Schule auf dem Lande in Aragon, die während zweier Jahre im Bürgerkrieg, von Januar 1937 bis Januar 1939, besteht. Dieses Mal ist es eine Schule für ältere Jungen und Mädchen, Vierzehn- bis Siebzehnjährige, die zusammen in einem Internat leben. Ihre Zahl schwankt zwischen vierzig und sechzig. Félix ist der einzige Erwachsene unter ihnen, und es ist Krieg! Während der zwei Jahre geht eine beträchtliche Zahl der älteren Jungen an die Front, die anderen widmen sich gemeinsam administrativen und organisatorischen Aufgaben im Hinterland. Neue Schüler ersetzen sie. Insgesamt durchlaufen zweihundert Schüler die Schule. [...] Aragon ist während dieser Zeit in 25 Agrarkollektive („*Comarcals*") aufgeteilt, die insgesamt 601 Dörfer mit 300.000 Familien umfassen, die für eine freiwillige Kollektivierung optiert haben. Unter diesen Kollektiven ist das von Monzon, das 32 Dörfer umfasst. [...]

„Die wichtigste Erfahrung in Monzon war, dass mit täglich drei Stunden landwirtschaftlicher Arbeit eines jeden die ökonomischen Bedürfnisse aller erfüllt werden konnten. Wenn sich diese Art von Schule allgemein einführen lässt, so heißt das also, dass die wirtschaftlichen Bedürfnisse von Millionen und Milliarden erfüllt werden können, dass man mit einer Beschäftigung der Kinder aufhören kann, die sie nur verdummt, und dass man eine wahre Verbindung von Theorie und Praxis in einer gemeinsamen Lebensweise schaffen kann, die alle bereichert." [...]

Die Schule von Monzon wurde gegründet aus den unmittelbaren Notwendigkeiten einer freiheitlichen Revolution in ländlichem Milieu, aber sicher auch im Hinblick auf eine größere Vision – die sich niemals erfüllte. Als im April 1938 Aragon [im Bürgerkrieg] fällt, wird die Schule in aller Hast nach Katalonien in die Nähe von Barcelona transferiert. [...] In letzter Stunde, im Augenblick der vollständigen Niederlage im Januar 1939, wird sie aufgelöst. Félix flüchtet in letzter Sekunde nach Frankreich; vier Jahre Konzentrationslager warten auf ihn – der Preis, dass er dem Erschießungskommando entkommen ist. Eine beträchtliche Zahl der Schüler von Monzon fallen an der Front. Auch sein Bruder José [...]

Grothendieck berichtet dann in seinem Text ausführlich über Organisation, Arbeitsweise und Geist der von Carresquer gegründeten Reformschulen. Er erkundigte sich während der Redaktion mehrfach in langen Telefongesprächen mit Carresquer nach Einzelheiten und erhielt offenbar auch einige Briefe von diesem. Insgesamt wird erkennbar, dass Grothendieck sich intensiv mit den pädagogischen Reformbewegungen verschiedener Art befasst hat und dass dies eine Sache ist, die ihn persönlich interessiert. Insbesondere vergleicht er ausführlich die Schule von Summerhill mit den Gründungen von Carrasquer und fragt diesen auch zu seiner Meinung über Summerhill. In dem ganzen Text von Grothendieck klingt eine Sympathie und ein freundschaftliches Wohlwollen durch, das man sonst selten in seinen grüblerischen, oft moralisierenden und nicht selten besserwisserischen Texten findet. So schreibt er voller Bewunderung über die Ereignisse von Aragon:

[...] Dies war, glaube ich, das einzige Mal in der Geschichte aller Völker, dass das freiheitliche Ideal der Kooperation und Solidarität ohne jede Hierarchie in einer großen Provinz eingeführt wurde – von Männern, Frauen und Kindern, die alle von derselben Kraft getragen wurden. [...] Félix' Bericht darüber ist ein Dokument von skrupulöser Ehrlichkeit, geschrieben von einem Menschen, der seit seinen jungen Jahren im Herzen der Bewegung agierte, die in diesen drei fruchtbaren und glühenden Jahren kulminierte. [...] *)

Über die nächsten fünfzig Jahre von Carrasquers Leben erfahren wir dann etwas verstreut nur noch das Wichtigste:

[...] Seit dem abrupten Ende des Experimentes von Monzon ist ein halbes Jahrhundert (minus ein Jahr) vergangen. [...] Félix verbrachte von diesem halben Jahrhundert sechzehn Jahre in Gefangenschaft, gefolgt von elf Jahren Exil in el-

---

*) Die Bücher Carrasquers scheinen nur wenig Verbreitung gefunden zu haben und wurden offenbar nur ins Französische übersetzt. Es sind:
*La Escuela de Militantes de Argon, Una Experencia de Autogestion y de Analisis Sociologico*, Ediciones Foil, Barcelona 1978;
*Una experincia de Education autogestionada*, Edicion del Autor, Barcelone 1981

nem fremden Land, wo er das Ende des eisernen Regimes von Franco erwartete. Tatsächlich kehrten er und Mati mit kalkuliertem Risiko schon 1971 zurück. [...] Während seines Exils in Frankreich unter den spanischen Emigranten mangelte es ihm nicht an Gelegenheit, in Vorträgen und Publikationen die Idee der freiheitlichen Erziehung und der selbstbestimmten Schule zu vertreten. [...] Anfang der sechziger Jahre, nach seiner Übersiedlung in die Pariser Gegend, versuchte er im Milieu der spanischen Emigranten ein *Centro de Estudios Sociales* nach dem Vorbild der Erfahrungen in seinem Heimatdorf Albalate und später in Barcelona zu gründen. Es wurde ein Misserfolg. [...]

Seit ihrer Emigration nach Frankreich bis zu ihrer heimlichen Rückkehr nach Spanien im Jahr 1971 lebten Félix und Mati mit ihrer Familie auf dem Lande in der Nähe von Toulouse, wo sie sehr bescheiden mit den Erträgen einer kleinen Geflügelfarm auskommen mussten. Unsere beiden Familien waren eng befreundet, und wir verbrachten beinahe jede großen Ferien bei ihnen, mit allen Kindern [...] Sie haben uns mit ihrer Freundschaft und Reife in schwierigen Momenten sehr geholfen [...] Das sind Dinge, die man nicht vergisst. Seit ihrer Rückkehr nach Spanien haben wir uns ein wenig aus den Augen verloren, aber ich glaube, dass es keine Übertreibung ist, wenn ich sage, dass Félix und Mati – jeder in seiner Weise – die nächsten Freunde gewesen sind, die ich in meinem Leben gehabt habe und auf die ich mich absolut verlassen konnte, wenn es erforderlich war.

Félix und seine Frau Mati sind alte Freunde, und sie sind auch „Familienfreunde". Ich machte 1960 ihre Bekanntschaft, also vor fast dreißig Jahren. Félix war eben aus dem Gefängnis entlassen worden, wo er zwischen 1946 und Februar 1959 zwölf Jahre verbracht hatte. Er war 1946 in Barcelona wegen politischer Untergrundarbeit verhaftet worden, als er daran beteiligt war, die *CNT* (*Confederacion Nacional de los Trabajadores*) neu zu begründen. Er und Mati sind Anarchisten, und ihr pädagogisches Engagement ist untrennbar verbunden mit ihrem politischen. Nach der Niederlage der spanischen Revolution und dem Debakel der anarchistischen und republikanischen Kräfte Ende 1938, Anfang 1939 flüchtet Félix sich im Februar 1939 nach Frankreich, wo er das Schicksal der spanischen Flüchtlinge teilt, die von einer französischen Regierung, die sich „Nationale Front" nannte, in hastig errichteten Konzentrationslagern interniert werden. Félix verbringt vier Jahre im Lager von Noe. Dann gelingt es ihm im Oktober 1943 auszubrechen. Das war keine kleine Tat: Zu dieser Zeit war er schon seit zehn Jahren blind. Er kehrt im Mai 1944 nach Spanien zurück und nimmt seine politische Untergrundarbeit wieder auf. [...] Er verbringt zwölf Jahre in den Gefängnissen Francos, was für ihn umso härter ist, da er blind ist und in diesen Jahren nicht lesen und schreiben kann. Es war einer der glücklichsten Tage seines Lebens, als er sich am 7. Februar 1959 außerhalb der Gefängnismauern wiederfindet. [...] Nach einem Jahr erhält er die Erlaubnis, nach Frankreich zu emigrieren, allerdings unter der Auflage, niemals nach Spanien zurückzukehren.

[...] Er traf sie [Mati] zum ersten Mal 1935 in der Schule von Vallespir. [...] Sie war selbst Lehrerin, mit Kopf und Seele ganz ihrer pädagogischen Arbeit verpflichtet. [...] Sie muss die Bedeutung der pädagogischen Mission von Félix klar erkannt haben, und sie verschrieb sich dieser Mission mit allen ihren Fähigkeiten. Sie traf Félix 1946 erneut wieder, als er im Untergrund arbeitete, und von diesem Augenblick an führten sie ein gemeinsames Leben. [...] Auch sie verbrachte wegen politischer Delikte ein oder zwei Jahre im Gefängnis. Nach Félix' Entlassung aus dem Gefängnis trafen sie sich wieder, und ein Jahr später wählten sie den gemeinsamen Weg ins Exil.

Wir kommen jetzt noch einmal kurz auf das persönliche Verhältnis zwischen den beiden Familien zurück. Die Kommunikation zwischen ihnen kam nach langer Pause wieder in Gang, als Grothendieck im Jahr 1985 die ersten Teile von *ReS* an Carrasquer schickte. Dieser bedankte sich mit folgenden höflichen Zeilen, deren Inhalt man auch ohne Spanischkenntnisse leicht verstehen kann:

*Querido Shurick y Familia:*
    *Con satisfacción íntima hemos recibidotu amplio manuscrito, como una prueba afectuosa de tu parte y una muestra inequívoca de confianza. Gracias por todo y sobre manera por haber iniciado de nuevo una comunicación que creíamos realmente perdida.*

Es entspann sich dann eine intensive Korrespondenz, die sich außer um persönliche Dinge und Familiennachrichten vor allem um die geplante Übersetzung und Publikation von Carrasquers Büchern drehte, die Grothendieck nachdrücklich betrieb. Er kontaktierte verschiedene Verlage und schlug sogar vor, dass seine Exfrau Mireille die Übersetzung anfertigen könnte, und war bereit, ihr aus eigener Tasche ein angemessenes Honorar zu zahlen. Es empörte ihn sehr, dass verschiedene Verleger die Publikation letzten Endes ablehnten.

Nebenbei erwähnt Grothendieck in *Les Mutants*, dass um die Jahreswende 1987/88 Carrasquer damit beschäftigt war, seine Autobiographie zu schreiben und dass bereits 800 Seiten in Maschinenschrift vorlagen. Allem Anschein nach ist diese sicher höchst interessante Autobiographie niemals erschienen. Wilfred Hulsbergen hat erfolglos versucht, in der Familie und im Bekanntenkreis von Carrasquer Informationen über diese Autobiographie zu finden.

Es wurden weiter oben die Brüder von Félix Carrasquer erwähnt. Der jüngste von ihnen, Francisco, emigrierte ebenfalls erst nach Frankreich und später nach Holland, wo er an der Universität Leiden Professor für spanische Literatur wurde.

Wir beschließen dieses Kapitel mit der ersten und letzten Strophe eines Gedichtes, das Carrasquer zu Grothendiecks Geburtstag im Jahr 1987 geschrieben hatte:

| | | |
|---|---|---|
| *La verdad es relativa* | ...... | *Porque el Hombre es como un arco* |
| *cual una brisa de astio,* | | *de amor e imaginacion,* |
| *que a veces nos regocija* | | *abriendo a la historia, cauces* |
| *y otras nos da escalofrio.* | | *de feliz cooperacion.* |

# 28. Der Crafoord-Preis, 1988

Im Jahr 1988 stand Grothendieck zum letzten Mal im Rampenlicht der Öffentlichkeit. Er erhielt zusammen mit seinem früheren Schüler und Nachfolger am *IHÉS*, Pierre Deligne, den prestigeträchtigen und hoch dotierten Crafoord-Preis.

Dieser Preis war 1980 von Anna-Greta und Holger Crafoord, schwedischen Industriellen, gestiftet worden und wird seit 1982 jährlich wechselnd in den Fächern Mathematik, Astronomie, Geowissenschaften und Biowissenschaften vergeben. Er war als Ergänzung zum Nobelpreis gedacht, indem besonders die naturwissenschaftlichen Fächer berücksichtigt werden, für die es keinen Nobelpreis gibt. Er ist ebenfalls mit einem beachtlichen Geldbetrag verbunden und wird auch von der Königlichen Schwedischen Akademie der Wissenschaften verliehen. Preisträger in der Mathematik waren bisher Arnold und Nirenberg (1982), Deligne und Grothendieck (1988), Donaldson und Yau (1994), Connes (2001) sowie Kontsevich und Witten (2008).

Grothendieck und Deligne erhielten den Preis „für ihre fundamentalen Forschungen in der Algebraischen Geometrie, insbesondere für die Einführung der étalen Cohomologie (Grothendieck) und ihre Anwendung in verschiedenen Gebieten der Mathematik (Grothendieck und Deligne), einschließlich des Beweises der Weil-Vermutungen."

In einem von der Schwedischen Akademie eingeholten Gutachten werden zunächst führende Vertreter der Algebraischen Geometrie aufgelistet, unter denen Weil, Serre, Grothendieck, Deligne und Faltings als *exceptional* bezeichnet werden. Dann heißt es weiter:

*Coming now to the difficult task of nominating to you a candidate for the 1988 Crafoord Prize, and with the above in mind, I propose to you as candidate Alexandre Grothendieck. It is my deep conviction that the achievements of Grothendieck in, and his significance for, algebraic geometry in particular, and mathematics in general, can stand comparison with the achievements of each one of the distinguished mathematicians mentioned above.*

*In order to justify my proposal and my statement I could first of all mention the fact that modern algebraic geometry, as it stands today, is built upon the foundations laid down by Grothendieck. However – and I would like to stress this point – this itself would not be sufficient for justifying my statement and it is certainly not my principal point. My main motivation is in fact the originality, the brilliance and at the same time the naturality of Grothendieck's ideas, the deepness of his insight and the richness of his imagination. Grothendieck has shown us completely new ways and methods, he has revealed us entirely new roads into algebraic geometry and many other parts of mathematics.*

In der Laudatio hieß es, Grothendieck und Deligne hätten die Algebraische Geometrie „revolutioniert". Im Jahr 1988 war der Preis mit 270.000 Dollar dotiert. Die Nachricht von der Ehrung erhielt Grothendieck am 13. April. Einige Tage später berichtete die Presse, zum Beispiel die Zeitung „Le Monde", von dem Ereignis, das damit allgemein bekannt wurde.

Aus Anlass der Preisverleihung erhielt Grothendieck viele Glückwunschbriefe. Prominentester Gratulant war am 18.4.1988 der französische Staatspräsident François Mitterand, der jedoch ohne Anrede etwas unpersönlich schrieb und vor allem das hohe Niveau der Mathematik in Frankreich betonte (vgl. Abbildung).

Am 19.4. lehnte Grothendieck in einem Brief an den ständigen Sekretär der Schwedischen Akademie der Wissenschaften, Tord Ganelius, die Annahme des Preises ab. Er erläuterte zugleich seine Gründe. Das Ablehnungsschreiben wurde mit unbedeutenden Änderungen, die Grothendieck trotzdem aufs Höchste empörten, in „Le Monde" am 4.5. abgedruckt. Spätestens damit war der ganze Vorgang ein Ereignis mit einem sensationellen Anstrich. In der Presse und in der Öffentlichkeit erlebte die Ablehnung eine noch viel größere Resonanz als die Preisverleihung selbst; sogar Blätter der Regenbogenpresse berichteten darüber. Entsprechend zahlreich trafen jetzt Briefe ein, die zur Ablehnung des Preises etwas zu sagen hatten. – Hier sind zunächst wesentliche Teile von Grothendiecks Schreiben an Ganelius:

Ich bin empfänglich für die Ehrung, die die Königliche Schwedische Akademie der Wissenschaften mir erwiesen hat, indem sie entschieden hat, den Crafoord-Preis für dieses Jahr, zusammen mit einer beträchtlichen Summe Geldes, gemeinsam an Pierre Deligne (der mein Schüler war) und mich selbst zu verleihen. Dennoch bedaure ich, Ihnen mitzuteilen, dass ich nicht wünsche, diesen (oder irgendeinen anderen) Preis anzunehmen, und zwar aus folgenden Gründen.

1) Mein Gehalt als Professor, und sogar meine Pension ab nächstem Oktober, ist mehr als ausreichend sowohl für meine materiellen Bedürfnisse als auch meine Verpflichtungen gegenüber anderen; daher habe ich keinerlei Bedürfnis nach Geld. Was die Auszeichnung einiger meiner fundamentalen Arbeiten betrifft, so bin ich davon überzeugt, dass allein die Zeit der entscheidende Test für die Fruchtbarkeit von neuen Ideen oder neuen Sichtweisen ist. Die Fruchtbarkeit zeigt sich an den Früchten, nicht an den Ehrungen.

2) Ich bemerke außerdem, dass alle Forscher auf dem hohen Niveau, an das sich ein prestigeträchtiger Preis wie der Crafoord-Preis wendet, einen solchen sozialen Status haben, dass sie ohnehin schon einen Überfluss an materiellem Reichtum und wissenschaftlichem Prestige haben, mit aller Macht und allen Privilegien, die damit verbunden sind. Aber ist es nicht klar, dass Überfülle bei den einen notwendigerweise auf Kosten der anderen geht?

3) Die Arbeiten, die mir die freundliche Aufmerksamkeit der Königlichen Akademie verschafft haben, wurden vor 25 Jahren durchgeführt, zu einer Zeit, in der ich zur wissenschaftlichen Welt gehörte und im Wesentlichen ihrem Geist und ihren Werten zustimmte. Ich habe diese Welt 1970 verlassen, obwohl ich mir meine Liebe zur wissenschaftlichen Forschung bewahrte, und ich habe mich innerlich mehr und mehr von diesem wissenschaftlichen „Milieu" zurückgezogen. Nun ist während der vergangenen zwei Jahrzehnte die Ethik der wissenschaftlichen Arbeit (wenigstens unter den Mathematikern) in einem solchen Maße abgesunken, dass nichts als schlichte Plünderung zwischen Kollegen (und vor allem auf Kosten derjenigen, die nicht in der Lage sind, sich verteidigen zu können) schon fast die allgemeine Regel geworden ist und jedenfalls in allen Fällen allgemein toleriert wird, eingeschlossen flagrante Fälle, die jedes Rechtsgefühl verletzen. Unter diesen Bedingungen beim Spiel von „Preisen" und „Belohnungen" mitzumachen, würde bedeuten, einem Geist und einer Entwicklung meine Unterstützung zu geben, die ich als krankhaft erkannt habe und die im Übrigen dazu bestimmt sind, binnen kurzer Frist zu verschwinden, denn sie sind sowohl spirituell als auch intellektuell und materiell selbstmörderisch.

Es ist dieser dritte Grund, der für mich mit Abstand der wichtigste ist. [...]

Sieht man Grothendiecks Leben als ein Drama an – es kann nur eine Tragödie sein –, dann ist mit der Verleihung des Crafoord-Preises der letzte Akt erreicht. Liest man all die Briefe, die er zu diesem Anlass erhielt, so drängt sich ein Bild auf: Um den Helden, der im Begriff ist, dieser Welt endgültig den Rücken zu kehren, hat sich noch einmal ein gewaltiger Chor von Stimmen versammelt, von Stimmen, die versuchen, ihn zurückzuhalten, die noch einmal beschwören, was in seinem Leben wichtig war, welchen Weg er gegangen ist. Es sind alle dabei in diesem Chor: Stimmen aus seiner Kindheit in Hamburg wie Utta Heydorn und Sigrid Bendt; Rudy Appel, sein bester Freund aus dem Kinderheim *Le Guespy* in Le Chambon, sendet Grüße, die engsten Begleiter auf seinem Weg als Mathematiker wie Serre, Samuel, Choquet oder Jacob Murre, sein Doktorvater Laurent Schwartz, seine Schüler wie Demazure, Illusie oder Mebkhout, seine Mitkämpfer aus der *Survivre*-Zeit wie Jaulin oder Guedj, sein treuester Mitkämpfer aus den Monaten des absurden Prozesses, Lascoux, und zahllose flüchtige Bekannte oder ihm völlig Unbekannte wie etwa die Witwe des Mainzer Chemikers Fritz Strassmann, Mitentdecker der Kernspaltung. Der „König" in Gestalt des Präsidenten der Republik ist dabei und ebenso Figuren, die die Rolle der Bettler spielen. Es haben sich alle versammelt, und sie sagen im Grunde alle dasselbe: Bleibe bei uns!

Von dem Medienecho offensichtlich selber etwas überrascht, wandte sich Grothendieck in einem quasiöffentlichen Brief an seine Gratulanten. Dies geschah am 24.4.1988, noch bevor die Ablehnung öffentlich bekannt geworden war. Diesem Brief gab er die sarkastische Überschrift „Gratulationsbrief an die Gratulanten zum Crafoord-Preis 1988". Zunächst bedankte er sich artig für die Glückwünsche, verfiel dann jedoch in den bei ihm nicht selten etwas rechthaberischen und belehrenden Ton, der die Diskussion mit ihm so schwierig oder sogar unmöglich machte. Vor allem beklagte er sich darüber, dass offenbar nicht ein einziger von den Leuten, die ihn eigentlich gut kennen müssten und die *Récoltes et Semailles* gelesen haben sollten, auf den Gedanken gekommen sei, dass er den Preis ablehnen würde.

Unter den vielen Zuschriften waren teils sehr ernsthafte, die auf seine Gründe eingingen, teils etwas skurrile. Wie nicht anders zu erwarten, wird in den meisten Briefen Anerkennung, Sympathie, sogar Bewunderung ausgedrückt. (Wer Grothendiecks Gründe für die Ablehnung des Preises nicht teilte, fühlte sich kaum veranlasst zu schreiben.) Es ist für Grothendiecks Persönlichkeit bezeichnend, wie er auf diese Briefe reagierte. Rein äußerlich ist zunächst festzustellen, dass er sie penibel ordnete und archivierte. Bei Schreiben, denen das Datum fehlte, vermerkte er es. Beantwortete er einen Brief handschriftlich, was meistens gleich am Tag des Eingangs oder unmittelbar danach geschah, dann notierte er das auf dem Brief. Diese Sorgfalt, auch in Details, ist sicher ein Kennzeichen seiner Arbeitsweise. – Viel interessanter ist aber natürlich, wie Grothendieck auf diese Post reagierte:

Es gab viele Anfragen von Medienvertretern (Presse, Rundfunk), die um Interviews, Beiträge oder weitere Stellungnahmen Grothendiecks baten. Derartige Vorschläge oder Anfragen lehnte er durchweg ab. Weiterhin gab es Einladungen zu Vorträgen, Gesprächsrunden oder Forschungsaufenthalten. Sogar die Nationaluniversität der Elfenbeinküste lud ihn zu einem dreiwöchigen Aufenthalt ein.[*] Weil selbst dieser etwas formale Einladungsbrief den Tenor der meisten Zuschriften präzise trifft, sollen die ersten Sätze zitiert werden: *„Votre lettre à l'Académie Royale des Sciences de Suède, publiée dans Le Monde, comme tout ce qui vous touche ne peut laisser personne indifférent. Et je me surprends de converger largement avec vous!"* – Auch wenn die Antwortschreiben nicht vorhanden sind, kann kein Zweifel bestehen, dass Grothendieck alle diese Einladungen abgelehnt hat.

---

[*] Brief von Professor Bamba Siaka Kante vom mathematischen Institut

In einer kleineren Zahl von Briefen wird zwar Hochachtung für Grothendiecks Beweggründe ausgedrückt, aber auch die Meinung, dass er das Preisgeld für einen „guten Zweck" hätte spenden können. (In diesem Sinne meldeten sich vor allem einige Mitstreiter oder Bekannte aus der *Survivre*-Zeit.) Das konnte in ganz „naiver" und direkter Weise geschehen wie in einem etwas melancholischen Brief von Sigrid Bendt, der Tochter des von Grothendieck so sehr geschätzten Ehepaares Rudi und Gertrud Bendt:

Lieber Schurik, habe natürlich mit Erstaunen Deine Ablehnung des Preises gelesen. Ich bewundere Dich, was hätte Mutti dazu gesagt? Mir kam aber der Gedanke, warum nicht den Preis annehmen und an bedürftige Menschen weitergeben?

Weil sich in diesem Brief so viel von Grothendiecks Leben widerspiegelt und zugleich auch ein wenig die Ratlosigkeit deutlich wird, mit der ihm selbst nahe Bekannte gegenüberstanden, sollen noch einige Sätze aus diesem Brief zitiert werden, auch wenn wir damit etwas vom Thema abkommen:

Lieber Schurik, habe lange auf Post von Dir gewartet. Nun fühle ich, daß da auch nichts mehr kommt. Es betrübt mich doch ein wenig. Habe ich Dich verärgert? Das wäre ganz und gar nicht im Sinne von Mutti. Du lagst ihr sehr am Herzen und sie freute sich so sehr über jeden Brief von Dir. In meinen Ferien las sie mir jeweils die Briefe vor. Deine rührende Wertschätzung Vati und ihr gegenüber erfreute ihr Herz. Über Deine großzügigen Zuwendungen war Mutti zutiefst dankbar. [...] Mutti hatte ja nie viel Geld zur Verfügung, darum war es für sie ein großartiges Gefühl, endlich doch mal Geld zu haben.[*]

Auf einen weiteren Fall, in dem Grothendieck von seiner Vergangenheit eingeholt wurde, gehen wir später in diesem Kapitel noch genauer ein.

Weiterhin gibt es eine nicht geringe Zahl von Briefen, in denen die Schreiber vor allem auf eigene persönliche Probleme zu sprechen kommen, und natürlich gab es auch „Spinner", die sich zu obskuren mathematischen, religiösen oder anderen Fragen zu Wort melden. Was fehlt, sind Briefe von „Verehrerinnen"; der Verfasser hat nur einen von einer alleinerziehenden Mathematikstudentin gesehen, der halbwegs in diese Kategorie fallen könnte.

Wie schon gesagt, hat Grothendieck auf fast alle dieser Briefe geantwortet. Wenn ihn der Schreiber nicht besonders interessierte,

---

[*] Für Informationen über die Familie Bendt siehe Band 1 dieser Biographie, Kapitel „Schurik in Blankenese".

zum Beispiel der Präsident der Republik, Mitterand, geschah das kurz und formal. Sonst gab er sich oft große Mühe, persönlich auf das Anliegen seines Briefpartners einzugehen.

Dennoch ist es erstaunlich, dass sich die mit Abstand längste und inhaltsreichste Korrespondenz mit einer Grothendieck bis dahin völlig unbekannten Frau entwickelte, die offensichtlich große materielle, gesundheitliche und auch psychische Probleme hatte und sich in ihrer Not an Grothendieck gewandt hatte. Man kann nur bewundern, mit welcher Zuwendung und mit welchem Einfühlungsvermögen, aber auch wie rational und wie nüchtern er sich in die Situation dieser Frau versetzte. Er beauftragte sogar einen guten Freund, sich der Sache dieser Frau anzunehmen und sie zum Beispiel bei Gerichtsterminen und Behördengängen zu begleiten. Allerdings hatte er auch klare Prinzipien und verschwendete keine überflüssige Zeit. Als er feststellte, dass seine Korrespondentin sich vielleicht doch mehr in etwas weinerlichem Selbstmitleid erging, als konkrete Schritte zu unternehmen, da machte er ihr in einem letzten Schreiben noch einmal glasklare Vorschläge und brach im Übrigen die Korrespondenz ab. (So bleibt die Frage unbeantwortet, ob er der unbekannten Frau wirklich materielle Unterstützung hätte zukommen lassen, was er jedenfalls in seinen Briefen nicht ausgeschlossen hatte. Nach Auskunft des erwähnten Freundes übernahm Grothendieck die angefallenen Kosten für juristische Beratung.)

Liest man den völlig vernünftigen und rationalen Briefwechsel mit dieser Frau, dann kann man sich nur mit einer gewissen Fassungslosigkeit daran erinnern, dass dies auch schon die Zeit war, in der Grothendieck Botschaften von guten und von bösen Engeln erhielt, sich mit der 1982 verstorbenen stigmatisierten Nonne Marthe Robin identifizierte, dass er wenig später versuchte, sich zu Tode zu fasten, um den Augenblick des Todes bewusst zu erleben, und dass er keine zwei Jahre später das Jüngste Gericht und ein bevorstehendes Goldenes Zeitalter voraussagen würde. Im Übrigen findet sich sogar in dem Ablehnungsschreiben an die Schwedische Akademie ein entsprechender Hinweis, indem er von „vollständig unvorhergesehenen Ereignissen noch vor dem Ende des Jahrhunderts" spricht. Es zeigen sich hier zwei Seiten von Grothendieck, die man kaum zu einem einheitlichen Bild zusammenfügen kann.

Obwohl sich in den Zuschriften zur Ablehnung des Crafoord-Preises vornehmlich Zustimmung ausdrückt, muss man annehmen, dass bei der großen Mehrheit die Ablehnung weitgehend auf Unverständnis stieß, sicher auch wegen der erneut wiederholten ausdrücklichen

Kritik am wissenschaftlichen Establishment. Die intensive Korrespondenz sah Grothendieck wohl durchaus als Bereicherung seines Lebens. Am 23.6.1988 schrieb er an seine deutschen Freunde:

Ich bekomm immer noch Post und sonstige Echos in Anklang an die Crafoord-Preis-Geschichte. Hab dadurch einige sehr interessante Bekanntschaften gemacht, u. a. mit jemandem, der genau der Richtige ist, um Ernten und Säen und meine künftigen Werke (sofern der liebe Gott sie nicht als „vornehmen Kitsch" abschiebt) ins Englische zu übersetzen.[*]

Trotz der intensiven Korrespondenz und der neuen „interessanten Bekanntschaften" im Jahr 1988 änderte sich dauerhaft nichts an dem fast endgültigen Bruch Grothendiecks mit der Gemeinschaft der Mathematiker. Nach 1988 kam der auch vorher schon sehr spärliche Kontakt zur Außenwelt fast vollständig zum Erliegen. Auch wohlwollende Freunde und Bekannte aus früheren Jahren hatten das Gefühl, dass sie sich nichts mehr zu sagen hätten.

Wir kommen jetzt auf einen schon früher in diesem Kapitel angedeuteten Punkt zurück. Im Zusammenhang mit der Ablehnung des Crafoord-Preises erfolgte ein kurzer Briefwechsel zwischen Pierre Sauvage und Grothendieck, in dem Grothendiecks Überzeugungen und moralische Prinzipien, die zweifellos nicht jeder teilen kann, besonders deutlich werden. Mit diesem Briefwechsel kommen wir auch noch einmal auf die mehr als vierzig Jahre zurückliegenden Ereignisse in Le Chambon-sur-Lignon zurück. Für einen Augenblick holte seine eigene Geschichte Grothendieck ein.

Pierre Sauvage wurde in Chambon geboren; seine jüdischen Eltern hatten dort Zuflucht gefunden und waren später in die Vereinigten Staaten emigriert, wo sie ein neues Leben begannen. Ihr Sohn erfuhr erst im Alter von achtzehn Jahren von seiner jüdischen Abstammung und den Geschehnissen in Le Chambon. Er wurde ein erfolgreicher Filmemacher und gründete 1982 die „Chambon Foundation", deren Ziel es ist, die Erinnerung an die Ereignisse in dieser grauen Stadt in den Bergen wach zu halten. Dazu diente vor allem sein Dokumentarfilm *Weapons of the Spirit*, der 1989 fertiggestellt wurde. Um diesen Film ging es in dem Briefwechsel. Sauvage schrieb am 4.5.1988:

---

[*] Gemeint ist vermutlich Roy Lisker.

Lieber Herr Grothendieck,

wir sind zusammen in Chambon gewesen, ich als ein jüdisches Baby, das zufälligerweise dort 1944 geboren wurde. – Rudy Appel und andere Ehemalige von La Guespy haben mir von Ihnen erzählt [...]. – Es ist wegen Chambon, dass ich mir erlaube, jetzt an Sie zu schreiben, und wegen des finanziell beträchtlichen Preises, den Sie abgelehnt haben. – Ich werde nicht versuchen, einen Zusammenhang zwischen Geometrie und Moral herzustellen, aber warum soll ich Ihnen nicht zu bedenken geben, dass die Summe, die Ihnen angeboten wurde, der Erinnerung an Chambon nützen könnte und damit auch der Zukunft.

Und dies in dreierlei Weise: 1) Sie würde ermöglichen, unter Ihrer Mithilfe meinen Dokumentarfilm über Le Chambon fertigzustellen [...]; 2) sie könnte ein Beitrag zur Schaffung eines historisch-moralischen [*historico-moral*] Museums in Chambon sein [...]; 3) sie könnte ein Beitrag für ein Stipendium „Daniel Trocmé" sein, das wir Juden von Chambon für das Collège Cévenol stiften wollen.[*]

Meine erste Priorität heute ist tatsächlich die Fertigstellung meines Filmes *Les armes de l'esprit*, der dokumentiert, was in den Kriegsjahren in Chambon geschehen ist.

Sauvage geht dann noch etwas auf die Produktionskosten des Filmes und einige technische Details ein, entschuldigt sich und schreibt abschließend:

Wie dem auch sei, wenn Ihnen Chambon etwas bedeutet und wenn Sie meine Bemühungen für verdienstvoll halten, bitte ich Sie zu prüfen, ob es nicht möglich ist, das Geld, das Sie abgelehnt haben, den „Freunden von Le Chambon" zukommen zu lassen.

Grothendieck antwortete am 5. Juni wie folgt:

[...] Wie Sie am Ende Ihres Briefes selbst sagen, mangelt es auf der Welt nicht an guten Vorhaben, denen das Geld fehlt, und als Folge meiner Ablehnung des Crafoord-Preises habe ich eine gute Zahl von Briefen erhalten, diese Ablehnung zu widerrufen. In Anbetracht der besonderen Umstände und des allgemeinen Kontextes der Zuerteilung des Preises konnte es andererseits für mich nicht infrage kommen, ihn anzunehmen – ich hätte mich selbst verleugnen müssen. Der Preis könnte tausendmal so hoch sein, und es wäre genauso. Und Sie könnten über zehn Milliarden Dollar verfügen, die es Ihnen erlauben würden, Ihren Film im letzten Winkel der Erde zu verbreiten, die Welt würde nicht um Haaresbreite vorankommen. Denn das, was falsch ist, ist nicht irgendeine Sache, die Geld kaufen kann, nicht einmal verbessern – eine Milliarde von Milliarden von Milliarden Dollar würden absolut nichts ändern. Sicherlich wissen Sie das im Grunde, aber Sie haben wie die ganze Welt die Tendenz, die Natur der Dinge zu vergessen. Ihr

---

[*] Daniel Trocmé, ein Neffe von André Trocmé, bezahlte seinen Einsatz für die jüdischen Flüchtlinge mit dem Leben. Er war eines der wenigen Opfer der Nazis in Le Chambon. (Vgl. Band 1 dieser Biographie.)

Film wird weder mehr noch weniger Gutes (oder Schlechtes) bewirken als das, was er für Sie persönlich bewirkt [...]

Der Grund dafür ist, dass ich seit einigen Jahren ein sehr zurückgezogenes Leben führe, ohne das Bedürfnis zu spüren, mich irgendeiner Gruppe anzuschließen. Das bedeutet keineswegs, dass Ihre Initiative, eine Verbindung zwischen den „Ehemaligen", die in alle vier Ecken der Welt zerstreut sind, zu schaffen oder zu erneuern, mir ohne Interesse erscheint. Im Gegenteil, ich muss Ihnen gestehen, dass Ihre Art des „An-die-große-Glocke-Hängens" der „Gerechten" von Chambon etwas davon hat, einfache menschliche Solidarität zu einem Akt zu erheben, der die Bewunderung der Nachwelt auf sich ziehen soll (so wie in einem Museum die Dinge aus einer längst vergangenen Zeit, als es solche Sachen noch gab ... ) – das scheint mir ganz dem eigentlichen Ziel entgegenzuwirken. Ich bin sicher, dass die interessierten Leute von Chambon die ersten sein müssen, die sich dieser unangebrachten Publizität widersetzen und davon geniert sind.

Die in den letzten Zeilen angesprochene Frage – das „richtige" Verhalten der Nachwelt gegenüber den Ereignissen in Le Chambon – hat Grothendieck noch viel später sehr beschäftigt. In Band 4 soll darüber mehr gesagt werden.

---

LE PRÉSIDENT DE LA RÉPUBLIQUE                    Paris, le 18 avril 1988


Message adressé au Professeur Alexandre GROTHENDIECK

lauréat du prix CRAFOORD 1988

---

Le prix CRAFOORD qui vient de vous être attribué en même temps qu'au Professeur Pierre DELIGNE s'ajoute aux autres prix prestigieux qui ont déjà récompensé vos travaux.

Cette distinction témoigne de la très haute qualité de l'école mathématique française dont le récent colloque sur les "mathématiques à venir" rappelait à quel défi elle doit faire face pour attirer de jeunes chercheurs et se maintenir à un niveau mondial.

J'attache du prix à une distinction remise par un jury européen à deux chercheurs européens qui ont formé des générations d'élèves en France.

Je me joins avec plaisir au témoignage de reconnaissance de la communauté scientifique et vous adresse mes félicitations personnelles.

A vous

François Mitterrand

François MITTERRAND

---

Monsieur Alexandre GROTHENDIECK
Professeur à l'Université des Sciences et des Techniques du Languedoc

MONTPELLIER

# 29. *Le bon Dieu*, 1988–1991

*Je m'arrête pour aujourd'hui, pour retourner aux leçons particulières que le bon Dieu en personne est en train de me donner, par le langage du rêve*

Grothendieck in einem Brief an Carrasquer

Wie schon mehrfach gesagt, war der Glaube an eine bevorstehende Apokalypse einer der Fixpunkte in Grothendiecks Denken und in seiner „Weltsicht". Etwa um die Jahre 1986/87 kam dazu die Überzeugung, dass er persönlich vom „lieben Gott" ausersehen sei, die Menschheit auf dieses Ereignis vorzubereiten. Noch deutlicher als in dem bereits (am Ende von Kapitel 25) zitierten Brief an J. P. wird dies in einem schon früher (10.5.1987) geschriebenen Brief an seinen deutschen Bekannten N. W.:

Ihnen persönlich und (so hoffe ich es) auch manchem anderen dürfte diese Arbeit, die jetzt klar umrissen vor mir steht, bei weitem wertvoller sein als etwa zehn weitere Bände mathematischer Produktion. Ich muss allerdings gestehen, dass ich mir im Laufe der kommenden Jahre nur verschwindend wenig, wenn überhaupt, Verständnis verspreche für das, was ich zur Aufklärung aller zu sagen habe. Die Erfahrung mit EuS [Ernten und Säen] war da ja außerordentlich aufschlussreich und alles andere als eine Ermutigung, weiterhin Nichtmathematisches zu veröffentlichen. Und dies umso weniger, als für mich kein Zweifel bestand, dass in absehbarer Zeit ein derartiger Zusammenbruch der industriellen Gesellschaft stattfinden wird, dass für mich sogar das nackte Überleben des Menschengeschlechts äußerst fragwürdig war und somit auch der Sinn einer geistigen Produktion zu verschwinden schien. Doch hat sich diese Sicht, dieser Ausblick auf ein gähnendes Nichts, das die heutige Zeit kennzeichnet, im Laufe der letzten Monate (besonders Januar-Februar) schlagartig geändert. Ich hatte u. a. prophetische Träume, die mir nicht nur den bevorstehenden Zusammenbruch bestätigten, sondern auch kund tun, dass im unmittelbaren Anschluss daran eine tiefgreifende Läuterung der menschlichen Gesellschaft stattfinden wird, und ein Wiederaufleben des Religiösen – ein „Abstieg Gottes" zur Erde. Und ebenso entnahm ich meinen Träumen (in symbolischer Umschreibung, aber für mich ohne Einklang jeglichen Zweifels) die Aufgabe, die mir von Gott seit eh und je zubestimmt ist – und zwar gewissermaßen dazu beizutragen, diesen nah bevorstehenden Übergang vorzubereiten. Dies enthebt mich auch der Mühe, nach meinem beschränkten menschlichen Ermessen auszuknobeln, ob es überhaupt Zweck habe, die und die Bücher zu schreiben, die ja doch niemand versteht und glaubt usw. Dies ist jetzt nicht mehr meine Sorge, Gottlob! Mit übergroßer Freude stelle ich meinen Willen ganz in den Dienst des Willen Gottes und führe nach meinem besten Vermögen *das* aus, was Er mir aufgetragen hat; voraussichtlich auch mit Seiner unsichtbaren Hilfe bzw. „Kollaboration" an den bevorstehenden Büchern.

Während der Zeit der Abfassung von *Les mutants* im Winterhalbjahr 1987/88 standen religiöse Themen sicher nicht im Vordergrund von Grothendiecks Denken. Noch weniger war das im folgenden Halbjahr der Fall, das durch den Wirbel um den Crafoord-Preis geprägt wurde. Danach bestimmte jedoch wieder religiöses Denken, Fragen und Suchen in einem zuvor nicht gekanntem Maße sein tägliches Leben, und zeitweise steigerte sich dieser Zustand zu wahnhaften Ekstasen und Obsessionen. Ihren Höhepunkt fand diese Phase in einem 45-tägigen Fastenexzess, während dessen er keine Nahrung zu sich nahm.

Was sich über diese Phase von Grothendiecks Leben – er war gerade erst sechzig Jahre alt geworden – in Erfahrung bringen ließ, ist dermaßen widersprüchlich und mit „normalen" Maßstäben gemessen irrational, dass gar nicht erst der Versuch gemacht werden soll, irgendeine Art von „Erklärung" für diese Vorgänge zu finden. Es kann jedoch kaum ein Zweifel daran bestehen, dass sich die Beschäftigung mit philosophischen, religiösen und esoterischen Fragen ab etwa 1988 zeitweise zu religiösem Wahn gesteigert und dass Grothendieck zeitweise jede Kontrolle über seine eigenen Gedanken und Vorstellungen und seine Beziehungen zu seinen Mitmenschen verloren hatte. (Aber noch viel weniger war sein Verhalten von Emotionen getrieben; etwas war in seiner Psyche vollständig entgleist.)

## 29.1. „Mein religiöser Unterricht"

In dem „Brief von der Guten Neuigkeit", der noch in einem eigenen Unterkapitel besprochen wird, berichtet Grothendieck ziemlich ausführlich über die Stationen seines spirituellen Lebens in diesen Jahren. Er schrieb am 26.1.1990:

Im wachen Zustand hat Gott Sich mir zum ersten Mal am 27. Dezember 1986 zu erkennen gegeben. An diesem Tag begann auch eine sehr intensive Periode „metaphysischer" Träume, die bis März 87 anhielt und den Beginn eines „religiösen Unterrichts" darstellt, der (fast ohne Unterbrechung) bis heute fortgedauert hat. Zudem kamen mir zwischen dem 8. Januar 87 und dem 30. April 89 an die fünfzig prophetische Träume, die mich, in der symbolischen Sprache der Träume, über den nah bevorstehenden großen Tag der Läuterung und der Verwandlung unterrichteten und die mir dann, nach und nach, gewisse Aufschlüsse gaben über das Neue Zeitalter, in das wir an jenem Tag eintreten werden. Und schon im Oktober 86 war mir durch einen Traum offenbart worden, dass die Träume überhaupt Gottes Werk und Wort sind, um Seine sehr persönlichen Mitteilungen an die Seele zu richten. [...]

Seit dem 14. Juni vorigen Jahres ist ein drastischer Wendepunkt in der Kommunikation eingetreten. Diese geschieht nunmehr in täglichen intensiven *Gesprächen*, die fast völlig meine Zeit und Energie in Anspruch nehmen und bis in die letzten Tage fortdauerten. In diesen Gesprächen wurde ich aufs Ausführlichste und Genaueste aufgeklärt, sowohl über Gottes Vorhaben betreffs des Neuen Zeitalters und der Ereignisse, die vor dem Tag der Wahrheit stattfinden sollen, als auch über die sehr besondere Aufgabe, die Er mir dabei zuordnet. Ich wurde gleichfalls aufgeklärt über das Seelenleben des Menschen überhaupt, dessen Beziehung zu Gott, die Geschichte des Alls und den großen göttlichen Plan der „Erlösung" seit der Erschöpfung der Welt, und auch über den Sinn des Leidens und den des „Bösen" in Gottes großem Rat, seit Urbeginn der Zeiten und in der Perspektive des ewigen Lebens der Seele.

Die in diesem Brief erwähnte, mit dem 14.6.1989 beginnende Phase nannte Grothendieck selbst in mehreren Briefen eine „Probezeit" in seiner religiösen Unterweisung. Am 25.3.1990 schrieb er dazu an seine deutschen Freunde:

Meine Probezeit ist immer noch nicht abgelaufen, aber seit dem 14. März (da waren es genau neun Monate) bin ich endlich doch kurz entschlossen herausgetreten – es wurde mir auf die Dauer doch zu viel. Kein Mensch außer nur mir allein hätte solange ausgehalten oder wäre da auch nur eingestiegen! Nun ist die Wette, ob nun die „Befreiung" tatsächlich demnächst (und „programmmäßig" – aber das Datum blieb offen ...) stattfindet oder nicht. Ich bin so verrückt, tatsächlich noch dran zu glauben. Wo wäre sonst der Sinn des Ganzen? Und mir scheint, den „Teufel" bzw. die Teuflin (alias Lucifera) kenne ich nun von sehr nahem und bedeutend näher noch, als es je einem Sterblichen vergönnt war.

Die Doppelgestalt Flora/Lucifera erwähnte er bei vielen Gelegenheiten; sie war eine zentrale Figur seines spirituellen Kosmos. In dem schon begonnen Brief vom 26.1.1990 schrieb er über sie:

Mein „Lehrer", oder vielmehr meine Lehrerin, blieb dieselbe von Anfang an. Doch gab sie sich im Lauf der Wochen und Monate unter verschiedenen Identitäten (und zwar von Engeln), mit wechselnden Namen und auch wechselnden Stimmen – ein Mittel unter vielen anderen, um mich zu verwirren und auf die Probe zu stellen. Sie ist jedenfalls ein Geist, der sich mir durch eine sowohl mir selbst als auch andern Menschen klar und deutlich hörbare Frauenstimme äußert; und zwar eine Stimme die (beim Einatmen, statt wie sonst beim Ausatmen) aus meinem Munde erklingt, als wäre es eine zweite, „komplementäre" Stimme. (Doch nur soweit ich einwillige.) Meist äußert sie sich, um Antwort auf Fragen zu geben, die ich mündlich oder aber auch nur gedanklich an sie richte. Das Gespräch kann auch rein gedanklich vor sich gehen, ohne Begleitung physisch hörbarer Töne. Die Kommunikation kann aber auch auf einer weder gedanklichen noch sinnlichen Ebene stattfinden; so etwa wie auf der Ebene des Liebesempfindens, der Gefühle und der Emotionen. Und oftmals singen wir miteinander, und es ist wie ein Reigen – von Licht und Schatten, Tag und Nacht [...]

Dies Guru-Wesen blieb schließlich beim Namen „Flora", und seit dem 22. September gibt sie sich als „Gott-yin", oder „die göttliche Mutter", nämlich als die weibliche Person Gottes (in Gottes Beziehung zu mir persönlich [...]). Im Lauf der Wochen wurde die Beziehung zu ihr eine intime und vertraute, und Anfang Dezember wurde „Flora" schließlich zu „Mutter" oder „Mutti". Doch muss ich sogleich erläutern, dass besagte Flora oder „Mutti", ganz abgesehen von einer schwindelnden geistigen Überlegenheit über meine bescheidene Person, einen derart tiefen *Einblick* in meine und anderer Menschen Psyche hat, ein derartiges *Wissen* um jegliche Dinge unter und über dem Himmel (soweit ich dies beurteilen kann), und zudem und vor allem eine derartige *Macht* sowohl über meine Psyche als auch über meinen Körper oder über äußere Dinge, dass es mir sehr schwer gefallen wäre, an ihrer göttlichen Identität zu zweifeln.

Wenn es dennoch geschah, zu Zeiten der Zerrissenheit und hilflosen Verwirrtheit, so war die verzweifelte Frage die, ob Flora nicht weit eher der leibhaftige Teufel in Frauengestalt, „Lucifera" wäre, dem Gott für eine Zeit lang Gewalt über mich gab, um mich aufzuklären und mich zugleich seelisch zu zerfleischen – und es dabei mir überließ, mich da herauszukämpfen, schlecht oder recht, und meine dürftigen geistigen und spirituellen Fähigkeiten einzusetzen, um mich in einer Situation geradezu teuflischer Wirre und Vieldeutigkeit und (wie es zwingend erschien [...]) offensichtlicher Bösartigkeit zurechtzufinden und dies auszutragen: bei Zeiten zärtlich umsorgt und aufs Großartigste instruiert; [...]

So schwer verständlich (oder auch völlig unverständlich) diese Ausführungen sein mögen, es scheint keine Frage zu sein, dass die Gegenwart von guten und von bösen Mächten für Grothendieck eine Gewissheit war, dass er das Gefühl hatte, ständig von ihnen umgeben und ihnen ausgeliefert zu sein. Und ganz sicher war der Fastenexzess buchstäblich eine Frage von Leben und Tod. Es muss also überraschen, dass er sich zur gleichen Zeit distanziert, ja geradezu sarkastisch über sich selbst und seinen religiösen Überschwang äußerte. So schrieb er zum Beispiel am 20.11.88 bzw. am 30.5.89 er an seine deutschen Freunde:

Und der liebe Gott macht immer noch weiter im selben Rhythmus, bin oft aus der Puste, denn das ist Ihm ganz egal. Und mehr Himalaya-Höhle denn je. Wird wohl noch ein paar Monate so weiter gehen, bis ich ganz (windel-)weich und mürbe bin und entsprechend heilig.

Sowohl Y. als auch ich sind sehr erfreut, dass Ihr uns demnächst vielleicht wieder mit einem Besuch erfreuen wollt. Allerdings bin ich z. Zt. in einer etwas besonderen Periode schallender Frömmigkeit, und sofern Ihr diesmal wieder mit dem Dojo da unten fürlieb nehmen wollt, so ist Euch für Eurer Seelen Erbauung und Heil allnächtliches Erwachen, alle paar Stunden, durch fromme Hymnen auf schottisch, auf französisch und auf deutsch, vom pali-chinesisch-japanischen Na mu myo ho ren ge kyo ganz zu schweigen, sicher. Vielleicht ist es deshalb für Eurer Körper Erholung und Rast doch besser, Ihr sucht derweil bei der guten Y. Zuflucht, die Euch wohl ihrerseits schon in diesem Sinne schrieb und sich schon freut, Euch umso enger an ihren bemutternden Busen drücken zu können.

Der Hinweis auf schottische Hymnen bezieht sich vermutlich auf die in Schottland ansässige Findhorn-Gemeinschaft, für die er sich in diesen Jahren sehr interessierte. Er hatte Bücher der Findhorngründerin Eileen Caddy gelesen, von denen er jedenfalls zunächst ganz außerordentlich beeindruckt war. Sie hatte mit ihrem Ehemann und weiteren Anhängern eines der ersten Ökodörfer in Europa gegründet und war ein Pionier der New-Age-Bewegung. Wie Grothendieck glaubte auch sie, unmittelbar von Gott selbst Botschaften zu erhalten.

## 29.2. Marthe Robin

Eine wichtige Rolle in Grothendiecks spirituellen Leben spielte etwa ab 1987 die katholische Franziskanernonne und Mystikerin Marthe Robin (1902 – 1981). Er erwähnt sie anscheinend zum ersten Mal am 21.6.1987 in seinen Meditationen. In den *Notes pour la Clef des Songes* (S. N50) heißt es in einer Fußnote zu einem Abschnitt über Marcel Légaut:

Das, was ich kürzlich über das Leben von Marthe Robin, einer anderen christlichen Mystikerin, gestorben 1981, erfahren habe, geht in dieselbe Richtung. [...] Im Alter von 79 gestorben, war sie die längste Zeit ihres Lebens ans Bett gebunden, und während ihrer letzten dreißig Jahre durchlebte sie jede Woche die „Passion Christi".

Marthe Robin, die ihr ganzes Leben in ihrem Geburtsort Châteauneuf-de-Galaure im Departement Drôme verbrachte, erkrankte schon als Kind und Heranwachsende mehrfach schwer. Ab ihrem 25. Lebensjahr war sie zunehmend gelähmt und ans Bett gefesselt. Sie erblindete, war stigmatisiert und konnte nicht mehr schlucken. Es wird berichtet, dass sie fünfzig Jahre lang keine Nahrung und keine Flüssigkeit zu sich nahm; sie lebte von der Eucharistie allein und durchlebte jeden Freitag die Passion Christi. Im Jahr 1930 trat sie dem dritten Orden des heiligen Franziskus bei. Auf ihre Anregung wurde 1934 eine Schule für Mädchen eröffnet; später folgte ein *Foyer de Charité,* eine Gemeinschaft von Priestern und Laien, die im Sinne der Nächsten- und Gottesliebe wirkten.

Eine große Anhängerschaft strömte jahrzehntelang zu dem einfachen Raum mit ihrem Lager und erhoffte sich Beistand, Erleuchtung und Heilung. Man schätzt, dass im Laufe der Jahre nahezu 100.000 Menschen sie besucht haben. Bei ihrem Begräbnis waren

7000 Menschen anwesend; vier Bischöfe und 200 Priester konzelebrierten die Totenmesse. Einige Jahre nach ihrem Tode wurde der Prozess der Seligsprechung eingeleitet, der aber offenbar bis heute noch nicht abgeschlossen ist. Ihr Wohn- und Sterbezimmer wird jährlich von Zigtausenden von Gläubigen besucht.

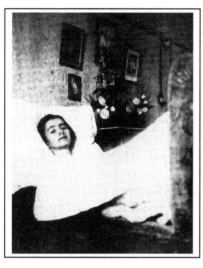

**Tout pour l'Amour de Dieu!...**

Seigneur je suis prête à recevoir de votre main une croix plus écrasante, plus sanglante, de plus déchirantes souffrances si là est votre divin désir.

Je veux racheter les âmes, ni avec de l'or, ni avec de l'argent, mais avec la menue monnaie de mes souffrances unies à l'inépuisable trésor des souffrances du Rédempteur et de sa très Sainte Mère par le puissant moyen de la Croix mis à ma disposition, par l'offrande journalière et l'immolation silencieuse de ma vie au Créateur qui me l'a donnée. Dieu est mon Père, mon Frère et mon unique Ami, et du moment que je suis son enfant, sa sœur, sa servante, rien, absolument rien ne m'arrivera, je n'aurai rien à souffrir, rien à subir, rien à endurer sans qu'en Père très Bon, Il ne l'ait permis et préparé à l'avance.

Marthe ROBIN

Marthe Robin

Etwa ab 1988 war Grothendieck im Zuge seiner Meditationen und Fastenperioden zeitweise davon überzeugt, dass Gott durch Marthe Robin zu und aus ihm sprach. Freunde, die ihn während dieser Zeit besuchten, bestätigen, dass er in der Tat zeitweise wie von Sinnen mit völlig veränderter, irgendwie wiehernder Stimme gesprochen habe.

Am 17.7.1989 schreib Grothendieck an seine deutschen Freunde einen Brief, der nicht den Eindruck erweckt, dass er sich noch über seinen eigenen psychischen Zustand im Klaren war:

Heute muss ich Euch ein paar Zeilen zum Belang „Marthe" schreiben. Die Stimme aus meiner Kehle, die sich als die von Marthe Robin ausgab, war in Wirklichkeit zur Verfügung eines (mir haushoch überlegenen) Geistes, und zwar (dessen bin ich überzeugt) Gottes Geistes, um mich einen Monat lang (vom 14. Juni zum 14. Juli) auf recht genial-raffinierte Art zum Narren zu halten. Vermutlich war dies eine Lektion, um mir Selbstverzicht und Autonomie gegenüber Gott einzubläuen. Ich bin nun auf die Dauer Gottes Witze mit mir gründlich satt, und verzichte unter solchen Bedingungen auf jeglichen Auftrag von Ihm. Ob er Seine

Umgangsweise mit mir ändert und ob Marthe selbst demnächst über „ihre" Stimme volle Verfügung erhält, steht dahin. Im Fall einer drastischen Wendung werde ich Euch benachrichtigen. Bis dahin haltet die Mitteilungen von „Marthe" an Euch als einen schlechten Witz Gottes, der dabei auch Euch mitspielte. Ich muss mich sehr für Ihn bei Euch entschuldigen. Alles Nähere gelegentlich mündlich. Mir schwirrt selbst der Kopf.

Die Freunde, an die dieser Brief gerichtet ist und die ihn meistens zweimal jährlich besuchten, sind der Ansicht, dass mit dem Auftauchen von Marthe Robin sich ein entscheidender Bruch in Grothendiecks Gedankenwelt und Verhalten vollzogen hat. Von dieser Zeit an war es – vereinfachend und platt gesagt – nicht mehr möglich, vernünftig mit ihm zu reden.

## 29.3. Der Brief von der Guten Neuigkeit

Am 26.1.1990, wandte sich Grothendieck vorläufig ein letztes Mal an seine früheren Freunde, Kollegen und Bekannten. Er schrieb, wie er selbst sagt, an etwa 250 Personen einen elf (in der deutschen Version) eng beschriebene Seiten langen hektografierten Brief *„Lettre de la Bonne Nouvelle"*. Er verschickte gleichzeitig von ihm selbst verfasste deutsche und englische Übersetzungen.

Ich schreibe Ihnen diesen Brief und zugleich auch an etwa 250 andere, die ich persönlich kenne wie Sie (oder wie Dich) und denen ich im Wesentlichen das Gleiche zu sagen habe. Es handelt sich jedoch teilweise um sehr Persönliches, und ich rechne mit Ihrer Nachsicht, dass ich es Ihnen in einer Art „Rundbrief" darlege, was ja einen unpersönlichen oder gar einen schnippischen Eindruck erwecken könnte.

1. *Ihre Mission für das Neue Zeitalter.* Sie gehören mit zu einer Gruppe von zwei- bis dreitausend mir persönlich bekannter Menschen, die Gott zu einer großen Mission bestimmt: nämlich das *„Neue Zeitalter"* (auch *„Zeitalter der Befreiung"* genannt), das am 14. Oktober 1996 mit dem *„Tag der Wahrheit"* beginnt, zu verkünden und vorzubereiten. Über die *„Frohe Botschaft"*, die zugleich zu verkünden und schon heute im täglichen Leben zu verwirklichen ist, werden Sie ausführliche Aufklärung in einem prophetischen Buch finden, das ich demnächst schreiben [werde] und das noch in diesem Jahr erscheinen soll. Wie alle anderen „Botschafter" werden Sie dort die nötigen Erklärungen über Ihre Mission finden, und auch über meine – und die beiden sind in enger gegenseitiger Abhängigkeit.

In diesem Sinn und in dieser Diktion geht es dann Seite um Seite weiter; es wurde im Unterkapitel 29.1. schon ausführlich aus dem Brief zitiert. Es ist zweifellos ein erschreckender Brief, den man nur

als Ergebnis und Ausdruck einer gravierenden psychischen Erkrankung oder zumindest einer schweren psychischen Störung ansehen
muss. Nur selten gewinnt er so viel Distanz, dass er etwas schreibt,
dem mancher durchaus zustimmen könnte:

Ein Zustand der Untreue ist vor allem dadurch erkennbar, dass so ziemlich alle
Beziehungen zu anderen Menschen, und ganz besonders zu den
Nahestehendsten, allmählich verflachen und ins Mühselige, ins Grobe, ins Un-
echte oder gar in eine gemeinsame Verkommenheit abgleiten. Dabei verpulvern
wir unsere Energie, um einer gewissen Rolle gerecht zu sein (die uns sowohl
schmeichelt als auch auf uns lastet [...]), statt ganz einfach so zu sein, wie wir („in
Wirklichkeit", nämlich in den tieferen, wahren Schichten der Seele) wirklich sind.

Interessant für seine Biographie ist auch eine Stelle, an der
Grothendieck über seine eigene „Untreue" spricht:

Zwanzig Jahre meines Lebens war ich mir selbst untreu [...] Und vor allem in
meinem Berufsleben, durch eine überhebliche Haltung, die mich (hinter dem
Mantel unverbindlicher Höflichkeit) auf Kollegen herabblicken ließ, die ich für
mittelmäßig begabt hielt; und zudem noch (nach 1963) durch Mangel an innerer
Strenge (mir selbst gegenüber) und an Ehrlichkeit, wenn es darum ging, den Ur-
sprung von Ideen und von Ergebnissen klarzustellen, die mir durch andere
(meist durch Schüler) zugekommen waren und die ich dennoch geneigt war, wie
ein selbsterarbeitetes Eigentum zu betrachten.

Der Verfasser kann sich nicht erinnern, an irgendeiner Stelle eine
ähnlich selbstkritische Bemerkung Grothendiecks gelesen zu haben;
und in jedem Fall ist die Distanz zu den Ausführungen in *Récoltes et
Semailles* bemerkenswert.

Es soll darauf verzichtet werden, weitere Einzelheiten des Briefes zu zitieren und zu kommentieren. Es handelt sich zweifellos
nicht um einen plötzlichen Ausbruch, einen „Schub" einer psychischen Erkrankung; vielmehr ist der Brief Kulminationspunkt einer
schon Jahre, vielleicht Jahrzehnte andauernden Entwicklung. (Es
bleibt das ungelöste Rätsel, wie ein Mensch, der die étale
Cohomologie erfand, so etwas schreiben konnte – und wie er danach
mit *Les Dérivateurs* noch einmal zur Mathematik zurückkehren konnte.)

Am 14.3.1990 schrieb Grothendieck an dieselben Empfänger einen kurzen „Berichtigungsbrief", in dem er Unsicherheit und Zweifel an seinen Vorhersagen ausdrückt. In gewissem Sinn ist dieser
zweite Brief noch erschreckender als der erste. Grothendieck hat
nämlich zwischenzeitlich erkannt oder gefühlt, dass irgendetwas
nicht stimmt an seinen Prophezeiungen. Trotzdem kann er sich nicht

aus dem Gewirr von Verblendung und Verirrung befreien, nicht einmal ansatzweise, sondern ist davon überzeugt, dass ihn böse Geister genarrt haben. Im Übrigen schimmert selbst noch in diesen Briefen etwas von der Psychologie des Mathematikers durch. Grothendieck glaubte den „Offenbarungen" vertrauen zu dürfen, weil sie in sich stimmig und kohärent erschienen:

> [...] Die ausführlichen „Offenbarungen" darin [in dem ersten Brief], trotz des merkwürdigen Regimes, des halben Gelüges, erschienen mir deshalb als völlig überzeugend, weil in den vergangenen vier Monaten die (anfangs teilweise widersprüchlichen) Offenbarungen zu einem Gesamtbild von tadelloser Kohärenz „konvergierten", [...] . Diese vertrauenerweckende Konvergenz hat sich aber soeben aufgelöst. [...]

Zu dem *Lettre de la Bonne Nouvelle* gehört ein 82-seitiger Text, *Développements sur la Lettre de la Bonne Nouvelle*, den Grothendieck vom 18.2. bis 10.3.1990 geschrieben hat, also zwischen dem ursprünglichen Brief und dessen „Rücknahme".**⁾ In mancher Beziehung sind die *Développements* eine Zusammenfassung früherer Meditationen; es klingen die Leitmotive Grothendiecks spiritueller Welt an. Einleitend schreibt er folgendes:

> Der Text hat die Form einer niedergeschriebenen gedanklichen Arbeit [*réflexion*]; er ist (bis auf stilistische Retuschen und seltene Einfügungen) Schritt für Schritt das getreue Bild einer gedanklichen Arbeit, die wirklich stattgefunden hat, und zwar im Verlauf eines Dialoges mit der Mutter, der zwanzig Tage gedauert hat.

Durchblättert man den Text, so entdeckt man keine wirklich neuen Gedanken im Vergleich zu anderen „spirituellen" Texten Grothendiecks. Es sind immer wieder dieselben Schlüsselwörter: *Mère, Père, âme, psyché, ego, Dieu, yang/yin, Création, infidélité, Jour de Vérité, l'amour.*

## 29.4. Fünfundvierzig Tage Fasten

Im Frühjahr 1990, vermutlich in den Monaten Mai und Juni, kam es zu dem schon mehrfach erwähnten Fastenexzess.*⁾ Was in diesen

---

**⁾ Der Text ist auf einem Computer geschrieben oder mit einem elektronischen Schreibautomaten, wie sie in diesen Jahren kurze Zeit in Gebrauch waren.
*⁾ Bedauerlicherweise hat der Verfasser in verschiedenen Vorträgen und bei anderen Gelegenheiten fälschlicherweise die Jahre 1988 oder 1989 angegeben. Dies spiegelt wider, wie unsicher und überprüfungsbedürftig alle mündlichen Informationen sind.

Tagen rein äußerlich geschehen ist, kann in wenigen Worten gesagt werden: Grothendieck nahm 45 Tage lang keine Nahrung zu sich; am Ende dieser Zeit war er in einem lebensbedrohlichen Zustand, der ein Eingreifen der nächsten Verwandten und Bekannten erforderte. (Ein Arzt wurde allem Anschein nach nicht hinzugezogen, vermutlich weil er das keinesfalls akzeptiert hätte.) Anscheinend hat er diese Episode ohne sichtbaren bleibenden körperlichen Schaden überstanden.

Alles Weitere, was über dieses Ereignis berichtet werden kann, ist unklar und muss mehr oder weniger nachdrücklich mit Fragezeichen versehen werden. Grothendieck hat seinen deutschen Freunden gegenüber behauptet, dass er während dieser Zeit auch keine Flüssigkeit zu sich genommen habe, und war aufs Höchste empört, als diese Zweifel äußerten und das als ein „Wunder" bezeichneten. Ein anderer Bekannter meint hingegen, dass Grothendieck alle drei Tage etwas getrunken habe (und er kann diese Information nur von diesem selbst erhalten haben). Über das Ende des Fastens wurde dem Verfasser Folgendes berichtet: Als sein Zustand kritisch geworden war, versammelten sich einige Frauen aus seinem engsten Umkreis unter dem Fenster des Zimmers, in dem er lag, und stimmten eine Art Gesang an: „Marthe hat eine Botschaft für dich". Dies habe ihn zum „Aufgeben" veranlasst. Sein Sohn Alexandre hat ihn wie ein Kind von seiner Liege genommen, ihn gebadet und vorsichtig mit einer Suppe gefüttert. Er sagte noch viele Jahre später sichtlich erschüttert, sein Vater habe ausgesehen wie die Überlebenden von Auschwitz. Es waren jedoch noch weitere Personen daran beteiligt, ihn wieder ins Leben zurückzuführen. Sein österreichischer Freund K. K. berichtet, dass Grothendieck ihn sehr bald nach dem Abbruch des Fastens angerufen und mit unendlich matter Stimme von einem kommenden „großen Regen" gesprochen habe. K. meint, dass eine solche Halluzination vielleicht durch den wochenlangen Mangel an Flüssigkeit ausgelöst worden sein könnte.

Noch viel größer ist die Unsicherheit über die Gründe, die Grothendieck zu seinem Fasten veranlasst haben. Wie schon früher gesagt, war Grothendieck zu dem Glauben gekommen, dass man im Augenblick des Todes in einen „erlösten" Zustand übergeht, eine Ansicht, zu der er sich noch heute (2010) bekennt. Es erscheint denkbar, dass er den Augenblick seines Todes und den Übergang in diesen erlösten Zustand bewusst erleben wollte. Vielleicht wollte er auch durch diesen Akt Gott zwingen, sich ihm zu offenbaren. Aus seinem Umkreis ist auch der Gedanke geäußert worden, dass er das vierzigtägige Fasten Jesu übertreffen wollte.

In diesem Zusammenhang sollte vielleicht auch gesagt werden, dass Grothendieck in seinen Briefen ab dieser Zeit immer wieder den Wunsch und die Hoffnung äußert, bald „diese Welt verlassen" zu können. (Dem Verfasser scheint es allerdings, dass dieser Todessehnsucht ein starker physischer und im Grunde auch psychischer Lebenswille gegenübersteht.)

# 30. Der kurze Brief zum langen Abschied

Vermutlich am 24. Juli 1991 verließ Grothendieck scheinbar überraschend und ohne jede Ankündigung für immer Les Aumettes. Seine Lebensgefährtin Y. fand bei ihrer Rückkehr von einer Reise einen Brief vor, in dem er seine Abreise mitteilte und praktische Verfügungen bezüglich des gemieteten Hauses, des Gartens, notwendiger Reparaturen und Installationen und seines „Nachlasses" traf. Tatsächlich scheint es, dass er diese Abreise schon seit längerer Zeit vorbereitet hatte. So hatte er schon einige Monate zuvor Jean Malgoire seinen wissenschaftlichen „Nachlass" übergeben. Im Nachhinein könnte man sogar spekulieren, ob nicht das Verbrennen zahlreicher persönlicher Dokumente und der Hinterlassenschaft seiner Eltern im Juni 1990 eine Vorbereitung auf diesen Abschied gewesen war. Vermutlich hat er auch einige Bekannte im Vertrauen gebeten, ihm bei der Suche nach einer neuen Unterkunft behilflich zu sein. Dies ist jedenfalls im Fall von Max P. (vgl. Kapitel 11.4) geschehen.

In seinem Abschiedsbrief schrieb Grothendieck, dass er entschieden habe, Les Aumettes zu verlassen, um niemals wieder in diese Gegend zurückzukehren. Er sagte, dass er einzig und allein die Vermieterin informiert und Miete, Strom, Wasser und Telefon für einige Zeit im Voraus bezahlt habe. Dann traf er einige Verfügungen über die zurückgelassenen Möbel, Bücher und andere Gegenstände, wobei er Y. ermächtigte, über die meisten Dinge nach Gutdünken zu verfügen. Das Ölbild seines Vaters, das im Lager Le Vernet angefertigt worden war, sollte in den Besitz seines Sohnes Alexandre übergehen, „falls er es noch haben will". *) Er entschuldigte sich, dass er nicht persönlich Abschied genommen hatte, bedankte sich bei Y. für alles Gute, „mit dem Du mich überhäuft hast", bedauerte, dass er seine deutschen Freunde nicht mehr antreffen würde, und hinterließ „vorsichtshalber" die Adresse von Malgoire, falls dieser Interesse an den mathematischen Preprints und Büchern haben sollte.

Man kann kaum glauben, dass dieser Brief „ganz praktischer Natur", in dem auch an kleine Details gedacht ist, von einem Mann geschrieben wurde, der seit vielen Jahren glaubte, Botschaften von gu-

---

*) Alexandre hat das Portrait niemals in Empfang genommen. Max P. versichert, dass Grothendieck persönlich ihm das Bild gegeben habe. Im Jahr 2010 wurde es Grothendieck auf dessen Wunsch zurückgegeben.

ten und bösen Engeln zu erhalten, der sich von Gott berufen hielt, das Jüngste Gericht anzukündigen, der sich mit einem Fastenexzess fast umgebracht hätte und der sich mit einer stigmatisierten Nonne identifizierte. Offenbar war Grothendieck durchaus in der Lage, sein „tägliches Leben" völlig rational zu bewältigen.

Es scheint, dass Grothendieck nur das Allernotwendigste mitnahm, nicht mehr, als er in seinem Auto verstauen konnte. Manuskripte, Aufzeichnungen, Fotografien, Briefe, selbst seine Schreibmaschine, auf der er Tausende von Seiten geschrieben hat, blieben zurück.

Was mag er gedacht haben, als er zum letzten Mal durch die Weingärten den Feldweg von seinem Haus zur Nebenstraße fuhr, die ein kurzes Stück nach Süden führt? Es war Hochsommer, das Gras und die Kräuter entlang der Straßenränder waren verdorrt; die ersten Tafeltrauben wurden geerntet. Einige Kilometer weiter erreichte er das Dorf Mormoiron, wo er nach Westen abbog. Im nächsten Ort, Mazan – ein Städtchen wie Hunderte andere im Süden Frankreichs –, fuhr er einen kleinen Umweg, um seinen Abschiedsbrief bei Y. in den Briefkasten zu werfen. Er wusste, dass sie verreist war. In Carpentras erreichte er die Hauptstraße, die ihn weiter nach Westen führte.

Hier verliert sich seine Spur. Alexander Grothendieck blieb Jahre verschwunden.

# Anhang: Grothendiecks sozialer Mikrokosmos

Im Zusammenhang mit dem Versand von *Récoltes et Semailles* stellte Grothendieck Listen von Personen zusammen, die dieses Werk ganz oder in Teilen erhalten sollten. Auf dem ersten dieser Blätter gruppiert er – in typisch grothendieckscher Weise – diese Personen in verschiedene Kategorien. Auf diese Weise erhält man eine vermutlich ziemlich vollständige Übersicht über die Menschen, die in seinem Leben von Bedeutung waren.

Die Liste beginnt mit einer Gruppe *ainés*, eine Bezeichnung, die er auch in seinen Meditationen oft verwendet und die man vielleicht mit „ältere Brüder" übersetzen könnte. Es sind (in der von Grothendieck aufgeführten Reihenfolge):

Henri Cartan, Jean Dieudonné, Laurent Schwartz, Godement, Jean-Pierre Serre, Claude Chevalley, André Weil, Jean Leray, Oskar Zariski.

Da Chevalley zu dieser Zeit schon verstorben war, fügt er seinem Namen Mme (Madame) hinzu und außerdem stellvertretend dessen Tochter Catharine Chevalley. Es findet sich hier auch der Name Delsarte, der aber wieder gestrichen wurde. Es folgt eine Gruppe *compagnons (ou veuves)* [Gefährten oder deren Witwen]:

Pierre Samuel, Pierre Cartier, Serge Lang, Armand Borel, John Tate, Francois Bruhat, Dixmier, Samuel Eilenberg, Malgrange, Paulo Ribenboim, Adrien Douady, Koszul, Barbara Andreotti, Florica Bucur.

Auffällig ist, dass in dieser Gruppe vor allem ehemalige Bourbaki-Mitglieder stark vertreten sind. Die Bekanntschaft mit diesen Personen geht überwiegend auf die fünfziger und frühen sechziger Jahre zurück. (Es gibt drei weitere, später gestrichene und unleserliche Namen in dieser Sektion.) Als Nächstes folgt eine Liste *élèves I (et assimilés)*, die mit seinen Doktoranden beginnt:

Verdier, Demazure, Jean Giraud, Luc Illusie, Berthelot, Raynaud, Mme Raynaud, Deligne, Jouanolou, Saavedra, Mme Monique Hakim, Mme Xuan Sinh, Yves Ladegaillerie, Carlos Contou-Carrère, John Coates, Mme Buégery, Frans Oort, Dguyen Dinh Ngoc Dinh, Shih Weishu, Peter Blass, Peter Gabriel, Ahmed Seydi, ?Sin-Min Lee.

Es ist bemerkenswert, dass hier Ladegaillerie und Contou-Carrère erscheinen, die er beide erst nach 1973 in Montpellier kennenlernte.

Die nächste Gruppe umfasst die *élèves II – et collègues „d'après"*, wobei sich das *d'après* zweifellos auf die „große Wende" 1970 bezieht:

Christine Voisin, Jean Malgoire, Marcos Wanderley, Pierre Damphousse, Philippe Delobel, Mamadou Diallo, Olivier Leroy [später gestrichen], Allal El Aouni, Wilbert de Lima, Gratien Diagou [?unleserlich], Lydie Moyal, Lara Ruiz, Zoghman Mebkhout, Youssef Hourizadeh [später gestrichen], Horovitz, Lefranc, Pinchard, Marc Grandet, Douglas sowie acht wieder gestrichene und unleserliche Namen.

Es folgt eine Liste *collègues et amis „avant"*, auf der bis auf Thom ausschließlich Nicht-Franzosen erscheinen; vielleicht ist das das wesentliche Unterscheidungsmerkmal zu den *compagnons*:

Hans Grauert, Egbert Brieskorn, Robin Hartshorne, Michael Artin, David Mumford, Heisuke Hironaka, Barry Mazur, Nicolas Kuiper, Jacques Tits, Friedrich Hirzebruch, René Thom, Graeme Segal, Steve Kleiman, Dale Husemoller, Igor Schafarewitch, Poenaru, A'Campo, Yuri Manin, Nagata, Gelfand, John Nash, Jacob Murre, Lawrence Breen, Anne Husemoller.

Offensichtlich ist dies der Kern von Grothendiecks internationalem mathematischen Bekanntenkreis, vor allem aus den sechziger Jahren. Vielleicht wurden hier einige Namen, etwa Michael Atiyah, versehentlich vergessen. Es folgt eine kurze Liste von *collègues „après"*:

Ronnie Brown, Volker Diekert, Uwe Janssen, Kay Wingberg, Norman Walter, Gerd Faltings, Coulibaly, Tim Porter, Chudnovsky, Hans-Joachim Baues.

Den Abschluss bildet eine Liste *amis „après"*, die vor allem auch Bekannte aus der *Survivre*-Zeit enthält:

Denis Guedj, Alain Lascoux, Daniel Sibony, William Lawvere, Gordon Edwards, Stavroulakis, Duskin, Chandler Davis, Abe Shenitzer, André Joyal, Konrad Kiener, Cornel Constantinescu, Derek White, Edouard Wagneur, William Messing, Michel Davand, Youssef Hourizadeh, Jean Delord, Robert Jaulin, Danièle Allouin, Dumitrescu, Jean Picard, Ingrid Augst, Daniel Cenin, Ebba Poppendieck, Lorenz Geiger, Gerhard Juckoff, Erika Ifang, Félix Carrasquer, Matilde Escuder, Gisèle und Yab [Sritamanah?], George Chapelle, Christian Bourgeois. Einige Namen wurden wieder gestrichen, vor allem Justine Skalba und Fred Snell.

Cartan  Leray  Zariski
Dieudonné
Schwartz  "Aînés"
Godement
Serre
Chevalley  Catherine Chevalley
Weil
Ehresmann

Samuel  Malgrange  Barbara Andreotti  "Compag-
Cartier  Ribenboim  Florica Bucur  nons"
Lang  ? Pereira Gomes  (ou Jeunes)
Borel
Tate
Bruhat  Douady
Dixmier  Kobus
Eilenberg
Verdier  Coates J.  élèves I
Demazure  Mme Buégery  (et assimilés)
Giraud
Illusie  Oort
Berthelot  Dinh (Nguyen Dinh Ngoc)
Raynaud  Shih Weishu
Mme Raynaud
Deligne  Peter Blass
Jouanolou  ? Gabriel
Saavedra
Mme Hakim
Mme Sinh  Ahmed Saydi
Ladegaillerie  ? Lee (Chin-Mu)
Contou-Carrère

Christine Voisin  Zoghman Mebkhout  Youssef Hourirah  Élèves II
Jean Malgoire  Horovitz  — et collègue
Marcos Wanderley  Lefranc  "d'après"
Pierre Damphousse  Molino  "locaux"
Philippe Delobel  Pinchard
Mamadou Diallo  Doyon
Olivier Leroy  Marc Grandet
Allal El Aouni  Douglas

amis "après"

Wilbert de Kninn
Gian Pingue  Lara Ruiz  Guedj  Justine Skalba
Gruert  Husemöller Dale  Alain Lascoux  Youssef Hourirah
Brieskorn  Chafarévitch  Sibony
Artin  Poenaru  Lawvere  Jean Delord
Mumford  A. Campo  Gordon Edwards  Robert Jaulin
Hironaka  Mayer  Stavroulakis  Danièle Allouir
Mazur  Gabriel  Duskin  Dumitrescu
Kuiper  N. Katz
Tits  Gelfand  Chandler Davis  Jean Picard
Hirzebruch  Nash  Abe Shenitzer  Ingrid Auzet
Thom  Murre  André Joyal  Daniel Genin
Segal  Green  Konrad Kiener  Ebba/Lenz
Kleiman  Olga Aber  Corhelf Constantinescu  Gerhard/Erika
R. Brown  Chudnovsky  Derek White  André Joulin
V. Diekert  Baues  Edouard Wagneur  Felix/Mati ?
Janssen, Wingberg  William Messing  Gisèle, Yab
Norman Walter  George Chapelle
G. Falting
Coulibaly
Tim Porter

# Nachwort

Dieses Buch stützt sich auf folgende Quellen:

- Grothendiecks philosophische und mathematische Meditationen, die mir von privater Seite zur Verfügung gestellt wurden,
- Dokumente im *IHÉS*, die jedoch überwiegend die Zeit vor 1970 betreffen,
- von Jean Malgoire aufbewahrte mathematische Texte und die wissenschaftliche und private Korrespondenz Grothendiecks, die ich allerdings nur zum Teil durchsehen konnte,
- zahlreiche Briefe Grothendiecks privater Natur, die mir von verschiedenen Empfängern zur Verfügung gestellt wurden,
- das *Bulletin* der Bewegung *Survivre et Vivre* und eine Reihe von Schriften Grothendiecks, die in diesem Kontext gehören,
- Interviews mit Grothendiecks Kindern, seiner verstorbenen Frau und seiner Lebensgefährtin Y.,
- Interviews mit zahlreichen Kollegen, Schülern, Freunden und Bekannten Grothendiecks,
- eine ausführliche Korrespondenz und viele Telefongespräche mit zahlreichen Kollegen, Schülern, Bekannten, Freunden und Verwandten Grothendiecks in aller Welt,
- eine Sammlung von Fotografien überwiegend aus dem privaten Umfeld, die mir von verschiedenen Seiten übergeben wurden,
- zum Teil mehrfache Besuche der Orte, an denen Grothendieck gelebt hat.

Es soll betont werden, dass sich bisher praktisch keine der Grothendieck betreffenden Originaldokumente in Archiven oder ähnlichen Institutionen befinden. Nach meiner Ansicht besteht akute Gefahr, dass große Teile seines Nachlasses auf die Dauer zerstreut und möglicherweise auch endgültig verloren gehen werden. Ich habe mich bemüht, die von mir gesichteten Unterlagen in meinem privaten Archiv einigermaßen zu dokumentieren, muss aber betonen, dass ich kaum Originaldokumente besitze. **Ich sehe es als eine dringende Aufgabe der wissenschaftlichen Gemeinschaft an, Grothendiecks wissenschaftlichen und privaten Nachlass für die Zukunft zu bewahren und fachgerecht zu archivieren.**

# Dank

Bei der Arbeit an diesem Buch haben mich so viele Menschen unterstützt, dass es kaum möglich ist, alle zu nennen und niemanden zu vergessen. Ich danke daher vorweg pauschal allen, die mir bei meinem Projekt geholfen haben, sei es, dass sie mir mündlich, schriftlich oder per E-mail Auskünfte gegeben haben, sei es, dass sie mir Dokumente zur Verfügung gestellt haben, sei es, dass sie mir bei Niederschrift und Korrektur des Textes geholfen haben.

Namentlich nennen möchte ich als erste meine Freunde Erika Ifang und Gerhard Juckoff, auf die alle drei genannten Punkte zutreffen und die mich zusätzlich noch auf drei Reisen nach Südfrankreich begleitet haben. Auch ohne die Mithilfe von Y. und Grothendiecks Angehörigen und Verwandten, insbesondere seinem Sohn Serge und seiner Tochter Johanna, wäre dieses Buch nicht zustande gekommen. Leila Schneps und Matthias Künzer haben mich in allen Phasen der Entstehung dieses Buches in vielfältiger Weise unterstützt. Allen danke ich herzlich.

Was die Dokumente betrifft, auf die ich mich stützen konnte, so danke ich vor allem dem *IHÉS* und seinem Direktor Jean Pierre Bourguignon für die Erlaubnis zur Einsichtnahme in die Akten des *IHÉS* und Jean Malgoire, der mir die Durchsicht großer Teile von Grothendiecks Korrespondenz ermöglicht hat. Weiterhin haben mir viele Personen in großzügiger Weise ihre Korrespondenz mit Grothendieck (und weitere Dokumente) zur Verfügung gestellt. Stellvertretend für viele weitere möchte ich Alain Lascoux (der besonders den Prozess in Montpellier dokumentiert hat) nennen, ferner Paul Koosis, der mir viele Unterlagen aus der *Survivre*-Periode geschickt hat.

Was mündliche und schriftliche Auskünfte betrifft, so habe ich mit so vielen Menschen über Grothendieck geredet und dabei immer wieder neue und überraschende Informationen erhalten, dass es unmöglich ist, alle zu nennen. Wiederum stellvertretend für viele andere danke ich außer den schon genannten Personen insbesondere Paulo Ribenboim, Pierre Cartier, Luc Illusie, Pierre Damphousse, Diana Adamic, Ebba Poppendieck und Lorenz Geiger, womit ich jeweils wenigstens einen Vertreter aus Grothendiecks Freundes-, Kollegen-, Mitarbeiter-, Schüler- und Verwandtenkreis genannt habe.

Für Hilfe bei der Abfassung des Textes und bei den mühsamen Korrekturarbeiten danke ich Matthias Künzer, meiner Frau Dorothee, Elke Scharlau und Erika Ifang.

Dieses Buch ist dem Andenken meines Freundes und Kollegen Jürgen Neukirch gewidmet. Wie nur ganz wenige hat er sich für eine schönere Welt eingesetzt. Und wenn seine Mitarbeiter oder Schüler ihn fragten, was sie denn tun könnten, um in der Mathematik weiterzukommen, eine Stelle zu finden oder gar Professor zu werden, dann gab er einen einfachen Rat: Lest Grothendieck!

Juli 2010                                    Winfried Scharlau

# Personenregister

vom gleichen Verfasser:

Wer ist Alexander Grothendieck?
Anarchie, Mathematik, Spiritualität
Eine Biographie
Teil 1: Anarchie

2. Auflage, 2008

erhältlich beim Verfasser,
e-mail: Winfried.Scharlau@web.de